古典文獻研究輯刊

十 三 編

曾 永 義 主編

第 1 冊

〈十三編〉總 目

編 輯 部 編

在學術殿堂外

（增訂版）

劉 世 南 著

國家圖書館出版品預行編目資料

在學術殿堂外（增訂版）／劉世南 著 — 初版 — 新北市：花
木蘭文化出版社，2016〔民 105〕
序 6+ 目 2+218 面；19×26 公分
（古典文學研究輯刊 十三編；第 1 冊）
ISBN 978-986-404-577-8（精裝）
1. 中國古典文學 2. 文集
820.8 105002159

古典文學研究輯刊
十三編　第 一 冊　　　　　ISBN：978-986-404-577-8

在學術殿堂外（增訂版）

作　　者　劉世南
主　　編　曾永義
總 編 輯　杜潔祥
副總編輯　楊嘉樂
編　　輯　許郁翎
出　　版　花木蘭文化出版社
社　　長　高小娟
聯絡地址　235 新北市中和區中安街七二號十三樓
　　　　　電話：02-2923-1455／傳眞：02-2923-1452
網　　址　http://www.huamulan.tw 信箱 hml 810518@gmail.com
印　　刷　普羅文化出版廣告事業
初　　版　2016 年 3 月
全書字數　175847 字
定　　價　十三編 20 冊（精裝）新台幣 38,000 元

〈十三編〉總 目

編輯部　編

《古典文學研究輯刊》十三編　書目

治學方法研究專輯
　第 一 冊　劉世南　在學術殿堂外（增訂版）

文學家與文學史研究專輯
　第 二 冊　徐昌盛　摯虞研究（上）
　第 三 冊　徐昌盛　摯虞研究（下）
　第 四 冊　胡武生　南朝山水文學研究

古典小說研究專輯
　第 五 冊　林景隆　明代四大奇書之續書文化敘事研究（上）
　第 六 冊　林景隆　明代四大奇書之續書文化敘事研究（下）
　第 七 冊　魏永生　水滸續書研究

古代戲曲研究專輯
　第 八 冊　高益榮　元雜劇的文化精神論（上）
　第 九 冊　高益榮　元雜劇的文化精神論（下）
　第 十 冊　葛　琦　民族文化交融背景下的元雜劇人物形象研究
　第十一冊　黃思超　集曲研究——以萬曆至康熙曲譜的集曲為論述範疇
　　　　　　　　　　（上）
　第十二冊　黃思超　集曲研究——以萬曆至康熙曲譜的集曲為論述範疇
　　　　　　　　　　（下）

故事研究專輯
　第十三冊　鄭廣薰　說故事傳統和唐代中後期文學變革
　第十四冊　黃玉緞　宋元類型故事研究

第十五冊　林彥如　明人筆記中初見之國際型故事研究

第十六冊　陳麗淑　徐文長之傳說與故事研究

第十七冊　陳美玲　清人筆記之生活故事研究（上）

第十八冊　陳美玲　清人筆記之生活故事研究（下）

專題研究專輯

第十九冊　李永平　包公傳播研究（上）

第二十冊　李永平　包公傳播研究（下）

《古典文學研究輯刊》十三編
各書作者簡介・提要・目次

第一冊　在學術殿堂外（增訂版）

作者簡介

　　劉世南，江西吉安人，1923 年生，著名文史學者，江西師範大學文學院教授，父親爲前清秀才，自幼親承庭訓，精熟經史；代表著作有《春秋穀梁傳直解》《清詩三百首詳注》《清詩流派史》《在學術殿堂外》《清文選》（與劉松來合作）《大螺居詩文存》等。其中，《清詩流派史》被學術界視爲清詩研究的經典著作之一。在《文學遺》《古籍整理研究》《博覽群書》等刊物發表論文數十篇。曾受聘爲《全清詩》編纂委員會顧問、江西省古籍整理中心組成員、大型叢書《豫章叢書》整理編輯委員會首席學術顧問。

提　要

　　本書是劉世南先生一生的學術總結，全書以七個專題敘說自己的治學體會和學術行誼，略爲「勿以學術殉利祿」、「治學重在打基礎」、「刊謬難窮時有作」、「平生風義兼師友」、「我自當仁不讓師」、「怎樣培養中國古典文學的研究人材」、「不能再輕視基礎培養了」七個專題，以及附錄中對於以量化體制評定學術成果和學術水平的批評。先生指出，治學要打好扎實的根底、不徇利祿、摒除浮躁心態。強調「只有不殉利祿，才能沈下心來，好學深思；只有根底扎實，並且日知所無，才能在著書時，勝義紛披，水到渠成」。先生學殖淵深，博聞強志，在古籍整理和文學史研究中發現了不少學人的謬誤，

——加以匡謬指正。他與一些學術名家的學術討論，以及先生對所著《清詩流派史》的總結，揭示了先生的學術功力和學術品格。書中敘述了先生與馬一浮、楊樹達、王泗原、馬敘倫、錢鍾書、呂叔湘、朱東潤、錢仲聯、程千帆、屈守元、白敦仁等名家密切的學術交往，亦從另一個側面展示了先生的學術境界和學術襟懷。

全書涵蓋了先生的學術成長、學術研究、學術成果、學術思想、學術評議、學術交遊、人材培養諸方面，而貫穿其中的主要精神，就是強調學術為天下之公器，體現了先生深厚的學術擔當和文化擔當精神，以及強烈的人文主義情懷。

目　次

序　郭丹
一、勿以學術殉利祿 1
二、治學重在打基礎 9
三、刊謬難窮時有作 17
四、平生風義兼師友 33
五、我自當仁不讓師 77
六、怎樣培養中國古典文學的研究人材 131
七、不能再輕視基礎培養了！——談當代人文社會科學學術研究的一
　　個關鍵問題 149

外　編 161
甲、書評 161
學術怎樣成為公器　饒龍隼 161
〔與青年朋友談讀書〕（十）海納百川　有容乃大　王琦珍 ... 166
治學重在打基礎——讀《在學術殿堂外》　張國功 170
劉世南先生訪談錄 191
乙、科研量化問題 200
丙、清詩研究 203
《清詩流派史》述評　熊盛元 203
一部體大思精的斷代詩歌史——讀劉世南先生《清詩流派史》
　　王琦珍 209
清詩研究的「經典性成果」　葛雲波 213

再版後記 ⋯⋯⋯⋯⋯⋯⋯⋯⋯⋯⋯⋯⋯⋯⋯⋯⋯⋯⋯⋯⋯⋯⋯ 219

第二、三冊　摯虞研究

作者簡介

徐昌盛，男，1982 年生，江蘇射陽人。本科畢業於北京化工大學行政管理系，獲法學學士學位，研究生畢業於北京大學中文系，獲文學碩士、博士學位。主要研究先秦漢魏晉南北朝文學。

提　要

論文以摯虞和《文章流別集》為研究對象，主要解決《文章流別集》及其《文章流別論》的形成和面貌問題。摯虞的經學屬於古文一派，主要採用王肅的學說，其經學風尚反映了西晉學者的主流面貌，其禮學在西晉禮學史上佔有重要的地位。摯虞的秘書監身份與總集編纂的關係密切，摯虞的多部史學著作產生於秘書監任上，而經史分離的風氣和史學的觀念、思想、方法都影響了《文章流別集》的產生。漢魏以來名辯思潮影響到《文章流別論》，體現在推動了文體討論的追根溯源，促進了魏晉文體辨析的進一步明晰。文章從西晉文學的視野中觀察摯虞的文學創作和理論，通過《文章流別集》的選篇揭示西晉作家模擬漢代的風氣，指出摯虞是當時盛行的文學集會的積極參與者，討論了以摯虞、李充為代表的史學家與曹丕、陸機為代表的文學家文論之區別。最後集中探討了《文章流別集》的生成因素，如資料和人才的集中、圖書修撰風氣的盛行、子書寫作的經驗、類書編纂的實踐和總集別集的演進等；並討論了《文章流別集》的編撰宗旨和《文章流別論》在文體發展史上的作用，辨析了《文章流別集》的面貌及體例。

目　次

上　冊

緒　論 ⋯⋯⋯⋯⋯⋯⋯⋯⋯⋯⋯⋯⋯⋯⋯⋯⋯⋯⋯⋯⋯⋯⋯⋯⋯ 1
第一章　摯虞與魏晉之際的經學 ⋯⋯⋯⋯⋯⋯⋯⋯⋯⋯⋯⋯⋯ 11
　第一節　摯虞的經學淵源 ⋯⋯⋯⋯⋯⋯⋯⋯⋯⋯⋯⋯⋯⋯⋯ 11
　第二節　《新禮》制訂與摯虞的禮學 ⋯⋯⋯⋯⋯⋯⋯⋯⋯⋯ 33
　第三節　摯虞的經學史意義和貢獻 ⋯⋯⋯⋯⋯⋯⋯⋯⋯⋯⋯ 58
第二章　摯虞的史官身份與總集編纂 ⋯⋯⋯⋯⋯⋯⋯⋯⋯⋯⋯ 79

　　第一節　摯虞的史官身份和史學活動 ·················· 80
　　第二節　摯虞的史學著述 ······························ 107
　　第三節　摯虞的史官身份與《文章流別集》的編纂 ········ 114
第三章　名辯思潮與文體流別 ···························· 143
　　第一節　摯虞與名辯思潮 ······························ 143
　　第二節　名辯思潮與魏晉文學批評 ···················· 159
　　第三節　名辯思潮與《文章流別論》 ·················· 176

下　冊

第四章　西晉文學視野中的摯虞文學研究 ················ 201
　　第一節　從《文章流別集》看西晉文人的漢代情結 ······ 201
　　第二節　摯虞與西晉的文人集團 ······················ 222
　　第三節　魏晉史學家與文學家的文學思想比較 ·········· 250
第五章　《文章流別集》研究 ·························· 275
　　第一節　崇文博學的風氣與《文章流別集》的編纂背景 ·· 275
　　第二節　子書寫作、類書編纂與《文章流別集》的出現 ·· 284
　　第三節　模擬寫作的風氣與《文章流別集》的編纂宗旨 ·· 294
　　第四節　總集、別集的發展與《文章流別集》的形成 ···· 298
　　第五節　《文章流別集》的成書方式 ·················· 320
　　第六節　《文章流別集》的編纂體例 ·················· 330
結　語 ·· 343
參考文獻 ·· 347
表　次
　　魏晉之際的禮學家 ·································· 67
　　曹魏西晉的秘書監 ·································· 90
　　《文章流別集》著錄的作家作品 ···················· 203
　　《文章志》著錄的作家作品 ························ 205
　　《翰林集》著錄的作家作品 ························ 257
圖　次
　　《洛陽伽藍記圖》部分 ···························· 229

第四冊　南朝山水文學研究

作者簡介

　　胡武生，男，1974 年 3 月 25 日生，湖北省嘉魚縣人，現爲湖北省咸寧市委黨校教師，科研處主任。2010 年 9 月～2013 年 6 月畢業於湖北大學文學院中國古代文學專業，獲博士研究生學歷、文學博士學位，師從何新文教授，研究方向爲古代山水文學、地方歷史文化、城市發展和遺產保護。2014 年，博士論文《南朝山水文學研究》被評爲「湖北省優秀博士學位論文」。在《南京大學學報》《湖北大學學報》《光明日報》《學習時報》《南方周末》等刊物上發表理論文章 20 餘篇。

提　要

　　南朝是古代山水文學獨立並興盛的最初階段，也是山水文學取得極高藝術成就的重要時期。無論是題材內容、思想情感，還是藝術表現，南朝山水文學都有了自己獨特的價值特色，其中如謝靈運、謝朓的山水詩賦，袁山松、盛弘之地記中的山水描寫，吳均、陶弘景的山水小箚，都堪稱文學史上的經典，對歷代山水文學產生了深遠的影響。

　　南朝山水文學，涉及的文體包括詩、賦、文等多種文類。目前學界關於南朝山水詩的研究比較多，而對南朝山水賦、山水文的關注則不足，尤其缺乏從總體上對南朝山水文學的全面總結研究。本書以南朝山水文學爲研究對象，既較深入地探討頗受關注的南朝山水詩，也從山水文、賦的角度切入，以補充南朝山水文、賦研究不足的現狀；同時，著眼從山水詩、賦、文三者結合，全面評述南朝山水文學的成就、價值和影響。

　　全書從南朝山水文學發生的背景、新變、地域性特點、美學特徵、對北朝及後世山水文學影響等五個方面展開論述。總的來看，從背景、新變到影響，構成了時間線索，將南朝山水文學作了一個縱向的勾劃；地域性則選取空間角度，對南朝山水文學作了一個橫向的展示；而美學特徵則從藝術的角度進行深度挖掘。五個部分在論述時相對獨立，但在總體安排上又縱橫交錯，相互關聯，彼此構成一個有機的整體。

目　次

緒　論 1

　一、關於「南朝山水文學」 1

　二、南朝山水文學研究現狀與展望 5

（一）研究現狀 ……………………………………………… 6

（二）展望 …………………………………………………… 14

三、研究思路、方法和突破 ………………………………… 15

第一章　南朝山水文學發生的背景 …………………………… 19

　第一節　山水文學自身的發展背景 ……………………… 21

　　一、山水文學的孕育 …………………………………… 21

　　二、山水描寫的寫實性傾向 …………………………… 26

　　三、獨立山水文學作品的出現 ………………………… 34

　第二節　隱逸文化背景下的山水審美 …………………… 39

　　一、以自然爲宗的隱逸文化 …………………………… 40

　　二、東晉文人的隱逸之風 ……………………………… 45

　　三、隱逸之風下的山水審美 …………………………… 50

　第三節　玄言與山水 ……………………………………… 53

　　一、東晉文人的談玄之風與山水審美 ………………… 54

　　二、玄言詩與山水詩 …………………………………… 59

第二章　南朝山水文學的新變 ………………………………… 69

　第一節　宋謝靈運等人以自然情趣入山水 ……………… 70

　　一、晉、宋地記中的山水描寫 ………………………… 71

　　二、謝靈運的山水詩、山水賦、山水文 ……………… 75

　第二節　齊梁謝朓等人以羈旅情懷入山水 ……………… 96

　　一、謝朓的山水詩、山水賦 …………………………… 98

　　二、其他永明詩人的山水文學 ………………………… 106

　　三、何遜、陰鏗的山水詩 ……………………………… 112

　第三節　梁陳蕭綱等人以閒情入山水 …………………… 116

　　一、蕭綱、蕭繹等人的山水文學 ……………………… 120

　　二、陳叔寶等人的山水文學 …………………………… 131

　第四節　梁陳吳均等人以隱逸情趣入山水 ……………… 137

　　一、梁陳以前隱逸山水文學 …………………………… 138

　　二、吳均、陶弘景、劉峻的山水文學 ………………… 140

　　三、江總、張正見等人的山水文學 …………………… 148

第三章　南朝山水文學的地域性 ……………………………… 153

第一節　江南山水……………………………………………154

　一、會稽：「山水詩的搖籃」…………………………156

　二、永嘉：「永嘉山水主靈秀」………………………161

　三、宣城：「幸蒞山水都，復值清冬緬」……………165

　四、建康：「江南佳麗地，金陵帝王州」……………168

第二節　荊山楚水……………………………………………176

　一、融羈旅愁思於水鄉澤國、奇山異水的描寫之中…176

　二、漢女與巫山神女的浪漫傳說………………………182

　三、琴臺與孫權故城的歷史遺蹟………………………185

第三節　湖湘山水……………………………………………186

　一、洞庭湖的吞吐日月與湘妃斑竹……………………187

　二、衡山、九疑山的峻美秀逸與神仙故事……………190

　三、湘水、沅水的旖旎自然風光………………………195

第四節　匡廬山水……………………………………………197

　一、描寫廬山的自然山水………………………………198

　二、敘述廬山的仙道傳說………………………………204

　三、吟詠廬山周邊的山水………………………………207

第四章　南朝山水文學的美學特徵…………………………211

第一節　情景交融……………………………………………212

　一、景的開拓：「極貌以寫物」………………………213

　二、情的融入：情景相合，情景相離…………………216

第二節　時空意識……………………………………………222

　一、「遊」：對眼前時空的拓展………………………223

　二、「鄉愁」：心理時空的延伸………………………229

第三節　虛實相生……………………………………………231

　一、時空拓展……………………………………………232

　二、情感延伸……………………………………………233

　三、天眞設問……………………………………………235

　四、以不說爲說…………………………………………236

第四節　以悟入詩和經典意象………………………………237

　一、以悟入詩……………………………………………237

　　二、經典意象⋯⋯⋯⋯⋯⋯⋯⋯⋯⋯⋯⋯⋯⋯⋯⋯⋯⋯⋯⋯⋯240

第五章　南朝山水文學的影響⋯⋯⋯⋯⋯⋯⋯⋯⋯⋯⋯⋯⋯⋯⋯247

　第一節　對北朝山水文學的影響⋯⋯⋯⋯⋯⋯⋯⋯⋯⋯⋯⋯⋯248

　　一、由南入北文人的山水詩⋯⋯⋯⋯⋯⋯⋯⋯⋯⋯⋯⋯⋯⋯251

　　二、北地文人的山水詩⋯⋯⋯⋯⋯⋯⋯⋯⋯⋯⋯⋯⋯⋯⋯⋯253

　　三、《水經注》對南朝地記的繼承⋯⋯⋯⋯⋯⋯⋯⋯⋯⋯⋯256

　第二節　對盛唐山水田園詩派的影響⋯⋯⋯⋯⋯⋯⋯⋯⋯⋯⋯263

　　一、南朝詩歌的田園內容⋯⋯⋯⋯⋯⋯⋯⋯⋯⋯⋯⋯⋯⋯⋯264

　　二、南朝詩歌的隱逸情趣⋯⋯⋯⋯⋯⋯⋯⋯⋯⋯⋯⋯⋯⋯⋯266

　　三、南朝詩歌的田園逸趣⋯⋯⋯⋯⋯⋯⋯⋯⋯⋯⋯⋯⋯⋯⋯269

　　四、南朝文人以悟入詩的創作方式⋯⋯⋯⋯⋯⋯⋯⋯⋯⋯⋯273

　第三節　謝靈運、謝朓的山水詩對李白的影響⋯⋯⋯⋯⋯⋯⋯274

　　一、「頓驚謝康樂，詩興生我衣」⋯⋯⋯⋯⋯⋯⋯⋯⋯⋯⋯275

　　二、「白紵青山魂魄在，一生低首謝宣城」⋯⋯⋯⋯⋯⋯⋯282

　第四節　何遜、陰鏗的山水詩對杜甫的影響⋯⋯⋯⋯⋯⋯⋯⋯286

　　一、「頗學陰何苦用心」⋯⋯⋯⋯⋯⋯⋯⋯⋯⋯⋯⋯⋯⋯⋯287

　　二、何遜山水詩對杜甫的影響⋯⋯⋯⋯⋯⋯⋯⋯⋯⋯⋯⋯⋯289

　　三、陰鏗山水詩對杜甫的影響⋯⋯⋯⋯⋯⋯⋯⋯⋯⋯⋯⋯⋯292

餘　論⋯⋯⋯⋯⋯⋯⋯⋯⋯⋯⋯⋯⋯⋯⋯⋯⋯⋯⋯⋯⋯⋯⋯⋯⋯295

主要徵引及參考文獻⋯⋯⋯⋯⋯⋯⋯⋯⋯⋯⋯⋯⋯⋯⋯⋯⋯⋯⋯299

第五、六冊　明代四大奇書之續書文化敘事研究

作者簡介

　　林景隆，國立高雄師範大學國文系博士。現任高雄市路竹區蔡文國小教師。學術專長為明清小說、文學理論、國語文教學。曾發表〈論《聊齋誌異》夜化敘事的衍變及其美學意義〉、〈論《西遊補》對《西遊記》的戲擬改寫與審美境界的呈現〉、〈論〈中山狼傳〉的戲曲改編〉、〈《西遊記》續書現象在接受美學上所呈現的意義〉、〈論明代四大奇書及其續書主題傳釋的變異〉、〈生活的詩性複寫——論楊佳嫻散文作品的創作意識〉等論文。

提　要

　　明末清初四大奇書之續書藉由「重寫」經典的過程，呈現出與前文本「互文性」對話的眾聲喧嘩，這股續寫的創作風潮延續到清末尚未止歇，令人好奇的是，在續書背後源源不絕的創作動力如何抵抗、轉化、解構原著的影響？四大奇書之續書在面對原著制約的藝術成規下，如何開創新局？如何從清代學者「狗尾續貂」的普遍認知中，突破層層歷史的苛評？魯迅的《中國小說史略》最早對於四大奇書之續書投以關注眼光，逐漸扭轉了大眾對續書的負面評價，筆者以「敘事」為討論基礎，考察四大奇書之續書在文學、歷史、宗教、政治、道德等文化「對話」語境中，如何揣摩推陳與出新、求本與溯源之間的互動關係，凸顯續書研究的重要性。

　　藉由探討四大奇書之續書的話語內蘊、閱讀反應、儒家本位與宗教意識、政治圖景、思想命題、創作實踐等課題，尋繹續書群內在創作肌理的共相結構，在承襲導愚、適俗、娛樂的教化觀念下，透過續書作者的編創，面對敘事開端「世變」情境的塑造，對天命與人事間的交互影響，提出個人對歷史、道德的詮釋。在明代文人「演義」觀念生成的基礎上，四大奇書之續書承襲「通俗為義」的創作原則，藉由小說文本、序跋的分析，可以發現四大奇書之續書對「演義」觀念的體會上，是具有深化、補充的創作認知，而胡應麟重新爬梳古代小說的發展脈絡與流變，在奠定小說文體意義的基礎上，提出一種「正統」的文言小說觀，與「非正統」的通俗演義觀，形成兩股不同的概念內涵，自然也不能加以忽視。最後，筆者從文化轉向的角度，提出四大奇書之續書在「經典轉化」與「讀者詮釋」方面的生產性意義，而從話語實踐的總結上，提出四大奇書之續書在米哈伊爾・巴赫金（Mikhail Mikhailovich Bakhtin）複調小說理論上的貼合，更融入自身回應歷史或現實的情感信念、意識形態和價值觀念，整體敘事話語呈現出一種「批評語境」的詩學企圖。

目　次

上　冊

第一章　緒　論 ……………………………………………………………… 1

　第一節　邁向重寫經典之路 …………………………………………… 4

　　一、成書：作者與版本 …………………………………………… 5

　　二、編創：在承襲仿擬與踵事增華之間 ………………………… 8

　　三、類型：在依傍史傳與人情寫實之間 ………………………… 10

四、主題：在制約與偏離之間 ································ 11

第二節　文獻探討 ··· 13

第三節　釋題：問題意識與研究進路 ····················· 25

一、問題意識 ··· 26

二、研究進路 ··· 29

第四節　研究方法 ··· 31

第二章　史統散而小說興：明代四大奇書之續書的話語內蘊 ·· 33

第一節　敘事傳統的接受與偏離 ························· 34

一、講史傳統的延續 ····································· 35

二、主題先行的敘事開端 ································· 43

第二節　世變書寫下的敘事創造 ························· 52

一、歷史與虛構的再現 ··································· 53

二、由個人至家國的倫理秩序 ··························· 65

第三章　讀者視域：四大奇書之續書的閱讀反應 ··········· 77

第一節　書寫情志的主體實踐 ··························· 79

一、文本與序跋所呈現的自我意識 ······················· 80

二、文本與序跋所呈現的創作動機 ······················· 87

第二節　主題傳釋的變異 ······························· 95

一、《三國演義》及其續書虛構之差異 ··················· 96

二、《水滸傳》及其續書詮釋之差異 ····················· 99

三、《西遊記》及其續書心性修煉的闡釋 ················· 107

四、《金瓶梅》及其續書之道德色彩 ····················· 115

第三節　敘事形式的模仿與翻案 ························· 123

一、回目的設置 ··· 125

二、說話人敘述方式 ····································· 126

三、修辭模式 ··· 131

第四章　世俗歸趣：四大奇書之續書的儒家本位與宗教意識 ·· 141

第一節　在儒家倫理與宗教話語之間 ····················· 143

一、《三國演義》續書的政治興替 ······················· 145

二、《水滸傳》續書的忠義／盜賊敘事 ··················· 150

三、《西遊記》續書的心性修煉 ························· 164

四、《金瓶梅》續書的勸善心態 ……………………………………… 175

　第二節　小說中的宗教敘事框架 …………………………………… 181

　　一、轉世框架 ………………………………………………………… 184

　　二、夢幻框架 ………………………………………………………… 190

　　三、度脫框架 ………………………………………………………… 192

　　四、嫡派框架 ………………………………………………………… 195

　　五、還陽框架 ………………………………………………………… 199

下　冊

第五章　經世致用：四大奇書之續書的政治圖景 ………………… 203

　第一節　政治寓言的創造與個人抉擇 …………………………… 206

　　一、戰爭敘事下的忠佞之辨 ……………………………………… 207

　　二、亂世情境下的英雄想像 ……………………………………… 215

　　三、神魔鬥法中的救世寓言 ……………………………………… 221

　第二節　儒家政治理想的通俗闡釋 ……………………………… 225

　　一、平天下 …………………………………………………………… 225

　　二、治國 ……………………………………………………………… 228

　　三、修身 ……………………………………………………………… 234

　　四、齊家 ……………………………………………………………… 244

　第三節　歷史與道德的統一 ……………………………………… 249

　　一、忠義敘事的變奏 ……………………………………………… 250

　　二、世情書寫的變調 ……………………………………………… 260

第六章　天命人事：四大奇書之續書的歷史意識 ………………… 265

　第一節　天道循環的運行與反思 ………………………………… 267

　　一、天命移轉的歷史詮釋 ………………………………………… 268

　　二、藉神道設教的天命架構 ……………………………………… 271

　第二節　個體命運的張揚與寄寓 ………………………………… 277

　　一、天命主導下的個人追求 ……………………………………… 279

　　二、個人命運變化的觀照 ………………………………………… 285

　第三節　歷劫試煉的救贖與昇華 ………………………………… 290

　　一、招安前後的意識轉變 ………………………………………… 291

　　二、模式化的取經考驗 …………………………………………… 296

第七章　小說演義：明代四大奇書之續書的創作實踐 ················· 303

　第一節　明清「演義」觀念的生成 ····························· 306

　　一、「演義」與「歷史演義」之義界 ························· 307

　　二、「演義」的思想命題與創作譜系 ························· 310

　　三、演義之外的「不協調音」 ······························· 315

　第二節　演義觀念的容受 ··································· 323

　　一、創作本體的認知 ··································· 324

　　二、創作觀念的深化 ··································· 328

　第三節　重寫觀點下的文本實踐 ······························· 336

　　一、《三國演義》續書引史爲證 ····························· 337

　　二、《水滸傳》續書重寫俠義的歷史轉向 ····················· 339

　　三、《西遊記》續書聖與凡的「新詮」 ······················· 344

　　四、《金瓶梅》續書的權威敘事與道德擺盪 ··················· 352

第八章　結　論 ··· 357

　第一節　文化轉向：經典轉化與讀者詮釋 ······················· 359

　第二節　話語實踐：創作認知與歷史回應 ······················· 363

參考文獻 ··· 369

第七冊　水滸續書研究

作者簡介

　　魏永生，男，1961 年 3 月 8 日生，黑龍江哈爾濱人。1979 年至 1983 年就讀於哈爾濱師範大學中文系。1983 年至 1986 年工作於中學。1986 年至今工作於黑龍江教育雜誌社。2004 年始我工作於黑龍江大學明清文學與文化研究中心。2004 年至 2009 年於哈爾濱師範大學文學院攻讀中國古代文學博士研究生，獲博士學位，導師張錦池教授、劉敬圻教授。

提　要

　　全文包括「前言」、正文「六章」與「附錄」幾部分。

　　前言，涉及本文研究的目的意義、現狀、原則與方法，創新點與難點。

　　正文第一章，從水滸續書整體著眼，重點分析了水滸續書主題與《水滸傳》主題「亂世忠義的悲歌」之間正反等的多向關係。從心理描寫、環境描

寫與結構形態框架三方面分析了水滸續書對《水滸傳》的繼承與發展，並由此歸結出水滸續書藝術表現不斷向現代小說邁進的趨勢。從整體上指出水滸續書藝術上存在的主要問題，並對每部續書藝術表現方面的特點進行簡評。第二章，分析了《水滸後傳》「海外立國」這個關鍵問題包涵的豐富的思想意蘊。分析了《水滸傳》中燕青形象易被忽視的多重內涵與《水滸後傳》中燕青形象的新變化及其原因，對其結局進行了合理性的推測。第三章，研究了《後水滸傳》轉世再生的構思與主要內容及其關注現實的創作意圖，對比了楊麼與宋江的同而不同，重點突出楊麼的新特質。第四章，通過對《結水滸傳》（《蕩寇志》）主要內容的分析，歸納出其主旨是「頌揚真忠真義，真忠真義必然戰勝假忠假義」。陳麗卿形象在分析其「俏李逵」的特點之後，重在探尋其構成淵源，並指出其具有「兒女英雄」的特點。第五章，重點研究晚清陸士諤《新水滸》針對社會改良形勢下的種種罪惡與醜陋所進行的高超的揭露與諷刺藝術，重新審視其價值，給予較高評價。第六章，以《水滸新傳》作為現代水滸續書的代表，對其進行了較全面的研究。分析了《水滸新傳》敘事重心較《水滸傳》發生變化的表現與其深層次原因；分析了張叔夜、盧俊義兩位重點人物形象，總結了盧俊義形象的創作方法；梳理分析了書中大量存在的環境描寫、場面描寫及其對表現思想感情、烘託氣氛的作用。認為《水滸新傳》是現代水滸續書乃至古今水滸續書中最為成功的一部，其豐富的思想意義與高水平的藝術表現力使《水滸傳》開創的英雄傳奇小說的創作模式得到了充分的發展。

除《水滸後傳》《結水滸傳》（《蕩寇志》）外，大多數水滸續書流傳不廣，故列水滸續書的回目作為「附錄」，以備研究者參考。

目　次

前　言 ⋯⋯⋯⋯⋯⋯⋯⋯⋯⋯⋯⋯⋯⋯⋯⋯⋯⋯⋯⋯⋯⋯⋯⋯⋯⋯⋯⋯⋯⋯⋯1

一、論題的研究目的與意義 ⋯⋯⋯⋯⋯⋯⋯⋯⋯⋯⋯⋯⋯⋯⋯⋯⋯⋯⋯⋯⋯1

二、論題的研究現狀 ⋯⋯⋯⋯⋯⋯⋯⋯⋯⋯⋯⋯⋯⋯⋯⋯⋯⋯⋯⋯⋯⋯⋯2

三、論題的研究原則與研究方法 ⋯⋯⋯⋯⋯⋯⋯⋯⋯⋯⋯⋯⋯⋯⋯⋯⋯⋯2

四、論題的創新點與難點 ⋯⋯⋯⋯⋯⋯⋯⋯⋯⋯⋯⋯⋯⋯⋯⋯⋯⋯⋯⋯⋯3

第一章　水滸續書述要 ⋯⋯⋯⋯⋯⋯⋯⋯⋯⋯⋯⋯⋯⋯⋯⋯⋯⋯⋯⋯⋯⋯⋯5

第一節　《水滸傳》主題思想的多重衍變 ⋯⋯⋯⋯⋯⋯⋯⋯⋯⋯⋯⋯⋯⋯5

一、水滸續書主題思想的多重面貌 ⋯⋯⋯⋯⋯⋯⋯⋯⋯⋯⋯⋯⋯⋯⋯⋯5

二、水滸續書主題思想多重面貌的形成原因 9

第二節 水滸續書敘事方式的變化 19

一、心理描寫的變化 19

二、環境描寫的變化 23

三、敘事結構形式框架的變化 25

第三節 水滸續書藝術表現整體狀態述要 30

一、水滸續書藝術表現的主要問題 30

二、各部水滸續書藝術表現簡評 33

第二章 《水滸後傳》 37

第一節 「海外立國」的思想意蘊 37

一、遠涉海外——忠義英雄的無奈之舉 38

二、創建國家——忠義英雄的文化承傳 46

三、斥佛入道——忠義英雄神歸故國 54

第二節 燕青形象的新變化 64

一、新燕青形象的豐富內涵 66

二、新燕青形象的形成原因 74

三、新燕青形象結局的推測 78

第三章 《後水滸傳》 81

第一節 《後水滸傳》的構思與創作意圖 81

一、引言：水滸續書以宋取喻的創作方法 81

二、轉世再生的構思與主要內容及其關注現實的創作意圖 83

三、以轉世再生形成的照應與伏筆手法 92

第二節 楊麼對宋江的繼承與批判 95

一、楊麼與宋江的同而不同及其意圖 96

二、結 語 115

第四章 《結水滸傳》（《蕩寇志》） 117

第一節 從主要內容看《結水滸傳》（《蕩寇志》）的主旨 117

一、問題的提出 117

二、小說主要內容分析 119

三、結論的得出 139

第二節 陳麗卿形象與其淵源 141

一、陳麗卿形象構成分析 ⋯⋯⋯⋯⋯⋯⋯⋯⋯⋯⋯⋯⋯⋯⋯⋯ 142

二、陳麗卿形象構成淵源探析 ⋯⋯⋯⋯⋯⋯⋯⋯⋯⋯⋯⋯⋯⋯ 150

第五章　兩部《新水滸》 ⋯⋯⋯⋯⋯⋯⋯⋯⋯⋯⋯⋯⋯⋯⋯⋯⋯⋯ 167

第一節　西泠冬青《新水滸》——立憲「新政」的積極反映 ⋯⋯ 168

一、新政下的種種新氣象 ⋯⋯⋯⋯⋯⋯⋯⋯⋯⋯⋯⋯⋯⋯⋯ 169

二、新政下的不和諧與救世的良方 ⋯⋯⋯⋯⋯⋯⋯⋯⋯⋯⋯ 172

第二節　陸士諤《新水滸》——立憲「盛世」的警世危言 ⋯⋯ 176

一、創作目的與整體構思 ⋯⋯⋯⋯⋯⋯⋯⋯⋯⋯⋯⋯⋯⋯⋯ 176

二、對新政下罪惡與醜陋的徹底揭露 ⋯⋯⋯⋯⋯⋯⋯⋯⋯⋯ 179

三、貫通始終的諷刺藝術 ⋯⋯⋯⋯⋯⋯⋯⋯⋯⋯⋯⋯⋯⋯⋯ 182

四、對宋江形象的諷刺性勾勒 ⋯⋯⋯⋯⋯⋯⋯⋯⋯⋯⋯⋯⋯ 193

五、對理想生活的嚮往 ⋯⋯⋯⋯⋯⋯⋯⋯⋯⋯⋯⋯⋯⋯⋯⋯ 198

第六章　《水滸新傳》 ⋯⋯⋯⋯⋯⋯⋯⋯⋯⋯⋯⋯⋯⋯⋯⋯⋯⋯⋯ 203

第一節　《水滸新傳》的敘事重心及其形成原因 ⋯⋯⋯⋯⋯⋯ 203

一、作家對現實人生的感悟和憂憤情懷 ⋯⋯⋯⋯⋯⋯⋯⋯⋯ 204

二、作家愛國激情的醞釀與小說創作中的體現 ⋯⋯⋯⋯⋯⋯ 208

三、《水滸新傳》敘事重心的變化及其形成原因 ⋯⋯⋯⋯⋯⋯ 210

第二節　國家危亡，現大忠大義本色——張叔夜形象重讀 ⋯⋯ 218

一、大智大勇：梁山英雄的側面烘託 ⋯⋯⋯⋯⋯⋯⋯⋯⋯⋯ 220

二、社稷良臣：與奸臣之間的比較 ⋯⋯⋯⋯⋯⋯⋯⋯⋯⋯⋯ 224

三、大忠大義：危亡之際現英雄本色 ⋯⋯⋯⋯⋯⋯⋯⋯⋯⋯ 228

第三節　赤心報國，慷慨名揚——盧俊義形象論 ⋯⋯⋯⋯⋯⋯ 234

一、金聖歎刪改本《水滸傳》的影響 ⋯⋯⋯⋯⋯⋯⋯⋯⋯⋯ 234

二、新盧俊義形象的創作方法 ⋯⋯⋯⋯⋯⋯⋯⋯⋯⋯⋯⋯⋯ 239

三、新盧俊義形象的展現 ⋯⋯⋯⋯⋯⋯⋯⋯⋯⋯⋯⋯⋯⋯⋯ 247

第四節　環境描寫場面描寫解析 ⋯⋯⋯⋯⋯⋯⋯⋯⋯⋯⋯⋯⋯ 254

一、環境描寫的氣氛烘託 ⋯⋯⋯⋯⋯⋯⋯⋯⋯⋯⋯⋯⋯⋯⋯ 254

二、場面描寫的直接表現 ⋯⋯⋯⋯⋯⋯⋯⋯⋯⋯⋯⋯⋯⋯⋯ 268

附錄：水滸續書回目索引 ⋯⋯⋯⋯⋯⋯⋯⋯⋯⋯⋯⋯⋯⋯⋯⋯⋯ 285

主要參考文獻 ⋯⋯⋯⋯⋯⋯⋯⋯⋯⋯⋯⋯⋯⋯⋯⋯⋯⋯⋯⋯⋯⋯ 301

後　記 ⋯⋯⋯⋯⋯⋯⋯⋯⋯⋯⋯⋯⋯⋯⋯⋯⋯⋯⋯⋯⋯⋯⋯⋯⋯ 307

第八、九冊　元雜劇的文化精神論

作者簡介

　　高益榮，男，1958 年生於西安。文學博士，現爲陝西師範大學文學院教授，博士生導師。主要從事《史記》、中國古代戲曲的教學與研究工作，發表論文有《論元曲的反傳統觀念的思想特徵及其成因》、《易俗社的大編劇孫仁玉初論》等 40 餘篇，主要成果有《20 世紀秦腔史》、《梨園百戲》、《歷代名家評史記集說》、《史記研究資料萃編》、《會通中西——吳宓的讀書生活》、《中國家訓經典》等近 10 部。

提　要

　　元雜劇可謂中國戲曲成熟的標誌。它獨具風貌的敘事藝術和敘事精神，把中國古代敘事文學推向一個前所未有的新高峰。本書通過對它的文本解讀，以文化精神的視角透視，展示其豐富的思想意蘊和審美情趣。

　　全書由八章構成。第一章緒論，從「文化」定義入手，論述了中國傳統文化的基本精神，以及中國戲曲文化精神的構成，元雜劇文化精神闡釋的審美意義。第二章從文化因素上探索元雜劇繁榮的原因。第三章主要探討以元雜劇爲主的元曲所表現出的與傳統文學觀念不同的反傳統精神，試圖將元曲放在中國文學理念的悠久歷史長河中以顯示其背離傳統文學觀念的奇特的文化特質。第四章對佔有元雜劇四分之一的愛情婚姻題材的戲曲進行文化透視，分別從才子佳人劇、士子妓女劇、人神之戀劇、負心婚變劇等不同類型戲曲的分析中以顯現元雜劇與傳統愛情婚姻題材的作品的異同，尤其對名劇《西廂記》作了個案的詳盡分析。第五章重點從元代書會才人「棄儒歸道」的無奈心態的角度對神仙道化劇作了分析。第六章主要對現存 162 種元雜劇中的歷史劇作以文化闡釋，多方位展示出元雜劇歷史劇是「以史寫心」——借歷史表現現實，進而又分析了元雜劇歷史劇繁盛的原因。第七章結合元代吏治文化背景對元雜劇公案劇進行了細緻的分析。第八章對元雜劇中的以水滸故事爲題材的劇目作了文化精神層面的解讀。

　　總之，該書力求運用現代意識對元雜劇現存劇作的文化精神進行全面闡釋，既能從寬廣的文化視野挖掘元雜劇的思想蘊藏和審美情趣，又能幫助讀者理解元代文化有所異質於傳統文化的緣由。

目　次

上　冊

第一章　文化精神與元雜劇的文化視角 ⋯⋯⋯⋯⋯⋯⋯⋯⋯⋯⋯ 1

　第一節　「文化」的定義與中國傳統文化的基本精神 ⋯⋯⋯⋯ 1

　第二節　中國戲曲的文化構成 ⋯⋯⋯⋯⋯⋯⋯⋯⋯⋯⋯⋯⋯⋯ 8

　第三節　元雜劇的文化視角 ⋯⋯⋯⋯⋯⋯⋯⋯⋯⋯⋯⋯⋯⋯⋯ 18

第二章　衝突與融合──元雜劇繁榮原因的文化透視 ⋯⋯⋯⋯⋯ 25

　第一節　草原游牧文化與中原農耕文化的互相衝突和融合 ⋯⋯ 25

　第二節　「書會才人」與「勾欄藝人」的才智 ⋯⋯⋯⋯⋯⋯⋯ 33

　第三節　開放、寬鬆、多元的文化環境 ⋯⋯⋯⋯⋯⋯⋯⋯⋯⋯ 42

　第四節　戲曲藝術自身發展的結果 ⋯⋯⋯⋯⋯⋯⋯⋯⋯⋯⋯⋯ 44

第三章　論元曲對傳統文學精神背離的文化特質 ⋯⋯⋯⋯⋯⋯⋯ 49

　第一節　傳統文學精神巡禮 ⋯⋯⋯⋯⋯⋯⋯⋯⋯⋯⋯⋯⋯⋯⋯ 49

　第二節　元曲奇崛的文化特質 ⋯⋯⋯⋯⋯⋯⋯⋯⋯⋯⋯⋯⋯⋯ 51

　第三節　元曲背離傳統精神的社會文化因素 ⋯⋯⋯⋯⋯⋯⋯⋯ 61

第四章　天理與人欲 ⋯⋯⋯⋯⋯⋯⋯⋯⋯⋯⋯⋯⋯⋯⋯⋯⋯⋯⋯ 65

　第一節　傳統女性文化及愛情婚姻的文化模式 ⋯⋯⋯⋯⋯⋯⋯ 66

　第二節　與唐傳奇愛情小說不同的文化視角 ⋯⋯⋯⋯⋯⋯⋯⋯ 71

　第三節　才子佳人愛情劇的思想內涵 ⋯⋯⋯⋯⋯⋯⋯⋯⋯⋯⋯ 77

　第四節　士子妓女愛情劇的思想意蘊 ⋯⋯⋯⋯⋯⋯⋯⋯⋯⋯⋯ 87

　第五節　人神之戀劇──人性美的讚歌 ⋯⋯⋯⋯⋯⋯⋯⋯⋯⋯ 107

　第六節　愛情婚姻觀中的新的靈光──棄婦模式的新突破 ⋯⋯ 113

　第七節　愛情名劇──《西廂記》愛情婚姻觀的文化解讀 ⋯⋯ 122

第五章　神仙道化劇的文化特質 ⋯⋯⋯⋯⋯⋯⋯⋯⋯⋯⋯⋯⋯⋯ 133

　第一節　文人棄儒歸道的無奈抉擇──元雜劇「神仙道化」劇的文化

　　　　　透視 ⋯⋯⋯⋯⋯⋯⋯⋯⋯⋯⋯⋯⋯⋯⋯⋯⋯⋯⋯⋯⋯ 133

　第二節　道教文化與「神仙道化」劇的藝術特色 ⋯⋯⋯⋯⋯⋯ 149

下　冊

第六章　歷史的藝術展現──歷史劇文化精神闡釋 ⋯⋯⋯⋯⋯⋯ 159

　第一節　元雜劇題材來源分析及歷史劇定義界說 ⋯⋯⋯⋯⋯⋯ 159

　第二節　「借離合之情寫興亡之感」 ⋯⋯⋯⋯⋯⋯⋯⋯⋯⋯⋯ 171

　第三節　英雄之歌──民族意識的最強音 ⋯⋯⋯⋯⋯⋯⋯⋯⋯ 189

第四節　文人心靈歷程的藝術展示 ························· 209

第五節　元雜劇歷史劇繁盛的原因讕論 ··················· 218

第六節　史傳文學名著《史記》對元雜劇歷史劇影響的個案分析 ······ 224

第七章　元代吏治與公案劇的文化內涵 ······················ 239

第一節　藝術地再現了元代昏聵吏治下的種種社會醜惡 ······· 239

第二節　壯美的悲劇精神大展示 ························· 253

第三節　正義精神的象徵──清官形象的文化意義 ·········· 258

第八章　「替天行道」救生民──元代水滸劇的文化精神闡釋 ········ 273

第一節　元代水滸劇發展概況 ·························· 273

第二節　元代水滸劇的思想意蘊 ························· 274

第三節　元代水滸劇的時代特徵 ························· 282

第四節　元代水滸劇繁盛的原因 ························· 287

參考文獻 ··· 293

附　錄 ·· 301

附錄一：從文化視角研究元雜劇的一部力作（蘭宇） ············ 303

附錄二：心底傾瀉出的真情──元散曲情愛曲與陝北情歌的文化透視 ·· 307

附錄三：稱心而出，如題所止──從《四嬋娟》看洪昇的女性意識及其
　　　　晚年的創作心理 ································· 319

後　記 ·· 329

第十冊　民族文化交融背景下的元雜劇人物形象研究

作者簡介

　　葛琦，女，漢族，內蒙古呼和浩特市人，文學博士。任教於內蒙古大學文學與新聞傳播學院。主要致力於古代文學研究，以宋元文學為主要研究方向。發表過數篇相關論文，如《蔣捷詞中的生命意識》、《論唐宋詞中的愁情》、《元雜劇大團圓結局成因研究述評》、《試論王國維悲劇理論及其發展》、《三十年來元代文人心態研究綜述》、《「三言」中的蘇軾形象》等，主持完成內蒙古哲學社會科學規劃項目《元雜劇創作中的民族文化交融》。

提　要

　　近年來的元雜劇人物形象研究中，多元文化背景已經越來越引起研究者

的注意。本書的研究重點在於宏觀把握雜劇中的人物形象，發掘其中與民族文化交融相關的形象進行分析，探尋其中的關聯與意義。第一章概述元雜劇創作的時代背景，即對當時民族文化交融的社會狀況的介紹。包括社會政治經濟背景和思想文化背景，涉及社會環境、政策法規、經濟文化、風俗習尚等多個與雜劇創作相關的方面。第二至第四章爲個案研究，以能反映民族文化交融爲取捨標準，從現存雜劇劇本中選取 130 多個人物形象，分別探討雜劇中的女性形象、書生和商人形象、官吏和宗教人物形象在民族文化交融背景下的發展變化，以及由此表現出的元代女性觀、愛情觀、功名觀、商業觀、宗教觀等思想觀念的變化。通過縱向和橫向的對比研究，發掘元雜劇人物形象的獨特之處，這也正是其時代特色——民族文化交融帶來的新變。

目　次

緒　論 ……………………………………………………………………… 1
　一、研究狀況與選題意義 ……………………………………………… 1
　二、研究對象及主要研究方法 ………………………………………… 8
第一章　元雜劇創作的時代背景——民族文化大融合的時代 ………… 9
　第一節　社會政治經濟背景 …………………………………………… 9
　　一、疆域闊大，人口眾多，多民族雜居共處 ……………………… 9
　　二、城市經濟發達，市民階層崛起，享樂之風盛行 ……………… 13
　　三、知識分子地位與較爲寬鬆的思想政治環境 …………………… 17
　第二節　思想文化背景 ………………………………………………… 24
　　一、儒家思想與少數民族文化的互相影響 ………………………… 25
　　二、元代宗教對雜劇創作的影響 …………………………………… 32
　　三、少數民族的音樂舞蹈、語言文字及婚俗等對雜劇創作的影響 … 37
　　小　結 ………………………………………………………………… 44
第二章　元雜劇中的女性形象 ………………………………………… 47
　第一節　雜劇中的佳人閨秀形象 ……………………………………… 51
　　一、崔鶯鶯形象之發展 ……………………………………………… 51
　　二、其它閨秀形象的發展 …………………………………………… 57
　　三、民族文化融合與對傳統閨秀形象的改變 ……………………… 59
　第二節　雜劇中的風塵女子形象 ……………………………………… 63
　　一、元代的妓女行業 ………………………………………………… 63

二、戀愛中的妓女形象 ··································· 66

三、從良後的妓女形象 ··································· 75

第三節　雜劇中的其它女性形象 ···················· 79

一、賢妻良母 ··· 79

二、地位卑下的侍女丫鬟 ····························· 90

小　結 ··· 95

第三章　元雜劇中書生、商人形象 ··················· 97

第一節　雜劇中的書生形象 ·························· 97

一、才子佳人劇中的書生──以張生爲代表 ·· 97

二、其它雜劇中的書生 ································· 109

第二節　雜劇中的商人形象 ························· 116

一、元代之前的商人形象及相關背景 ··········· 117

二、雜劇中的正面商人形象 ························· 124

三、雜劇中的反面商人形象 ························· 140

四、商人形象與民族文化交融 ····················· 145

小　結 ··· 146

第四章　雜劇中的僧道官吏等人物形象 ··········· 149

第一節　雜劇中的官吏形象 ························· 149

一、雜劇中的包拯形象與民族文化交融 ········· 151

二、雜劇中其它官吏形象與民族文化交融 ······ 159

第二節　雜劇中的宗教人物形象 ··················· 163

一、難以忘「情」的宗教人物 ····················· 164

二、難抵凡塵困擾的宗教人物 ····················· 171

第三節　雜劇中的少數民族人物形象 ············· 180

一、愛情婚姻中的少數民族人物形象 ············· 180

二、少數民族將領形象 ································· 182

三、少數民族官吏形象 ································· 189

小　結 ··· 191

結　語 ··· 193

參考文獻 ··· 195

後　記 ··· 205

第十一、十二冊　集曲研究——以萬曆至康熙曲譜的集曲爲論述範疇

作者簡介

　　黃思超，1979 年生，中央大學中國文學系博士，曾任實踐大學應用中文學系助理教授，現任中央大學中國文學系助理研究員。研究領域爲崑曲曲牌，博士論文《集曲研究——以萬曆至康熙曲譜的集曲爲論述範疇》曾獲國科會「獎勵人文與社會科學領域博士候選人撰寫博士論文」獎助。對傳統戲曲有濃厚的興趣，求學階段即學習南管與京崑老生，參與台南市崑曲社團「東寧雅集」創社，並籌辦實踐大學學生南管社團，以傳統戲曲的研究、推廣爲職志。

提　要

　　本文研究萬曆至康熙年間，編纂的九種曲譜：《舊編南九宮譜》、《增定南九宮曲譜》、《墨憨齋詞譜》、《南詞新譜》、《南曲九宮正始》、《寒山曲譜》與《詞格備考》、《新訂十二律崑腔譜》、《欽定曲譜》與《南詞定律》，各譜集曲的收錄與考訂，及其背後反映的曲學觀。本文第一章論述集曲的相關問題，包含集曲的溯源、傳奇作者在創作時選用集曲的功能性考量，並對歷來對集曲組合條件之說法提出檢討，認爲集曲之組合，考量的要點有三：一、本調之聯套關係；二、本調板位的保留與銜接的流暢；三、前後曲結音的一致。

　　本文第二到四章論述萬曆至康熙年間成書的九種曲譜，其集曲的收錄與考訂。本文認爲，各譜最大的差異，就在於集曲收錄、考訂方法與結果，也因此，釐清這些問題，不僅是探討不同曲譜編纂者曲學觀，也是觀察不同年代，曲牌創作風氣與現象的種要切入點。本文分析各譜觀點與集曲收錄的差異，將萬曆至康熙年間曲譜的集曲編纂，分爲三種收錄取向：一、只要不悖曲律者，時曲均收；二、以舊本南戲爲主，追求曲牌早期原貌的收錄觀點；三、追求創作時用，以「常用集曲」爲收錄觀點。三種收錄取向的差異，產生了各譜收曲與考訂的不同。

　　另外，集曲的考訂方法，本文提出「因詞定牌」及「因曲定牌」，從目前可見的考訂方法判斷，「因詞定牌」主要是透過文詞、板位的比對，以考訂集曲的本調，這種考訂方法，重要的目的在於訂正曲唱的錯誤；「因曲定牌」則是將集曲本身的腔句，與本調做比較，以音樂旋律的近似作爲考訂依據，而

不具有訂正集曲演唱的功能。

　　本文試圖透過大量集曲材料的整理分析，論述曲譜中集曲收錄的種種問題，並以實例檢視歷來各家所提出的集曲諸說，以期對集曲有更全面的認識。

目　次

上　冊

緒　論 ……………………………………………………………………………… 1
第一章　集曲的溯源、聯套運用與集曲諸說之檢討 ……………………………… 29
　第一節　集曲現象的產生與集曲的發展 ………………………………………… 29
　　一、集曲的前身──「俗曲」與詞樂「犯調」……………………………… 30
　　二、宋元南戲所用集曲考 ……………………………………………………… 35
　　三、《琵琶記》的創調與影響 ………………………………………………… 41
　第二節　排場設計與集曲選用的功能性 ………………………………………… 44
　　一、概念的釐清──排場、慣用套歸納、集曲運用 ……………………… 45
　　二、功能性──曲套、排場與集曲的整體考量 …………………………… 50
　第三節　集曲組合的條件規律 …………………………………………………… 69
　　一、諸說檢討 …………………………………………………………………… 70
　　二、集曲所犯本調之條件與規律 …………………………………………… 81
第二章　明代兩部曲譜的集曲收錄 ……………………………………………… 95
　第一節　概述──萬曆至康熙曲譜集曲收錄及其「集曲觀」的闡釋 ……… 95
　　一、收錄與取材 ………………………………………………………………… 97
　　二、集曲考訂方法 …………………………………………………………… 100
　　三、集曲與聯套 ……………………………………………………………… 104
　　四、曲牌說明文字所反映的集曲現象與曲譜功能 ……………………… 108
　第二節　最早可見集曲收錄的曲譜──《十三調南曲音節譜》與蔣孝
　　　　　《舊編南九宮譜》 …………………………………………………… 112
　　一、《十三調南曲音節譜》所錄集曲相關說法 ………………………… 112
　　二、蔣孝《舊編南九宮譜》集曲收錄與考訂 …………………………… 115
　　三、蔣孝《舊編南九宮譜》集曲收錄之檢討 …………………………… 119
　第三節　沈璟《增訂南九宮曲譜》集曲收錄及其考訂觀點 …………………… 120
　　一、沈璟《增定南九宮曲譜》的集曲收錄 ……………………………… 120

二、《增定南九宮曲譜》的考訂觀點與集曲相關論述 ⋯⋯⋯⋯⋯⋯⋯ 125

第三章　「詳於古」與「備於今」——順治年間兩種收錄觀點的曲譜 ⋯ 139

第一節　兩種觀點的提出與馮夢龍《詞譜》殘本集曲收錄 ⋯⋯⋯⋯ 139

一、觀點的提出 ⋯⋯⋯⋯⋯⋯⋯⋯⋯⋯⋯⋯⋯⋯⋯⋯⋯⋯⋯⋯⋯ 140

二、《墨憨齋詞譜》「詳古」觀點與集曲的收錄考訂 ⋯⋯⋯⋯⋯⋯ 142

三、馮夢龍《詞譜》對沈自晉《南詞新譜》集曲考訂的影響 ⋯⋯⋯ 145

第二節　「備於今」的做法與價值——沈自晉《南詞新譜》集曲增訂論

析 ⋯⋯⋯⋯⋯⋯⋯⋯⋯⋯⋯⋯⋯⋯⋯⋯⋯⋯⋯⋯⋯⋯⋯⋯⋯ 149

一、《南詞新譜》的集曲新增 ⋯⋯⋯⋯⋯⋯⋯⋯⋯⋯⋯⋯⋯⋯⋯ 150

二、《南詞新譜》對沈璟既收集曲的處理 ⋯⋯⋯⋯⋯⋯⋯⋯⋯⋯ 154

第三節　《南曲九宮正始》的「精選」觀與其集曲收錄 ⋯⋯⋯⋯⋯ 173

一、《南曲九宮正始》的「精選」觀點與考訂方法 ⋯⋯⋯⋯⋯⋯⋯ 174

二、「古為今用」——《南曲九宮正始》的考訂價值 ⋯⋯⋯⋯⋯⋯ 189

第四章　集曲考訂與實用觀念的轉移——順治末與康熙年間四部曲譜的集曲

收錄 ⋯⋯⋯⋯⋯⋯⋯⋯⋯⋯⋯⋯⋯⋯⋯⋯⋯⋯⋯⋯⋯⋯⋯⋯ 195

第一節　實用概念的轉移——《寒山曲譜》、《新定十二律崑腔譜》與

《欽定曲譜》 ⋯⋯⋯⋯⋯⋯⋯⋯⋯⋯⋯⋯⋯⋯⋯⋯⋯⋯⋯⋯ 195

一、張彝宣曲譜及其集曲收錄 ⋯⋯⋯⋯⋯⋯⋯⋯⋯⋯⋯⋯⋯⋯⋯ 196

二、王正祥《新定十二律崑腔譜》的收曲精簡與考訂方法 ⋯⋯⋯⋯ 205

三、傾向實用的官修曲譜——《欽定曲譜》精簡、實用取向 ⋯⋯⋯ 209

第二節　《南詞定律》工尺譜的研究價值 ⋯⋯⋯⋯⋯⋯⋯⋯⋯⋯⋯ 215

一、《南詞定律》編纂背景及其特徵 ⋯⋯⋯⋯⋯⋯⋯⋯⋯⋯⋯⋯ 216

二、《南詞定律》工尺譜體現的幾種代表類型 ⋯⋯⋯⋯⋯⋯⋯⋯ 218

第三節　《南詞定律》的集曲收錄與考訂觀點 ⋯⋯⋯⋯⋯⋯⋯⋯⋯ 225

一、《南詞定律》的收曲觀點 ⋯⋯⋯⋯⋯⋯⋯⋯⋯⋯⋯⋯⋯⋯⋯ 226

二、《南詞定律》集曲收錄 ⋯⋯⋯⋯⋯⋯⋯⋯⋯⋯⋯⋯⋯⋯⋯⋯ 230

三、《南詞定律》集曲考訂方法 ⋯⋯⋯⋯⋯⋯⋯⋯⋯⋯⋯⋯⋯⋯ 237

結　論 ⋯⋯⋯⋯⋯⋯⋯⋯⋯⋯⋯⋯⋯⋯⋯⋯⋯⋯⋯⋯⋯⋯⋯⋯⋯⋯ 245

參考書目 ⋯⋯⋯⋯⋯⋯⋯⋯⋯⋯⋯⋯⋯⋯⋯⋯⋯⋯⋯⋯⋯⋯⋯⋯⋯ 257

下　冊

附錄一　宋元南戲殘本所見集曲 ⋯⋯⋯⋯⋯⋯⋯⋯⋯⋯⋯⋯⋯⋯⋯ 267

附錄二 《南詞定律》例曲改前譜散曲為劇曲者 ················· 277

附錄三 各曲譜集曲表 ·································· 281

凡例 ·· 281

　　一、《舊編南九宮譜》 ···························· 282

　　二、《增定南九宮曲譜》 ·························· 285

　　三、《南詞新譜》 ······························ 300

　　四、《南曲九宮正始》 ···························· 330

　　五、《寒山曲譜》與《詞格備考》 ···················· 346

　　六、《南詞定律》 ······························ 360

譯 譜 ·· 409

凡例 ·· 409

譜例 1-1 《西廂記・佳期》【十二紅】 ···················· 410

譜例 4-1 《金雀記・竹林》【六奏清音】 ·················· 415

譜例 4-2 《琵琶記・賞荷》【燒夜香】 ···················· 418

譜例 4-3 《荊釵記・發書》【榴花泣】第二首 ················ 426

譜例 4-4 《牡丹亭・婚走》【榴花泣】第一首 ················ 430

第十三冊　說故事傳統和唐代中後期文學變革

作者簡介

鄭廣薰，1973 年 4 月生，韓國麗水人。1998 年、2001 年畢業於韓國外國語大學中文系，先後獲文學學士、碩士學位。2012 年畢業於北京大學中文系，獲文學博士學位。現任高麗大學民族文化研究院 HK 研究教授，主要從事中國古代文學和敦煌學研究，在《中國小說論叢》、《外國文學研究》、《藝術百家》等刊物發表學術論文 10 餘篇。韓文譯著有《唐代變文》、《繪畫與表演》、《敦煌變文校注》（以上均為共譯）等多種。

提　要

本書的題目是《說故事傳統和唐代中後期文學變革》。題目中的「說故事」不僅是指口頭表演者和故事受眾之間共享故事的行為，也包括小說、詩歌等各種書面文學體裁的創作和消費活動。唐代說故事活動在長期發展過程中形成了獨特的文學傳統。而之所以要關注唐代的說故事傳統，是因為這種活動

豐富了唐代敘事文學的形式和內容。文人還是民間表演藝人都以各種方式說出自己想要說的故事，而受眾也願意聽到自己喜歡的故事。那麼，唐代的說故事傳統就成為幾乎所有人都可以參與和享受的文化活動，這對唐代中後期敘事文學的創作起到極大作用。針對說故事傳統與唐代中後期敘事文學創作活動之間的關係，以及說故事傳統所產生的不同文學形式之間的相互滲透現象，本文主要探討以下內容：

緒論首先重在辨析「說故事」和「敘事」的概念差別。在中國文學史上，「說」是比「敘」更具有文學性，它同時涵蓋了口頭和書面文學的特點，所以本文使用「說故事」概念。其次是解釋本文的研究目的和意義，即是作為一種文化現象來看唐代的說故事傳統，進而提出看待唐代文學史的另一個角度。

第一章探討唐代中後期說故事傳統盛行的原因。文學創作傾向的變化一般都是內因和外因共同作用的結果，此章主要考察文學產生的外因。首先，唐代書籍出版環境的變化，尤其是載體的發展，無疑為說故事傳統的繼承與發揚奠定了物質基礎；其次，唐代文人貶謫或遊歷南方的經歷為文人提供了大量故事創作的材料，文人之間的行卷活動就作為說故事的動機而起到一定的作用；第三，外來文化因素特別是佛教的思想和文化，也促進了唐代故事創作和傳播方式的革新。

第二章探討說故事傳統和唐代中後期文人小說創作方式的變化。首先考察當時文人階層對民間故事的關注和接受方式，無論文人對於民間故事持何種態度，它在客觀上成為文人小說創作的重要來源之一。其次，論述說故事傳統如何對文人小說創作的多樣化產生影響，以及它給創作者帶來的創作心理上的矛盾。第三，此章還關注文人小說中通俗敘事的痕跡，以在具體文本例證的基礎上證明民間故事確實對文人小說創作有不少的影響。

第三章以現存敦煌敘事作品為研究對象，探討說故事傳統是如何改變通俗敘事作品的創作方式的。唐代的通俗敘事為了吸引讀者或聽眾的關注，存在直接而粗糙地改編故事的現象，例如有的作品用張冠李戴的方式，有的則援引現場的表演元素，因此較為隨意衍生了新的故事版本。在此過程中，敘述者故意調整故事的展開方式，不得不導出新的故事情節與原故事不符的結果，這些現象都是說故事傳統在通俗敘事領域的反映。

目　次

緒　論 ……………………………………………………………… 1
　　一、研究思路、概念與對象 ………………………………… 1
　　二、與既往研究不同之處和研究意義 …………………… 11
第一章　唐代中後期說故事傳統盛行的原因 ………………… 15
　第一節　文學載體和出版環境的發展 ……………………… 15
　第二節　政治和社會原因 …………………………………… 22
　第三節　外來文化的影響 …………………………………… 27
第二章　說故事傳統和唐代中後期文人小說創作的新變 …… 35
　第一節　文人階層對民間故事的關注和接受方式 ………… 35
　　一、唐前文人對民間故事的關注和接受的途徑 ………… 37
　　二、唐代文人獲取民間故事的途徑 ……………………… 44
　第二節　說故事傳統和文人小說撰寫方法的多樣化 ……… 59
　　一、同一故事的不同版本 ………………………………… 59
　　二、共享故事和共同創作 ………………………………… 70
　　三、文人小說裏面所見通俗口述敘事的痕跡 …………… 78
　第三節　說故事傳統和文人對小說創作的看法 …………… 85
　　一、史傳傳統和文人小說創作態度的兩面性 …………… 85
　　二、故意隱藏作家自己的存在 …………………………… 93
　　三、對說故事傳統的另一個觀點：《毛穎傳》 ………… 97
第三章　說故事傳統和唐代通俗敘事的創作方式 ………… 107
　第一節　說故事傳統和故事主題的變化 ………………… 108
　　一、戰爭英雄故事的佛教故事化：《韓擒虎話本》 …… 109
　　二、孝順故事和佛教報應故事的結合：《董永變文》 … 112
　第二節　通俗表演藝術和說故事傳統 …………………… 115
　　一、提高佛教表演的幻象效果：《孔子項託相問書》 … 115
　　二、轉變藝術和故事演繹：《降魔變文》、《漢將王陵變》 … 120
　第三節　與故事背景無關的內容起到的作用 …………… 129
第四章　說故事傳統和唐代中後期敘事詩創作傾向 ……… 135
　第一節　唐代敘事詩創作之風和說故事傳統的因素 …… 136
　　一、詩歌和小說配合的創作方式 ……………………… 136
　　二、敘事詩的傳奇特點：以杜牧《杜秋娘詩》為例 … 144

　第二節　新樂府詩和說故事傳統⋯⋯⋯⋯⋯⋯⋯⋯⋯⋯⋯147
　　一、以故事爲中心的新樂府創作精神⋯⋯⋯⋯⋯⋯⋯147
　　二、新樂府詩中的說故事元素及其與通俗敘事的關係⋯151
第五章　唐代說故事作品的寫本製作和出版方式⋯⋯⋯⋯⋯159
　第一節　抄寫、圖畫的分工和圖書商品⋯⋯⋯⋯⋯⋯⋯160
　第二節　敦煌變文冊子本的裝幀形式和版面布置⋯⋯⋯170
餘　論⋯⋯⋯⋯⋯⋯⋯⋯⋯⋯⋯⋯⋯⋯⋯⋯⋯⋯⋯⋯⋯181
參考文獻⋯⋯⋯⋯⋯⋯⋯⋯⋯⋯⋯⋯⋯⋯⋯⋯⋯⋯⋯⋯185

第十四冊　宋元類型故事研究

作者簡介

　　黃玉緞，中國文化大學中國文學研究所博士班畢業。曾任稻江商職兼任國文教師，中國文化大學、台北海洋技術學院兼任講師，現任中國文化大學兼任助理教授。任教課程爲共同科「國文」、中文系文藝創作組「民間文學」。

提　要

　　宋元典籍中載錄了大量的民間故事，利用故事分類法可以對這些故事作有系統的整理，進而比較分析故事中的文化意涵。

　　本書利用 AT 分類法來歸納宋元故事，由於它是國際間通行的故事分類法，透過這個系統可比較故事流傳於國際的情形，加上這個分類法在中國民間故事研究領域已有發展基礎，像是丁乃通先生、金榮華先生都已利用它編了故事類型索引，有助於故事相關資料的檢索、取得。

　　藉由國際分類法歸納宋元類型故事共有九十六個，出現在七十九部以筆記爲主的著作中。僅見於國內，且持續流傳的傳統性類型故事有十九個；也見於國外，可取得中譯本資料的國際類型故事共四十九個。爲本書主要研究材料。

　　本書架構共分七章：第一章緒論。第二章說明宋元類型故事的分類歸納。第三、四章比較宋元傳統性與國際類型故事異說在傳播過程的變化。第五章分析傳統性故事的性質，並討論故事發展局限因素、反映時空背景等特色。第六章分析國際型故事的性質，並討論外來及外傳故事所產生的情節變化。第七章爲結論。

文中各項論述，盼能對宋元類型故事做一基礎探討，觀察當時流傳的故事如何在後世、國際持續發展，民間故事反映時空背景的情形。

目　次

第一章　緒　論 1
　第一節　研究動機與目的 1
　第二節　研究方法 3
　　一、中國民間故事分類與類型歸納 3
　　二、文獻分析法 8
　　三、民間故事比較方法 9
　第三節　研究範圍 10
　第四節　前賢研究成果 13
第二章　宋元故事分類 15
　第一節　宋元筆記所見類型故事 15
　第二節　宋元類型故事的分類 18
　　一、AT 分類法架構分類 18
　　二、承繼前代與宋元初見類型分類 18
　　三、國際型與中國特有型分類 19
第三章　宋元傳統性類型故事的傳播 23
　第一節　宋元承前傳統性類型故事的傳播 23
　　一、〈蠶王〉（714） 23
　　二、〈惡媳變烏龜〉（779D.2） 24
　　三、〈姑娘詩歌笑眾人〉（876B） 25
　　四、〈誰偷了驢馬〉（926G） 25
　　五、〈解釋怪遺囑〉（926M.1） 26
　　六、〈財物不是我的〉（926P） 27
　第二節　宋元初見傳統性類型故事的傳播 28
　　一、〈井水變成酒　還嫌無酒糟〉（750D.1） 28
　　二、〈漁夫義勇救替身〉（776A） 29
　　三、〈天雷獎善懲惡媳〉（779D） 30
　　四、〈有求必應（各人祈求的天氣不同，女　神盡皆賜與）〉（829） 31

五、〈一句話破案〉（926H） ……………………………………………… 31

六、〈試抱西瓜斥誣告〉（926L.2） …………………………………… 32

七、〈寬大使賊改邪歸正〉（958A1*） ……………………………… 32

八、〈富家子終於知艱辛〉（998） …………………………………… 33

九、〈父母為子女擇偶〉（1362C） …………………………………… 34

十、〈鞋值多少錢〉（1551A） ………………………………………… 34

十一、〈蜻蜓與釘子〉（1703A） ……………………………………… 35

十二、〈帽子和烏鴉〉（1703F） ……………………………………… 35

十三、〈高手畫像〉（1863） …………………………………………… 35

第四章　宋元國際性類型故事的傳播 ……………………………… 37

第一節　宋元承前國際類型故事的傳播 ………………………… 37

一、〈老虎求醫並報恩〉（156） ……………………………………… 37

二、〈虎求助產並報恩〉（156B） …………………………………… 38

三、〈鳥妻（仙侶失蹤）〉（400A） ………………………………… 39

四、〈畫中女〉（400B） ………………………………………………… 40

五、〈田螺姑娘〉（400C） ……………………………………………… 41

六、〈蜘蛛鳥雀掩逃亡（蛛網救人）〉（543） …………………… 42

七、〈三片蛇葉〉（612） ……………………………………………… 43

八、〈黃粱夢（瞬息京華）〉（725A） ……………………………… 44

九、〈財各有主命中定（命中注定的財寶）〉（745A） ………… 46

十、〈荒屋得寶（藐視鬼屋裡妖怪的勇士）〉（745B） ………… 47

十一、〈生雖不能聚　死後不分離〉（749A） …………………… 48

十二、〈惡地主變馬消罪孽〉（761） ……………………………… 49

十三、〈陸沉的故事〉（825A） ……………………………………… 50

十四、〈仙境一日　人間千年〉（844A） ………………………… 51

十五、〈仙境遇豔不知年〉（844B） ……………………………… 52

十六、〈死而復生續前緣〉（885A） ……………………………… 53

十七、〈貞節婦為夫復仇（孟姜女）〉（888C） ………………… 54

十八、〈所得警言皆應驗（買來的或者別人提供的警言證明是正確
的）〉（910） …………………………………………………… 55

十九、〈團結力量大〉（910F） ……………………………………… 56

二十、〈孩子到底是誰的（灰闌記）（所羅門式的判決）〉（926）........................57

二十一、〈到底誰是物主〉（926A.1）........................58

二十二、〈審畚箕（誰是物主）〉（926F）........................59

二十三、〈誰偷了雞或蛋〉（926G.1）........................59

二十四、〈假證人難畫眞實物〉（926L）........................60

二十五、〈命中注定的妻子〉（930A）........................61

二十六、〈弄巧成拙　劣子遵遺言〉（982C）........................62

二十七、〈一時氣絕非眞死〉（990）........................63

二十八、〈不識鏡中人〉（1336B）........................64

二十九、〈妻妾鑷髮〉（1375E）........................65

三十、〈自信已經會隱形的傻瓜〉（1683A）........................66

三十一、〈漫天撒謊　比誰最老〉（1920J）........................66

三十二、〈大魚〉（1960B）........................67

第二節　宋元初見國際類型故事的傳播........................68

一、〈爪子卡在樹縫裡〉（38）........................68

二、〈水牛塗泥鬥猛虎〉（138）........................69

三、〈家畜護主被誤殺〉（286A）........................69

四、〈人體器官爭功勞〉（293）........................70

五、〈窮秀才年關救窮人〉（750B.2）........................71

六、〈拾金者的故事〉（926B.1）........................73

七、〈僞毀贋品騙眞賊〉（929D）........................74

八、〈對自己命運負責的公主〉（943）........................75

九、〈水泡爲證報冤仇〉（960）........................76

十、〈得寶互謀俱喪命〉（969）........................78

十一、〈財富生煩惱〉（989A）........................78

十二、〈守財奴命在須臾猶議價〉（1305D.2）........................79

十三、〈冒認親人騙商家〉（1526）........................80

十四、〈三思而後言〉（1684A）........................81

十五、〈魚呑人和船〉（1889G）........................82

十六、〈大家來吹牛（順著你的謊話說）〉（1920A）........................82

十七、〈如果不信我的謊　那麼就罰錢〉（1920C.1）........................83

第五章　宋元傳統性類型故事的性質和特色………………85

　第一節　宋元傳統性故事的性質………………85

　　一、神怪………………85

　　二、寫實………………88

　　三、判案………………88

　　四、感化………………90

　　五、趣味………………91

　第二節　宋元傳統性故事的特色………………93

　　一、物種有地域性………………93

　　二、特殊的社會制度………………94

　　三、語文的隔閡………………97

　　四、因應時代背景而產生………………98

　　五、故事分化………………101

　　六、故事後評論………………102

第六章　宋元國際型故事的性質與轉化………………105

　第一節　宋元國際型故事的性質………………105

　　一、動物………………105

　　二、物品………………107

　　三、神怪………………107

　　四、愛情………………113

　　五、命運………………114

　　六、寫實………………116

　　七、判案………………117

　　八、感化………………120

　　九、盜賊………………120

　　十、趣味………………122

　第二節　宋元國際型故事的轉化………………126

　　一、外來的本土化………………126

　　二、外傳的變異………………134

第七章　結　論………………143

　第一節　傳統性故事傳播的文化影響………………143

　　第二節　國際型故事傳播的文化因素 ⋯⋯⋯⋯⋯⋯⋯⋯⋯⋯⋯ 144

引用文獻 ⋯⋯⋯⋯⋯⋯⋯⋯⋯⋯⋯⋯⋯⋯⋯⋯⋯⋯⋯⋯⋯⋯⋯ 147

附錄一：宋元筆記為主著作載錄類型故事表 ⋯⋯⋯⋯⋯⋯⋯⋯⋯ 153

附錄二：宋元類型故事分類表 ⋯⋯⋯⋯⋯⋯⋯⋯⋯⋯⋯⋯⋯⋯⋯ 163

附錄三：《太平廣記》所收宋以前類型故事表 ⋯⋯⋯⋯⋯⋯⋯⋯⋯ 169

附錄四：《太平御覽》、《古今事類備要》、《猗覺寮雜記》、《開顏錄》
　　　　所收宋以前類型故事表 ⋯⋯⋯⋯⋯⋯⋯⋯⋯⋯⋯⋯⋯⋯ 171

附錄五：宋元類型故事異說統計表 ⋯⋯⋯⋯⋯⋯⋯⋯⋯⋯⋯⋯⋯ 173

附錄六：宋元故事類型初見朝代表 ⋯⋯⋯⋯⋯⋯⋯⋯⋯⋯⋯⋯⋯ 179

附錄七：宋元國際類型統計表 ⋯⋯⋯⋯⋯⋯⋯⋯⋯⋯⋯⋯⋯⋯⋯ 183

第十五冊　明人筆記中初見之國際型故事研究

作者簡介

　　林彥如，臺灣台北人，中國文化大學中國文學系博士。現任教於中國文化大學、臺北商業大學。學術上，主要研究民間文學，取材涵涉古今中外民間敘事文學、並佛經故事。

提　要

　　本論文之研纂，取材明人筆記，運用 AT 故事分類法，搜羅其中成類型之故事。又以明代與外交通發達，有鄭和下西洋、耶穌會傳教士來華的具體交流事實，故著重探究跨國別皆見流傳的國際型故事。

　　論文進行初步，檢閱明人 598 部筆記，其記載成型故事者有 101 部，搜得 227 個類型，當中屬於明朝初見類型有 87 個。此 87 個類型之中，有 56 個是國際型故事。

　　文中簡化 AT 類目，將 56 個類型依「動物故事」、「幻想故事」、「宗教神仙故事」、「生活故事」、「惡地主故事」、「笑話」與「其它」七類歸屬，再分章討論故事在明代時期的說法、國際間可知的故事早期記錄、中外故事差異與流傳狀況，並探究故事呈現的文化現象等。

目　次

第一章　緒　論 ⋯⋯⋯⋯⋯⋯⋯⋯⋯⋯⋯⋯⋯⋯⋯⋯⋯⋯⋯⋯⋯ 1

　第一節　研究動機與目的 ⋯⋯⋯⋯⋯⋯⋯⋯⋯⋯⋯⋯⋯⋯⋯⋯ 1

第二節　研究範圍與方法 ……………………………………… 4

第三節　前賢研究成果 ………………………………………… 7

第二章　明人筆記及類型 …………………………………… 11

第一節　明人筆記敘錄 ………………………………………… 11

第二節　明人筆記所見類型 …………………………………… 25

第三章　明人筆記初見之國際型動物故事 ……………… 37

第一節　野獸故事 ……………………………………………… 37

第二節　野獸和家畜故事 ……………………………………… 39

第三節　人和野獸故事 ………………………………………… 42

第四節　禽鳥故事 ……………………………………………… 44

第五節　小　結 ………………………………………………… 45

第四章　明人筆記初見之國際型幻想故事與宗教神仙故事 … 53

第一節　幻想故事 ……………………………………………… 53

　　一、神奇的對手 …………………………………………… 53

　　二、神奇的幫助者 ………………………………………… 58

　　三、神奇的能力 …………………………………………… 59

　　四、其它神奇故事 ………………………………………… 61

第二節　宗教神仙故事 ………………………………………… 63

第三節　小　結 ………………………………………………… 65

第五章　明人筆記初見之國際型生活故事與惡地主故事 … 71

第一節　生活故事 ……………………………………………… 71

　　一、選女婿和嫁女兒的故事 ……………………………… 71

　　二、聰明的言行 …………………………………………… 73

　　三、命運的故事 …………………………………………… 80

　　四、其它生活故事 ………………………………………… 84

第二節　惡地主故事 …………………………………………… 85

第三節　小　結 ………………………………………………… 88

第六章　明人筆記初見之國際型笑話（一） …………… 95

第一節　傻瓜的故事 …………………………………………… 95

第二節　夫妻間的笑話和趣事 ………………………………… 106

　　一、夫妻間的趣事 ………………………………………… 106

　　　二、笨丈夫和他的妻子 ·· 106

　　第三節　女人的笑話和趣事 ·· 109

　　第四節　小　結 ·· 110

第七章　明人筆記初見之國際型笑話（二）與其它 ······························ 119

　　第一節　男人的笑話和趣事 ·· 119

　　　一、聰明人 ·· 119

　　　二、幸運的意外事件 ·· 130

　　　三、笨人 ·· 135

　　第二節　說大話的故事 ·· 139

　　第三節　其　它 ·· 145

　　第四節　小　結 ·· 148

第八章　結　論 ·· 163

　　第一節　明人筆記的特色 ·· 163

　　第二節　明人筆記中初見的國際型故事特色 ···································· 165

　　第三節　國際型故事流傳現象探析 ·· 167

參考書目 ·· 171

附　錄 ·· 187

　　附錄一：AT 分類法類別總覽 ·· 189

　　附錄二：明人筆記及其編載成型故事之篇數 ···································· 195

　　附錄三：明人筆記故事類型與 AT 分類系統索引參照表 ······················ 201

　　附錄四：明人筆記初見之故事類型出處索引 ···································· 215

表目次

　　表 2-1：明人筆記中初見之國際型故事類型表 ································· 25

　　表 2-2：明人筆記中初見之傳統型故事類型表 ································· 28

　　表 2-3：明人筆記所見承自前朝故事類型表 ··································· 29

　　表 2-4：明人筆記所見故事類型統計表 ······································· 35

　　表 3-1：明人筆記初見之國際型動物故事已知流傳地區表 ······················ 48

　　表 4-1：明人筆記初見之國際型幻想故事與宗教神仙故事已知流傳

　　　　　　地區表 ·· 67

　　表 5-1：明人筆記初見之國際型生活故事與惡地主故事已知流傳地區表

　　　　··· 90

表 6-1：明人筆記初見之國際型笑話已知流傳地區表（一）⋯⋯⋯⋯⋯ 113

表 7-1：明人筆記初見之國際型笑話已知流傳地區表（二）⋯⋯⋯⋯⋯ 151

表 8-1：明人筆記初見之國際型故事流傳地區統計表⋯⋯⋯⋯⋯⋯⋯⋯ 167

第十六冊　徐文長之傳說與故事研究

作者簡介

陳麗淑，中國文化大學中國文學研究所博士。曾專任於臺北市私立育達商職，兼職於臺北市立南港高中、育達商業科技大學。著有《《百喻經》研究》、《徐文長之傳說與故事研究》及單篇論文〈《百喻經》與《阿Ｑ正傳》〉。

提　要

本論文主旨在探究關於明末文士徐文長的傳說與故事，主要以民國以後筆者所蒐集的徐文長的傳說與故事的二十九個文本為研究範圍，並兼及同型之明清筆記小說、少數外國故事與民國後非徐文長之故事。論文中釐清傳說與故事之義界，探究徐文長之生平及文藝，述及徐文長傳說之特色，並依 AT 分類法而得五十二個已成類型的故事以做討論。可以得到如下結論：在真實與虛構的徐文長之間存在的關係在於故事講述者的視角。其差別在於徐文長傳說是依照徐文長的特色發展而出的，而徐文長故事，則是已先有同樣的故事模式，徐文長其人只是其中一個被借用的角色而已，因此，不具有典型的代表性。

目　次

第一章　緒　論⋯⋯⋯⋯⋯⋯⋯⋯⋯⋯⋯⋯⋯⋯⋯⋯⋯⋯⋯⋯⋯⋯⋯ 1

　第一節　前賢研究成果及相關出版情形⋯⋯⋯⋯⋯⋯⋯⋯⋯⋯⋯⋯ 1

　　一、關於徐文長的研究⋯⋯⋯⋯⋯⋯⋯⋯⋯⋯⋯⋯⋯⋯⋯⋯⋯⋯ 1

　　　（一）臺灣⋯⋯⋯⋯⋯⋯⋯⋯⋯⋯⋯⋯⋯⋯⋯⋯⋯⋯⋯⋯⋯ 1

　　　（二）大陸⋯⋯⋯⋯⋯⋯⋯⋯⋯⋯⋯⋯⋯⋯⋯⋯⋯⋯⋯⋯⋯ 3

　　二、關於徐文長傳說與故事的研究⋯⋯⋯⋯⋯⋯⋯⋯⋯⋯⋯⋯⋯ 12

　　　（一）學位論文⋯⋯⋯⋯⋯⋯⋯⋯⋯⋯⋯⋯⋯⋯⋯⋯⋯⋯⋯ 12

　　　（二）專書⋯⋯⋯⋯⋯⋯⋯⋯⋯⋯⋯⋯⋯⋯⋯⋯⋯⋯⋯⋯⋯ 14

　　　（三）期刊論文⋯⋯⋯⋯⋯⋯⋯⋯⋯⋯⋯⋯⋯⋯⋯⋯⋯⋯⋯ 15

　第二節　研究方法及採用之工具書籍⋯⋯⋯⋯⋯⋯⋯⋯⋯⋯⋯⋯⋯ 17

一、民間故事之分類標準 ⋯⋯⋯⋯⋯⋯⋯⋯⋯⋯⋯⋯⋯ 18
　（一）類型（type） ⋯⋯⋯⋯⋯⋯⋯⋯⋯⋯⋯⋯⋯ 18
　（二）情節單元（motif） ⋯⋯⋯⋯⋯⋯⋯⋯⋯⋯⋯ 19
二、關於民間故事類型索引採用之工具書籍 ⋯⋯⋯⋯ 20
　（一）丁乃通《中國民間故事類型索引》 ⋯⋯⋯⋯ 21
　（二）金師榮華《民間故事類型索引》 ⋯⋯⋯⋯⋯ 22
第三節　文本取材範圍 ⋯⋯⋯⋯⋯⋯⋯⋯⋯⋯⋯⋯⋯⋯ 25
一、《明清笑話集》 ⋯⋯⋯⋯⋯⋯⋯⋯⋯⋯⋯⋯⋯⋯⋯ 27
二、《徐文長故事集》 ⋯⋯⋯⋯⋯⋯⋯⋯⋯⋯⋯⋯⋯⋯ 27
三、《徐文長故事集》【第二集】 ⋯⋯⋯⋯⋯⋯⋯⋯⋯ 28
四、《徐文長的故事》 ⋯⋯⋯⋯⋯⋯⋯⋯⋯⋯⋯⋯⋯⋯ 28
五、《中國文人傳說故事》 ⋯⋯⋯⋯⋯⋯⋯⋯⋯⋯⋯⋯ 29
六、《紹興民間傳說》 ⋯⋯⋯⋯⋯⋯⋯⋯⋯⋯⋯⋯⋯⋯ 29
七、《徐文長傳》 ⋯⋯⋯⋯⋯⋯⋯⋯⋯⋯⋯⋯⋯⋯⋯⋯ 29
八、《中國機智人物故事大觀》 ⋯⋯⋯⋯⋯⋯⋯⋯⋯⋯ 30
九、《浙江省民間文學集成・紹興市故事卷》、《中國民間文學集成》
　　浙江省縣卷本 ⋯⋯⋯⋯⋯⋯⋯⋯⋯⋯⋯⋯⋯⋯⋯⋯ 30
十、《中國民間故事集成》 ⋯⋯⋯⋯⋯⋯⋯⋯⋯⋯⋯⋯ 31
十一、《中國民間故事全集》 ⋯⋯⋯⋯⋯⋯⋯⋯⋯⋯⋯ 31
十二、《中華民族故事大系》 ⋯⋯⋯⋯⋯⋯⋯⋯⋯⋯⋯ 31
十三、《徐渭（文長）的故事》、《紹興書畫家的故事》 ⋯ 32
十四、《紹興師爺的故事》、《七個才子六個癲》 ⋯⋯⋯ 32
十五、《中國民間故事全書・浙江・倉前卷》、《中國民間故事全書・
　　江蘇・海門卷》 ⋯⋯⋯⋯⋯⋯⋯⋯⋯⋯⋯⋯⋯⋯⋯ 32
十六、《越地徐文長》 ⋯⋯⋯⋯⋯⋯⋯⋯⋯⋯⋯⋯⋯⋯ 33
十七、《紹興師爺》 ⋯⋯⋯⋯⋯⋯⋯⋯⋯⋯⋯⋯⋯⋯⋯ 33
十八、《中國對聯故事》、《中國詩林故事》 ⋯⋯⋯⋯⋯ 33
十九、《藝林趣談》 ⋯⋯⋯⋯⋯⋯⋯⋯⋯⋯⋯⋯⋯⋯⋯ 33
第四節　傳說與故事之定義 ⋯⋯⋯⋯⋯⋯⋯⋯⋯⋯⋯⋯ 34
一、傳說 ⋯⋯⋯⋯⋯⋯⋯⋯⋯⋯⋯⋯⋯⋯⋯⋯⋯⋯⋯ 34
二、故事 ⋯⋯⋯⋯⋯⋯⋯⋯⋯⋯⋯⋯⋯⋯⋯⋯⋯⋯⋯ 35

第二章　徐文長的生平及文藝 37

　第一節　徐文長的生平 37

　　一、徐文長的一生履歷 38

　　　（一）出生至仕途蹇滯期 39

　　　（二）中年事業開展至殺死繼妻期 43

　　　（三）入獄至晚年創作期 53

　　二、徐文長的交遊情形 63

　　　（一）張天復、張元忭父子 63

　　　（二）諸大綬 69

　　　（三）沈鍊、沈襄父子 70

　　　（四）張子錫、張子文兄弟 73

　　　（五）丁肖甫 75

　　　（六）柳文、柳瀨父子 76

　第二節　徐文長的文學藝術 77

　　一、徐文長的創作觀 77

　　　（一）內容出於己之所自得 77

　　　（二）文辭表達通俗淺顯 79

　　　（三）創作視野在於對象 81

　　二、徐文長的戲曲 82

　　　（一）戲曲中帶入新思維 83

　　　（二）語言表達以俗顯眞，以諧喻莊 84

　　　（三）形式不受定規束縛 86

　　三、徐文長的詩文 86

　　四、徐文長的書法與繪畫 90

　　　（一）徐文長的書法 90

　　　（二）徐文長的繪畫 92

第三章　徐文長的傳說特色 95

　第一節　彰顯徐文長的文才及畫藝 95

　　一、文才類傳說 95

　　　（一）續聯 95

　　　（二）題聯 96

（三）題辭 ……………………………………………………………… 97

（四）詩謎 ……………………………………………………………… 98

二、畫藝類傳說 …………………………………………………………… 99

（一）〈大堂畫〉 …………………………………………………… 99

（二）〈「田水月」畫群貓〉 …………………………………… 99

第二節　彰顯徐文長的仗義打抱不平 ……………………………… 101

一、懲治兵痞 ……………………………………………………………… 101

二、智鬥大財主 …………………………………………………………… 102

三、智打縣太爺 …………………………………………………………… 103

第三節　敘述徐文長的抗倭戰功 …………………………………… 104

第四節　顯示徐文長的器量狹小 …………………………………… 107

一、陷害類傳說 …………………………………………………………… 107

（一）〈裝僧小便〉 ………………………………………………… 107

（二）〈裝女調僧〉 ………………………………………………… 107

二、欺騙類傳說 …………………………………………………………… 108

（一）〈騙錢過節〉 ………………………………………………… 108

（二）〈當皮袍〉 …………………………………………………… 109

三、捉弄類傳說 …………………………………………………………… 110

第五節　敘述徐文長的被人捉弄 …………………………………… 111

第四章　徐文長的故事類型 ……………………………………………… 115

第一節　一般民間故事 ……………………………………………… 115

一、生活故事 ……………………………………………………………… 115

（一）〈巧媳婦妙對無理問〉故事（ATK876） …………… 115

（二）〈麻袋套頭破奸計〉故事（ATK926L.1） ………… 117

（三）〈斗米斤雞〉故事（ATK926T） …………………… 118

（四）〈僞毀贗品騙眞賊〉故事（ATK929D） …………… 119

（五）〈跌碎飯碗勸婆婆〉故事（ATK980B） …………… 122

（六）〈智服伯母〉故事（ATK980G） …………………… 123

（七）〈囓耳訟師〉故事（ATK997） ……………………… 123

二、惡地主的故事 ………………………………………………………… 127

（一）〈「一頭牛」和「一斤油」〉故事（ATK1000D） …… 127

（二）〈扔物比遠〉故事（ATK1062A）...............128

（三）〈比武殺螞蟻〉故事（ATK1092A）...............129

（四）〈假名諧音巧脫身〉故事（ATK1137）...............129

（五）〈智者諧音討公道〉故事（ATK1137A）...............132

第二節　笑話、趣事...............133

一、傻瓜的故事...............134

（一）〈小氣鬼請客〉故事（ATK1305E.2）...............134

二、夫妻間的笑話和趣事...............135

（一）〈夫妻中計起爭吵〉故事（ATK1353）...............135

三、女人的笑話和趣事...............137

（一）〈調嬉媳婦〉故事（ATT1441C＊）...............137

（二）〈媒婆巧言施詭詐〉故事（ATK1457C）...............138

四、男人的笑話和趣事...............138

（一）〈教人怎樣避免被偷〉故事（ATT1525W）...............138

（二）〈偷褲子〉故事（ATT1525S＊）...............139

（三）〈白吃大王，神仙也無奈〉故事（ATK1526A.2）...............140

（四）〈自稱是死者的朋友〉故事（ATK1526A.4）...............142

（五）〈賣蛋小販上了當〉故事（ATK1530A）...............143

（六）〈祇買一部份〉故事（ATK1530C）...............146

（七）〈縣官審案，霸佔引起爭執的物件〉故事（ATK1534E）...............147

（八）〈死屍二次被吊〉故事（ATT1534F＊）...............149

（九）〈漆作生髮油〉故事（ATT1539B）...............150

（十）〈假毒藥和解毒劑〉故事（ATK1543E）...............151

（十一）〈打賭要官學狗叫〉故事（ATK1559F）...............153

（十二）〈讓人誤認在親吻〉故事（ATK1563B）...............155

（十三）〈抗議飯菜太壞的塾師〉故事（ATK1567A.1）...............156

（十四）〈頑童和糞坑裡的老師〉故事（ATT1568B＊＊）...............157

（十五）〈盲人落水〉故事（ATT1577A）...............158

（十六）〈盲人出醜（盲人挨打）〉故事（ATT1577B）...............159

（十七）〈暗做記號，冒認財物〉故事（ATK1594A.1）...............160

（十八）〈可以兩讀的文句（錯讀沒有標點的文句）〉故事

（ATK1619）·· 163

（十九）〈惡作劇者捉弄父親〉故事（ATT1623B﹡）············ 165

（二十）〈比夢〉故事（ATK1626）······················· 167

（二十一）〈惡作劇者兩頭騙人，被騙者虛驚一場〉故事

（ATK1635A）···································· 169

（二十二）〈惡作劇者說謊，不同行業的人白忙〉故事

（ATK1635B）···································· 171

（二十三）〈文盲看告示，不懂裝懂被戲弄〉故事（ATK1721）··· 172

第三節　程式故事··· 173

一、圈套故事··· 173

（一）〈請君入甕〉故事（ATK2200）··················· 173

（二）〈明講故事暗調侃〉故事（ATK2206）············· 177

二、其他程式故事··· 178

（一）〈千萬士兵過小橋〉故事（ATK2301C）··········· 178

第五章　徐文長傳說故事的視角································· 181

第一節　徐文長傳說的視角····································· 181

一、對徐文長屢試不第的同情··································· 181

二、對聲色場所的嘲諷··· 183

三、對生活不拘小節的隨興····································· 183

四、對農村惜物的尊重··· 184

五、突顯徐文長的機智及紹興俗語的形成························· 185

六、對權貴的暗諷··· 187

七、對徐文長抗倭行動的讚揚··································· 189

第二節　徐文長故事的視角····································· 190

一、〈來僕不敬罰揹磨〉故事··································· 190

（一）來僕無禮罰揹磨··· 191

（二）來僕兇悍罰揹磨··· 191

（三）來僕仗勢罰揹磨··· 192

二、〈假裝幫人搬物〉故事····································· 193

（一）基於好玩，假裝幫人挑糞································· 194

（二）假裝幫人挑糞，以報復對方······························· 194

　　　（三）假裝幫人挑銅錢，以教訓對方 ································· 195
　　三、〈小販受騙〉故事 ·· 197
　　　（一）讓賣柴小販走冤枉路 ··· 197
　　　（二）惡整抬價賣物的店家 ··· 198
　　四、〈打賭，使人笑又怒〉故事 ··· 199
　　　（一）先笑後罵 ··· 200
　　　（二）翻筋斗消悲傷 ··· 200
　　五、〈太太小姐丟臉〉故事 ··· 201
　　六、〈嫁禍和尚〉故事 ·· 202
　　七、〈打賭〉故事 ·· 204
　　　（一）〈打賭：讓陌生女子繫腰帶〉 ································ 204
　　　（二）〈打賭：讓女子從你口袋裡掏錢〉 ·························· 205
第六章　結　論 ··· 207
　　一、正史所反映出的徐文長形象 ··· 207
　　二、傳說與故事所反映出的徐文長形象 ································· 208
　　　（一）傳說中的徐文長形象 ··· 208
　　　（二）故事類型中的徐文長形象 ·· 211
　　三、從視角解讀徐文長傳說與故事中的人物形象 ···················· 213
引用書目 ··· 217
附錄一　徐文長傳說故事 459 篇篇目表 ··································· 239
附錄二　徐文長故事所屬之故事類型表 ···································· 25

第十七、十八冊　清人筆記之生活故事研究

作者簡介

　　陳美玲(1978～)，中國文化大學中國文學博士。曾於國立東華大學民間文學研究所擔任博士後研究，現於中國文化大學中國文學系、世新大學中國文學系、臺北市立大學通識中心、醒吾科技大學通識中心、馬偕專科管理學校通識中心等，擔任兼任助理教授。

　　著作有：〈從民間故事看雷公功能的擴增〉；〈從「夷堅志」之科舉故事觀宋代科考情形〉；〈清代筆記小說中之「孝感故事」研究〉；〈清人筆記故事中的乞丐〉；〈從歷代筆記故事試探訟師角色的衍變〉；〈清人筆記故事中的醫

者〉;〈清人筆記故事反應之人口買賣情形〉(研討會發表)等單篇論文,刊載於
《中國文化大學學報》、《淡水牛津臺灣文學研究集刊》中。

提 要

　　「筆記故事」,係指「筆記」中符合故事定義的文字記載,因這些故事是
文人日常生活所聞所見,更能反映當時社會現象與民情風貌。

　　清人筆記故事共六千餘則,計含五類:動物故事、神奇故事、宗教神仙
故事、生活故事、笑話故事等。其中的生活故事與笑話中的生活故事佔故事
總數八成,就內容性質分為婚姻故事、親子故事、道德故事、公案故事、詐
騙故事、笑話故事等。從中觀得清代社會商業活動活絡,帶來商機,也產生
許多家庭問題與社會犯罪案件;另外,西風東漸帶入異國風情,但因外國人
良莠不齊,致使清中後期時有洋客謀財害命、中西聯合行騙的情形。在社會
道德規範上,受到政府旌表節孝的獎勵作用,清人特重貞節觀。在惜物思想
上,清人對於字紙尤為重視,至今許多「惜字亭」即是最好的見證。

目 次

上 冊

第一章　緒　論 ………………………………………………………………………… 1
　　第一節　研究動機、目的與範圍 ……………………………………………… 1
　　第二節　研究方法 ……………………………………………………………… 2
　　第三節　清人筆記故事概述 …………………………………………………… 5
　　第四節　前人研究成果 ………………………………………………………… 58
第二章　清人筆記之生活故事分類 …………………………………………………… 69
　　第一節　婚姻故事 ……………………………………………………………… 69
　　第二節　親子故事 ……………………………………………………………… 90
　　第三節　道德故事 ……………………………………………………………… 102
　　第四節　公案故事 ……………………………………………………………… 109
　　第五節　詐騙故事 ……………………………………………………………… 145
　　第六節　笑話故事 ……………………………………………………………… 162
第三章　清人筆記生活故事中之人物形象 …………………………………………… 199
　　第一節　婦女的機智與處世智慧 ……………………………………………… 200
　　第二節　訟師的形象與影響力 ………………………………………………… 218

　第三節　商人的形象與內心世界 ⋯⋯⋯⋯⋯⋯⋯⋯⋯ 241

　第四節　痲瘋女的形象與其情感世界 ⋯⋯⋯⋯⋯⋯⋯ 255

下　冊

第四章　清人筆記生活故事反映之社會現象 ⋯⋯⋯⋯⋯ 261

　第一節　清代捐納情形與影響 ⋯⋯⋯⋯⋯⋯⋯⋯⋯⋯ 261

　第二節　清代科場生態與文化 ⋯⋯⋯⋯⋯⋯⋯⋯⋯⋯ 276

　第三節　都會商埠潛藏的社會問題 ⋯⋯⋯⋯⋯⋯⋯⋯ 295

　第四節　旌表節孝對社會的制約與影響 ⋯⋯⋯⋯⋯⋯ 307

第五章　清人筆記生活故事反映之社會風貌 ⋯⋯⋯⋯⋯ 313

　第一節　騙徒之騙術與盲點 ⋯⋯⋯⋯⋯⋯⋯⋯⋯⋯⋯ 313

　第二節　商人的生活考驗 ⋯⋯⋯⋯⋯⋯⋯⋯⋯⋯⋯⋯ 343

　第三節　清官息訟與破案技巧 ⋯⋯⋯⋯⋯⋯⋯⋯⋯⋯ 356

　第四節　清代女性婚前私交與婚後外遇之情形 ⋯⋯⋯ 371

第六章　清人筆記生活故事反映之思想觀念 ⋯⋯⋯⋯⋯ 381

　第一節　清人的婚姻觀點思想 ⋯⋯⋯⋯⋯⋯⋯⋯⋯⋯ 381

　第二節　貞節思想 ⋯⋯⋯⋯⋯⋯⋯⋯⋯⋯⋯⋯⋯⋯⋯ 392

　第三節　因果報應思想 ⋯⋯⋯⋯⋯⋯⋯⋯⋯⋯⋯⋯⋯ 400

　第四節　清人惜福觀念與表現 ⋯⋯⋯⋯⋯⋯⋯⋯⋯⋯ 424

第七章　結　論 ⋯⋯⋯⋯⋯⋯⋯⋯⋯⋯⋯⋯⋯⋯⋯⋯⋯ 435

引用文獻 ⋯⋯⋯⋯⋯⋯⋯⋯⋯⋯⋯⋯⋯⋯⋯⋯⋯⋯⋯⋯ 439

附錄一　〈清人筆記之生活故事收錄概況〉 ⋯⋯⋯⋯⋯ 473

附錄二　〈清代民間故事類型表〉 ⋯⋯⋯⋯⋯⋯⋯⋯⋯ 501

第十九、二十冊　包公傳播研究

作者簡介

　　李永平：字貫一，1970 年 11 月生，陝西彬縣人。陝西師範大學文學院教授，陝西關隴方言與民俗研究中心兼職研究員，文學博士，歷史學博士後，陝西師範大學文學人類學中心主任。

　　先後承擔《中國文學史》、《比較文學》、《文學人類學》、《傳播學》、《輿論學》、《中國傳統文化》等十餘門課程的教學任務。主要從事俗文學、文學

人類學、比較文學等方向的研究，發表學術論文近 50 篇，對考古、神話學、謠言、民俗學都有涉獵。

主持國家社科基金，中國博士後基金一等資助項目、教育部社科規劃項目、陝西省社科基金、中央專項項目等在內的縱向和橫向科研項目多項。

另外，李永平教授自幼酷愛書法藝術，轉益多師，學習臨摹《玄秘塔》、《勤禮碑》、《顏家廟碑》等書家名帖以及書法教育家沈尹默、衛俊秀、曹伯庸、啓功等先生的作品。

提　要

本書是以傳播理論爲框架，以文獻資料爲依據研究包公文學形象的生成、演變、擴散等機制的學術著作。作者認爲，是文學傳播成就了包公。以傳播的控制、內容、媒介、受眾、效果、情境、動機等分析模式，借鑒了敘事理論和口頭程序理論，運用數據統計、文獻分析、田野調查等實證方法，分析包公傳播的社會環境，探討包公獲得成功傳播的文化動因。歷史上包公文學的成功傳播是「多級」傳播規律和媒介權力支配的結果。元雜劇在一定程度上成了準大眾傳播媒介，對社會輿論產生了「議程設置的功能」；包公文學在城市的傳播，依賴於明清以來蘇州、南京、北京、揚州等商業的發達；在鄉村的傳播，則主要歸因於宗教祭祀的演劇傳統。包公文學在民間傳播的規律和以人爲媒介的謠言傳播極爲相似：受省略或空變、加強、泛化、超細節化等傳播規律的內在支配。最終，傳播規律左右著包公文學的文體形式、主題選擇和敘事結構及敘事策略。

目　次

上　冊

緒　論‥‥‥‥‥‥‥‥‥‥‥‥‥‥‥‥‥‥‥‥‥‥‥‥‥‥‥‥‥‥ 1
　一、問題的提出：爲什麼一定是包公‥‥‥‥‥‥‥‥‥‥‥‥‥‥‥ 1
　二、學術史回顧‥‥‥‥‥‥‥‥‥‥‥‥‥‥‥‥‥‥‥‥‥‥‥‥ 4
　三、基本的理論與方法‥‥‥‥‥‥‥‥‥‥‥‥‥‥‥‥‥‥‥‥‥ 6
第一編　包公文學傳播的環境‥‥‥‥‥‥‥‥‥‥‥‥‥‥‥‥‥‥‥ 9
第一章　包公為政的政治語境‥‥‥‥‥‥‥‥‥‥‥‥‥‥‥‥‥‥‥ 11
　一、包公時代的社會背景‥‥‥‥‥‥‥‥‥‥‥‥‥‥‥‥‥‥‥‥ 11
　二、宋代權力下移與多聲道傳播‥‥‥‥‥‥‥‥‥‥‥‥‥‥‥‥‥ 14

三、帝師傳統、明君賢臣模式與包公傳播　　17

第二章　包公的自我敘事與歷史敘事　　23
　一、自我敘事中的包公　　23
　二、歷史敘事中的包公　　34

第二編　文學史上包公的「多級」傳播　　49

第三章　宋元話本與包公文學傳播之萌芽　　51
　一、瓦舍的創設及傳播意義　　52
　二、宋金元話本小說中的包公　　57

第四章　包公戲與包公傳播之發軔　　63
　一、包公戲的規模　　63
　二、元代包公戲形成的社會背景與受眾心理　　78
　三、包公戲傳播之議程設置　　84
　四、元明清三代戲劇中包公媒介形象的演變　　87
　五、說唱、扮演與包公形象的傳播方式　　100

第五章　公案小說與包公傳播之拓展　　107
　一、明清包公文學的規模　　107
　二、包公小說中包公媒介形象的傳播演變　　130
　三、《三俠五義》的包公傳播意義　　139
　四、因襲、改編——包公文學的民間傳播方式　　142
　五、包公文學的敘事與包公傳播　　152
　六、其它文學作品與包公傳播之維持　　166

下　冊

第三編　全方位多層次的包公文學傳播　　173

第六章　媒介的演進與包公文學傳播之格局　　175
　一、搬演與包公戲劇傳播　　176
　二、書場與包公小說傳播　　185
　三、小說傳抄與包公傳播　　187
　四、書坊刊印與包公文學的編刻傳播　　189
　五、商業利潤與諸傳播方式的傳播動力　　201

第七章　地域與包公文學傳播之空間　　207
　一、鄉村演劇傳統與包公傳播　　207

二、城市的書坊刊刻、會館戲劇與包公傳播 ……………………… 228

三、包公文學在海外的傳播 ……………………………………… 232

四、包公文學傳播中情節的地域文化適應現象 ………………… 237

第八章　傳播者、受眾與包公文學傳播之階層 …………………… 243

一、有口皆碑與樹碑立傳——民間敘事與包公的傳播 ………… 243

二、包公文學的傳播主體 ………………………………………… 247

三、包公文學在民間傳播的模式 ………………………………… 257

第四編　包公文學在民間流傳的傳播要素闡釋 …………………… 271

第九章　民族文化與包公文學傳播之根基 ………………………… 273

一、判斷是非的人類學意義 ……………………………………… 274

二、神話敘事與包公傳播 ………………………………………… 282

三、儒家倫理與包公傳播 ………………………………………… 287

四、佛教文化與包公形象 ………………………………………… 291

五、道教文化與民間判官 ………………………………………… 300

六、民間信仰與包公傳播 ………………………………………… 306

第十章　社會控制與包公文學傳播的動力 ………………………… 311

一、儒教政治及其社會治理 ……………………………………… 311

二、價值建構與爭奪話語權的鬥爭 ……………………………… 325

附錄一　蒙元政權與漢族口頭傳統的異軍突起：兼及中國文學範型的演變 331

附錄二　祭祀儀式劇與包公形象的演變 …………………………… 347

主要參考文獻 ………………………………………………………… 367

後　記 ………………………………………………………………… 377

在學術殿堂外
（增訂版）

劉世南　著

作者簡介

劉世南，江西吉安人，1923 年生，著名文史學者，江西師範大學文學院教授，父親爲前清秀才，自幼親承庭訓，精熟經史；代表著作有《春秋穀梁傳直解》《清詩三百首詳注》《清詩流派史》《在學術殿堂外》《清文選》（與劉松來合作）《大螺居詩文存》等。其中，《清詩流派史》被學術界視爲清詩研究的經典著作之一。在《文學遺産》《古籍整理研究》《博覽群書》等刊物發表論文數十篇。曾受聘爲《全清詩》編纂委員會顧問、江西省古籍整理中心組成員、大型叢書《豫章叢書》整理編輯委員會首席學術顧問。

提　要

　　本書是劉世南先生一生的學術總結，全書以七個專題敘說自己的治學體會和學術行誼，略爲「勿以學術殉利祿」、「治學重在打基礎」、「刊謬難窮時有作」、「平生風義兼師友」、「我自當仁不讓師」、「怎樣培養中國古典文學的研究人材」、「不能再輕視基礎培養了」七個專題，以及附錄中對於以量化體制評定學術成果和學術水平的批評。先生指出，治學要打好扎實的根底、不徇利祿、摒除浮躁心態。強調「只有不殉利祿，才能沈下心來，好學深思；只有根底扎實，並且日知所無，才能在著書時，勝義紛披，水到渠成」。先生學殖淵深，博聞強志，在古籍整理和文學史研究中發現了不少學人的謬誤，一一加以匡謬指正。他與一些學術名家的學術討論，以及先生對所著《清詩流派史》的總結，揭示了先生的學術功力和學術品格。書中敘述了先生與馬一浮、楊樹達、王泗原、馬敍倫、錢鍾書、呂叔湘、朱東潤、錢仲聯、程千帆、屈守元、白敦仁等名家密切的學術交往，亦從另一個側面展示了先生的學術境界和學術襟懷。

　　全書涵蓋了先生的學術成長、學術研究、學術成果、學術思想、學術評議、學術交遊、人材培養諸方面，而貫穿其中的主要精神，就是強調學術爲天下之公器，體現了先生深厚的學術擔當和文化擔當精神，以及強烈的人文主義情懷。

序

郭　丹

　　業師劉世南先生將他一生治學的體會以及多年來指謬匡正的文章，集結為一書，名曰《在學術殿堂外》。先生名其書曰「在學術殿堂外」，似乎是無關學術宏旨，其實，先生書中所言，句句皆學術中事，無一非關學術耳。歸納起來，先生於書中所述，主要是三大部分：一是從先生自己幾十年的治學體會談如何打好基礎、培養中國古典文學的研究人才；二是將他多年來對學術研究、古籍整理匡謬正俗的文章加以結集；三是披露了先生多年來與錢鍾書等學者學術交往的情況，由此亦見先生的學術功力和學術襟懷。我因為幫忙整理和電腦輸入的原因，得以先睹為快。拜讀業師大作，猶如又回到當年受業之時，耳提面命，言猶在耳。

　　記得研究生剛入學時，先生便一再強調打基礎的重要性。其時我因已在高校教過幾年古典文學，自恃似還有一點基礎，對先生之諄諄教誨並不在心。大概先生看出我的心思，又說，他曾經同朱東潤先生交談過，朱先生說，現在大學裏有的年輕教師，就憑著北大編的文學史參考資料和我主編的作品選給學生上課，這怎能教好書呢？後來，先生告訴我們，說他年輕時會背《詩經》，甚至《左傳》，我真是不勝驚訝。如果說會背《詩經》尚且不奇怪的話，能背《左傳》這樣的巨著，談何容易！然而，後來先生給我們上《左傳》專題課，從先生對《左傳》的熟悉程度，我才領會先生誠非虛言。先生沒有上過大學，但從少年起就跟著前清秀才的父親讀了十二年的古書，熟讀了《小學集注》、《大學》、《中庸》、《論語》、《孟子》、《詩經》、《書經》、《左傳》、《綱鑒總論》等古書，而且「全部背誦」！其實不止這些，先生對「十三經」，對《文選》，對《莊子》，對史籍，對詞章學，都下過很深的工夫。現在的中青

年學者，有幾個人下過這樣的工夫？前幾年，先生在給我的信中曾感歎說，我們現在談的許多看法、發的感慨，其實古人全都說過。我想，正因先生熟讀了古人之書，才有話都被古人說完的感歎。就像清人趙翼說的：「古來佳句本無多，苦恨前人已說過。」不但詩如此，文亦如此，理亦如此。而似吾輩讀書不多者，一有所論，即沾沾自喜，殊不知古人早已有之。所以，真正能做到「發前人之所未發」，並不是一件容易的事。先生從來是手不釋卷的。記得當年我們師徒常一起徜徉於校園之中，先生除了談讀書，別無他辭。先生平生無任何嗜好，惟以坐擁書城讀書為樂。我研究生畢業之後，有好幾年，先生都是在除夕下午給我寫信。記得有一次信上說：現在是除夕下午近 4 點鐘，圖書館閱覽廳裏只有我和張館長兩人；張館長親自值班，坐在閱覽廳陪我，等我讀書讀到 4 點關門，現在正看著我微笑。所以，先生在《清詩流派史》書後詩云：「憶昔每歲除，書城猶弄翰。萬家慶團圞，獨坐一笑粲。」實乃真實寫照。

先生對於古典文學研究，強調打下堅實的基礎，在廣博的基礎上力求專精。先生是既博且精的。拜讀先生糾謬匡正的文章，首先是歎佩先生學識的廣博。因為讀書廣，而且不是泛泛涉獵，所以一看別人的文章或點校的古籍，很容易就可發現錯誤。現在的古典文學研究者，包括自己在內，又究竟讀過多少書呢？先生「刊謬難窮時有作」所指出的錯誤，主要原因就在於讀書不多所至。自己現在也在指導研究生，並時時告戒他們要廣讀精讀以至背誦原著，然而青年學生最不肯下苦功的就是讀原著，猶不屑於背誦，只是熱衷於看別人的論著，拼湊自己的觀點。如此，何以能成為真正的學問家？至於說專精，只要看先生的《清詩流派史》就可以知道。先生自己說「卡片漫盈箱，有得逾美膳。心勞十四載，書成瘁筆硯」、「自我肺腑出，未嘗隻字篡」（該書《後記》自著詩）。先生精研清詩十五年（從積纍來說遠不止 15 年），竭澤而漁，殫精竭慮，才完成這樣一部「前所未有，後不可無」（顧炎武語）的巨著，被清詩研究者稱為清詩研究九大經典之一，也是理所當然的了。而且，這種耐得住清苦寂寞、「不以學術殉利祿」的精神，又哪是當前浮躁學風所能比擬的？

從 1979 年開始，先生就對郭沫若、毛澤東以及包括一些學術大家在內的學者的學術錯誤或學術觀點進行批評商榷。這顯示了先生的深厚學殖，也表現了先生「當仁不讓師」的學術勇氣。郭老的《李白與杜甫》一書出版後，

是有很多人並不贊同的，但鑒於「文革」時的氣候，即使人有腹誹，也不敢公開發表異議。79 年剛剛撥亂反正，先生對郭老《李白與杜甫》一書進行批評的文章確有振聾發聵的作用。而《關於宋詩的評價問題》一文，明確地說毛澤東同志《給陳毅同志談詩的一封信》對宋詩的否定是不符合事實，這在八十年代初引起很大反響，也是勢在必然。先生這兩篇文章，完全建立在充分說理的基礎之上，立論有據，「極有理致」（程千帆先生語）。讀先生匡謬正俗的文章，首先是欽佩先生知識的廣博，學術眼光的犀利。先生糾謬，不但指出錯誤，而且徵引大量的文獻資料說明錯在哪裏，使人心服口服。其次亦深深感到學術研究之事，何可一絲一毫掉以輕心，非極其嚴謹不可從事。記得當年受業之初，拜讀先生《談古文的標點、注釋和翻譯》一文，心常戒惕；後來又常讀到先生對古籍整理的指謬文章，更深感古籍整理研究的不易。當今學風浮躁，許多古籍整理的東西不少是倉促上陣，又爲功利目的所驅使，率爾操觚，出錯乃不足爲奇。可先生指謬的對象，有不少是知名學人，應該說學術功底都是不錯的。然而只要一不小心便要出錯，甚至貽笑方家。先生說：「注釋不是依靠工具書就能做好的，關鍵在於讀書。也就是說，根柢必須深厚、紮實。否則必然是盲人捫象，郢書燕說。」此說可謂至理名言，足爲我輩後學引爲龜鑒。

先生治學的另一個經驗，就是多與學術大師請益和對話。先生善讀書，善發現問題。一發現問題，便向一些知名學者請教，從年輕時起就是如此。先生與馬一浮、楊樹達、王泗原、馬敍倫、龐石帚、錢鍾書、呂叔湘、朱東潤、程千帆、屈守元、白敦仁等學者都有論學或詩作信函往來。與學者高人對話，可以得到很多教益和啓發，這是一個方面。另一方面是，對話總是建立在一個基本差不多的平臺上。與學者大師對話，是必須具備相應的水平的。可以看到，不管是對話，還是切磋，學者們對於先生的見解都是相當欽佩的。像楊樹達先生稱讚他二十四歲寫的《莊子哲學發微》是「發前人之所未發」；錢鍾書先生稱他的匡謬正俗文章「學富功深」、「指謫時弊，精密確當，有發聾振聵之用」；屈守元先生稱其《清詩流派史》「既紮實又流暢，材料豐富，復有斷制，誠佳作也」，並作詩說「卓見顯才識」，「摩詰有高論」，甚至稱「有幸讀君書，竟欲焚吾硯」；皆非泛泛溢美之詞。學術就在這樣的交流、討論、切磋中長進。「平生風義兼師友」，增進學術共有時。先生談的何止是師友情誼，其實是治學的一個重要方法。

　　先生在談到他對培養古典文學研究人才的七點意見，我認為非常值得後輩學人記取。打好根柢、博覽群書，這是培養古典文學研究人才最基本的兩條。看到這些意見，或許有的人會認為先生是一位守舊的學究。此實大謬不然。先生舊學根底紮實，但從不排斥新學。反而很注意吸收新東西。這一點，由先生從年青時起就廣泛閱讀英語著作可以看出。上世紀八十年代初中期，新理論新方法風起雲湧，好不熱鬧。對此，先生同樣很認真的關注過，亦似圖一試。然而，先生不久就發現，新方法並不能解決問題。尤其是有的人沒有讀過多少古書，僅憑一點所謂理論上的「創新」，便欲在古代文學研究的海洋中弄潮，終未免是隔靴搔癢，或比附牽合，甚至保不住要出錯。所以，沒有紮實的根底，徒然變換一些理論和方法，只是「空手道」而已，是為先生所不取。對此，先生常深懷感慨。現在不少學者提倡回歸本體，精讀原典，與先生所倡，正不謀而合。先生認為，即使進入電腦時代，也不能完全代替讀書打基礎。這是有道理的。誠如先生在批評有人對「落霞與孤鶩齊飛，秋水共長天一色」兩句的誤解時，不但指出王勃套用了庾信的《華林園馬射賦》，而且舉了宋王觀國《學林》、宋王楙《野客叢書》、晚清周壽昌《思益堂日劄》、劉勰《文心雕龍》、歐陽修《畫錦堂記》等古籍加以論證。如果不是博聞強記，就未必能如此舉證。古典文學研究，最忌單文孤證。先生如此徵引，宏富有力，令人信服。這就是真正的學問！所以先生曾一再強調，做研究必須力求把資料搜羅齊備，才好動手。此外，先生還主張古典文學研究者要學會寫古文、駢文、舊體詩詞。先生的舊體詩詞、古文和駢文都是做得很好的。呂叔湘先生稱他「古風當行出色」，龐石帚先生稱其詩「頗為清奇」，「不肯走庸熟蹊徑」，朱東潤先生稱其詩「深入宋人堂奧，捶字鍊句，迥不猶人」，都稱讚有加。記得當年我們與先生以及另一位導師劉方元先生（錢基博先生門弟子）一起出外訪學，方元先生是每日作詩一首，世南先生雖不每日作，卻也詩興濃鬱，佳作不斷。兩位先生的詩作好之後，都讓我們一起評讀。在火車上，世南先生還總愛出對子讓我們對。一路上既長了知識，又增添了不少樂趣。我想起陳寅恪先生曾說作對子是最好的訓練。世南先生此舉，實在是用心良苦。至於古文，讀一讀先生的《哀汪生文》，就可以略知一二了。總之，我認為先生與許多前輩學者都說得極是，作為一個古代文學研究者，自己不會作古詩詞、文言文，沒有感性體會，對於古人的詩文研究，總歸隔著一層。慚愧的是，辭章之事，我至今未得入門，思之常感汗顏。

先生已是八十高齡的人了，仍孜孜不倦在讀書寫文章，而且還兼著《豫章叢書》首席學術顧問之職，實可謂老驥伏櫪，壯心不已。先生的大作，是可以常置於案頭的，常讀常新，使人戒惕，啓人心智。我把先生的手稿給研究生們都看了，希望他們能記住先生的教誨。薪火相傳，把前輩學者的好學風傳下去，發揚光大。

祝願先生健康長壽，爲學術作出更大貢獻。

受業弟子 郭丹 謹記 2003.4.15

序　郭丹

一、勿以學術殉利祿 ……………………………………………… 1

二、治學重在打基礎 ……………………………………………… 9

三、刊謬難窮時有作 ……………………………………………… 17

四、平生風義兼師友 ……………………………………………… 33

五、我自當仁不讓師 ……………………………………………… 77

六、怎樣培養中國古典文學的研究人材 ……………………… 131

七、不能再輕視基礎培養了！
　　——談當代人文社會科學學術研究的一個
　　關鍵問題 ……………………………………………………… 149

外　編 ……………………………………………………………… 161

　甲、書評 ………………………………………………………… 161

　　學術怎樣成為公器　饒龍隼 …………………………………… 161

　　〔與青年朋友談讀書〕（十）海納百川　有容
　　乃大　王琦珍 ………………………………………………… 166

　　治學重在打基礎——讀《在學術殿堂外》
　　　張國功 ………………………………………………………… 170

　　劉世南先生訪談錄 …………………………………………… 191

　乙、科研量化問題 ……………………………………………… 200

　丙、清詩研究 …………………………………………………… 203

　　《清詩流派史》述評　熊盛元 ………………………………… 203

　　一部體大思精的斷代詩歌史
　　　——讀劉世南先生《清詩流派史》
　　　王琦珍 ………………………………………………………… 208

　　清詩研究的「經典性成果」　葛雲波 …………………………… 212

再版後記 …………………………………………………………… 219

目
次

一、勿以學術殉利祿

　　2001年6月11日，浙江大學中文系教授朱則傑博士，寄了一份複印件給我，題爲《二十世紀清詩研究的歷史回顧》，作者是張仲謀博士，此文發表於1999年《泰安師專學報》第21卷第5期，當時他是徐州師大中文系副教授。在此文中，他舉出九種著作，稱之爲「經典性成果」。一爲總集、選本與工具書：（1）徐世昌《晚晴簃詩彙》；（2）鄧之誠《清詩紀事初編》；（3）錢仲聯《清詩紀事》；（4）袁行雲《清人詩集敘錄》。二爲個人研究專著：（5）錢鍾書《談藝錄》；（6）汪國垣《汪闢疆文集》；（7）錢仲聯《夢苕庵論集》；（8）劉世南《清詩流派史》；（9）嚴迪昌《清詩史》。而對於70年代末至90年代中期的一批研究專著，認爲嚴著《清詩史》和劉著《清詩流派史》是「標誌著這一時期清詩研究發展水平的。」

　　看了張文後，頓生空谷足音之感。因爲《清詩流派史》1995年通過郭丹（我帶的研究生，現爲福建師大中文系教授、博導）聯繫，在臺北文津出版社以繁體字出版，印數只一千冊，定價新臺幣480元，約合人民幣100元，以大陸書價而論，實在太貴，加以購買不易，寄費又高，所以，我很擔心這部書會默默地被淹死，不爲學術界所知。現在看到張文，才知已有知音，而且給予這麼高的評價，我確實非常驚喜，便特地送給我校（江西師大）文學院副院長劉松來（也是我的研究生，和郭丹同班，現爲中文系教授）看，他也很高興。

　　由於年老（我生於1923年夏曆9月6日），睡眠較少，這晚醒後，就在枕上口占了七律一首：「附驥汪錢誰則可？策勳翰墨我非倫。欲從心路窺民主，好與堯封企日新。健者當爲詩外事，高歌還望眼中人。亭林能狷羽琦俠，

－1－

紹述只慚筆不神。」開頭的兩句並非謙虛，我確實自知學識距離汪闢疆、錢默存、錢萼孫三位前輩太遠。三、四句說明我寫《清詩流派史》的目的。我不是「為學問而學問」，寫這本書，重點在（1）通過吳兆騫說明專制高壓會使人「失其天性」（P137），（2）通過譚嗣同說明民主意識的產生及其巨大意義（P579），鍾叔河在《關於曾國藩家書》中說，「傳統的封建文化不能導向民主與科學」，我這一部分論析正可證明他這個結論。吳江在《三談中國傳統文化》（收在《文史雜論》一書中）也可參看。李澤厚《探尋語碎》也指出：「近代的自由民主，正如馬克思主義一樣，是在大工業生產基地上逐漸成熟的成果，它與中國傳統並不相伴，而是自西方輸入的」。（P392）（3）通過釋函可說明韌性戰鬥的重要。以上三點，我特別拈出，以為讀吾書者告。杜甫《題李尊師松樹障子歌》：「更覺良工心獨苦。」蘇軾解說：「凡人用意深處，人罕能論，此所以為獨苦。」我非良工，但此微意，願與讀者共論共勉。五、六句指出學者必須同時是戰士，從而寄望於朱則傑、張仲謀等中青年學人。結尾二句指出不入流派的顧、龔兩位思想家是我們清詩研究者的光輝榜樣，我個人是「雖不能至，而心嚮往之」的。

過了六天，即 6 月 18 日，下午，我正在中文系資料室看報，忽然間，幾位古典文學教研室的中青年教師湧進來，對我說，北京中華書局來了兩個人，其中一個是副總編李岩，他們特來瞭解江西師大的科研情形，今天下午在二樓開座談會。會上，劉松來以我的《清詩流派史》為例，列舉張仲謀《綜述》的評論，說明大陸並非沒有水平高的專著，不過處此市場經濟環境，無法找到出版機會，只好去臺灣出書。李氏聽了，很感興趣，便問松來可否找一本來看看。李表示要帶回北京認真閱讀。——後來松來告訴我，正是為了促成我這本書能在中華重印，所以，中華兩位來賓遊覽滕王閣和八大山人紀念館，系裏本來不是派他陪同，他卻自告奮勇陪了他們一段時間。

6 月 23 日晚，我又在枕上口佔了一首七律：「頹齡可製亦何求？剩付骨灰逐水流。刊謬難窮時有作，賞音既獲願終酬。人心縱比山川險，老我願無進退憂。差幸窮途多剪拂，書成或不化浮漚。」

我為什麼寫五、六句呢？清人紀昀（紀曉嵐）在《閱微草堂筆記》中感歎：「天下唯同類可畏也。凡爭產者，必同父之子；凡爭寵者，必同夫之妻；凡爭權者，必同官之士；凡爭利者，必同市之賈。勢近則相礙，相礙則相軋耳。」我在江西師大 60 週年校慶時，應校慶辦秘書處之約，寫了一篇《我在

師大二十年》，收在《穿過歷史的煙雲》一書中，由江西高校出版社於 2000 年 10 月出版。現將全文抄錄如下：

我在師大二十年

中國古代文人寫《士不遇賦》的有好幾位，董仲書、司馬遷、陶淵明都有同題之作。我忝附士林之末，所遇恰好相反，在江西師大這二十年，來自領導、前輩、同事的知音，僂指難窮。

我於 1979 年進師院，並無職稱。1982 年初評職稱，3 月 4 日晚八點一刻，中文系賴淮靖副主任來到我房裏，說：「系學術評議小組會上，有老先生提議，根據你的學術水平，應該評副教授。系領導也都同意。」但他說，系領導爲了保險，主張還是先報講師，因此由他特來說明。我自然表示感謝——這是我最早從領導和前輩處得到的知遇。

過了幾年，我不安於位，決意離去。蘇州大學由於錢仲聯先生的推薦，立刻向師大人事處發來商調函。同時，江西大學谷霽光校長知道我的遭遇後，也叫我去找鄭光榮書記，請他同意調我去江大。我找到鄭書記提出要求。

他說：「我們既然要你來，怎麼又會放你走。不行，你哪裏也不能去，一定要在這裏安心工作。」不久，就要我卸去本科生的教學工作，協助劉方元副主任專門指導先秦至南北朝文學碩士生。

1988 年下半年，鄭書記調任省文化廳廳長。9 月 17 日下午 5 點半，我從系裏回家去，經過校長辦公大樓門口（當時門向東開），他正站在大門臺階上，見到我，忙招呼我過去，說：「我已到文化廳上班三周了。」又說：「全校到年齡的六十五人，都辦離、退手續，只留下你。我已經跟校領導們說了：你帶研究生有很大成績，有眞才實學。留下來，一方面爲了增加你的工齡，更主要的是讓你在古典組挑重擔，接胡守仁先生的班。」當然，後來由於政策規定，除省決策咨詢委員會委員和省政協常委外，一律都退，於是我沒被延聘。但鄭書記這樣關懷，我是沒齒不忘的。

我退休十年了，歷屆領導不論認識不認識，大概都知道我這個人，邵逸夫肖像瓷盤上的七律詩，《逸夫樓記》，都是叫我代學校撰寫的。尤其是最近的《田家炳教育書院記》校辦請我定稿（初稿由段小華教授創作），以七天爲期，務期斟酌盡善。校領導要求既讚頌田先生，又不能貶低師大。爲了這，

我幾次凝思不眠，有時想到了，半夜躍起，援筆記下，次日審視，仍覺不洽，重新改寫。「本期經營盡善，書院丕成；乃以興作方繁，資金頓絀。」這樣措辭，是頗費苦心的。另外，姚電副校長不滿「救一時燃眉之急」，認為自貶太甚。我為了對「收百年樹人之功」，便用《左傳》「晉饑，秦輸之粟」的典故，寫成「同兩國餼粟之誼」。後因大批「兩國論」，怕引起誤會，匆忙改成「古賢」，用魯肅為周瑜指困事。慚愧，費了五天時間交卷，仍未斟酌盡善，深負倚託。但據校辦羅敬新主任說：田先生非常重視這篇記文，刻石之前，叫先電傳過香港去，經他本人和田家炳教育基金委員會的委員們審讀後，才讓刻石。羅主任說：「他們在電話裏說，非常滿意。」

退休後，我仍然常去樣本書庫看書。一天，鍾世德書記、李佛銓校長陪舒聖祐省長來校視察，走進樣本書庫。李校長特地叫我過去，向舒省長介紹：「這位是劉世南教授，學問淵博，孜孜不倦。」我並不以省長一賜顏色為榮，卻對李校長的揄揚躊躇不安：孜孜不倦或有之，淵博談何容易。

二十年來，我的身影停留得最多的地方，是校、系兩圖書館。由於蓄意撰寫《清詩流派史》，我要求校圖購買《晚晴簃詩彙》。這是一部大部頭的書，私人買不起。張傑先生時任館長，不但同意，而且買了兩部，分給中文系一部，我便得以隨意借閱。後來，錢仲聯先生主編的《清詩紀事》出版了，也是冊數較多的，我又向張館長要求，他又滿足了我的願望。

先母94歲棄養後，我老伴又不幸傷腳，從此裏外靠我一手撐持，不但不能去校外講課，連外出開會和春秋旅遊也不能參加。近兩年，省高校古籍整理研究領導小組正組織全省高校教師做《豫章叢書》的點校工作，聘請舒寶璋先生和我擔任首席學術顧問，負責全部叢書的定稿。這是十分繁重的工作，我已76歲，家務又如此沉重，實在無法受聘。領導小組組長萬萍教授，反覆勸說，最後說：「劉先生，你在中文系是用而未盡其才的，我們這樣敦請，實在希望人盡其才啊！」我確實被這話感動了，自知樗材，無足輕重，但良朋相知如此之深，豈容輕負，於是勉強應聘了。

最後，我想到傅修延副校長，他對我的扶持是長期的、多方面的。最難忘的是1996年10月31日上午10點半，他邀我到他家，把貯存在電腦中的日記顯示給我看，稱我為「大學問家」（近年來，我在東北師大古籍研究叢刊上連續發了多篇匡謬文章，他看過了，所以如此過分揄揚），歎息我劉蕡下第，李廣不侯，比我為黃秋園，說是百年之後必獲真賞。

　　江西師大啊，您賦予我難忘的二十年！沒有您，就沒有我的所有專著和論文，也沒有我的存在意義。

　　感謝您，但願我能在您的懷抱裏，嚴肅而愉快地走完這人生的長途。

　　我爲什麼這樣寫？並非借他人之口，來作自我吹噓，而是對種種冷箭的總回答。我當時不僅背後受到種種冷箭，而且竟被剝奪給本科生上課的權利，把我調到《讀寫月報》（指導中學語文教學的刊物）去當編輯。實逼處此，我才不得不要求調到其它大學去。由於校黨委書記鄭光榮的慧眼，他果斷的留下了我。我安心工作後，除了認眞帶好研究生，就是全力研究並撰寫《清詩流派史》，而對本人職稱，不願多加考慮。我是 1989 年 3 月 1 日退休的，這時我已 67 歲，早已過了規定的退休年齡。那時，全校正在申報正高，和我同帶研究生的原中文系副主任劉方元先生幾次私下勸我申報，我都不曾申報，覺得實至名歸，這事應該由組織上去考慮。後因我在退休之列，便未再議職稱事。記得當時中文系一位曾老師，一位賴老師，都因爲沒評上正高，先後去找鄭書記。事後，兩位老師先後對我說：鄭書記對他們講，「劉世南老師那麼好的學問，也沒有評教授，他從來沒找過組織。你跟他比比，還有什麼不服氣的呢？」

　　我告訴讀者這些事，用意在於說明，學術研究決不可以徇利祿。我不是教授，可江西高校瞭解我的人，沒有誰不尊重我。很多文史教授經常不恥下問，和我共析疑義，並在他們的著作序、跋中屢屢提及賤名。

　　最近讀到呂家鄉先生的《探求：知識分子的天職》：「如果一個有知識的人用他的知識作爲追逐名利、巴結權貴的工具，他就很容易失去知識分子應有的探求眞理的精神，就不是眞正的知識分子了。」（《文藝爭鳴》2002.4）我以爲學人應該這樣要求自己。

　　沒有文化的民族不是眞正的民族，而泡沫文化只是文化垃圾。我希望讀者尤其是年青讀者謹記此言，拋開個人的浮名浮利，兢兢業業，踏踏實實，爲宏揚我中華傳統文化和開創與世界接軌的新文化而努力，這才是我們人生價值之所在。

　　現在再回到張仲謀《綜述》上。

　　在《清詩流派史》出版後，已有好幾位書評，爲什麼我獨對張文如此感動呢？原因有三：

（1）那些書評作者大多是我的熟人，他們是得到贈書後才寫書評的，不免有溢美之辭。

（2）張仲謀博士卻和我素昧平生，我得到朱則傑教授寄來的複印件時，初讀一過，只覺驚喜，卻不知道他是在哪個高校讀的博士生，導師是哪位。這樣的陌生人寫的《綜述》，對我的專著所做的評價，絲毫不帶私人感情，應該是客觀的。

（3）沒過幾天朱則傑教授第二次來信，說張君是蘇州大學嚴迪昌博導的博士，這就更使我高興。因為蘇州大學是全國的清詩研究中心，俗話說，同行相妒。我在《清詩流派史》末頁所附五古說：「不知問世後，幾人容清玩？得無溫公書，無人讀能遍？」又說：「並世得子雲，應與話悃欵。」潛臺詞正是擔心他們會視而不見或故意貶低。而張博士在 1999 年即已發表這篇《綜述》，肯定拙著的價值，絲毫不像劉勰在《知音》篇所說：「會己則嗟諷，異我則沮棄」而是真正「無私於輕重，不偏於憎愛」，「平理若衡，照辭如鏡」。這怎麼不使我分外感動呢？特別是最近（2002 年 7 月）看到張博士的專著《清代文化與浙派詩》，深覺他是清詩流派研究的行家裏手，拙著能得到這種學人的賞音，實在自幸之至，不禁想起我省高安籍詩人白采（童國章）的一首七絕：「負手微吟解者誰，語高元不和時宜。文章真賞須千載，獨遣傷心為此時！」正是傷並世子雲之難遇。和白采相比，我何能不自幸？我還想起清代詩人澎照蓀（甘亭）的兩句詩：「世間嗤點皆尋常，譽我我轉心爽傷。」的確，內行一句中肯的指責，遠遠勝過外行的眾口交譽，何況是內行的稱賞？

同年（2001 年）8 月 21 日，接到趙伯陶先生寄來的一份複印件，是他最近發表在《中國典籍與文化》（第 38 期）上的一篇文章，題為《從臺灣出版的兩部大陸學者的清詩專著談起》。兩部清詩專著，按出版時間順序，指我的《清詩流派史》和嚴迪昌教授的《清詩史》。並印出了兩部書的封面圖像。

在此文中，趙先生特別強調我自甘寂寞、契而不捨的治學精神。他引我書末五古所云：「憶惜每歲除，書城尤弄翰。萬家慶團圞，獨坐一笑粲。卡片漫盈箱，有得逾美膳。心勞十四載，書成瘁筆硯。」從而指出：「正是這種甘坐冷板凳的治學精神，才使這部厚重之作得以問世。」因而感歎：「那些把治學當成某種資本或轉為終南捷徑的人，恐怕難有可經得住時間考驗的著述問世。」

這使我聯想到張仲謀博士在其《綜述》中，也特別指出我「費時 15 載，撰成是書，亦可謂耐得清苦寂寞者。」

章太炎論學術研究，謂「近世爲樸學者，其善者三：明徵定保，遠於欺詐；先難後得，遠於徼倖；司勞思善，遠於偷惰。故其學不應時尚，多悃愊寡尤之士也。」（《檢論・學隱》）反省自己撰寫《清詩流派史》，起因只是顧炎武所謂著書應爲前所未有、後不可無者，希望以此塡補清詩史這個空白。所以書末五古說：「自我肺腑出，未嘗隻字篡。」這正表明和「欺詐」、「徼倖」、「偷惰」三者絕緣。章太炎強調「凡學者貴其攻苦食淡，然後能任艱難之事。」（《救學・弊論》）而要能攻苦食淡，必須「躁競彌乎下。」（《五朝學》）躁，心態浮躁，競，追逐名利。兩者治學大忌，必須堅決消弭。我寫此書的 15 年，是包括在編時的 10 年和退休後的 5 年。我沒有考慮過寫此書和評職稱的關係，也沒有參加過任何評獎活動，想到的只是這工作體現了我的人生價值。

這些年來，社會上不斷揭發一些學術腐敗的醜聞，使正直的人十分痛心。爲什麼硬要把學術成果跟職稱、工資、住房等掛鈎呢？章學誠指出，科舉取士，是「以利祿勸儒術」，結果成爲「以儒術殉利祿。」（《文史通義・原學下》）聽說南方某高校調動了兩位高水平的中青年教師到北方某名校，一人評上了博導，一人沒有，後者竟跳樓而死。這眞是「以儒術殉利祿」的典型！誰實爲之？孰令致之？我們強調輿論導向，我看，當前急需大力端正學術研究的方向。

錢鍾書先生強調指出：學問是荒江老屋二三老儒探求的事。眞是至理名言！熱中的人是做不成眞學問的。

二、治學重在打基礎

　　我是 1979 年到江西師大（當時還稱師院）中文系工作的，時已 56 歲。前此長期在中學任教，主要教高中語文。我的正式學歷只是解放前高一肄業，本來完全沒有資格到大學來任教。但是由於十年「文革」，高校古典文學師資嚴重缺乏，於是在江西師院中文系任教的汪木藍、唐滿先，在南昌市教育局工作的周紹馨，在省委工作的劉開汶，在省文聯工作的徐萬明，（他們都是我在永新中學教過的學生，而且都是江西師院畢業的）事先並沒告訴我，五個人經過商量後，要汪木蘭（他是系黨總支委員）向系領導推薦我。推薦的材料就是當時在山東大學《文史哲》發表的《對〈李白與杜甫〉的幾點意見》（1979年第 5 期），和《中國語文》發表《談古文的標點、注釋和翻譯》（1979 年第 4 期）。系領導徵求系裏幾位老前輩（胡守仁、余心樂諸先生）的意見，他們也極口贊成。加上劉開汶又向鄭光榮書記大力推薦，於是校、系都同意引進，安排在古典文學教研室，教先秦到南北朝這一段。

　　若干年後，現當代文學教研室的鄧老師告訴我，中文系一般教師，在我到來之前很久，就聽到汪木蘭、唐滿先二人好幾次談到我，說是學問如何如何好，所以，我來系工作以後，他們雖很好奇，卻不歧視我，反而越來越尊重我。

　　當時，《南昌晚報》曾派記者來採訪我，發了一篇《沒有念個大學的大學教師》。一般讀者看了，也都嘖嘖稱奇。

　　其實人們不瞭解，我雖然只讀完高一下，就因家貧而輟學，但自幼在父親的指授下，讀了十二年的古書，不曾中斷過。這些書是朱熹編、陳選注的《小學集注》（收在《四庫全書》中，以我有限見聞，只知道崔述（東壁）和

周一良幼時都讀過）。《大學》、《中庸》、《論語》、《孟子》、《詩經》、《書經》、《左傳》、《綱鑑總論》，全部背誦。

我父親是前清秀才，43 歲才得到我這個兒子，十分鍾愛。三歲起就教我認字角（方塊硬紙，一面是字，一面是圖），認了近兩千，才教我讀當時用淺近文言編寫的國文和修身課本，然後再點上述古書讓我背誦。他和一般塾師不同：（一）不教我讀《三字經》、《百家姓》、《千字文》、《幼學瓊林》一類發蒙書。（二）不是叫我死記硬背，而是詳細解釋文義，再讓我熟讀成誦。這就不斷開發我的智力，使我喜歡思考問題。

記得讀一本高年級的修身課本時，有一課是這樣的：

王心齋師事王守仁，講良知之學。一日，有盜至，公亦與之講良知。盜曰：「吾輩良知安在？」公使群盜悉去衣，唯一褲，盜相顧不去。公曰：「汝等不去，是有恥也。此心本有，謂之良知。」

當時在故鄉，熱天，一兩歲孩子都一絲不掛。我就指著問父親：「他們並不害羞，是無恥嗎？那豈不是沒有良知？」父親笑了。

讀《小學集注》時，讀到「武王伐紂，伯夷、叔齊扣馬而諫。……義不食周粟，采薇而食之，遂餓而死。」我又問父親：「首陽山也是周朝的土地，薇也是周朝的，不食周粟，怎麼食周薇呢？」父親愕然，無以回答。後來，我進吉安市石陽小學讀高小，在圖書館看到魯迅的《故事新編》，其中有一篇《采薇》，說小丙君和他的婢女指責伯夷、叔齊：「『普天之下，莫非王土』，你們在吃的薇，難道不是我們聖上的嗎？」我吃了一驚：原來古人早就有這看法！長大以後，看《南史》的《明僧紹傳》：齊建元元年冬，徵為正員郎，稱疾不就。其後，帝（齊高帝蕭道成）與崔祖思書，令僧紹與（其弟）慶符俱歸。帝又曰：『不食周粟而食周薇，古猶發議，在今寧得息談邪？聊以為笑。』才知道魯迅所寫實有根據。但「古猶發議」究何所指呢？後來讀《昭明文選》劉孝標的《辯命論》：「夷、叔斃淑媛之言。」李善注：《古史考》曰：伯夷、叔齊者，殷之末世，孤竹君之二子也。隱於首陽山，采薇而食之。野有婦人謂之曰：『子義不食周粟，此亦周之草木也。』於是餓死。」這才知「古猶發議」即指此，而且魯迅就是根據《古史考》這類古小說來寫的。

我寫這兩段往事，並非自詡早慧（當時我大概六、七歲），而是說明一個教育原理：即使是啓蒙幼兒，也應著重智力的開發，絕對不可只使其死記硬背。父親的詳解，使我對讀書這事越來越有興趣，越有興趣就越會主動找書

看。這種良性循環，就培養成我這一輩子喜歡讀書，而且必求甚解的習慣。到現在 80 歲了，仍然每日手不釋卷。我不會下棋、打撲克、打麻將，一切玩的事都不會。也沒有任何嗜好：不抽煙，不喝酒。唯一的嗜好就是讀書。年輕時愛看話劇和電影，現在電視也不大看，因為傷目力。代替電視的是廣泛閱讀報紙和雜誌。我這輩子能夠雜學旁搜，看了較多的書，大概和自己沒有太多嗜好有關係。

還有一點值得談談。我不是科班出身，沒念過大學，因而一輩子什麼書都看。過去長期教高中語文，新文藝以及外國文學，從作品到理論，也接觸很多。青年時代，哲學、政治、經濟學的書也涉獵不少。這些，構成了我較廣闊的知識面。當然，在知識領域，有主有從。我雖然興趣廣泛，但重點仍然放在古典文學方面。不過對古典文學，我是通史式的，並不限於某一段。所以，我帶研究生，指導的是先秦到南北朝文學，寫過《屈原二論》（收入《楚辭研究》，中國屈原學會編，齊魯書社 1988 年 1 月出版），寫過和章培恒商榷魏晉六朝文學評價的文章，也寫過批評郭沫若《李白與杜甫》的文章，反駁毛澤東「宋人不懂形象思維」的文章。而我的科研方向卻是清詩。

如果《清詩流派史》真如論者所說寫得比較深厚，那是因為我的知識面較廣，同時鑽得較深。我一向要求自己厚積薄發，著書必須有自己的見解。《清詩流派史》的創見：

（1）河朔詩派詩人的民族氣節與理學的關係；

（2）顧炎武「亡國」、「亡天下」論與明末社會思潮；

（3）杜甫、顧炎武多作格律詩（尤其作五律與五排）與兩個人個性的關係；

（4）錢謙益迎降動機的分析，引《元經》與顧炎武用意相同，以方苞對比錢謙益；

（5）錢謙益學李商隱的「隱迷連比」，學元好問的頓挫鉤鎖、纏綿惻愴；

（6）馮舒、馮班詩論體現詩歌發展的規律；

（7）引全祖望論吳偉業詆洪承疇之言，證明《圓圓曲》不能實錄；

（8）吳偉業即陳圓圓；

（9）吳偉業與錢謙益詩論漸趨一致；

（10）不避俗是梅村體的長處；

（11）梅村體二傳人；

（12）P137 第三段；

（13）論《滑稽辭》；

（14）陳維崧詩的陽剛之美；

（15）朱彝尊不能自成一家的原因（我與梅曾亮不謀而合）；

（16）王士禎不取杜甫，因杜詩「變」而非「正」；

（17）王士禎談藝四言的針對性；

（18）漁洋詩不是形式主義的；

（19）論妙悟；

（20）漁洋詩的藝術特色；

（21）清初唐、宋詩之爭包含殺機；

（22）查慎行以《易》學家為詩人；

（23）王士禎和趙執信爭論的實質；

（24）「思路饞刻」即寫情入微；

（25）趙執信不滿宋詩的眞意；

（26）屬鶚矯朱彝尊、王士禎兩家之失；

（27）樊謝詩的非政教、超功利；

（28）沈德潛同明七子之「調」而變「格」之內涵（據《文鏡秘府》）；

（29）由選詩順序看沈德潛的文藝思想；

（30）駁今人的《詩話概說》；

（31）肌理說的甚深用心；

（32）袁枚以通俗小說為詩；

（33）性靈詩是眞清詩；

（34）劉大魁罵皇帝；

（35）黃仲則把貧賤生涯作為審美對象；

（36）洪亮吉《……代柬》一詩的分析；

（37）龔自珍與潘得輿、魯一同之異；

（38）龔自珍為詩，「其道常主於逆」；

（39）龔自珍是「近代的」；

（40）同光體的藝術魅力；

（41）鄭珍的白描與奇奧；

（42）陳三立是「最後一位詩人」；

（43）陳三立的鍊字；

（44）對王闓運「摹擬」的論析；

（45）樊增祥、易順鼎的「實處」；

（46）樊氏灞橋詩的論析；

（47）「綱倫」、「法會」二句的民主意識；

（48）論舊風格含新意境。

以上這四十八條，都是「自我肺腑出，未嘗一字篡」的。讀者從《清詩流派史》可以看出，國學的經史子集，現當代的新文學，外國的文論，或多或少都融化在我的一些觀點中。

我力戒博而不精。李詳（審言）一則故事深深地打動我。據說他平生致力的是《昭明文選》。他下的硬功夫是：把線裝書的《文選》拆散，先把一頁貼在桌上，反覆誦讀，直到這一頁紙摸爛了，才換另一張來讀。他就是這樣成為《文選》專家的。

我平時最愛看古人與時賢的年譜和傳記，特別注意他們的讀書方法，從而形成我的鐵定原則：

（1）強調打下紮實基礎。研究古典文學，尤其是校注古籍的，一定要對經史子集有個全面瞭解，就是直接閱讀原著。我曾將十三經中沒背誦過的圈讀一遍，每天四頁。結果，《易》35 天，《儀禮》74 天，《周禮》50 天，《禮記》107 天，《公羊》47 天，《孝經》只 28 分鐘，《爾雅》24 天。這是任何一個古典文學研究者都應該而且能夠做到的。我擔任《豫章叢書》整理工作的首席學術顧問，發現不少校點者就因為沒讀過十三經，分不清哪些是原句，哪些是作者的說明。

（2）對主要的經書（「四書」、《詩》、《書》、《左傳》）、子書（《老子》、《莊子》內篇）、集部（《文選》、《古文苑》、《古文辭類纂》中的名篇），必須熟讀成誦。清人惠士奇說過：「先輩無書不讀，尤必有得力之書」。（王鳴盛《蛾術編》卷八二〈說通二〉的〈讀書必有得力之書〉）近代黃侃也說過，讀書人真正下力氣的只是幾部書。我理解這話是說，你只要真正讀通了這幾部書（當然根據專業需要，不能固定那幾部書，但必定是打專業基礎必不可少的），其它有關的書，自易觸類旁通，迎刃而解。博而不精，那是平均使用力量，淺嚐輒止，不能深造自得，那是不可能取得較大成果的。我的做法是，在專精的基礎上力求廣博。但博務必圍繞精這一中心，否則就泛濫無歸了。

　　我自己一生讀書，對最重要的根柢的書，必定背誦。指導研究生時，我曾指出：你們這麼大年紀，學習時間又只三年，要看的書又多，我無法要求你們背誦。但是，你們吃虧正在這一點。熟能生巧，你們將來就會理解我這層深意。

　　《莊子‧養生主》寫庖丁解牛，就是熟能生巧。庖丁解牛之所以能超越技術階段（「近乎技」），「以神遇而不以目視」，就是因爲他掌握瞭解牛的規律（「道」）。而他所以能達到「道」的境界，豈有他哉，不過是「所解數千牛矣」。一句話：熟而已。

　　治學所以重背誦，道理完全一樣。

　　背誦，不但能使你熟悉本文，而且能激發出你的靈感，你會聯想到很多看似無關其實有用的知識。要知道，學術本來是一個天然精巧的有機的總體，你徹底熟悉了它的主要部分（根據你的研究角度所確定的重點而言），其它部分自會被你摸索、鈎連起來。邢劭說：「讀書百遍，其義自見。」背誦才會熟。

　　天下書不可盡讀，盡讀也不可能盡記，所以查檢類書（工具書）是治學必不可少的。但正如我在《從對侯氏書的匡謬談到學問功底的重要性》（《古籍整理研究學刊》1996 年第 5 期）一文中所說的：侯外廬《中國早期啓蒙思想史》P467 引汪中《述學》別錄《與端臨書》，有兩句這樣斷：「君子之學，如蛻然幡然遷之。」不通。蓋不知此語出於《荀子‧大略》：「君子之學如蛻，幡然遷之。」楊倞注：「如蟬蛻也。幡與翻同。」又 P472 引《述學》別錄《與劉端臨書》：「欲摧我以求勝，其卒歸乎毀，方以媚於世，是適足以發吾之激昂耳！」侯氏不知「毀方」爲一動賓結構詞組，出自《禮記‧儒行》：「慕賢而容眾，毀方而瓦合，其寬裕有如此者。」同時也可見侯氏不明古文的句式，上句「（其始）欲摧我以求勝」，下句「其卒歸乎毀方以媚於世」，是兩個並列句，句式結構完全相同。像侯氏這樣點，汪文原意完全喪失了。儘管《荀子引得》和《十三經索引》早已出版，但侯氏根本不知來歷，你叫他怎麼去查呢？所以，我強調要讀原著，否則即使有工具書，你也沒法用。

　　侯氏有盛名，我看過他的幾種傳記，他小時也讀了一些古書，但根底並不紮實。徐朔方在《考據與研究——從年譜的編寫談起》（《文藝研究》1999年第三期）一文中，指出侯氏說王廷相極恨宰相嚴嵩，單獨上書，皆非事實。因爲（一）嘉靖十八年六月，宰相是夏言、顧鼎臣，嚴嵩是禮部尚書，未入閣，怎能稱宰相？（二）上疏是由於雷震奉先殿，大臣都應詔自陳，王廷相

時為左都御使，所以也上疏，並非「單獨上疏」。（三）《王氏家藏集》有《鈐山堂集序》、《寄嚴介溪太守》詩及詞，並非「極恨」。徐氏逐次反駁後，嘲笑說：以尚書為宰相，現代的「馬克思主義史學家」反不及《明史》編纂者。並在文後加注：「侯外廬主編的《中國思想通史》出版之初曾使我十分欣佩。後來讀到他論述湯顯祖的論文才發現他對引文有誤解之嫌，因此在 1962 年 2 月 18 日《光明日報》上發表一篇《關於〈南柯記〉第二十四出風謠及其它》表示異議。」

宋雲彬則更在私人日記《紅塵冷眼——一個文化名人筆下的中國三十年》（山西人民出版社，2002 年 3 月）中毫不客氣地指出：「陶大鏞送來《新建設》第 2 期，內載所謂『學習論文』有侯外廬之《魏晉玄學的社會意義——黨性》一文，從題目到文章全部不通，真所謂不知所云。然亦浪得大名，儼然學者，真令人氣破肚皮矣。」

建國前，我讀侯氏《中國早期啟蒙思想史》，在 P668，見他引魏源的話，說龔自珍「晚尤好西方之書，自謂造深微雲」，竟說：「可惜他研究『西方之書』太晚，不見於言論，只有用『公羊春秋』之家法了。」還說：「這是近代資產階級先聲的呼聲。」這顯然是把「西方之書」理解為西歐的哲學和社會學。其實「西方之書」是指佛經。黃庭堅《山谷全集》卷十九《與潘邠老》之四：「西方之書論聖人之學，以為由初發心以至成道，唯一直心，無委曲性。」即其明證。對於歐洲，明萬曆以來迄晚清，士大夫皆稱之為「泰西」，並不稱「西方」。正因為侯氏誤解了，才說龔自珍「研究『西方之書』太晚，不見於言論。」殊不知《龔自珍全集》第六輯，從《正譯第一》到《最錄神不滅論》，共四十九篇，全是談論佛經的文字，怎能說「不見於言論」呢？當時（建國前夕）我曾函告侯氏，可能他沒收到信，所以 1956 年 8 月第一版，1980 年 2 月北京第 4 次印刷，仍然未改。

1978 年，我第一次給錢鍾書先生寫信，就提到這事。他在回信中斥侯氏為「妄庸」（見《記錢鍾書先生》一書，大連出版社 1995 年版）。1980 年，我買到《管錐編》後，看到 P681 有這麼一段話：「近世學者不察，或致張冠李戴；至有讀魏源記龔自珍『好西方之書，自謂造微』，乃昌言龔通曉歐西新學。直可追配王餘祐之言杜甫通拉丁文（《四庫總目》卷一八一《五公山人集》、廖平言孔子通英文、法文（江庸《趨庭隨筆》）也！」（附注）才知道錢先生與我不約而同。

　　然而，遺憾的是，直到現在，湯志鈞在《近代經學與政治》P102 談龔自珍，引魏源的話（「晚尤〔湯作猶〕好西方之書」），仍蹈侯外廬的覆轍。為此，我發了一文在《中華讀書報》（2002 年 3 月 20 日第 9 版），題為《請勿再誤解龔自珍「晚尤好西方之書」》。湯氏為《續修四庫全書》學術顧問，千慮難免一失。

附　注

　　王餘祐之言，見《四庫全書存目叢書》集 207《五公山人集》卷七「雜著」第十一則《老瓦盆》：「西洋之俗，呼月為老瓦。杜詩：『莫笑田家老瓦盆』。然則此盆即月盆耶？如月琴、月臺之類，取其形之似月耳。」（世南按：陸次雲《八紘譯史》卷二〈譯語〉亦有老瓦月之語）

　　江庸之言，見沈雲龍主編的《近代史料彙編》正編第九輯《趨庭隨筆》第一卷：「郭允叔云：聞蜀人董清俊言，（廖）季平解《論語》『法語之言，能無從乎？改之為貴。』謂法蘭西文比英文難學，云云，真是兒戲矣。」（世南按：顧吉剛《古史辯》第一冊《自序》說，民國二年，章太炎在蘇州國學會講學，談王闓運、廖平、康有為解「耶穌」為父親復生，「墨者鉅子」為十字架，「君子之道斯為美」為俄羅斯一變至美利堅。）

三、刊謬難窮時有作

1979 年，我在《文史哲》（同年第 5 期）上發表了《對李白與杜甫》的幾點意見，又在《中國語文》（同年第 4 期）上發表了《談古文的標點、注釋和翻譯》。這兩篇文章竟預示著我此後的科研方向：一是撰寫學術論文及專著，一是寫作匡謬正俗的文章。

但正如我那首七律所說的「刊謬難窮時有作」，我已 80 歲，精力日衰，以後主要的只能在看時人著作時，寫作糾謬的文章了。

這方面的文章，最早是對《聊齋·席方平》一句判詞的意見。那是 60 年代中期，我在永新中學教語文。高三語文課本選了《席方平》，判詞有云：「肆淫威於冥界，咸知獄吏爲尊；助酷虐於貪官，共以屠伯是懼。」我在課堂上對學生指出：「共以屠伯是懼」這句不合古漢語語法，因爲「屠伯是懼」即「懼屠伯」，怎能說「共以懼屠伯」呢？如把「以」改爲「唯」，那就通了。但又對不上上句的「知」字，那是他動詞，而這是副詞。爲了取得充分的信心，我寫信給呂叔湘先生向他請教。他很快給我回了信，完全贊成我的意見。我很高興地把回信貼在教室牆上，讓學生們看。這是我第一次和呂先生通信，可惜這信在文革中弄丟了。

四人幫垮臺後，我仍在下放地江西省新建縣鐵河公社中學教語文，寫了一篇《古文的標點、注釋和翻譯》，寄給呂先生。他轉給《中國語文》（1979年第 4 期）發表了。後來，《新華月報》（後改爲《新華文摘》）在同年第 8 期全文轉載，人大「語言文字學」（複印報刊資料）同年 7 月也全文複印。《學術月刊》1980 年第 1 期郭在貽《漫談古書的注釋》，自稱爲對我此文的補充。聽汪少華教授說，某高校函授部還曾選爲教材。還傳說上海某出版社曾打印該文分發各編輯做參考。

1997 年 10 月，我在《社會科學戰線》（同年第 3 期）上看到朱星的長文《〈金瓶梅〉的作者究竟是誰》，其第四部分末尾有這樣一段話：「又查日本《大漢和辭典》王世貞條，記王世貞字元美，號鳳洲、弇州山人，為世所熟知者外，還有九友齋、五湖長、貞元五湖長、天弢居士等別號。我還可補上他又叫……『王伯輿』，《弇州詩集》卷四十四中有一首通俗詩：『有情癡故佳，無情點亦爾；瑯玡王伯輿，終當為情死』，這全是他自寫，他在兄弟中行大，所以王伯輿也該是他的化名。這可給《大漢和辭典》作補充。」

我看了，就在該文右側空白處批：「如此考證，可為歎息！」立刻寫了一篇短文《王伯輿不是王世貞的別號》，先寄給錢鍾書先生，請他轉寄朱星。因為朱氏文中提到英國人維利精通滿文，自注：「這是錢鍾書同志告訴我的。」看來兩人很熟，所以我託他代轉。他回信說：

> 世南我兄教席：……朱君乃先君門下，與弟僅三數面，其著述亦未嘗寓目，何意牽引賤名，不足藉重，殆用以分謗耶？舛誤殊可笑，足下不妨逕通書是正之，弟無氣力為人補課。……

錢鍾書上
十一月三日夜

於是 3 月 8 日，我將此文寄給呂叔湘先生，同月 19 日得其回信：

> 世南同志：
>
> 得書謹悉。古風當行出色，佩佩。
>
> 某君創見，大可發噱。惟大文不宜在《中國語文》刊載，因向不涉及文學史上的問題也。此君亦嘗數度領教，道不同不相為謀耳。
>
> 草草，順祝
>
> 著安！

呂叔湘
80.3.12

3 月 20 日，我又把此文寄給《文學評論》。同年第 4 期刊出。文章不長，摘錄如下。

《王伯輿不是王世貞的別號》

（朱氏意見已見前，此略。）

我認為這一見解是毫無根據的。為了說明問題，我把王世貞同題十首小詩全部錄出，並加以說明。

《閒居無事，偶憶古人恒語成聯者，因以所感足之，不論其合與否也》

其一

何所聞而來，何所見而去？人自不關身，身有關人處。

（世南按：前二句見《世說新語‧簡傲第二十四‧鍾士季精有才理》條，乃嵇康問鍾會語。）

其二

前不見古人，後不見來者。此事久已然，如何初淚下。

（世南按：前兩句是唐初陳子昂《登幽州臺歌》前二句。）

其三

蘭以香自焚，膏以明自煎。昆岡一失火，頑石未聞全。

（世南按：前兩句見《世說新語‧傷逝第十四》，乃楚父老歎糞勝語。）

其四

我自用我法，卿自用卿法。卿法多愛憎，我法無來減。

（世南按：前兩句《世說新語‧方正第五‧王太尉不與庾子嵩交》條，乃庾敳對王衍語。）

其五

莫言一種物，雙名亦易曉：處則爲遠志，出則爲小草。

（世南按：後兩句見《世說新語‧排調第二十五‧謝公始有東山之志》條，乃郝隆諷謝安語。）

其六

有情癡故佳，無情點亦爾。琅琊王伯輿，終當爲情死。

（世南按：後兩句見《世說新語‧任誕第二十三‧王長史登茅山》條。據劉孝標注：王廞，字伯輿，琅琊人，歷任司徒長史。見乾隆壬午刻《重訂世說新語補‧附釋名》。）

其七

人言阿龍超，阿龍故自超。濟南下一語，北地不成驕。

（世南按：前兩句見《世說新語‧企羨第十六‧王丞相拜司空》條，乃桓彝贊王導語。）

其八

法護非不佳，僧彌難爲兄。長安噉名地，語語蘭芬生。

（世南按：前二句見《世說新語‧規箴第十‧王大語東亭》條，乃當時人稱王珉及其兄王珣語。）

其九

有兒不明經，好讀子與史。仲容已預之，卿不得復爾。

（世南按：後二句見《世說新語‧任誕第二十三‧阮渾長成》條，乃阮籍謂阮渾語。）

其十

解綬還神虎，買舟向吳會。冷如鬼手馨，強來捉人臂。

（世南按：後二句見《世說新語‧忿狷第三十一‧王司州嘗乘雪往王螭許》條，乃王螭對王胡之語。）

從詩題看，王世貞是用古人成語二句，加上自作二句，表現一種雅人深致，不知朱氏怎麼會把這十首詩看成「通俗詩」？大概他把這些詩看成和《金瓶梅》一樣，都是通俗文藝。他還從王伯輿的「伯」字來推測，於是說王世貞「在兄弟中行大」，所以王伯輿就是王世貞；又從「終當爲情死」，斷定《金瓶梅》的作者一定是王世貞。

這種種誤解，根子就在不知出處，於是望文生義，想當然。

最糟糕的是，他還認爲他這一「發現」可以給《大漢和辭典》作補充，我眞擔心日本的漢學家會「謂秦無人」。

朱氏沒有回答，他默認了。和後來 1985 年發生的「新婦初婚議竈炊」爭論相比，我倒覺得朱氏還比較虛心，他並不強詞奪理。

「新婦初婚議竈炊」的事件是這樣。《文學遺產》（1984 年第 2 期）廖仲安發表了一篇《沈德潛詩述評》，其中引了沈氏《送杭堇浦太史》一詩：「殿頭磊落吐鴻詞，文采何嘗憚作犧？王吉上書明聖主，劉蕡對策洽平時。鄰翁既雨談牆築，新婦初婚議竈炊。歸去西湖築場圃，青青還藝向陽葵」。廖氏認爲「新婦初婚議竈炊」是用唐代王建的《新嫁娘》：「三日入廚下，洗手作羹湯。未諳姑食性，先遣小姑嘗」。於是連上「鄰翁」句一起，分析爲「揭示了漢族的臣子在大清朝廷中處處被懷疑防範、挑剔、嫉視的處境，實際上也是說，朝廷用人存畛域偏見」。

我看了後，寫了一篇《「新婦初婚議竈炊」及其它》，寄給《文學遺產》，1985 年第 3 期在讀者來信欄發表。我指出這句出處是《戰國策‧宋衛‧衛人迎新婦》：「衛人迎新婦，婦上車，問：『驂馬，誰馬也？』御曰：『借之。』

新婦謂僕曰：『拊驂，無笞服。』車至門，扶，教送母：『滅竈，將失火。』入室見臼，曰：『徙之牖下，妨往來者。』主人笑之。此三言者，皆要言也，然而不免爲笑者，早晚之時失也。」姚宏評論說：「雖要旨，非新婦所宜言也。」鮑彪也認爲：「初爲婦而云然，失之早也。」沈德潛用此典，正是說杭世駿所言用人宜泯滿漢之見，是「要言」，但剛剛保舉御史，還在「例試」，就向皇帝談論這麼一件大事，實在爲時過早。——廖氏不明出處，以致誤解，這本來是極簡單也極明顯的事。可他還要強辯，硬說「一定要說沈詩此句之出處與王建詩無關，也很難下此結論」。他認爲「沈詩實際上是把兩個新婦的事揉合起來使用」。並把這一強辯文字收進他的《反芻集》中，卻不附我的原文，自說一家理。

過了三年，到 1989 年，《李審言文集》出版了，其中《愧生叢錄》卷三第三十八則說：「沈文愨（沈德潛的諡號）送杭菫浦歸里詩云：『……新婦初婚議竈炊』。按……《戰國策·衛策》：『衛人迎新婦，車至門，扶，教送母曰：「滅竈，將失火。」此至言也，然而不免爲笑者，早晚之時失也。』……時菫浦以考御史妄言放歸，文愨隸事之確如此」。李審言治學既精且博，士林共仰。他稱讚沈氏「隸事之確」，就只舉出《衛策》。可見廖氏力辯爲「把兩個新婦的事揉合起來使用」，全是護前強爭，徒令通人齒冷。（參閱《古籍整理研究學刊》1993 年第 6 期拙作《論注釋、引證與標點》）。

從 1992 年起，我這類匡謬文字大都發表在東北師大的《古籍整理研究學刊》上。

在這些文字裏，我反覆強調：注釋不是依靠工具書就能做好的，關鍵在於讀書。也就是說，根底必須深厚、紮實。否則必然是盲人摸象，郢書燕說。因爲很多東西是工具書上查不到的，或者你根本不知道要查，也不知道怎樣查。

現舉若干知名學人爲例。

（1）吳世昌（中國社科院文研所研究員。有《羅音室學術論著》。）其《詞林新話》，附錄《詩話》112 則。第 93 則引宋人呂本中《柳州開元寺夏雨》一詩，尾聯爲「面如『田』字非吾相，莫羨班超封列侯」。吳氏解釋說「尾聯『田字相』，據前輩吳雷川云：未有照相前，前清官吏相人，一『同』、『官』、『甲』、『由』定爲四種面型，錄示手本，亦藉此審定銓序調用。」世南按：一、不能以後代（清朝）故事解說前代（宋朝）的詩，這是注家大忌。二、

上述四字面型與「田字相」、「封侯」無關。此由吳氏偶忘呂詩此二句的出處。《南史》卷四十六《李安人傳》：「（宋）明帝大會新亭樓，勞諸軍主。樗蒲官賭，安人五擲皆盧。帝大驚，目安人曰：『卿面方如田，封侯相也。』」（《南齊書・李安民傳》）同。「民」作「人」，唐人避太宗諱）知道宋明帝這兩句話，就明白呂詩了。

《詩話》第 105 則：「梅村詠鮝魚云：『自慚非食肉，每飯望休兵？』此用曹劌故事，『肉食者鄙』，豈堪言兵？此謂我非食肉者，可以言兵，而猶望休兵乃進一層言之。耘松誤以爲用食魚之典而譏之，失其所指矣。」

吳梅村的《鮝》是一首五律，吳氏所引是三、四句。程穆衡《吳梅村詩集箋注》、吳翌鳳《梅村詩集箋注》，對此二句都未加注，只有靳榮藩的《吳詩集覽》才在「自慚非食肉」句下，引《左傳》莊十年「肉食者鄙」，此即吳氏所說的根據。然而靳氏實在弄錯了，梅村此句實用《後漢書》卷四十七《班超傳》：「相者指曰：『生燕頷虎頸，飛而食肉，此萬里侯相也。』」梅村意謂自愧不能像班超那樣「奮西域之略」（《班超傳・論》），爲清廷平定「海寇」。其所以如此說，靳氏《集覽》此詩後已引顧瞻泰語：「三、四句蓋有海警時作。」所謂「海警」，指順治十年十二月丙戌，鄭成功犯吳松，官軍擊走之。」（《清史稿》卷五《世祖本紀二》）梅村此時雖尚未出仕清廷，但已被迫將出山，其詩集刊印又在入清之後，不敢有違礙語，所以此詩三、四句寫成既自愧不能如班超之投筆從戎，平定海疆，而又時刻盼望早日結束戰爭（既早日消滅鄭成功的抗清軍事力量）。

如照吳氏所解：「此謂我非食肉者，可以言兵」，則何「自慚」之有？因爲既非「食肉者」，那就是不「鄙」而「能遠謀」，就像曹劌那樣，用不著「自慚」的。

至於「可以言兵，而猶望休兵乃進一層言之，」就更纏夾不清了。難道梅村自負知兵而又不願用兵早日消滅鄭成功的抗清軍事力量嗎？

其所以糾纏不清，還能自圓其說，關鍵就在於上了靳榮藩的當了，把班超的「食肉」當成了曹劌鄉人罵的「肉食者」。

吳氏還批評清人趙翼（字耘菘，又作耘松），說他「誤以爲用食魚之典而譏之，失其所指矣。」其實趙翼並不誤，誤的倒是吳氏。

《甌北詩話》卷九《吳梅村詩》第七段：「又有用事錯誤者，……詠鮝魚云：『自慚非食肉，每飯望休兵。』食魚無休兵典故，況鮝魚耶？亦覺無謂。」

這是說休兵和食魚（尤其是鮝魚）無關，沒有這方面的典故。趙翼的話很明白，他是就「每飯望休兵」一句說的。「每飯」，就題目《鮝》的範圍說，就是每次吃鮝魚時，就盼望早日結束戰爭，這確是毫無來歷，沒有故實的，不像上句用了班超的事（趙翼是詩人，又是史學家，他不像靳榮藩，完全懂得「食肉」的出處）。而按舊詩做法，律詩的對偶句，如果用典，就上下都要用，不能一用一不用。所以，趙翼對梅村此句的批評是完全正確的。吳氏說趙譏吳詩誤用食魚之典，真不知從何說起。（參看《古籍整理研究學刊》1993 年第 4 期）

2000 年 1 月 22 日《文匯讀書周報》韓敬群《關於吳其昌》一文，說到唐蘭告訴周一良：「吳世昌先生曾對他壯語：『當今學人中，博極群書者有四人：梁任公，陳寅恪，一個你，一個我！』」又引謝國楨語：「（吳世昌）君……兼喜詞章，博學強記，背誦典籍如流水，……」

這些話和上述兩則《詩話》對看，真正相映成趣。

（注）2002.9.3 始從周一良《郊叟曝言》知道「壯語」者為吳其昌，非吳世昌。

（2）周振甫（中華書局編審），其《嚴復詩文選》P258 有五古《說詩用琥韻》，末二句為「舉俗愛許渾，吾已思熟爛」。周氏注：「愛許渾，愛如許渾。陳師道《次韻蘇公西湖觀月聽琴詩》：『潛魚避流光，歸鳥投重昏。信有千丈清，不如一尺渾。』水清則魚無所隱蔽，所以不如渾。言世俗愛那樣渾為了避禍，這點我已思之熟了。」

周氏所引陳師道詩在《後山集》卷一，而同書卷二同題一詩，末二句「後世無高學，舉俗愛許渾。」正是嚴復此詩末二句的出處，周氏失之交臂了。許渾，人名，晚唐詩人，有《丁卯集》。明代楊愼《升菴詩話》中「許渾」條說：「詩至許渾，淺陋極矣，而俗喜傳之，至今不廢。陳後山云：『近世無高學，舉俗愛許渾。』孫光憲曰：『許渾詩，李遠賦，不如不做。』」嚴復為其子嚴琥說詩，引陳師道此句，意在指示其子作詩應力避淺陋，務求高雅，怎麼可以解釋為叫兒子和光同塵以避禍遠害？這和「說詩」有何關係？可見出處不明，一定會亂解一氣。

（3）王水照（復旦大學教授），其《蘇軾詩集》p113《百步洪，二首》之一，注（一）釋題，對蘇軾詩前自序所說「舒堯文」表示懷疑：「舒煥，字堯夫，序中作堯文，疑誤。」蘇詩自北宋迄清，注家很多，對舒煥字堯文從未致疑。因為他們幼時都讀過《論語·泰伯》：「大哉堯之為君也，……煥乎

其有文章。」舒教授既名煥，字以釋名，當然應字堯文，不知王氏何所據而說他字堯夫？

（4）葛兆光（清華大學教授），其論文《從宋詩到白話詩》，發表於《文學評論》1990 年第 4 期。第一部分《以文為詩：從唐詩到宋詩》中有這麼幾句話：「說到為宋詩『發其端』則更應上溯到杜甫。《後山詩話》云：『韓以文為詩，杜以詩為文，故不工耳。』就很明白地把『以文為詩』的淵源平攤給了兩個始作俑者。」葛氏把「以文為詩」和「以詩為文」看成一件事，認為「以詩為文」就是「以文為詩」，因此，下文歷數杜甫的詩如何「破棄聲律」，如何「用俗語白話入詩」，從而指出這兩者「是對古典詩歌語言形式中兩個最關鍵因素格律與語序的『有組織的違反』」。隻字不提杜甫的文（散文）。

其實前人說杜甫「以詩為文」，是說他以作詩（指模仿《詩經》）的方法來寫散文。舊題南宋嚴有翼撰《藝苑雌黃》云：「秦少游嘗言：人才各有分限，杜子美詩冠古今，而無韻者殆不可讀。……竊意少游所謂無韻不可讀者，不過《伐木》詩序之類而已」。我們來看看《伐木》序：「課隸人伯夷、辛秀、信行等入谷斬陰木，人日四根止。維條依枚，正直挺然。晨征暮返，委積庭內。我有藩籬，是缺是補。載伐笭簜，伊枝支持，則旅次小安。山有虎，知禁，若恃爪牙之利，必昏黑唐突。夔人屋壁，列樹白菊，鏝為牆，實以竹，示式遏。為與虎近，混淪乎無良。賓客憂害馬之徒，苟活為幸，可默息已。作詩示宗武誦。」這就是「以詩為文」，和韓愈的「以文為詩」根本不是一回事，宋詩也不可能受杜甫這方面的影響。

（5）黃維樑，其《中國詩學縱橫談》（臺灣洪範書店 1986 年版）p134，引歐陽修《六一詩話》一段話，其標點符號為：

> 聖俞嘗語余曰：「詩家雖率意而造語亦難，若意新語工，得前人所未道者，斯為善也。必能狀難寫之景，如在目前，含不盡之意，見於言外，然後為至矣。賈島云『竹籠拾山果，瓦瓶擔石泉』，姚合云『馬隨山鹿放，雞逐野禽棲』等是。『山邑荒僻，官況蕭條』不如『縣古槐根出，官清馬骨高』為工也。」

並加以說明：

> 至於「山邑荒僻，官況蕭條」之所以不如「縣古槐根出，官清馬骨高」，乃因為「荒僻」和「蕭條」都是抽象的形容詞，「山邑」和「官況」又失諸太廣太泛，而「縣古」二句則為具體事象的描摹。

梅堯臣那段話，後半部分其實應如此標點：

> 賈島云：「竹籠拾山果，瓦瓶擔石泉」，姚合云：「馬隨山鹿放，
> 雞逐野禽棲」，等是（世南按：同樣是）山邑荒僻，官況蕭條，不如
> 「縣古槐根出，官清馬骨高」爲工也。

梅堯臣是把賈島、姚合那兩聯和「縣古」一聯對比，認爲三聯都是描寫山邑荒僻，官況蕭條的，前兩聯卻沒有後一聯好。黃氏不曾細看上下文，特別誤解「等是」一詞，因而把「山邑荒僻，官況蕭條」臆測爲古人的詩句，用以與「縣古」一聯對比；而把賈、姚兩聯說成「狀難寫之景，如在目前；含不盡之意，見於言外」的典型，恰好把梅堯臣的意思弄反了。可見從事中國古代文學批評工作的人，傳統文化修養不足，是極易鬧笑話的。

　　（6）余英時（臺灣中央研究院院士，美籍華人）在《陳寅恪晚年詩文釋證》一書的 p106～107 中，余氏引了 1961 年陳寅恪《贈吳雨僧》七絕四首之四：「弦箭文章那日休？蓬萊清淺水西流。鉅公漫詡飛騰筆，不出卑田院裏遊。」再引陳氏 1930 年《閱報戲作二絕》之一：「弦箭文章苦未休，權門奔走喘吳牛。自由共道文人筆，最是文人不自由」。另外又引汪中《經舊苑弔馬守眞文序》：「一從操翰，數更府主。俯仰異趨，哀樂由人。如黃祖之腹中，在本初之弦上。」

　　在引了上列詩文以後，余氏說：「『本初弦上』疑亦有直接的出處，一時尚未檢得。但據《後漢書》本傳，他擊公孫瓚時曾『促使諸弩競發，多傷瓚騎。』陳琳爲袁紹作檄，也特別強調『騂良弓勁弩之勢』（《三國志‧魏志》卷六引《魏氏春秋》），足見袁紹的弦箭是出名的。」

　　余氏坦承不明「本初弦上」出處，這態度很好，但又強加解釋，未免多餘。

　　「本初弦上」出處在《文選》。《文選》卷四四陳孔璋（即陳琳）《爲袁紹檄豫州》一文下，李善在「陳孔璋」下引《魏志》曰：「琳避難冀州，袁本初使典文章。作此檄以告劉備，言曹公失德，不堪依附，宜歸本初也。後紹敗，琳歸曹公。曹公曰：『卿初爲本初移書，但可罪狀孤而已，惡惡止其身，何乃上及父祖耶？』琳謝罪曰：『矢在弦上，不可不發。』曹公愛其才而不責之。」

　　明白了出處，就知道汪中說的「如黃祖之腹中，在本初之弦上」，是說自己爲每位府主撰寫的文稿，雖然都能像禰衡爲黃祖撰稿那樣恰如其腹中所欲語（《後漢書》卷八十下《禰衡傳》），得到府主們的激賞，但是所有這些文稿

的內容，都不是自己內心所要說的，只是被迫爲人作嫁罷了。而陳寅恪兩首絕句的「弦箭文章」，也是指那些「鉅公」、「文人」寫的批判文章，其實都是被迫或奉命的，並非出於自願。如照余氏所解，那就是只指那些文章寫得非常尖銳有力，豈不完全喪失了汪、陳二人的本意？

2002 年 9 月 3 日偶然翻閱《冰繭彩絲集——紀念繆鉞教授九十壽辰暨從教七十年論文集》，看到余氏的論章學誠一文 p498 引章學誠《與嚴冬友侍讀》書：「茲錄內篇三首似慕堂光祿，乞就觀之。」注（1）「似慕堂」即曹學閔……曹學閔（1720～1788），字孝如，故號「似慕堂」。

我覺得余氏才氣縱橫，而傳統文化修養總嫌不足，要能像其師錢穆的根柢深厚就好了。以上述引文而言，首先，「內篇三首似慕堂光祿」能夠沒有動詞嗎？其次，從曹名學閔，字孝如，可見號只是慕堂。閔是閔子騫，孔子稱讚他：「孝哉閔子騫！人不間於其父母昆弟之言。」（《論語・先進》）學閔，字孝如，即學閔子騫，如其孝行。號慕堂之慕，用孟子「大孝終身慕父母」（《孟子・萬章上》）可見「似」決不能加於「慕堂」前。而余氏正因不識「似」字，所以才鬧成一個沒有動詞的句子。其實「似」在此乃「與」意，是動詞。唐宋人常用，如羅鄴《宮中詩》：「鸚鵡飛來說似人」；賈島《劍客詩》：「今日把似君，誰有不平事？」晏幾道《長相思》：「欲把相思說似誰」；歐陽修《紫石屏歌》：「呼工畫石持寄似」。直到民國，作舊詩的人在詩題中也常用它。可見章學誠此句是：茲錄內篇三首與慕堂光祿，乞就其處觀之。這些地方看是小事，卻可見其粗疏，謹嚴的學者必不如此。（查胡適《章實齋年譜》〔1999 年10 月安徽教育出版社出版〕p67 作「曾錄內篇三首，似慕堂（曹學閔）光祿，乞就觀之暇，更當錄寄也。」「曾」，余氏作「茲」，誤。胡適如此標點，以「似」爲動詞，正確。但「暇」當屬下句，胡適誤。）

（7）趙儷生

所著《學海暮騎》（新華出版社 1992 年出版），有一文，題爲《說辛棄疾卒前三、四年中的情緒波動》，談到辛氏和韓侂冑的關係，引《六州歌頭》下闋：「記風流遠，更休作，嬉遊地，等閒看。君不見，韓獻子，晉將軍，趙孤存；千載傳忠獻，兩定策，記元勳。孫又子，方談笑，整乾坤。直使長江如帶，依前是□（扶）趙須韓。伴皇家快樂，長在玉津邊，只在南園。」解釋爲「詞中以韓世忠、韓侂冑」兩世扶保宋室，極盡頌揚之能事」。

　　解釋之誤有兩點：（一）以「忠獻」爲韓世忠；（二）以「兩定策」爲「韓世忠、韓侂胄兩世扶保宋室」。

　　《宋史・韓琦傳》：字稚圭，相州安陽（今河南安陽縣）人。嘉祐六年（1061），仁宗連喪三子。而自至和（1054～1055）中，仁宗即得疾不能御殿。中外惴恐，爭以立嗣固根本爲言。帝以養子名宗實（英宗舊名）者告琦等，琦等力贊之，議定，遂下詔立爲皇子。嘉祐七年，仁宗崩，英宗嗣位。琦既輔立英宗，門人親客或語及定策事，必正色歸功於先帝及太后。及英宗寢疾，琦入問起居，請早建儲以安社稷，帝頷之，即召學士草制立穎王。神宗既立，拜琦爲司空兼侍中。薨年六十八。帝哭之慟，琢其墓碑曰：「兩朝顧命定策元勳」。贈尚書令，諡忠獻。

　　可見辛詞「千載傳忠獻」，是指從春秋時晉國的韓獻子傳到北宋的韓琦。

　　而韓世忠，《宋史》本傳：字良臣，延安（今陝西延安市）人。高宗二十一年八月薨，進拜太師，追封通義郡王。孝宗時，追封蘄王，諡忠武。

　　再看韓侂胄，《宋史》本傳：「字節夫，魏忠獻王琦曾孫也。……孝宗崩，光宗以疾不能執喪，中外洶洶。趙汝愚議定策立皇子嘉王。時憲聖太后居慈福宮，而侂胄雅善慈福內侍張宗尹，汝愚乃使侂胄介宗尹以其議密啓太后。侂胄兩至宮門，不獲命，彷徨欲退，遇重華宮提舉關禮問故，入白憲聖，言甚懇切，憲聖可其議。禮以告侂胄，侂胄馳白汝愚。日已向夕，汝愚亟命殿帥郭杲以所部兵夜分衛南北內。翌日，憲聖太后即喪次垂簾，宰臣傳旨，命嘉王即皇帝位。寧宗既立，侂胄欲推定策恩，（汝愚不可，）……然（侂胄）以傳導詔旨，浸見親幸。……自是，侂胄益用事，而以抑賞故，怨汝愚日深。……時侂胄以勢利蠱士大夫之心，薛叔似、辛棄疾、陳謙皆起廢顯用。……或勸侂胄立蓋世功名以自固者，於是恢復之議興。……安豐守厲仲方言淮北流民願歸附，會辛棄疾入見，言敵國必亂必亡，願屬元老大臣預爲應變計。……（兵敗，）侂胄連遣方信孺使北請和。……金人（責）縛送首議用兵之臣，……侂胄大怒，和議遂輟。起辛棄疾爲樞密都承旨。會棄疾死，……」

　　看了以上史料，可知陝西籍的韓世忠，根本不可能與河南籍的韓侂胄成爲「兩世」。何況辛詞已明說「孫又子」，這正是《宋史・韓侂胄傳》說的「魏忠獻王琦曾孫也」。

　　另一點是「兩定策」。《宋史・韓琦傳》已寫明「兩朝顧命定策元勳」，辛詞的「兩定策」，純就韓琦而言。趙氏爲史學名家，竟忘了「定策」是擁立皇

帝，而且把韓琦的「兩定策」，說成「韓世忠、韓侂冑兩世扶保宋室」，難怪謝泳說革命史學家學識根柢不深固啊！

（8）章培恒、駱玉明（復旦大學教授）

兩人主編的《中國文學史》下卷第 96，引元人仇遠《金淵集》中的《醉醒吟》：「卿法吾情各行志」，解爲「意思是『法』既不足爲憑，那麼只能循『情』而行」。

這樣解釋不合仇詩原意。

先看《醉醒吟》全詩：「眾人皆醉我獨醒，眾人皆醒我獨醉。先生何苦與世違，醒醉之中有深意。或云酒是腐腸藥，沉湎淫泆無不至。或云酒是忘憂物，醉鄉別有一天地。左拍五柳先生肩，右把三閭大夫臂。醉時元自惺惺著，醒來亦自齁齁睡。獨醒獨醉豈多得，眾醉眾醒堪一喟。醉者自醉醒者醒，卿法吾情各行志。漂江美酒差可戀，說醉說醒姑且置。公不見昔人有云：且食蛤蜊，那知許事。」

仇遠原是南宋末錢塘人，宋度宗咸淳年間（1265～1273）已有詩名。入元後，元世祖至元（1264～1294）後期，曾任溧陽教授，不久罷歸，優遊湖山以終。

瞭解了他的生平，就可以明白他的詩意了。頭兩句是說，南宋末期，朝廷上下，還是「山外青山樓外樓，西湖歌舞幾時休」，只有自己清醒地知道國亡無日。但是宋亡後，大家清醒過來，自己卻既沒像文天祥、陸秀夫那樣堅決抗元，也沒像月泉、汐社諸人保持遺民氣節，卻出仕元朝了。當然，從出仕元朝到罷歸故里，始終是胡胡塗塗過日子，就像喝醉了酒一樣。第三、四句解釋自己這樣是有深意的。從第三句到第十二句，是說不管人們說酒壞（腐腸）也罷，說酒好（忘憂）也罷，反正我像陶潛那樣在東晉亡而入劉宋後，整天以酒澆愁；同時又像屈原那樣，眾人借醉我獨醒。你看我醉了，其實我清醒得很；可看來我醒了，卻又像在齁齁大睡（指出仕元朝）。第十三、十四句說要做到獨醒獨醉是不容易的，至於一般由宋入元的漢人，他們起初糊塗，亡國後才醒悟，然而已經於事無補，只能付之一歎了。第十五、十六句說，現在國已亡了，糊塗的由他糊塗，清醒的由他清醒，你照你的原則去生活，我照我的原則去生活，各行其志，互不干涉吧。第十七句到末尾，是說我現在擔任溧陽教授這一末秩微官，談不上富貴功名，只有用溧江的水釀的美酒還值得我留戀。說什麼醉呀醒呀，都去他的，你不記得古人說過：姑且吃海蚌下酒，哪管得那麼多事！

我這樣的解釋是否符合他的原意呢？這就又要談到他的詩論。他在《山村遺集》中有一首《讀陳去非集》的七律，詩後自跋：「近世習唐詩者，以不用事為第一格。少陵無一字無來處，眾人固不識也。若不用事之云，正以文不讀書之過耳！」

那麼，他這首七古用了哪些事呢？就其主要者說，（1）腐腸之藥，用枚乘《七發》：「甘脆肥膿，命曰腐腸之藥。」（2）忘憂物，用陶潛《飲酒》之七：「泛此忘憂物，遠我遺世情。」（3）醉鄉，用王績的《醉鄉記》。（4）卿法，用《世說新語·方正》：「王太尉（王衍）不與庾子嵩（庾敳）交。庾卿之不置。王曰：『君不得為爾。』庾曰：『卿自君我，我自卿卿；我自用我法，卿自用卿法。』」原來魏、晉時，儕輩之間稱「君」，下於己者或儕輩間親呢而不拘禮數者稱「卿」，又貴人不可卿而賤者乃可卿（見徐震堮《世說新語校箋》附錄《世說新語簡釋》中「卿」字條）。（5）且食蛤蜊二句，用《南史·王弘傳》附《王融傳》：「（王融）詣王僧祐，因遇沈昭略，未相識。昭略屢顧盼，謂主人曰：『是何年少？』融殊不平，謂曰『僕出於扶桑，入於暘谷，照耀天下，誰云不知，而卿此問？』昭略曰：『不知許事，且食蛤蜊。』」

我所以不厭其煩，詳加論析，是因為章、駱兩位主編把「卿法」的「法」誤會為禮法之法，從而把「卿法吾情各行其志」解說為：你主張嚴守禮法（禮教的規矩），我則主張尊重個性（任情）。卻不知他們倆怎麼從仇詩看出「『法』既不足為憑，只能循『情』而行」的意思來？

（9）季鎮淮（北京大學教授）

季氏去世後出版的《來之文錄續編》中的《賞析編》，頗多謬誤。茲舉其犖犖大者。

（1）《潘德輿詩賞析》p304《元夕感事·時洪澤湖決口未築》：「晚歲淮流愁復愁，一方利病繫神州。中朝不獨正供急，大事毋為肉食謀。安宅人方憫鴻雁，衣裳我恐似蜉蝣。可憐村市還絲管，倚檻無言月下樓。」

對第三句，季氏解為「這句意謂供應人民的急需不只是朝廷上的事，也是地方上應有的事。」把「正供」理解為「供應人民的急需」，錯了。無須旁徵，新版《辭源》p1664「正供」條：「法定的賦稅。《書·無逸》：『文王不敢盤於遊田，以庶邦惟正之供。』宋·蔡沈《集傳》九謂萬民惟正賦之供。後因稱田賦為天廚正供。」可見潘氏此句是說，洪澤湖決口所釀成的水災，使農田顆粒無收，大大影響了朝廷所收的農業稅。

　　第四句的「大事」，季氏解爲「救濟洪水災荒這件大事」，其實是指「洪澤湖決口未築」這件大事。因爲修好水利，不獨能保證朝廷賦稅的徵收，而且能安定民生。所以潘氏勸告地方官應有「遠謀」，不要成爲「肉食者鄙，未能遠謀」。（《左傳》莊十年）

　　第五句「安宅人方憫鴻雁」，季氏解爲「安宅而居的人們正對脫離家園流離失所的災民表示憐憫」。從句式看，本爲「人方憫鴻雁安宅」，即人們憐憫災民到何處去找到棲身地。這與第六句「我恐似蜉蝣衣裳」句式同。如果以「安宅人」爲一個詞組，那麼，「衣裳我」能構成另一個詞組嗎？

　　對第六句，季氏解爲「但是我恐怕那些官僚老爺們也朝不保夕，難免災難」。不對。第一，洪澤湖決口再大，官僚老爺們何至朝不保夕，難免災難？第二，潘氏既斥其爲「肉食者鄙」，爲什麼倒爲他們操這個心？季氏所以誤解，實因對《詩・曹風・蜉蝣》全詩未加深思。此詩固然感歎統治者驕奢淫佚，不修政事，但重點卻在：這種昏暗時世，將使詩人（即《蜉蝣》作者）自己面臨朝不保夕的命運。所謂「心之憂矣，於我歸所？」「心之憂矣，於我歸息？」「心之憂矣，於我歸說？」都是一個意思：憂慮找不到安身之地。所以，潘氏此句中的「我」，正是指他自己。他是淮安人，淮安在洪澤湖東南邊，地勢低，去冬洪澤湖決口，他家鄉也鬧水災，因而他憂慮找不到安身之地。

　　《尙鎔詩賞析》p310，只欣賞了一首五古《上海訪龔定庵，晤而有作》。第二節：「不讀唐後書，君如明七子。……出示琳琅篇，客心忽驚喜：錚然生面開，不比虎賁似。……」對「錚然」兩句，季氏解爲「文辭敏銳而別開生面，不像那種狂奔似的猛虎。」既沒說明龔文怎樣別開生面，又誤解了「虎賁似」。

　　「虎賁似」用《後漢書・孔融傳》：「（融）與蔡邕素善，邕卒後，有虎賁士貌類於邕，融每酒酣，引與同坐，曰：『雖無老成人，尙有典刑。』」明七子摹擬先秦兩漢文，被後人譏爲「僞體」。正如四庫全書《空同集》提要所云：「夢陽昌言復古，使天下人毋讀唐以後書。持論甚高……厥後摹擬剽賊，日就窠臼。」龔自珍雖學先秦諸子之文，然皆「以朝章國故、世情民隱爲質幹」。（魏源《定庵文錄・序》）所以尙鎔此詩稱龔文「錚然生面開，不比虎賁似」。「生面」指龔文在唐宋派古文（桐城派）盛行之際別開生面，「虎賁」句指龔文不是明七子學秦漢文的形似，徒爲「虎賁中郎」。季氏那種既浮泛又錯誤的解釋，全由於不瞭解龔文的實際。

第三節：「今朝甫謀面，使我亦失恃。十年學古文，力竭無敢弛。上爭歐蘇鋒，下摩侯魏壘。君皆一洗空，畢竟孰爲是？近來詅癡符，操瓢多率爾。學未半袁豹，文輒獻遼豕。茫茫貉一丘，固宜棄敝屣。……」

「近來詅癡符」以下六句，季氏解爲尙鎔自言：「近來我也表現了『詅癡符』的陋習，執筆寫作多是很隨便的。讀書不多，未及袁豹的一半；而爲文卻少見多怪，如遼東之見白豕。天下古文家都是一丘之貉，差不多的，你當然一律視之爲破舊草鞋」。卻不想尙鎔上面已說過，自己「十年學古文，力竭無敢弛。上爭歐蘇鋒，下摩侯魏壘」，怎會突然又說自己是「詅癡符」（本無才學，又好誇耀於人，適成獻醜的標誌），「操瓢多率爾」（作文往往輕率）呢？如果貫穿上下文看，顯然這「詅癡符」云云，是指當時一般好稱古文家的人，如桐城派末流，以及後來李慈銘痛斥的朱仕琇之流（見《越縵堂讀書記》）。另外，「問輒獻遼豕」也不是季氏解說的意思。連上句看，是說當時所謂古文家學識淺陋，卻毫不自知，反以自己所作古文爲天下傑作。

第四節頭兩句「文人好相輕，聞多每行咫」，季氏指出「文人好相輕」出於曹丕《典論・論文》。我以爲「文人好相輕」這種習見成語都要說明出處，那「聞多每行咫」出處怎麼不提呢？《國語・晉語四》：「文公學讀書與臼季，三日，曰：『吾不能行也咫，聞則多矣。』（臼季）對曰：『然而多聞以待能者，不猶愈也？』」尙鎔此句是說，文人懂得很多書本知識，但實踐的很少。意在規勸龔自珍不要妄肆譏彈。

季氏在其書後記中說：「我寫文向來不論長短，皆用力爲之，至有數百字短文而用數禮拜者。」可見上述錯誤不是率爾操瓢所造成的。爲《來之文錄續編》作序的孫靜，說《賞析編》「表現了作者深厚的學力」，「一些難解的典實與詞語解釋得清清楚楚。」未免阿私所好，太對讀者不負責任吧？

以北大這樣的名校，季氏這樣的名家，《來之文錄續編》作爲「北京大學傳統文化研究中心國家研究叢刊之十二」，實在不應出現那樣的錯誤。這說明整理遺著的人和有關責編沒有付出應有的努力。

四、平生風義兼師友

　　上述種種匡謬文字，說明研究古典文學，根柢十分重要。我一個高一的肄業生，何以能看出那些大小（因爲還匡正了不少知名度尙低的）學人的某些錯誤呢？就因爲我不僅從小背誦了十二年的古書，而且一輩子始終保持愛讀書和愛思考的習慣。小時在家跟隨父親讀古書時，我已養成吃飯看書的習慣。我看的是家藏前四史（《史記》《漢書》《後漢書》《三國志》）中的列傳，把它們當故事書看。另外，讀父親點的古書以外，我常常翻《昭明文選》，漢大賦不愛看，其它則常閱讀。我家藏書很多，多部頭的如《九通》（杜佑《通典》、鄭樵《通志》、馬端臨《文獻通考》；《續通典》、《續通志》、《續文獻通考》、《清通典》、《清通志》、《清文獻通考》）我雖不曾通讀，但也常常泛覽。他如《皇朝經世文編》、《廿二史劄記》，以及《新民叢報》、《瀛寰志略》，《泰西新史覽要》，嚴譯《天演論》、《原富》《群學肄言》等等，儘管半懂不懂，也都是我常看的。

　　我讀完高一，即因家貧（抗戰發生，南昌存款倒了，幾化烏有，家庭頓陷困境）失學。以後主要從事中學國文教學工作。舊社會教書不寫教案，作文次數也少，因而教師課餘頗爲清閒。一般老師以打麻將消遣，我則一心撲到圖書館找書看。在遂川縣中一年半，印象最深的是《十七史商榷》和《東塾讀書記》。那時自我規定每天清晨，像古人的柔日讀經，剛日讀史，不過經改爲子，史則改爲英文。《老子》、《莊子·內篇》背誦，其餘熟讀。《淮南子》、《呂氏春秋》也是熟讀。我喜歡慢步走著讀。從所住靜土庵走到遂中農場，長長的馬路，每早一個來回，風雨無阻，除非迅雷烈風，暴雨傾盆，才改在屋裏。在吉安聯立陽明中學一年半，住在尊經閣，開始看《皇清經解》。同時

對其它子書做筆記。我現在還保存一本當年的練習簿，記著讀《尸子》、《尉繚子》、《文子》等的心得。同時，自己還買了地攤上半部精裝本《資治通鑒》和《經傳釋詞》、《經義述聞》等。受樸學家的影響，給朋友寫信竟用小篆化的楷體，如「敢」作「𢿲」。解放後，在永新中學任教時，每早都到舊城牆上緩步背誦杜詩。到江西師院工作後，我也常到附小空地上或走馬樓上早讀。去年（2001）快八十了，每早仍然天不亮就開燈圈閱古籍，定有日課（受林則徐《行輿日課》的影響）。圈畢，再看英譯《紅樓夢》、《儒林外史》、《左傳》和英文版《遠大前程》等。早讀的習慣可以說與我一生相終始。「不怕慢，只怕站」，我的微薄（以「博極群書」爲準則，自知微薄之至）知識就是這樣日積月累而來的。平生可以自慰的是能堅持，日課一日不缺，即使早上有突發事件耽誤了，晚上還要補上，決不一曝十寒。

十年文革期間，無書可讀，我就讀英譯的毛選第一卷、毛詩詞、毛語錄、九評等。總之，不使白日閒過。

到江西師大工作，是我平生最幸福的事。我曾對汪木蘭、周劭馨說：「你們推薦我到師大教書，我最感激你們的，不是使我當上了大學老師，而是讓我跳進了知識的海洋，任情游泳。」是呀，當《四庫全書存目叢書》和《續修四庫全書》陸續陳列在校圖樣本書庫的書架上時，我內心眞灌滿了歡樂。每次從書庫出來，走到校圖大門的臺階上，陽光和微風照拂著我全身，我擡頭注視著藍天，內心喃喃自語：「我是世上最幸福的人！」

解放前，不記得從什麼書上看到蔣百里的話：一個人的工作和他的興趣一致是最幸福的。（大意）現在，我常常想：退休後，每月有一千多元退休金，沒有一點公事負擔，可以日夜坐在書庫裏讀書，你還不是世上最快樂的人嗎？

黃宗羲說：「學之盛衰，關乎師友。」我尊敬那些大學者，確實健羨那些有幸師從他們的學生。王國維、馬一浮、馬敘倫、楊樹達、龐石帚、陳寅恪、呂叔湘、王泗原、錢鍾書，都是我十分尊敬的。但是，我崇拜的卻只有五個人：清代是顧炎武、汪中，現代是魯迅、聞一多、顧準。我崇拜思想家而兼學者的人。特別是顧準，這位當代的魯迅，中國的普羅密修士。

（一）馬一浮

解放戰爭初期，我二十四歲時，曾用古文作了一篇《莊子哲學發微》（很多材料就是從鄭樵《通志》中搜集的），寄給在杭州的馬一浮先生，並表示要去復

性書院師從他。他回的信，現在收在《馬一浮集》（二）p1045～1046。原件可惜毀於文革劫火中，那手章草曾博得名書法家劉郁文的激賞。現錄原信如下：

> 辱書見賢者胸中所蘊有異於時人，且過示撝謙，乃欲遠道相即，自居參學之列。雖嘉賢者好善之切，恨僕非其人也。書院在今日已同疣贅，非特無以待學人，即刻書亦將輟矣。僕罷談已久，向時學子俱已星散，無復有講習之事。僕既引去，不日將謀結束，敢勞千里命駕？及今猶可中止，幸免道路之憂。相見有緣，或當俟諸他日耳。大著《莊子哲學發微》，獨具隻眼，誠不易及。其間抑揚，似或少過。僕雖未足以知之，私謂足下既揭天人之目，合下便可略於人而詳於天，庶可與莊子同得同證。凡言皆寓，不可為典要也。至無己、無功、無名之義，唯佛氏三德、三身之說頗近之。若擬以今之社會主義，無乃蔽於人而不知天，恐非莊子之旨。一管之見，欲仰勸賢者稍稍涉獵《燈錄》，留意禪宗機語，直下掃蕩情識，必可與《莊子》相發。如齧缺問王倪，四問而四不知，乃是絕好公案。於此薦得，決定不受人瞞。未知賢者亦有樂於是否？不敢孤負下問，故不避怪責，聊貢芻蕘。若其無當，置之可矣。詩以道志，亦是胸襟自然流出，然不究古今流變，亦難為工。須是氣格超、韻味勝，方足名家。足下才高，向後為之必益進。見示諸稿，已謹藏之，即不附還。老年目昏，僅能作簡語奉答，幸恕其率易。不盡。

但是，正如我在《戊午（1978）年除夕放歌》所說：「蠋叟耽禪齊生死，葛莊一樓夙仰止。詔我皈依空諸恃，我獨執持有所底。耳豈無聞目無視，決然獨行牛馬似？心不能忘太史氏，聞道從人笑下士。」自注：「予嘗奉書馬一浮先生，賸以《莊子哲學發微》。先生報書，頗知獎掖，勸以學佛，予敬謝不敏。蓋時方泥首卡爾、伊里奇之學，信道彌篤也。」

我同意李慎之對馬先生的看法，也不贊成他以儒學治國那一套，因為那是不能實現民主與法治的。

但是，「文革」後，知道他在「文革」中被迫害而死，我悲憤已極，曾用他1954年詠美國在太平洋實驗氫彈的五古原韻，寫成《天道》一詩：

> 天道無是非，馬遷語豈誕？幽人履道吉，強死心無眩。
> 猶聞憑欄際，餘生忍一斷。嗟彼恣睢徒，視之若夷獮。
> 哲人遂云亡，孰恤邦國殄！弘毅能致命，心喪長識悍。

這是 1991 年 1 月 17 日作的。不久又作一首：

《意有未盡，復成長句》

逃名何意出菰蘆，一曲湖山只自娛。

聖代早聞車載士，神州竟見客窮途。

羲皇道自先生出，正始音終此世無。

永愧瓊瑤償瓦石，寢門宿草漫嗟呼。

（二）楊樹達

1948 年，我還曾以《莊子哲學發微》一文和一些文字學的札記，函呈楊樹達先生。當時他在湖南大學。他回信稱讚《發微》，以爲「發前人之所未發」；而對那些札記，則以爲尚未入門，勸我讀他的《積微居小學金石論叢》。他的毛筆字剛健飽滿，可惜原信也在「文革」中被毀了。

（三）王泗原

1946 年，我在吉安私立至善中學任教，王泗原先生也住在這裏。在他的影響下，我對《說文》下工夫，好多與它有關的書，我都找來攻讀，朱駿聲、桂馥、王筠以及現當代文字學家的著作，是我的案頭物。父親原有小本子的《國朝漢學師承記》，我按圖索驥去讀那些清儒的著作，下及俞樾的《羣經平議》、《諸子平議》。有好幾年，我沉浸在乾嘉樸學中，對戴震、段玉裁兩師生，王念孫、王引之兩父子，簡直頂禮膜拜。對汪中孤苦力學更引爲同調。這和我當時讀了胡適有關論著很有關係。但泗原先生的苦學的確給了我很大的影響。

泗原先生是一位道德文章都邁越時流的人，是一位腳踏實地做學問的大學者。冬天不烤火，夏天不搧扇。每天黎明，他就站在臥室又高又小的窗口下一塊墊足石上，端著一本線裝書讀。從有數的幾次交談中，他告訴我：寫文章引書時，一定要用第一手資料。萬不得已用二、三手材料，必須查對原書。這可以看出他的治學謹嚴。解放後，他調到北京人民教育出版社，直到退休，沒有換過崗位。他出版了三部書，《離騷語文疏解》、《古語文例釋》《楚辭校釋》，都贈送給了我。他去世後，有一天，我去看舒寶璋先生（他和我同任《豫章叢書》的首席學術顧問，新版《辭源》的修訂人之一），他桌上擺著一本《古語文例釋》，剛買回沒幾天。談話時，他特地舉起這部書，鄭重地對我說：「這眞是大著作，太有價值了！」我告訴他我和王先生同過事。後來還

寄了王先生給我的一封信去，舒先生讚歎不已，說：「眞是大學者！」內行的欽佩是最寶貴的。

但王先生生前寂寞，聲名闃然，這是因爲他純行古君子之道，從不搞新聞抄作，又從未在大學執教，沒有門弟子揄揚。《新文學史料》發表的葉聖陶日記，裏面經常提到「王泗原」，兩人過從甚密。據說葉先生曾說，他的文集一定要請泗原先生編。另外，胡耀邦總書記曾請王先生教他讀古書，都是用小車接送。這些，外面沒幾個人知道。

1990 年 4 月，他曾回南昌一次。江西師大余心樂先生請他給中文系的教師和研究生講學。當時我老母在堂，他虔執晚輩之禮謁見，然後和我暢談了幾個小時。他並不是書齋型學者，而是胸中自分涇渭，談到首都種種見聞，彼此感情激蕩，心潮難平。他走後，我寫了一首七古，次日送到他的寓所。現錄部分如下：

> 《泗原先生枉顧，坐談久之，感賦××韻》
> 古心古貌神自恬，重逢益仰君子謙，目光猶能視炎炎。
> 王城唯知富貴甜，木強公乃虱其間，盡日咕嗶依風簷。
> 陰氣座下銳於鐮，遂使腰膝如遭箝，不妨三月食無鹽。
> 國老談經自沾沾，心計已粗濫典籤，公獨異趨心不厭。
> 嗜古與世殊酸鹹，而非陸沉泯洪纖，翻然顧我言詹詹。
> ……
> 桃笙葵扇時能占，豈有終古士氣閻？普羅密修士不熸，
> 從公起望朝日暹。

2002 年 9 月 3 日晚，看到《陸晶清詩文集》（四川大學出版社 1997 年 11 月出版）。陸是現代知名女作家，是作家王禮錫的夫人，而禮錫是泗原先生的胞姪。陸集扉頁上印有陸氏手跡，是 1987 年 8 月 8 日寫給王世忠（王禮錫的長子）的信，其中談到泗原先生：

> 泗原叔公是自學成材的當代少有的古典文學研究注釋專家，今年曾到福建講學幾月。他的生活很艱苦，住的地方是你不能想像的在今天是少見的北京古大雜院。我每到北京都去拜訪他，帶些吃的東西給他，因他雖有女兒女婿，他們只每週回來一次，專爲老人做些菜飯留下，泗原每天只自己熱點吃吃。他房裏四周是書，他整天伏在桌上查、寫。他已經出版的幾本書都是一流著作。

泗原先生是 1999 年 5 月 12 日在北京逝世的。7 月 8 日我才知道。唯有長歎：「讀書種子，有弱一個！」即寫挽詩一首：「半載相於小校場，紛紜六藝未能忘。遺編日染幽窗曙，死友世驚俠骨香（陳啓昌師及師母下世後，遺孤多人，泗原先生負教養責，至成人能自立，乃止。）新說千重仍墨守，積威孤注斥鷹揚。經師不愧人師永，風義千秋想二王（王念孫父子。懷祖先生曾抗議疏劾和珅，風節凜然）。

（四）馬敘倫

解放前，大約是 1948 年抑 1949 年，我在《學原》雜誌上看到馬敘倫先生一文，談到「胡」何以轉爲「下巴」，其義未明。我當時眞是初生牛犢不畏虎，竟冒昧去信，以「長言」、「短言」（語出鄭康成）以解，說「下」古音爲「戶」（hu），「巴」古音爲「鋪」（pu），合音即「胡」（hu）。信寄開明書店葉紹鈞（聖陶）先生轉。葉先生回信告訴我：「夷初先生住上海拉都路八十三弄 783 號（世南按：抑 383 號，記不清），臺端如與論學，必所欣承。」馬先生似乎在南京下關被特務毆打住院，沒有回信。後來我曾問過王泗原先生，他不同意我的解釋，但也沒有作出答案。現記於此，既誌因緣，亦俟明哲。

（五）龐石帚

龐先生是程千帆先生介紹的。我看吳敬梓的《文木山房集》，有些典故不懂，剛剛看過程先生的《宋詩選》，便寫信向他請教。他很謙虛，叫我向四川大學的龐石帚先生請教。我果眞寫信去問，並附了自作的幾首詩。龐先生回信如下：

> 世南先生：
>
> 昨天從四川大學轉到尊函一件，捧讀之下，十分惶悚！千帆先生大概因爲事忙，囑您寫信遠道來問，其實我還是忙，並且聞見固陋，恐不免辜負盛意。您信裏的兩種詩，仔細的拜讀了，頗爲清奇；是不肯走庸熟蹊徑的！無任佩服。所提問題八條，因尊示諸語，沒有標明題目，又有幾個並非全句，此刻手邊無文木山房詩，也無暇去尋找，謹就所問略爲奉答，不知當否，還請您自己斟酌。
>
> 一、「梁清、雲翹」，似用梁玉清雲翹夫人典故。梁玉清是織女侍兒

，雲翹夫人是樊夫人之姊，皆女仙也。梁玉清見《太平廣記》卷五十九，雲翹夫人見裴鉶《傳奇》「裴航」條。

二、「湯提點」即裝開水的壺。宋人有所謂茶具十二先生，「湯提點」即其一，見茅一相《茶具圖贊》（此書在明刻《欣賞編》內，《叢書集成》收有此書。）

三、「彿菻形」恐是「拂菻」，拂菻即古大秦國。見《新唐書·西域傳》。

四、「疊垜」即是堆垜，堆積之意。

五、「捕蛇詩句清」，此句須知題目乃可作答。

六、「千歲蒕爲虆蔂藤」，王念孫《廣雅疏證·釋草》考證最詳。

七、「奏績付詩奚」，意爲但有作詩之功耳。績，功也。詩奚，用杜牧《李賀小傳》。

八、「鴻書」，此語亦須見其全文，乃可作答。

龐石帚
三月六日

打倒「四人幫」後，1985年6月，我到湖北江陵去參加中國屈原學會第一屆年會，得以認識四川師大的屈守元先生。他特約我作了一次長談，才知道他就是龐先生的門弟子。以此因緣，後來他又介紹我和龐先生另一門人白敦仁先生通信，從而得到白先生印的龐先生詩文集《養晴室遺集》。這本遺集，真是字字珠璣，讀了它，我感到自己真是太淺薄了。龐先生和汪中（容甫）一樣，都是貧苦出身，全靠自學成爲大學者。這對我是多大的鞭策。在得到這本詩文集之前，我曾在校圖綜合書庫看見一本《養晴室筆記》，對龐先生的博極群書，識解精卓，極爲傾倒。以這樣的學問，卻沒有留下多少著作，真太可惜了！但想起顧炎武說的：『二漢文人所著絕少，……乃今人著作，則以多爲富。夫多則必不能工，即工亦不必皆有用於世，其不多宜矣。」又云：「文以少而盛，以多而衰。」（《日知錄》卷十九《文不貴多》）同書同卷《著書之難》又說：「若後人之書，愈多而愈舛漏，愈速而愈不傳。所以然者，其視成書太易，而急於求名故也。」我明白龐先生著書少的原由，同時對當代學人爲評職稱等名利，輕易著書，甚至弄虛作假，真是不勝慨歎。

（六）錢鍾書

關於錢鍾書先生，我在《記默存先生與我的書信交往》一文（收在《記錢中書先生》一書中）說得很清楚，現轉載如下：

早在一九四八年，我在江西遂川縣中教高中國文和初中歷史。同事中有一位叫王先榮的，是遂川本地人，曾在浙江大學學化學，愛寫新詩，筆名王田，和朋友們辦了一個詩刊。那時我們剛二十出頭，因爲都愛文學，經常在一起閒聊。一天，王君轉述聞諸國師舊友的軼事：國師有一對父子教授，父親叫錢基博，兒子叫錢鍾書。這位鍾書先生少年英俊，非常高傲，有一次在課堂上居然對學生們說：『家父讀的書太少。』有的學生不以爲然，把這話轉告錢老先生，老先生卻說：「他說的對，我是沒有他讀的書多。首先，他懂得好幾種外文，我卻只能看林琴南譯的《茶花女逸事》；其次，就是中國的古書，他也比我讀的多。」我當時正在以錢穆、王雲五爲榜樣，努力自學，學習古人的柔日讀經、剛日讀史。聽到錢先生的故事，十分欽佩，不勝嚮往。王先榮是當作奇聞軼事講的，還說，一般人都認爲錢先生太狂了。這是很自然的，凡是學識高明的人，總不能被一般俗人所瞭解，用現在的話說，就是沒有共同語言，俗人自然以他們爲狂了。

建國初期，我看到開明版的《談藝錄》，大喜過望。少年時起，我就酷嗜龔自珍詩，進而愛看學龔的詩界革命派和南社的詩。再後來，可能出於逆反心理，又喜歡看同光體的詩。但看不到什麼評論清詩的論文，更談不上專著。現在得到《談藝錄》，絕大部分是論清詩的，自然如獲至寶。反覆看了多遍，擴大了也加深了對清詩的認識。這對我下決心寫一部《清詩流派史》起了啓蒙作用。

《宋詩選注》出版了，我忙買了一本，仔細研讀，發現他完全不像一般注本僅僅解釋一下題意、注明詞語和典故，最引人注意的是作者介紹部分，給讀者一種新穎的深刻的文學史和文學批評的豐富知識，注釋部分則指出某些詞語的來源以及作者怎樣脫胎點化。每一玩讀，我總不免讚歎：眞是大手筆，深人無淺語啊！
儘管我對錢先生這樣心儀、私淑，卻從來不敢寫信給他，直接請益。

　　十年文革，很多大作家、大學者都被打死或自殺了，我想錢鍾書一定在劫難逃。那時，我被下放在江西新建縣的鐵河，在場辦中學教書。一九七七年國慶節後幾天，從人民日報上看到國慶觀禮代表名單，「錢鍾書」三個字赫然在目。我不禁狂喜，還怕沒看清。再仔細辨認，不錯，是錢先生，他並沒有死。謝天謝地，總算給我們中國留下一棵讀書的種子。

　　主要是爲了向他表達自己這分強烈的慶慰心情，我向他寄出了第一封信，還附寄一篇論文《談古文的標點、注釋和翻譯》，糾正上海古籍出版社以及另外幾家出版社一些注本的錯誤，並分析其致誤原因。信中還談到真正讀書的種子太少，名家也不免弄錯。我舉了侯外廬和周振甫兩先生爲例。侯先生《中國思想通史》第五卷論龔自珍，根據魏源說的「晚尤（侯誤爲『猶』）好西方之書」，就說「可惜他研究『西方之書』太晚，不見於言論，只有用『公羊春秋』之家法了」，把「西方之書」理解爲歐、美近代政治、經濟學說。其實「西方之書」是指佛經。黃庭堅《山谷全書》卷十九：「西方之書論聖人之學，以爲由初發心以至成道，唯一直心，無委曲相。」就是指佛經而言。歐、美，晚清士大夫稱爲「泰西」，並不稱「西方」。《龔自珍全集》第六輯從《正譯第一》到《最錄神不滅論》，四十九篇全是關於佛學的。可見侯先生讀書不夠認真。這一點，我在建國前就曾寫信給侯先生，可能由於地址有誤，他沒有收到，因而該書一九五六年版仍未改正（見第 688 頁）。周振甫先生的《嚴復詩文選》第 258 頁選《說詩用琥韻》，末兩句爲「舉俗愛許渾，吾已思熟爛」，周先生注釋說：「愛許渾，愛如許渾。陳師道《次韻蘇公西湖觀月聽琴詩》：『潛魚避流光，歸鳥投重昏。信有千丈清，不如一尺渾。』水清則魚無所隱，所以不如渾。言世俗愛那樣渾爲了避禍，這點我已思之熟了。」周先生所引陳師道詩在《後山集》卷一，《後山集》卷二有同題一詩，末兩句爲「後世無高學，舉俗愛許渾」，才是嚴詩的出處。許渾，晚唐詩人，有《丁卯集》。明人楊慎《升菴詩話》「許渾」條說：「詩至許渾，淺陋極矣，而俗喜傳之，至今不廢。陳後山云：「近世無高學，舉俗愛許渾。』孫光憲曰：『許渾詩，李遠賦，不如不做。』」嚴復爲其子說詩，引陳師道此句，意在指示其子作詩應力避淺陋，務求高雅。周先生偶忘出處，遽臆說爲和光同塵以避禍，不省與「說詩」何關。另外，錢先生在《宋詩選注》第 5 頁注一中說：「但是對於《長恨歌》故事裏『夜半無人私語』那樁情節，似乎還沒有人死心眼的問『又誰聞而述之耶？』或者殺風景的指斥「臨邛道士」編造謊話。」而按沈起鳳《諧

鐸》卷六《能詩賊》稱顧蘭畹《題〈長恨歌〉後》有「如何私語無人覺，卻被鴻都道士知」之句，我認爲還是有人死心眼的問過。最後，我表示希望能到他的身邊做助手、當學生。

錢先生很快就給我回了信，照錄於下：

世南先生教席：忽奉

惠函，心爽眼明。弟衰病杜門，而知與不知以書簡頒潛夫者，旬必數四。望七之年，景光客惜，每學嵇康之懶。嘗戲改梅村句云：「不好詣人僧客過，太忙作答畏書來。」而於君則不得不破例矣。大文如破竹摧枯，有匡謬正俗之大功。然文武之道，張後稍弛，方市駿及骨，而戒拔茅連茹。報刊未必以爲合時，故已掛號逕寄上海出版社，囑其認眞對待，直接向

君請益。倘有異議，即將原件寄還弟處。區區用意，亦如紅娘所謂「管教那人來探你一遭兒」，欲野無遺賢耳。周君乃弟之畏友，精思劬學，虛懷樂善，非侯君庸妄之倫，致書未報，或有他故，晤面時當一叩之。小言十七則，比於屑玉碎金。鴻都道士知者，道士得之於玉環之魂，是凡人仍不能知，非承教於鬼神不可。亦猶《西遊記》中，豬八戒自信編造停當，回去哄那弼馬溫，而行者化小蟲，在耳後聽得明白。神通妖術，在詞章無妨借作波折，說理時只堪過而存之矣。承

諭降志相師，自是

君子之謙謙，弟則謹以柳子厚答韋中立者相酬而已。賤齒六十七。近著一編已付中華書局。排印前先將稿本複製，以當副墨而代抄胥。茲以序文呈教，聊當佳什，亦投桃而報李也。即祝尊候安隱不一一

錢鍾書上

十八日

這封信既深刻，又幽默，表現出錢先生一貫的行文風格。而其憐才之意，溢於言表，尤其使我感動。

但最使我感動的是，他得到我的第一封信，知道我想拜他爲師、當他的助手，一方面表示不同意，另一方面卻主動向中國社科院文學研究所、中華書局、上海古籍出版社推薦我。這是第二封回信談到的：

世南先生著席：惠書及兩稿均奉到勿誤。弟去歲得大翰後，即向敝所有司、中華及上海出版社說項，似皆無下文，則以衰病杜門，地偏心遠，不足爲

賢者增重也。茲當再盡棉薄。定庵詩注，擬向中華推薦；論定庵文，擬向《文學評論》推薦。成敗利鈍，匪所逆睹耳。百廢待舉，需才孔亟，而在位者任人唯親，阻塞賢路；手無斧柯，浩歎而已。生平撰述，不敢倩人臂助，況才學如君，開徑獨行，豈爲人助者乎？如魏武之爲捉刀人傍立，將使主者失色奪氣矣！草覆不盡，即頌

　　　　　　　　　　　　　　　近祉　錢種書上
　　　　　　　　　　　　　　　　　　十七日

錢先生這樣推薦我，完全出乎我的意料，我自然萬分感激。但我當時仍在鐵河中學任教，心情非常抑鬱。較可自慰的是那篇《談古文的標點、注譯和翻譯》寄給呂叔湘先生，發表在《中國語文》一九七九年第四期上。這年春節除夕，我坐在窗前，萬感叢生，放筆寫了一首《戊午年除夕放歌》，懷念馬一浮、馬敍倫、楊樹達、王瑤、龐石帚、呂叔湘先生，最後寫到對錢先生的懷念：

世事翻新歌變徵，匡謬更欲開新史。
錢君盛名山嶽峙，雜學旁求無餘子。
言詩居然笑予起。彼哉三已復三仕，
所志誠不在金紫。龜山龜山蠹如此，
捉刀徒勞世莫比。紹禹績者寧後啓，
書城誰識窮通理。願言思伯花著體，
拂袖侯門味微旨。天威不違顏尺咫，
戰兢恒若薄冰履。

　　予久慕錢默存先生博學，聞其軼事，頗憚威重，不敢致書。文革以來，以爲如此讀書種子必無生理。一九七七年國慶後始知尚健在，大喜過望，即上書請益。先生惠然報書，撝挹逾恒，且推轂情殷，頗以遺賢爲恨，至以魏武捉刀相譽，此皆足以見前輩之大也。然予請爲上書極峰，則毅然不許，亟亟以朋黨之嫌爲言。嗟夫！予亦垂垂老矣，平生知己，環顧海內，惟一錢先生耳！

長詩末尾還有一段寫自己的苦悶：

去日苦多來如駛，今夕何夕薦以醴。陰陽曆爭滕薛禮，兒女妝
妒尹邢美。春盤鼎鼎甘且旨，汝獨何爲氣蕭靡。青詞漫叩穹蒼阨，
局促轅下甘唯唯。插架無書供驅使，我以我詩澆塊壘。匡床芻蕘喻
成毀，黃河之清應可俟。不聞市駿自隗始，何用長謠悲匪兕。

我把這首長歌寄給錢先生，並告訴他拙文已在《中國語文》發表。他回信說：

世南先生文几：不通音問，忽焉改歲。奉手教並諷大什，惶愧無
已，米元章嘗恨東坡知之不盡，蓋賢人才士固不易知。弟於足下淺嘗
皮相，安能窮其所至哉？且知而不能推挽，猶弗知也。

足下局趣空山，自拔無方，而弟忝稱知己，既復顏甲，亦惟頟
沘而已。大文指謫時弊，精密確當，有發聾振聵之用。尚憶前年弟
將尊稿寄出版社，囑其請教。此輩挾恐見破，恝置不理，今當悔交
臂失之矣！此類匡謬正俗而又學富功深文字，不妨多作數篇，陸續
寄叔湘先生發表。招牌愈硬，聲名漸起，雖欲不用，山川其捨之乎？
弟去歲訪歐，上月訪美；老年殊怯遠遊，徒費日力耳！拙著聞須年
底殺青。另有小集一種，今秋或可問世，當呈　教　匆覆即頌

暑安　　錢鍾書上
二十六日

一九七九年十月，我調到江西師院（後改爲江西師大）中文系任教，寫信告
訴錢先生。他寄來一本新出的《舊文四篇》，扉頁附信箋一張：

世南我兄教席：得書，知出谷遷喬，極爲喜慰。從此教學相長，
著述有資，名世之期，吾不妄歎也。……小集一種寄呈存正。匆匆
即問

近佳

錢鍾書上
十一月三日夜

他把書中誤排的漢字與外文，一一用藍色圓珠筆親自改正，共有五十九處之
多，具有大學者治學的謹嚴。這一方面固然表現他對自己的著作如護頭目，
另一方面更表示他對後學的我十分關注和愛惜。這眞是一分珍貴的禮物！

看了書中的《中國詩與中國畫》一文後，我寫了一篇《論王士禎的創作
與詩論》，企圖對他提出的問題作出解答。他回信說：「弟問何故於詩重『實』
而論畫卻重『虛』，兄『解答』爲詩中有『現實傳統』而片言不及畫中有何傳

統，似答非所問。故弟致《文學評論》編輯部書中，請其如採用，即將有關弟章節概行削去。」此文在《文學評論》一九八二年第一期上發表後，我寫了一首五古寄給錢先生，詩如下：

> 默存先生賜書，訓迪備至，不少假借，因憶彭甘亭詩有云：「世眼嗤點皆尋常，譽我我轉心爽傷。」惟茲直諒，實亦師道。謹以代書詩二十九韻奉寄

> 舉世譽《圍城》，文木或驂乘；我獨慕巨編，鏗鏗逾楊政。
> 管窺而錐指，書中三味並。鴻文懸河瀉，雙眼秋水淨。
> 想見著述勤，卮酒未妄進。觀書目如月，蟺隙無不鏡。
> 我少知耽學，吮墨時自競。不知有香醪，茅柴謂苦硬。
> 所嗟蹏涔淺，有如螢尾熒。擳埴數十年，華實孰子諍？
> 舭舭錢夫子，書來如面命。笑我勇為文，前修妄譏評。
> 馬稍庸有餘，精理猶未勝。奉書意惘惘，吾言庶一罄：
> 一代推正宗，才力或足稱。奈何甘俳優，伏歌客帝聖？
> 又為要眇言，耳目絕人境。元白鄙自鄶，張王聲亦鄭。
> 少陵村夫子，長篇不足詠。自矜殊酸鹹，我謂成攫阱。
> 文章不經國，花月徒怡性。彼哉小丈夫，乃同妾婦行！
> 吾文意在茲，虛實非所證。知我唯公耳，異趨豈敢橫？
> 我髮日以宣，吾才貧益甚。興運不我逢，埋光鏟採盡。
> 古人賦三都，高名亦造請。矧我覆瓿物，敢不從先正？
> 因公割半氈，庶知所取徑。

在錢先生的鼓勵下，我充分利用江西師大（原中正大學）校圖書館豐富的藏書，埋頭搜集《清詩流派史》的資料，分類製作卡片，加上他談王士禎那封信中已有「人事冗雜，讀書鮮暇」之語，我也不願輕易再打擾他，後來只是偶而還通過幾回信。有一次，在上饒參加蔣士銓學術討論會，和北京中華書局來的一位女同志（姓周，副編審）閒談。她讀研究生時，導師是浦江清。她說，那時，她經常鑽圖書館，在書庫裏，其它知名學者只是間或碰到，只有錢先生，每次去必看見他在書架前查書。她又說，前不久，她為了出版蔣士銓詩文集的事，特地走訪錢先生，只談了幾句話，連忙告辭，實在不忍耽誤他的時間。聽了周君的話，我怕妨礙錢先生治學，便再沒寫信去了。我向學術殿堂的攀登，卻因為他的鼓勵與支持，而勇氣倍增，信心更足。

　　一九八零年起，我應約出版了《譯注古文觀止》（與唐滿先合作）、《黃遵憲詩選注》，又都被臺灣的建宏和三民買了繁體字版權。還出版了《穀梁直解》、《元明清詩與民俗》。但是這些出版物，我一直認為是小兒科，沒有多少創見，表現不出自己的學識，所以從未回贈錢先生一本書。現在，我的《清詩流派史》終於在臺灣文津出版了。這是我從一九七九年到一九九四年才寫成的一部書（有的章節曾發表於《文學評論》等刊物），也是在錢先生的影響下寫成的學術著作。我將把這本書首先獻給錢先生，報答他對我的鼓勵。他在送給我的《舊文四篇》扉頁上用毛筆大寫了兩行字：「世南學人存正錢鍾書奉」。錢先生期望我成為「學人」，我不敢辜負他的厚愛。《清詩流派史》是一份極微薄的禮物，但在我來說，是像顏淵所說的「既竭吾才」的。

　　錢先生對我的影響，除了發憤讀書，就是淡泊名利、寵辱不驚。我看過好幾種錢先生的評傳，都突出寫他極力擺脫名利的束縛。就在和我的十幾次的通信中，也特別表現出這一點。有些人不理解，以為錢先生矯情。其實，他正像後漢逸民法真那樣：「名可得聞，身難得而見，逃名而名我隨，避名而名我追。可謂百世之師者矣！」

　　現在，二三崇奉錢先生道德文章的青年人為了慶祝錢先生八十五歲華誕，特來約稿。我欣然應命，並藉此機會，誠懇祝福錢先生眉壽永年，寫盡胸中所藏，以嘉惠士林，增輝上國。

一九九五・六・九寫成

　　如今補充幾點：

　　（1）此文稍加改動後，又發表在江西大型文藝刊物《百花洲》（1996年第二期）上，題為《懷念錢鍾書先生》。據江西師大文學院青年教師萬潤保博士相告：他的博導看了此文，曾對他說，可惜我當時沒到中科院文研所去工作。後來看到《重讀大師》一書，其中伍立楊先生的《亦論「錢學」》一文，也提到我這篇文章。

　　關於我沒能去錢先生身邊工作，這確是我平生一大憾事，但我又想回來：像我這樣一個高一肄業生，能到江西師大這麼一所高校工作，正如錢先生說的：「知出谷遷喬，極為喜慰。從此教學相長，著述有資，名世之期，吾不妄欺也。」這實在是我的幸運。只是自愧的是，並無名世之作，真太辜負錢先生的厚望了！

　　（2）1998年12月19日7點38分，錢先生在北京逝世。《南方周末》報

同年 12 月 25 日頭版頭條用大黑體字發佈這一消息。我見訊不勝哲人頓萎之悲。這張報紙我一直珍藏。但此前已從廣播中聽到這一噩耗，因此，23 夜，枕上默成挽詩一首：

> 古人交遊氣誼敦，《廣師》我獨首錢君。
>
> 淹貫中西孰敢到？老師最稱蘭陵荀。
>
> 《管錐編》與《談藝錄》，有一於此可稱尊。
>
> 公乃渾函彙萬有，餘事猶堪掃千軍。
>
> 地靈公遂為人傑，氣與太湖相吐吞。
>
> 古之道術在於是，治學宏峻如崑崙。
>
> 我以襪材承青眼，拂拭不置如及門。
>
> 紹述無能徒愧恧，慟哭惟向北山雲！

人生得一知己實難，以素未謀面之人，僅憑一次通信，就向中國社科院文研所和中華書局推薦我，事雖未成，而錢先生於我可謂義薄雲天了。「士為知己者死」，「我以國士報之」，固其所也。行文至此，雙淚承睫，不能自制。心喪之情，當與白首同盡。

（3）前些年，在友人一次家庭宴會上，我親聆一位在北大進修的日本留學生說：中國人這樣推崇《管錐編》，我們很難理解。那不過是一本資料彙編罷了，談不上是構成體系的學術著作。

在《博覽群書》（2001 年第 11 期）上，也有一篇評論錢先生的文章，其中也談到，有人說，「《管錐編》實在沒什麼，將來電腦發達，資料輸送進去都可以處理的。」

李澤厚與陳明談話，也認為錢鍾書雖然是很難得的大學問家，但他並沒有提出什麼問題，也沒解決什麼問題，有長久價值的。這樣讀書是買櫝還珠。因而他認為錢的博問強記完全可由電腦代替。（見《浮生論學》）

我認為這都表明了一些人對學術著作的偏見。試看顧炎武《天下郡國利病書・序》：「感四國之多虞，恥經生之寡術，於是歷覽二十一史以及天下郡縣志書，一代名公文集，及章奏文冊之類，有得即錄，共成四十餘帙。一為輿地之記，一為利病之書。」「輿地之記」指《肇域志》，「利病之書」指《天下郡國利病書》。這不是兩部輝煌巨著麼？著書自有不同體例，清人多有《讀書記》一類著作，《管錐編》也是這種體例。不能說一定要寫成文學史、文論史等才是成體系的。

　　以錢先生之學之才之識，要構成自成一家之言的理論體系，根本不成問題。然而他沒有，這是因為他站的特別高，看的特別遠，他曾深刻的指出：「許多嚴密周全的思想和哲學系統經不起時間的推排銷蝕，在整體上都塌垮了，但是他們的一些個別見解還為後世所採取而未失去時效。好比龐大的建築物已遭破壞，住不得人，也唬不得人了，而構成它的一些木石磚瓦仍然不失為可資利用的好材料。往往整個理論系統剩下來的一些有價值的東西只是一些片斷思想。脫離了系統而遺留的片段思想和萌發而未構成系統的片段思想，兩者同樣是零碎的。眼裏只有長篇大論，瞧不起片言雋語，甚至陶醉於數量，重視廢話一噸，輕視微言一克，那是淺薄庸俗的看法──假使不是懶惰粗浮的藉口。」（《七綴集》修訂本 P33～34）這種高瞻遠矚的話，我是歎為觀止的。這不啻是給那班「淺薄庸俗」而又「懶惰粗浮」者一個最有意味的答覆。當然，我們也不能誤會，以為一切理論體系都不要的，錢先生是一貫主張既要見樹又要見林的。

　　現在有人提出，錢先生夠不上「大師」稱號，理由是大師不僅學問淵博，「最根本的是要對民族、人類文化抱有終極關懷的人」，而錢氏缺少道義擔當與責任感。對這一點，我想引耿雲志《致某公信》評王國維的話作為回答：「中國學術不能獨立，正如歐洲中世紀諸科學家皆為神學婢女，此實學術進步之大魔障。……王氏生當亂世而篤志於學，政治屢變而未隨波逐流，唯以學問為事。……這是一個真正學者的道路。以革命家眼光視之，固不足為訓；但從學術眼光視之，此正是王國維能於國家民族有貢獻處。」以下舉梁啓超、胡適、章太炎與王國維對比，認為梁氏熱心政治，以致其學問「不免駁雜之譏」，他自己也承認不是「學問家」。胡適不能忘情於政治，故學問亦不甚專精，缺乏重大建樹。」章太炎「以學術為政治工具，……開半個多世紀學術為政治服務的謬例，……以學術眼光視之，實不足為法。」（見《蓼草集》P84）李澤厚也指出：「對於純學術研究來說，安寧平和的心態與環境也許更重要。西方許多學術大師都是經院教授出生，中國古往今來的大學者也大半只在書齋中討生活。王國維、陳寅恪其實過的都是很單純的學者生活，而梁啓超、胡適如果少熱衷些政治和社會活動，學術成就也許會大得多。」（《李澤厚學術文化隨筆》第三篇《治學之路：微觀宏觀之間》）

　　如果說，王國維這樣政治上保守的學者，大家都尊之為大師，那麼，錢鍾書怎麼倒不配呢？據說陳寅恪對馮友蘭的著作頗多微辭，他心目中真正的

大學者是沈曾植和王國維。沈、王都是遜清遺老，可見對大師的評級，最主要的依據是學術上的造詣。

至於說：「讀完錢鍾書讀過的書，……也不是什麼大不了的事情。」這就顯得太輕率了。讀完錢鍾書讀過的書（還僅限於中國的書），你就是錢鍾書麼？蔣士銓贈袁枚的詩說得好：「公所讀書人亦讀，不如公處只聰明。」什麼叫聰明？就是說袁枚把書讀通了，完全融會貫通了。但「通」之一字，談何容易！汪中曾說當時揚州的讀書人，只有三個半通，而南京寓公袁枚卻是他不屑一罵的人哩。所以，書讀得多並不等於通，注《文選》的「書簏」李善就是一個明證。

戴震盛讚「閻百詩善讀書。百詩讀一句書，能識其正面背面。」（段玉裁《戴東原先生年譜》）只有閻若璩這樣的大學者才知道什麼叫「讀書」！

讀沒斷句的古書，斷句看來是起碼的，可是《左傳》昭公十六年，孔穎達疏就譏笑服虔未能離經辨句。而顧炎武說：「譚丹石勤於讀經。叩其書齋，插架十三經注疏，手施朱墨，始終無一誤句。我行天下，僅見此人。」（《鶴徵錄》）

以上兩條轉引自龐石帚《養晴室筆記》。寫在這裏，為的是讓大家知道「讀書」二字，正未易言。

錢先生的「通」，我舉一個例子。《管錐編》第三冊 P862《五、全上古三代文卷六》，從太公《龍韜》、《管子・七臣七主》等十四種中國書，加上一種 Austotle，Politics，錢先生邊引邊議：「以若輩為之，亦見操業之不理於眾口矣。」又引曹操的話：「使賢人君子為之，則不成也。」又引元人俞德鄰的《聵皂》發議說：「蓋似癡如聾，『群視之若無人』而不畏不惕，乃能鬼瞰狙伺，用同淮南所教之懸鏡，行比柳州所罵之尸蟲。較之『多語』、『惡舌』之徒，且事半功倍焉。」然後又引亞里士多德之書：古希臘操國柄者雇婦女為探子。從而補充龔自珍的《京師樂籍說》，指出龔論帝王「募招女子」以「箝塞天下之遊士」，是「僅言其可用以『耗』，未識其並可以偵也。」（沈德符《萬曆野獲編》卷二十四《小唱》：「訽察時情，傳播秘語，至緝事衙門亦藉以為耳目。」可補錢先生所未及）錢先生寫這些，不僅描述歷史上的特務，也在諷刺乃至痛斥「四人幫」橫行時所謂「積極分子」為了爬上去，紛紛向上級「彙報」（打小報告）啊。你仔細去讀，簡直和魯迅的雜文異曲同工，鑄鼎象物，使那些「革命」小丑鬚眉畢現，若其見肺肝然。——你還能說他對民族以至人類文化缺少道義擔當與責任感麼？

本來，一個真正的學者畢生所作的貢獻，就是對民族和人類文化的終極關懷，何況錢先生又同時關懷現實呢？我本來是反對為學術而學術的，我平生最尊仰顧炎武，正如王仲犖所說，顧氏既有《音學五書》這樣純學術性著作，也有供國家民族可以借鑒的像《日知錄》這樣的著作，雙軌並進，並行不悖。（《惜華山館叢稿》的《談談我的生平和治學經過》）我看，錢先生還沒有哪一部是純粹學術性的。

所以，我一直覺得，現在知識分子雖然都知道錢鍾書，但真能讀懂其書（尤其是《管錐編》）的有多少呢？就以古希臘雇婦女做探子來說，足見錢先生不是賣弄學問，而是因為中國書沒說到（事實卻存在），必須用外國書來補充。這就叫「學貫中西。」貫亦通也。

（4）我再披露錢先生給我的兩封信，以見其峻潔的品格和高超的識力。

第一封是 1979 年 7 月 26 日收到的。

> 世南吾兄教席：惠書具悉。龔詩注因聞中華已另屬人，適上海古籍出版社人來索稿，即嚮之推薦，交與攜回上海定奪。論龔文稿亦由取去，以便交輝互映，俾得窺足下學識。俟有回音，當即奉白。新寄一文，明日轉文評。上鄧副主席書，恕不代遞。弟生平從未向貴人上書，亦不敢推轂奉瀆，此例不能為兄破也。原件附還，請逕叩閽。書中道及弟處，務求削去，勿足增重，徒惹朋黨之嫌耳！勿覆，即頌
>
> 近祉
>
> 　　　　　　　　　　　　　　　　　　　　鍾書上
> 　　　　　　　　　　　　　　　　　　　　六日
>
> 許渾注之誤，周君書甫出，弟即與言之。因兄屢及，並聞。
>
> 又及

從這信可見錢先生對我的提攜無所不至，這是我最感激的。更使我受到教育的，是他從不向貴人上書、推轂，這是《易‧蠱‧上九》「不事王侯，高尚其事」，表現了剛正的品格，這和奔走權門的「商山四皓」，胡風冤案中的「猶大」，其相去真如天壤。朋黨之嫌云云，既反映了時代特色（所謂「拉幫結派」），又反映出錢先生潔身自好、群而不黨的素質。其實我寫給鄧的信，不過是表明我希望到中國社科院文研所做錢先生的助手而已。由於錢先生的教誨，我自然不去「叩閽」了。

第二封是 1981 年 3 月 29 日寫的。

　　世南吾兄文几：奉書甚慰。所言編輯勢利及搗鬼諸狀，可爲浩歎。尊稿今晨寄到，持至有故，言之有物，即加封附介紹一箋，掛號轉文學評論編輯部，因弟力卻《文學遺產》編委及顧問名義，未便爲曹邱也。棉力可盡者止此，刊載與否，亦自難必，雖有敲門磚，而仍享閉門羹，未可知也。尊文中扯及拙作處，不無瓜皮搭李皮之嫌，且有驢唇對馬嘴之病。徒貽標榜之口實，即落俗套，亦傷文律。何則？弟問何故於詩重「實」而論畫卻重「虛」，兄「解答」爲詩中有「現實傳統」而片言不及畫中有何傳統，似答非所問，何必牽率老夫乎？故弟致編輯部書中，請其如採用，即將有關弟章節概行削去，並告足下。特先奉聞。王漁洋詩學及宋詩得失，亦有愚見，說來甚長，史堯弼句未必可以辯飾，姑舍是。人事冗雜，讀書尠暇，匆布即頌

　　　　近祉

　　　　　　　　　　　　　　　　　　錢鍾書上
　　　　　　　　　　　　　　　　　　3 月 29 日

這信涉及兩個問題。(一) 是我一篇論文，題爲《論王士禛的創作與詩論》，經錢先生推薦，發表在《文學評論》(1982 年第一期) 上。此文通過王士禛的創作與詩論，指責王士禛以文藝爲清朝最高統治者服務。顯然，這仍然是「政治標準第一」，說明我的文藝思想還沒從極左思潮的陰影下解脫。所以，此文後來引起陳祥耀先生 (福建師大中文系教授) 的批評。經過幾年研究後，我寫了另一篇《論王士禛的詩論與詩》，發表在《文學評論》(1992 年第六期) 上。後來移植在《清詩流派史》中。據郭丹學弟函告，陳先生很讚賞此文，曾對郭說，如果我對清詩各派都這樣寫，那未來的《清詩流派史》一定是一部好書。從這件事，我深知良友切磋的可貴。(二) 是錢先生雖然說我前一文「持之有故，言之有物」，實際他對我這樣分析王士禛的詩論，是另有看法的。信末說，「王漁洋詩學及宋詩得失，亦有愚見，說來甚長，……姑舍是。」可見陳先生後來的批評，決非偶然，而錢先生識力之高亦由此可見。

　　《管錐編》出版前，錢先生曾寄贈其自序手稿複印件給我，下面有周振甫先生用鉛筆寫的幾句話。具見兩位前輩謙挹之懷。而錢先生寄贈給我，用

意還在證明周先生的「精思劬學，虛懷樂善」，要我正確認識他，勿以一眚掩大德。這也可以看出錢先生的交友之道，眞可激勵頹風。

我平生治學，堅持獨立思考，即使對平生仰慕的學者如錢先生，也決不盲從。第一次通信，我就提出「如何私語無人覺，卻遭鴻都道士知」問題，我仍不以爲然。又如「巢車望敵」（《左傳》成十六年），我曾寫一短文，提出和錢先生不同的意見。

所以，我以上爲錢先生辯護，完全處於公心，決非阿私所好。李澤厚與陳明的對話，那樣鄙薄前賢，我懷疑他們沒有徹底理解錢先生。

（七）呂淑湘

文革前我曾寫信給呂先生談《席方平》判詞「共以屠伯是懼」事，已見前述。文革後的 1979 年，我還在新建縣鐵河中學任教時，寫了一篇《談古文的標點、注釋和翻譯》，一首七古《戊午年除夕放歌》，寄給呂先生。他在六月十二日信中告訴我，論文已列入《中國語文》七月號，並稱讚《放歌》，但也指出，「今世知音無幾」。

1979 年 9 月，我到江西師院中文系工作，曾爲系辦《語文教學》雜誌審稿。主編託我約呂先生賜稿，我照寫了，並告以擬寫《龔自珍評傳》，以及江西百花洲文藝出版社約我譯注《古文觀止》事。他 1980 年 2 月回信如下：

> 世南先生：
>
> 　　惠教謹悉，事冗稽覆爲歉。
>
> 　　承命爲《語文教學》寫文，甚爲惶恐。有幾句要說的話，已經變著樣兒說過多少次了，再要變個花樣實在變不出來了。方命之處，想編輯同志當能諒解。
>
> 　　爲龔定庵作傳大非易易，因此人身上，矛盾重重也。不知已著手否？甚以先睹爲快。古文譯注，意思不大，尤其是「譯」，必然吃力不討好。
>
> 　　草草奉答，順頌撰安！

呂叔湘

80.2.22

關於古文譯注，我倒有些不同的看法。不錯，古文的風格、韻味和音節是譯不出來的，但爲了徹底明白文義，像王伯祥的選注《史記》，顧頡剛的譯《大誥》，楊伯峻的注《左傳》，不但對青年讀者有極大幫助，就我這讀了一輩子古書的老人，也覺得受益匪淺。

至於《古文觀止》，呂思勉曾說它選得不好。也有人認爲選者吳楚材、吳調侯是爲配合八股文而選這些篇章的。但文革之後，一般讀者渴望得到它，出版社因此要求我從速交稿，以便搶先出書。我將這事函告呂先生，他在1981年12月30日來信：

> 世南同志：
>
> 　　得12、23日賜書，備悉佳況，至慰下懷。因等《古文觀止》尊譯，未即覆信。忽忽數日，仍未見書，若未掛號，殆已入他人之手矣。旬前《中國青年報》副刊《自學之友》編者囑爲擬一青年自學語文簡目，其中提到《古文觀止》，因未知尊譯已出，漏加附注。請告我是何處出版，俾函告副刊編者補加注語，爲幸。
>
> 　　專覆，順頌
>
> 撰安！
>
> 　　　　　　　　　　　　　　呂叔湘
>
> 　　　　　　　　　　　　　　1981.12.30

很快，82年1月3日，他寄來一個明信片：

> 世南同志：
>
> 　　今天收到大著，翻閱欣佩，請勿另寄了。又已函告《中國青年報》補加注語。
>
> 　　即頌
>
> 年禧！
>
> 　　　　　　　　　　　　　　呂叔湘
>
> 　　　　　　　　　　　　　　82.1.3

《中國青年報》1982年1月7日第三版「顧問推薦的書」欄，呂先生的《介紹幾本自學語文的書》談到：「《古文觀止》有中華書局根據原刻排印本，有簡短的評注。解放前有過幾種言文對照本，不很好。現在有劉世南、唐滿先譯注本（江西人民出版社）。」

　　《古文觀止》作為一部初學古漢語的入門書，普及文化意義，並無多少學術價值。不過在毀滅文化的十年文革之後，饑者易為食，渴者易為飲；而江西人民出版社搶在全國出版界之先，推出了我們這部新譯注本，因而獲得了較好的社會效益和經濟效益。而在我的學術生涯中，一直羞言此事。呂先生之特加推薦，也不過認為它可以幫助中等文化水平的人提高閱讀古漢語（文言文）能力而已。

　　1981年6月17日，中文系羅德劬老師出差北京回來。特意到我處，把呂先生新出的《語文常談》交給我，說是呂先生託他代贈的。並說呂先生問到我的職稱，聽說是講師，他驚愕、歎息。

　　我教了三屆本科（79至81級）的先秦至南北朝文學後，開始專門帶研究生，主要指導《莊子》、《左傳》、《史記》。個人科研方面，打算從文學角度寫一部研究《左傳》的專著。我把專著提綱和一篇例文《巢車望敵》寄給呂先生，並談到出版問題。他回信說：

> 世南同志：
>
> 　　大教領悉。把《左傳》作文學作品來研究，大是好事，且以足下之才之學，其為斐然有成，可以預卜。提綱拜讀，無能贊一辭。《巢車望敵》從楚軍心理著眼，甚佩。惟引它家之說似嫌稍多，有一、二家作陪襯可矣。高明以為然否？
>
> 　　草草奉答，即頌
>
> 研安！
>
> 呂叔湘
> 九月十三日

由於後來無法分出精力、時間，所以《左傳》專著並未撰寫。最可惜的是《巢車望敵》一文原稿已失，遍覓不獲，真是遺憾！

　　1987年4月，劉方元先生與我帶兩位研究生郭丹、劉松來赴京訪學，我曾獨自去呂先生家拜訪。非常可惜，他被邀請去接見外賓了，以致緣慳一面。再過幾年，終於人天永隔。

　　2001年6月1日，從舊書店買到呂先生編的《中詩英譯比錄》，在扉頁上記了一段話：

> 兒童節日，過彭家橋舊書一條街，忽睹此書，驚喜以之，急購

以歸。予之篤志肄習英文，實由呂先生及默存翁兩大師之學貫中西，
故予小子亦欲步武前賢也。今得此書，既以助學，又以紀念呂先生。

（八）朱東潤

大學本科的中國古典文學作品選是朱先生主編的，這我早知道。所以，
1979 年，我還在下放地的鐵河中學任教時，就開始和他通信。

第一次是寄了一篇論「己亥雜詩」的文章，請他推薦，回信如下：

世南先生大鑒：

奉讀 2、12 來示並大作一篇，甚感。來稿具見卓識，頃已轉寄
紹興路五號古籍出版社文史論叢編輯部諸位共同閱讀，「奇文共欣
賞」，亦當今應有之事也。至於如何發表，日後自當由古籍出版社聯
繫。日前積稿已多，排印為艱，付印或須稍遲，亦未可知，謹此奉
聞，藉釋錦注。

來函過獎之處，恕不敢當。

專此奉覆，順致

敬禮

東潤

1979.2.21

上海復旦中文系

另附致文史論叢編輯部的推薦信：

文史論叢編輯部諸位：

頃由江西新建縣鐵河中學劉世南同志寄來《論龔自珍己亥雜詩》
一篇。劉君素未識面，但此文用心良苦，與時下泛論定庵者似有所
不同。謹此代為寄呈，是否可用，敬請作出決定為感。順致

敬禮

朱東潤

1979.2.21

復旦一舍六號

第二次信中，寄了一些舊體詩，也談到自己對宋詩的愛好。他回信說：

世南先生大鑒：

　　頃因小病住八五醫院，出院後奉讀 2、25 來示，持論深入，極為傾倒。來詩亦深入宋人堂奧，槌字鍊句，迥不猶人，拜服拜服。弟因教學所關，曾略讀宋人所作，因此妄有陳述，其實淺嘗即止，不足為作者道也。近人言宋詩者，多舉東坡、劍南，其實東坡親接宛陵，劍南則集中列舉梅宛陵者凡六處，是知言宋詩而不知有蘇陸，言蘇陸而不知有宛陵，皆似隔一層也。從另一方言之，宛陵集之編次混亂，讀者如墮五里霧中，讀之亦幾於不讀。幸在本世紀初夏敬觀略發此說，弟因鉤稽宋代作者及當時史籍，妄作梅詩編年校注，如出版社能幫忙，大約年底年初，可以出版，如此則對於讀宋詩或梅詩者不無小補。弟已逾八十，豈敢妄有希冀，至於身後之名，此則亦同塵羹土飯，未嘗妄羨，要之聊以遣日而已。尊注龔詩，既經鍾書先生之手，似以仍由錢先生代詢，或由先生直接一詢為是。多一轉折，徒亂人意，此係出版社機構之常情，非弟妄為推辭也。匆匆奉覆，諸祈曲原。順請

道安不一

　　　　　　　　　　　　　　　　　弟　東潤謹上
　　　　　　　　　　　　　　　　　一九七九·三·九

　　1981 年，我把關於王士禎的論文（既後來發表在《文學評論》1982 年第一期的），寄給他看，請他代轉《文史論叢》。他回信說：

世南同志：

　　頃承

　　惠示，感荷感荷。已轉交《文史論叢》編輯部矣。漁洋之作，誠如

　　大篇所言，皆為統治者服務。此事亦不足怪，清初入關時，實行圈地、掠人及屠殺政策，至康熙後，轉而與地主階級妥協，則漁洋之歌德，原在意中。

　　尊著探幽索隱，傾佩傾佩。編輯部如何決定，想至時當另函奉達也。

　　專覆順頌

臺綏

東潤

一九八一·三·三十　上海

1982年3月7日，我赴南京參加江蘇人民出版社增選古典文學作品座談會。結束後，19日至上海，21日走謁朱先生。現錄當年日記於下：

上午7時餘，一角錢坐電車，由虹口公園至復旦大學。校門對面，過馬路，第一宿舍6號爲朱宅。我推門而入，一三十餘歲保姆問明來意，然後向樓上喊：「老爹，有客。」即聞朱先生答應。保姆引我上樓入室，朱先生起身相迎。我自行介紹後，即隔一大桌對坐而談。先生自言已八十七，而矍鑠類六十許人，惟步履稍有老態。先談傳記文學。謂中國尚無此門學問，而評傳紛作，猶一人尚未壯健，即已腐爛。其意謂作評傳者，對傳主詩詞作於何年亦不明，內容更不知，而漫加評論，全係瞎說。渠原應帶博士研究生，而國內尚無傳記文學碩士生，故現先帶一碩士生，將來再考博士生，英文要求能看外文傳記。然後談到中國傳記文學，自韓愈、柳宗元、歐陽修、王安石起，無不迴避，以信史難作也。因言陳三立散原文集有《張忠武公神道碑》，力頌張勳之功德，由是而使吾人並散原亦不信任。又言己爲江北泰興人，朱曼君爲其叔祖，沒二年而己生（時予方看《桂之華軒詩集》，故與朱先生言及此）。又言藏書盡在故里，文革中散亡殆盡，今盡捐贈故鄉。又言兒女各三：長子在無錫一中任教，次子與三子俱學工，一在滬，一在京。身邊惟留一孫女，外文系畢業，今年考中文研究生。渠於親屬殊冷漠，屢言「不過是這麼回事」，並不希望團聚。老伴於「文革」中自縊死，以辦過居民食堂，故受逼而冤死。己亦極受迫害，而尚坦然，以中國歷史上，此類事固多也。渠相信中國十年一小亂，三十年一大亂，不知自己能活幾年。聽其言，對國家前途頗悲觀。聞我言方爲江西人民出版社譯注《古文觀止》，先生謂此殊浪費時間。因言當年負笈無錫國專時，唐文治先生嘗問讀何書，告以《古文觀止》，則謂此書選者不明流派，不可讀。唐先生治古文蓋宗吳摯甫（汝綸）者。談至此，牽扯至曾國藩，朱先生謂曾氏爲人狡詐。又言陳寅恪作《柳如是別

傳》，其末章謂陳子龍之死不如瞿式耜，不明何意。共談約兩小時，恐老人過勞，因興辭。先生即至對門其孫女房內取一新版書，並書嵗以贈。蓋新版《張居正大傳》也。又談頃之，始出。先生親送下樓，直至宿舍區大門始相別。中間予屢請留步，堅不肯，謂此間習俗，凡初相訪之客，必送至總門外。既別，行稍遠，回顧，先生猶佇立以望。

　　1987 年 3 月 27 日，劉方元主任和我兩個導師帶著第一屆研究生郭丹和劉松來兩位學弟外出訪學，第一站是上海。我們住在復旦大學招待所。當晚 6 點半，我們四人同去拜訪朱先生。他仍然住在一號宿舍 6 號。已經九十二歲了，比起 1982 年來，精神差多了，但頭腦仍很清楚。所談要點如下：

　　（1）帶了一個傳記文學博士生，今年畢業，不再帶了。

　　（2）在中國很難從事傳記文學研究，因為國人喜說假話而不求真。如梁啓超促成袁世凱當正式大總統，為他作傳的，只談護國之役。司馬遷也不完全是實錄，如劉邦對張良說：「度吾已入至軍，公乃入告項王。」這需二、三個小時。這麼久的時間，項羽、范增豈能置之不問？

　　（3）金邦海陵王完顏亮實在是一個英明的君主。

　　大概就談了這些。

　　我們進去時，他正坐在一個小房間裏看電視，用一塊厚毛毯蓋著雙膝以下這一部分。牆壁上懸掛著泰興縣委、縣政府贈送的匾：「才高北斗，壽比南山。」上句疑為「望崇北斗」或「才高八斗」之訛。郭丹學弟接連為大家拍了幾張彩照。回招待所後，我在枕上口占一聯：「疾偽獨同王仲任，傳真共仰魯靈光。」

　　這是我第二次見到朱先生，也是最後一次，不久就在《文匯報》上看到他去世的消息。

（九）屈守元

　　我認識守元先生，是 1985 年 6 月，當時我們都到湖北江陵（荊州），參加中國屈原學會成立大會。會是 21 日開始的。會議期間，我寫了一首《登岳陽樓用東坡百步洪韻》：「孟夏（夏曆五月初一）來望洞庭波，寥寥舟楫快投梭，湖上時時落清影，惟見水天相盪磨。岳陽門內吞萬里，周匝廣砌依崇坡，

三層樓觀俯煙水，廣玉蘭尙鬥新荷。有客語我此湖尾，以譬湖心猶微渦，我昔嘗驚具區廣，此視彼眞海笑河。楹帖佳句時一遭，惡詩兩壁競收羅，亦知猶樂關天下，防海意在悲銅駝。時平能共山水趣，遊者意態殊委蛇。斯樓新構毋忘古，舊制歷歷作蟻窠。柳意祠旁二妃墓。相望奈此君山何！煙霧濛濛愁渺渺，不渡應爲神所呵。」不知此稿怎麼傳到屈先生手裏，他叫一位帶來的研究生來請我到他住處一敘。現抄當時日記如下：

1985.6.23 星期日（初六）

上午七時半至十一時半，在屈守元先生室對談，上下古今，無所不談，並寫龐石帚先生七律一首相贈。與耆碩談，極快慰，過朱東潤先生也。內容：

(1) 介紹其業師向宗魯先生軼事種種。知我曾與石帚先生通函，爲述其力學如汪中。又言可笑者如周汝昌，謂「里仁爲美」即「內美」。

(2) 談徐仁甫

(3) 從龐先生學宋詩。因寫示龐七律一首，詳說其義。

(4) 談其四川師院文研所情況。

(5) 勸我研究江西詩派。

(6) 推崇王半山及蘇長公詩。

(7) 推重汪中。

(8) 余嘉錫《世說新語》注之標點多誤，周祖謨公子所爲。

(9) 家藏尙有一萬餘卷書，文革中未動。

(10) 對川劇有研究，此事大似焦理堂、凌廷堪。

(11) 於海藏樓有怨辭。

(12) 羅繼祖爲羅振玉之孫，教授，周總理救之。

(13) 張舜徽博雅。

(14) 予叩其外文水平，答以能看英文書。

(15) 予言自幼旣讀《文選》，然不喜漢大賦。先生曰：不讀大賦，安知其氣象闊大？

長談四小時始興辭，予戲占一聯云：「語如白髮三千丈，樂比黃樓五百年。」先生爲之拊掌。

從這次見面後，往來書信不絕。現擇其有關學術者介紹如下：

世南同志：

　　漢皐晤語，頗慰旅懷。歸後偃息，輒書一紙。劣字拙詩，供一笑而已。

　　有暇，乞多賜教。

　　即頌

教祺。

屈守元

85.7.5

另一張橫幅寫詩八首。第一首為五古：

我生百事拙，翰墨尤不肖。少小塗老鴉，苦被塾師誚。

邇來慕雜學，書論頗能剿。信口說隋唐，冥行寧洞照？

偶然弄紙筆，獰劣每失笑。乃知疾徐際，浮談本妨要。

自從頡誦來，書契易形貌。矯矯丞相篆，中天垂典教。

似續得祭酒，密栗何杳窱！豈惟絕代詁，沉思寫物妙。

換歲雨及時，晴光徹奧窔。楮墨自粗疏，肘腕恣漂搖。

劣成蛇蚓竄，端異虯龍掉。投筆情懷惡，臨池耳煩燒。

離曠亦駢枝，鍾張何足邵？物從性所適，無為計醜俏。

攤書識蟲魚，閉戶比遊釣。未嫌覆醬瓿，請用從火爍。

習篆　甲申 1944 正月作

第二首為七古：

日中三伏魚遊沸，鱺目暴鰓餘一氣。

良夜方欣海運鯤，蚊蟲復似毛生蝟。

搏牛立豹勢絕倫，負山聚雷籲可謂。

嘬膚專欲蹈瑕隙，擇肉何曾論賤貴？

死體僵屍生不懲，大嚼成癥小生痛。

蒲葵欲弊棕拂勞，納艾難驅麝煤貴。

防範豈無布帳設，煩菀端如火斗熨。

撲緣已搔四體遍。假寐誰憐通昔未？

所憂寒熱戰三秋，孰咨血膚供五味？

麼麼肆毒已如此，長舌屬階寧有既？
汝生本自傍昏黑，陰溝之陰草蓊蔚。
聚廁吐鳥繁子孫，逐臭慕酸飽腸胃。
鼓吹腐餘歌溷濁，便抵桃源忘漢魏。
是誰招汝入閒堂，從此食人無忌諱？
點笑蒼蠅恚嘲戲，弟畜跳蚤兄呼蜚。
同氣眞成盤互根，濟惡翻誇致果毅。
殺孩瘦卵恨未能，循體拊心慨含唏。
我聞夏蟲不解冰，短生似汝眞何謂！
坐看白露已成珠，夕死斗量紛若贅。
恢恢常刑不汝貸，笑汝猖狂觸置蔚。

詛蚊　甲申（1944）七月作

以下是七絕五首：

（一）赤盡楓林不復青，霜威小殺亦專橫。
　　　來朝更有千山雪，翻爲西風一涕零。

（二）誰令燕地隕繁霜，難取長繩繫夕陽
　　　玄鳥秋蟬都送盡，黃花晚節若爲香？

（三）百舌無音九野清，號寒蟋蟀自哀鳴。
　　　相親床下無多日，送盡秋風是此聲。

（四）萑葦蒹葭下澤秋，梧桐橘柚晚煙浮。
　　　霜威不放春風到，都被堅冰次第收。

（五）一尊無計挽秋殘，商略花期強自寬。
　　　已傲霜威開野菊，可能風信報春蘭？

甲申秋盡日作，五首。

最後是一首七律：

孤憤難銷歲易除，強留殘夜亦何須？
百年身世供惆悵，壯日文章有歎籲。
莒折漫勞鳩繫髮，風高徒苦雁銜蘆。
明朝首蓿呼妻子，照眼春盤笑腐儒。

丁亥除夕（世南按：丁亥，1947 年）

　　我自幼喜吟詠，素好宋詩，但詩功不深，因受「五四」新文化影響，不願「枉拋心力作詞人」。不過寢饋既深，每有所作，自覺尚能脫俗。而讀了龐石帚及屈守元兩先生之詩，真欲自焚筆硯。所以然者，自知學力淺，詞語粗也。

　　當我函告守元先生以正在撰寫《清詩流派史》後，他來信說：

　　世南先生：

　　　　教師節一書奉悉。大作《清詩流派史》，聞之神往，若有刊佈，定乞見示。賤子於清詩，大抵初期則佩服顧亭林，喜愛吳梅村。朱竹垞、厲樊榭，似乏別材別趣，頗厭觀之，往往不能卒業。中期即愛王漁洋、敬業堂兩家，袁趙諸公，已近於《紅樓夢》釵黛之作（自注：《紅樓夢》是好小說，但其中諸人詩作，實不堪入目，不知今人何以膜拜如此，可以知世風、詩風矣！），實不能登大雅之堂，不知今人何以吹捧如此。晚期則佩服王湘綺及貴鄉陳散原，而鄭蘇堪雖有意氣，然太熱中於世俗功利，以為反不如沈寐叟諸人也。因聞有大作，遂發狂言，如此怪論，置之不理可也。

　　　　去年寫成《文選導讀》三十萬字，巴蜀書社正在印製中，出書後即奉寄。今年則寫定三十年代舊作《韓詩外傳箋疏》，全書近八十萬字，巴蜀已承認出版，惟年屆八十。一日只能寫二千字，拖延為憾耳。有餘力準備與一中年助手常思春同志合作，寫成一部完整的《文選新疏》。

　　　　賤軀差尚頑健，唯憚於遠行。上月赴香港中文大學，幸好有媳婦在珠海，出入照料。

　　　　江西宋代詩人，賤子極服半山、山谷，以為今世大談振興舊詩，而於此二人似頗冷淡，王水照先生見示，渠在日本攝印回來之蓬左文庫藏本荊公詩注，實稀世之珍，竟以訂戶不足，上古不予景印。此可大歎息者也。今世欲得如散原先生之印行山谷詩注，恐無其人矣。

　　　　匆匆，即頌

　　著祺。

屈守元啓

93.9.22

一月後，又得一信：

世南同志：

手示及大作拜讀。

大作提到的問題極爲精到，能如此細心讀書，眞堪學習。

兩位錢先生（仲聯、鍾書），近日幾乎成了沒人敢撞的「泰斗」，其實是「木居士」，受人「偶題」，便有「無窮祈福」之「人」。我生性古怪，偏不理睬這類「學者」，對於大作，信手作了旁注，實爲不敬。

今年六月，我到香港，會見了一些港、澳、臺同行，他們說了一句既老實又刻薄的話：「大陸上幾十年來，研究魏晉南北朝文學，只知道有兩個作家，即曹植與陶淵明，書則只有一部，即《文心雕龍》。」可謂謔而虐者矣。日本的學者清水凱夫先生，在最末的一次宴會席上，他對我說：大陸人只知道有昭明太子，竟不知昭明左右有一大批人，因此他故意抛出《文選》非昭明所撰之論。我說：昭明是內行，不比明清時代識字不多的「皇帝」、「太子」，恐不宜爲此戲論。他說：這點，他並非不知。而大陸所出文學史、文學批評史之類，陳陳相因，實在不讀書，太討厭了！我會見港、澳幾位中青年人，還鄙夷大陸學者嚮壁虛造。歸後適與羅繼祖先生（雪堂先生長孫）通信。繼祖先生：「禮失而求諸野。」王利器先生說：「道不行，乘桴浮於海。」兩位先生所言，可知老輩之憤慨也！

我現在完全退休。尊作此間無地可堪發表。敬謹還璧，是否可寄《古籍整理出版情況簡報》（北京王府井大街 36 號中華書局轉該刊編輯部）？但這是報成績不報缺點的刊物，恐亦不能接受耳。

您所主張從小學起的主張，我曾在張舜徽先生處，聽到涂宗濤先生發表過類似的議論。涂先生爲四川人，現在天津社科院，人已退休，恐亦不能有所支持也。舜徽老已物故，繼承者爲北師大劉乃和先生，劉先生儘管是陳援庵弟子，但也屬於「歌德派」，無舜徽先生之魄力也。

散原先生所刻《任淵注黃詩》，不知版在江西，仍可購得否？若可蹤迹，乞見告，

　　即匯款謀收得一部。

　　十一月下旬，可能要往上海一行，天寒，來去只好坐飛機，不可能「泊舟潯陽郭」矣。

　　賤軀頗頑健，惟好直言，多不爲人所喜，聽之而已。

　　頌著

安！

屈守元啓

93.10.22

　　（大作登在北京及上海刊物者，我足不出戶，未能拜讀，能複製一份否？）

此信談到「二錢」，我在選錄之際，也曾猶豫。後來想到章學誠（實齋）曾不滿戴震、汪中、袁枚，多有貶詞；當代如楊樹達的《積微翁回憶錄》，於章士釗、吳承仕、譚丕模、楊榮國亦多貶責；夏承燾、朱雲彬的日記，亦多於並時學人直言不諱，於是毅然照錄。我於二錢先生及屈先生，一樣尊敬，略無軒輊。於屈先生，尤自附於「君子和而不同」之誼。而屈先生的高風更令我仰止，因爲後來他看了拙著《清詩流派史》後，並未認爲我對朱彝尊、厲鶚、袁枚、趙翼的評價與他不同，產生絲毫不滿；而鍾書先生棄世後，我以挽詩寄給屈先生看，他也完全同情。可見屈先生眞是耿介而又豁達的大學者。

　　1995年，《清詩流派史》在臺北文津出版後，我即郵寄一冊於屈先生。他的回信如下：

世南先生：

　　得書並大作《清詩流派史》，書置案頭，時復誦覽。既紮實又流暢，材料豐富，復有斷制，誠佳作也。貴省江西派在清代餘焰輝煌，敝省在清代中期，皆頗寂寥，然揚馬故鄉，李杜高岑宦遊之地，三蘇黃陸，皆有影響，似亦不可忽略。敝友白君敦仁，成都大學教授，其《陳與義集注》，已在上海古籍出版社出版；復有《巢經巢集注》，正在巴蜀製印。此翁今年滿八十，乃先師向宗魯、龐石帚同門弟子。去年龐向兩師百年紀念，私費印《養晴室遺集》詩文部分，昨已先寄君一部，並願互相聯繫，此翁於清詩殊大有興趣，不妨與之切磋也。

　　清代末年張之洞提學四川，既寫《書目答問》、《輶軒語》，又復建立尊經書院，聘王壬秋爲山長，於是蜀學大變，戊戌六君子中，劉光地、楊深秀皆爲尊經生。（劉與王未親炙。）康長素變法之論，其啓導之者即爲尊經生廖平。廖平詩才，不爲王翁所喜。當時尊經生中，以詩見稱，當數顧印伯（印愚，又號塞向翁）。印伯不囿於王翁八代盛唐之說，唐宋兼取，其北行詩，有句云：「落日電杆西。」以新名詞入詩，遠在人境廬之前數十年。程千帆尊人穆庵先生，即印伯弟子，曾印印伯詩集。千帆先生與我同年，其八十辰，我曾照壁間所懸印伯所書對聯一副，以爲祝嵩之儀，千帆大喜，來書以爲難得。印伯集據云有新印本，不知見否？沿王翁詩歌道路者，有林山腴（思敬）（又號清寂翁）先生，我入川大，即受詩法於林先生，山腴先生教詩，以王翁所撰《唐詩選》爲教材，重點講五律，謂之「四十賢人」（此唐人議論，見《唐詩紀事》），特別重視起句。自餘詩名甚大者有趙堯生（熙，號香宋），趙詩入宋派，故石遺叟亟稱之。龐石帚先生投詩趙先生，自此詩名大振。《養晴室遺集》白先生已允寄君一部，其中卷三之詩，可以看細一點，如《蘇橋雜詩》之類，已過於趙翁。向宗魯先生曾謂龐遠過於趙，向趙稱弟子，殊不必也！賤子詩始學林，後親近向、龐，向先生三十以後絕不作詩，三十以前詩向師母將其遺稿，託我清理，稿爲抗戰中水漬，完整者不過十餘首，神似玉谿生，向先生平時不喜空疏，謂作詩亦不能清湯寡水。此語對我，甚爲深刻。龐先生則與我過從極爲周密。白先生印《養晴室遺集》，我曾題一首七律於後云：

　　片雲天遠百年期，中壽門生老淚垂。

　　無輩張溫眞絕代（無輩張溫爲向先生稱龐先生語，見《吳志·張溫傳》），感音向秀憶當時。

　　出門覓醉常呼我，入座揮毫疾寫詩。

　　綴玉穿珠傳好本，名山珍重賴扶持。

　　四十年代末，成都龐門諸少年，曾結詩社，姜君叔武爲石帚先生詩弟子中最著名者，今已逝世二十年矣！賤子游向、龐之門，重要力量從事古籍整理，以餘力爲詩，實不敢繼二先生之後也，四川省通志局草二先生傳，曾命賤子爲之，俟暇當檢出，複印一份奉寄。

因讀大著，見所題三十三韻，輒奉和一首，趁韻而已，閱後付之字簏可也。老眼昏眊，字筆草率，乞見諒也！白敦仁先生通訊處爲成都大學中文系（郵編 610081）。望與聯繫，白先生清詩（特別清末民初）資料不少也。所謂「西蜀派」詩，此只能道其輪廓。賤子寫有《靡聖巢詩話》，有一部分載在此間《晚霞雜誌》，俟覓得後複印一份奉寄。近又將向、龐兩先生詩投載重慶《鵝嶺詩詞》，俟寄來後即轉致也。

《黃詩任注》乃散原先生託楊星吾在湖北崇文書局印刷者，已託武漢友人代覓，現尚無結果。我有世界書局影印本，字太小，不便老眼，故欲覓原印（原印甚精）以爲暇時翻讀，亦頤老之一途也。

勿勿，不盡言。即頌

著祺。

屈守元　96.4.25

下面是毛筆寫的一首五古：

著書老逾耽，言利子所罕。三寫已患訛，千冊殊非儉。
不趨唐成風，獨尋清所善。深探亭林奧，不遺兩當倩。
止義歸正則，抒情許頑豔。卓見顯才識，寧復倚書卷。
踵事必增華，摩訶有高論。歧路萬萬千，途窮何妨變。
派流各有宗，放紛理乃見。無厚入有間，深藏善吾劍。
矛盾各固執，舊新有遞嬗。浮名似輕煙，高興在柔翰。
書聚乃成城，女三任其粲。從心不逾矩，染指嘗美膳。
有幸讀君書，竟欲焚吾硯。書袋沮性靈，死灰何用扇。
怨家對丹黃，幸不干顯宦。二韓成鉅冊，（韓愈全集校注，韓詩外傳箋疏，皆在今年印出，有約四百萬字，凡四大冊。）災梨亦云濫。
遺此明月珠，冥埴自投暗。但可覆醬瓿，孰云傳禹甸。
向歆已揚棄，魚魯何足歎！不憚蛙蝦嘲，豈煩狗監薦？
及耄敢鵬摶，遊講南溟岸。（去冬往香港講學半月。）尚可檢書簏，何妨業大版。
八難俟指屈，九州竟顏汗。（指所作《新文選學芻議》）稿積崇賢注，字有蠅頭萬。（文稿李注疏義，已有積稿一半。）

助理得常君，（常思春副教授爲我助手。）山花旋爛漫。紛紛緣木猿，
一一養由箭。

但得老夫歡，未許貴胄玩。君如董狐筆，何用褒貶遍？

斷可千載傳，未有一語篡。尚遺西蜀派，別紙寫忱款。

　　劉君世南寫情詩流派史，書成自校，賦三十三韻，賤子得讀君
書，依韻奉和一首，既以美君，亦稍自敘。

　　　　　　　　　丙子春末　八十四歲叟成都屈守元

屈先生得我所贈《清詩流派史》後，以八十四歲高齡，寫此長信，又和
長詩，予以獎飾，實使我喜愧交並。所內疚的，是無法完成他的囑託，把西
蜀派補充進去。因爲汪闢疆先生雖在其《近代詩派與地域》列有西蜀一派，
但他是從地域論，我則以風格論。

同年（96）8月28又來一信：

　　世南先生：

　　得大劄，對拙著《韓詩外傳箋疏》稱譽逾量，曷勝慚悚。所指
出校印疏忽問題，如有機會重印，定告知書社改正。惟王巾「巾」
字，拙見以爲楊愼欲改「中」字，乃不可從者，拙著《文選導讀》
頁410，對此字已有辯證，斷以作「巾」字爲是。

　　入秋以來，成都酷熱，近日忽轉涼，大概不會太熱矣。尊著《流
派史》列顧亭林爲專章，啓發甚大。9月中成都杜甫草堂將開學會，
我既準備以《顧炎武與杜甫》爲題，發揮尊著之旨。目前正讀《日
知錄》以消永日。世道如此，讀寧人之書，不勝感慨也！

　　秋後準備治《選》，已集北海碑爲「文選李注疏義」六字，陳稿
有兩百餘編，寫成全書有助手常思春君協助，頗以曹憲百歲著書自
期，曹公乃《選學》之創始人也。

　　匆匆，不盡欲言，即頌

著安！

　　　　　　　　　　　　　　　　　　屈守元啓

　　　　　　　　　　　　　　　　　　96.8.28

附錄《顧炎武與杜甫》全文如下：

顧炎武和杜甫

（此 9 月 24 日在杜甫學會上的發言稿，實為先生大作啟示，謹呈乞正。守元記）

近日江西師大劉世南先生寫了一部《清詩流派史》（臺北文津出版社出版），單獨寫了《顧炎武》一章（第三章），沒有把顧炎武歸入任何流派。他說：「全部顧詩中，古體詩只占十分之三強。格律詩要占十分之六弱。而二百六十四首格律詩中，五律就佔了四十五首，和杜甫比較起來，杜詩共一千四百五十八首，其中格律詩有一千零五十四首。五排就佔了一百二十七首。顧詩五排占其格律詩的十分之一點七，杜詩五排占其格律詩的十分之一點四。形成這樣的現象，當然有眾多的因素，我以為和兩位詩人的個性分不開。顧炎武和杜甫一樣，都是「疾惡剛腸」的。杜甫的「褊躁」，顧炎武的「孤僻負氣」，性格狷介，杜、顧之詩多用格律，就因格律緊嚴，符合他們的個性要求。

劉先生提出這個問題，很能發人深省。我想就杜、顧有關問題，提出一些自己的看法。

（1）杜、顧都是以天下為己任的。他們決不逃避現實，粉飾太平，迎合當世，以取容悅。杜甫許身稷契，揭發時弊，這是大家都一致稱許，反覆讚歎的。顧炎武明確地宣稱：「文須有益於天下。」（《日知錄》十九）又說：「有亡國，有亡天下。……是故知保天下，然後知保其國。保其國者其君其臣，肉食者謀之；保天下者，匹夫之賤，與有責焉耳矣。」（《日知錄》十三）梁啟超曾把這段話概括為「天下興亡，匹夫有責」。從這樣的思想本質出發，大家可以衡量，夠得上稱現實主義作家的，究竟有多少？

（2）杜、顧都是重視實際，反對偽飾空談的。杜甫要求「致君堯舜上，再使風俗純」。而當時的君主，卻使他慨歎：「唐堯真自聖，野老復何知！」那個「自聖」的皇帝，就是極喜歡虛吹瞎捧的肅宗，杜甫面對的正是這種昏王。要把他「致之」「堯舜上」，怎麼可能呢？以杜甫為「愚忠」，真是一片盲瞽之辭，我奉勸這些隨意誹謗杜甫的人，不要讀杜詩，以免受苦；不要說杜甫，以便藏拙。顧炎武堅決

反對當時那種置「四海困窮」於不顧，而終日「言心言性」的惡劣學風（《與友人論學書》，《亭林文集》卷三），這種學風，今天正在擡頭，我們研究杜、顧詩傳統，不免言之慨然！

（3）杜、顧排律之作，嚴肅雄偉，表面看是頌歌，案其實則多屬陳古刺今。「舊俗罷庸主，群雄問獨夫。」（杜甫《行次昭陵》）如果把它只看成對唐太宗的歌頌，那就太膚淺了。在李林甫、楊國忠煊赫一時的日子，歌頌唐太宗的撥亂反正，難道沒有一點現實意義嗎？顧炎武的《太行哀詩及《謁陵》諸作，難道是吳三桂、錢謙益、王鐸之流所歡迎的嗎？讀杜、顧之作。若不從深層次進行發掘，眞負卻作者一片推見至隱的苦心了！

（4）顧炎武倡導「博學於文，行己有恥。」又在《日知錄》（卷十三）中特書「廉恥」一目，尖銳指出：「士大夫無恥，是謂國恥》」杜甫亦言：「獨恥事干謁。」（《自京赴奉先縣詠懷五百字》）他一生奔波秦蜀，漂泊江湖，都是「恥事干謁」的結果，比起當時上書、行卷的一般文人來，確實是很特殊，很有骨氣的。

《孟子》對於見利忘義，予以極深刻的譴責。他說：「上下交征利，而國危矣。」義利之辨，正是對一個士人的考驗。杜甫寫《義鶻行》，在《茅屋爲秋風所破歌》中，最後幾句說：「安得廣廈千萬間，大庇天下寒士俱歡顏。……何時眼前突兀見此屋，吾廬獨破受凍死亦足。」這是在義利面前詩人表現出無私奉獻的偉大精神。顧炎武寫《義士行》，對於程嬰公孫捨己救趙的俠膽義行，作了最高敬仰的歌頌。又在《精衛》一詩中說：「嗚呼，君不見西山銜木眾鳥多，鵲來燕去自成窠。」借鵲燕以批當時厚顏事敵，以保富貴之徒，眞是快語！

從上面所舉杜、顧的一些品質一致的例證，說明只有杜詩才能使顧炎武這樣偉大的人物傾心而繼承其詩歌創作；也說明眞能繼承杜詩精神面目的，非顧炎武這樣的偉大人物，都只襲其貌而已。

我們研究杜詩，就應該看到只有杜詩才能孕育文天祥、顧炎武這樣的人物。從這一角度研究杜甫詩，我認爲才是眞正的「杜詩學」。

我們現在特別重視精神文明，我勸大家多讀杜詩，也認眞讀一

讀顧炎武的著作。如此或於世道人心有補。請不要託之空言，而切盼付之實踐。

1996.9.9

直到 2000 年，屈先生八十八歲時，元月 28 日還給我來了一信，現在看來，已是絕筆。謹錄於此，使後世讀者知前輩學者誨人不倦有如此者：

世南同志：

得書已久，因畏冷未上書案，遂稽延未報。今日在廳中飯桌上置一燈，略寫數字。以廳上有空調，故敢執筆也。

承詢南北朝史書，此間亦無人致力。友人中如曹君道衡，曾留意於此，近見所著《三國六朝論文集》（在廣西出版），殊爲失望。以其力求廣穩，殊無一語爲精銳也。

鄙人對南北朝史實，往往求之《通鑑》，以司馬君實，編輯此段，付之劉道元，殊爲得人。其書南朝事，往往求之北方諸史；而書北朝事，往往求之南方諸史。敵人之辭，頗得歷史之眞。君研究南北史事，似可用此法，亦可參閱此書也。

今年八十八歲，自繼室管舜英溘逝，頗有喪神之感。畏寒，不敢詳寫，望乞見諒。

此問

新春納吉

屈守元　元月 28 日

我因爲南史中很多詞語不易瞭解，所以向屈先生請教，想找一些前人或現當代學人作的注釋，尤其想找李清的《南北史合注》。今人如唐長孺《魏晉南北朝史論拾遺》一書中的《讀史釋詞》的「荷荷」條；周一良《魏晉南北朝史論集》一書中《讀書雜識》p297 指出：「論史漢三國者必通音聲訓詁之學無論已，六朝諸史亦多後世不經見之習語，常待排比推敲，始得其義」。兩先生眞解人也。屈先生誨我南北史對讀法，誠讀書有得之言，今人亦有行之者矣。

我所以向屈先生談此事，起因於前幾年此間有青年教師參加南北諸史的今譯工作，常把一些疑難詞語問我，而我無法回答，因勸他們看《通鑑》胡

注及唐、周諸人有關著作。不知此項今譯工作已完成否？附記於此，亦以告當代及後世學人慎勿率爾操觚，此事大不易也。

屈先生既歿，我愴痛獨深，挽詩積久始成，然何足抒其哀感之萬一乎！聊記於此：

> 舊郢初瞻海鶴姿，高陽苗裔信吾師。
> 黃樓五百年同樂，白髮三千丈屬辭。
> 抱道以終見遺直，自岩而返墮豐碑。
> 溫容在壁書藏篋，注海傾河豈滌悲？

（十）白敦仁

白敦仁先生是屈守元先生特別介紹給我的。從 1996 年 6 月開始，直到今年（2002）2 月還收到他寄贈給我的《彊村語業箋注》，扉頁上還用毛筆寫了：「世南教授謜正　敦仁持奉　辛巳除夕前三日」辛巳是 2001 年，除夕前三日是 2001 年夏曆十二月二八日，即 2002 年 2 月 9 日。這麼說，先生還健在。可是我寫信去道謝，並叩近況，卻一直沒得到回信。我當然還要去打聽。

現選尋其部分信件，稍加說明。

世南先生道右：

來示收到已數日，忙於雜務，遲復爲憾！拙著《巢經巢詩箋》得先生分出寶貴時間，細加評審，並有宏文加以評判，雖尚未讀到，知於鄙人必大有教益也，古人云：「後世誰相知，定吾文者耶？」古德古風能如閣下者，並世能有幾人？平生所幕，蓋在此矣！大文刊出後，望賜一複印件，俾早領尊教爲快也。

大著《清詩流派史》僅粗粗涉略一過（請恕罪），尚未及十目一行加以細讀，已覺是書如大禹治水，分疆畫野，流派分明，於有清三百年詩史，非博學精研如閣下者，孰能語此？鄙人所急需者實在此事。過去讀《晚晴簃詩彙》，《清詩紀事》及陳、錢二家《近代詩鈔》等書，大都將同一時期詩人，平面排列：雖全書亦按年編次，有縱有橫，但終覺重點不能突出，脈絡無法分明，此體例使然。然終不能使讀者全面掌握清詩全局，每深以爲憾。得大著，若網在綱，二百年詩歌發展痕迹，便覺眉目清楚，了然於心，快何如也。書中對各家的具體評論，尚待進一步仔細誦讀。蓋年來腦力大不如前，

於書讀過輒忘。若大著，則時時置諸案頭，隨用隨讀，似更有效也。弟平生嗜書如命，雖老年目力大損，仍日夜讀書不息，深感餘年無多，而想讀之書仍成千累百，於是書與書爭，雜進於鄙人面前，常不知如何措手足也，可爲太息。

前年先師石帝先生百歲誕辰，爲保平生教育之恩，將遺集六卷匆匆付印（尚有外集九卷，以無力，未能同時印行。）當時即分請同門諸友，代分贈海内通人，以弟交遊不廣，知舊無知也。閣下大名，弟亦於守元處始得聞之，因思守元或已將《養晴》一集寄奉左右，故不及自行寄呈，得來示，始知尊處尚未得此書，當即交郵寄上一本。以郵局包裹不能夾帶信件，故另做此書説明原委，希青及也。

老昏善忘，一提筆遍寫錯字別字，一些中學生能寫的常用字，有時竟苦思始能寫出，仍不免出錯，可浩歎也。草草不盡所懷，即候

著安

敦仁拜上

三月十一日

收到對《巢經巢詩鈔箋注》商榷文後，先生來信：

世南尊兄道右：

前辱惠寄《古籍整理研究學刊》，拜讀大文，所提訂正拙著失誤各條，悉皆允當。方取與拙書原注一一對讀，故作覆稍遲，非褊心不樂聞過也，「疑義相與析」，此陶公所以欲居南村，爲具多素心人也。欲求素心人於今世如我公者，豈可多得？古聖稱直諒多聞，不意衰朽之年得益友如我公，幸也，非初意所敢多望也，而今則得之矣！

大抵弟箋注古詩，頗有取於陳寅恪先生有關「古典、今典」之論，以爲注「今典」尤難、尤切要。蓋不過此關，實難掌握作者命筆時用心所在。往昔讀錢牧齋、朱鶴齡有關注杜詩而發生糾紛事，牧齋主張抓住杜詩中大關節目，而不樂如李善注《選》之煩瑣。私意頗贊成牧齋，以其意殆與陳寅恪「今典」之論暗合也。弟往年注

《簡齋集》，把重點擺在「人、地、時、事」之征實，實有此意。今注《巢經》，其指導思想亦復如此。惟《巢經》集中所涉及之人多布衣委巷，地多偏僻遐遠，其間時、事，又涉及咸、同以來貴州兵亂，又復千頭萬緒，欲求第一手資料，其事實難。（例如「宦必魯」事，得之匪易）故每有一獲，輒不厭其詳的大抄特抄，明知煩冗不合古人著書體例，亦所不辭，以爲尚有後人自加刪削，取其所可取，似亦足以省讀者翻檢之勞，則鄙書冗煩之罪，便亦得到補償矣。區區此心，該欲爲讀者提供一些知人論世之原始資料，俾有利於更好抓住詩人命筆之用心。此弟於箋《鄭詩》時重心所在。至於「古典」，竊以爲亦須先通「今典」，始能注得允愜。如 P290 頁《鄉舉與燕……》詩注 19 用「巨鼇贔屭」事，徜不知子尹是年鄉試名列榜尾這一「今典」，則注文但引《吳都賦》已足，決不會想到必須引《唐摭言》故事，始能注出文字精神、詩中情趣。區區苦心，實重在此等，聊爲良友一暢言之也。

對於詩中「古典」，所著意者則在於爲讀者掃清一些明顯的「攔路虎」，亦有雖非大難處，惟記憶所及，亦爲隨手注出。其它文從字順處，則往往忽略。實不知此等處「暗礁」竟如此之多，否則按拙書體例，至少也要加上「未詳」二字。嚴格說這不是對讀者負責應有的態度；亦大悖於科學家實事求是之精神。然弟之爲人，秉性既粗疏，雖力求精密，亦不耐久，加以箋注鄭詩時，犬馬齒已逾古稀，常恐遂溘朝露，完不成應完之事。故落筆時，每如爲鬼伯相催，直追進度，不暇多所回顧。加以老年善忘，一些幼年時背誦如流之《四書》、《五經》，亦多忘卻。譬如《三禮》，弟讀大學時曾窮數年之力研讀漢唐注疏及清儒考定之書，亦嘗對此有所撰述（嘗注有《石渠奏藝疏證》及《釋食》二書，今佚其稿），及讀孫詒讓、黃以周二家之書，始覺專門談《禮》，實已無大事可作，遂放棄經學而專攻全史。今則不惟《儀禮》、《周禮》本無背誦之功者已判若路人，即《小戴》爲昔年所熟誦者亦每每聯想不起來（如閣下所引《內則》諸條）。得公指出錯誤，竟多至 50 餘條，汗流浹背矣！閻潛邱嘗言，著書須「不錯不漏」。近日錢鍾書先生嘗爲弟言，「閻氏之言，談何容易，但能做到錯而能改，漏而能補，斯可矣。」竊以爲此深知甘苦之言。

　　大作所示各條中，如第二條引《秦本紀》，第六條注「腰環」，第八條指出斷句失誤，第十條注馬周事（此條原著梁冀，心亦疑之，但根本忘卻馬周，而兩《唐書》於弟實非「生書」，可歎也！）第十二條「口生垢」，第三十六條「袖方舒」，……凡此等等，皆所謂「中臣要害」者。至若第九條之誤注「長陵」（潛意識中殆由「長陵自是閒丘壟」句造成漢高祖與明太祖在頭腦中打架，竟忘卻顧炎武「亡命南來哭孝陵」之句矣。此等疏忽，實不可原諒。）最可笑者，無如四十六條之誤釋「折」為「折騰」。蓋弟注此句時，由於老眼昏瞀，竟將「折十牛」誤讀作「折十年」（繕寫清稿時，於原詩皆採用複印、剪貼之法，未加重抄，以為既省時間，又免抄寫出錯——弟近年已成為「錯別字大王」矣！故亦未能發現「牛」誤讀作「年」。）否則雖不能如我公之引《易林》，但至少不會釋「折」為「折騰」也。至若第三十條當引《左傳》，自是定論。然弟所引《家語》下本文亦有「天子失官，學在四夷」云云，不記得繕稿時何以竟將此等語落去。雖然，無論如何，終以引《左傳》為當然耳！然《左傳》中語，作注時竟未能聯想起來，嗚乎哀哉！大文中其它各條，無不允當精愜，使鄙著能重印者，悉當補入，但恐此生無此望也。（旁注：唯第三十三條鄙意仍以不注為佳，注出反而破壞詩中情趣及意象之完美也。）《巢經詩》又有貴州楊元楨箋注本，弟久聞其名，聞係解放前遺作，解放後多年未能出版（若已出，則拙著大可不作）。至拙著已寫成後，楊注本始聞已付印，函求彼中友人代覓得一冊。時弟書已交印刷廠，不能取回細加核對，僅就宿疑如「李子尋親惟聚冢」等數句，弟所不詳而楊注已有者，檢得錄出，託編輯部人代為補入（此事已於《後記》中言之）。大抵楊注本於「古典」用力甚勤，於「今典」則略而不談。此不佞所極失望者。蓋楊氏身為子尹鄉人，又是鄭家親戚（不知是否楊華本之後），其獨到優勢，應在「今典」，必有外省人所絕對做不到者。乃放棄其特有之優勢而不肯稍作指點，則拙書為不可少矣。得楊注後一直未能細讀。昨得閣下大文，始一一檢之。其中僅二十二條引《宋名臣言行錄》；二十三條注「痁瘧」，三十條楊注與鄙人同，亦引《家語》，但無末文脫文。外此各條，弟所失注者，楊注亦然。則大文不僅能補拙著缺失，亦可補楊注本失漏矣。

　　以草草拙劣之著費我公大量寶貴時間，心實歉然。惟山川悠邈，不得與公樂數晨夕，爲悵悵而！

　　弟平生好書如命，惟貪多勿得，未能熟讀深思。友朋中惟王仲鏞一人，博聞強識，遠過於弟，常能從彼處獲得教益，視爲平生畏友。今又得公，則晚境爲不寂寞矣。弟尚有《彊村語業箋注》三卷殘稿（文革之災），（旁注：「此稿爲三十歲以前舊著，僅一半成品，因當時讀者不多。」）憂思能於未死之前加以補定成書，惟仍以「今典」爲難。今後當求教於公，望不我棄也。書已太長，其中必多錯別字，不及重看，此眞無可如何者。此覆即侯

著安

　　　　　　　　　　　　　　　　　　弟敦仁拜上

　　　　　　　　　　　　　　　　　　3 月 31 日

又：

　　第五十三條論子尹詩用韻事，此條似猶可商量。竊以吾國文字聲韻，古今變遷勢所必然。即以古韻分部而言，自顧亭林、江愼修至近代章太炎、黃季剛諸家各有論列，作古詩者，自當用古韻。鄭柴翁小學名家，或不至如我公所云「訛誤不少」也。即如拙集中古體用韻，皆嚴守朱駿生《說文通訓定聲》中的《韻準》分部，若以平水韻繩之，必多不合也。（如《雜詩》第一首之「心、甘、吟、陰……」等，）弟於古聲韻僅略具常識，未嘗專門用功，於音理多不能明其所以然之故，以爲柴翁用韻，當不至苟且如此。其經學、小學、方志諸著述，皆能說明此公治學之嚴謹，其用韻想必有依據，實未敢工訶古人也。惟公教之。

　　此信隨手寫去，文句或有不通，腦子不管用，視力又昏昏若霧，足下想能略窺大意也。前人（不記何人）詩云：「不好詣人貪客過，慣遲作答盼書來」，實能道出鄙人心境。一笑！

　白先生寫此信時，已八十高齡，視力又極差，而竟作長函，約兩千六百多字，這已極使我感動了。尤其是內容，那種虛懷若谷、從善如流的態度，眞使我腦際浮起「惟善人能受盡言」（《國語》）「仲由喜聞過，令名無窮焉。今人有過，不喜人規，如護疾而忌醫，寧滅其身而無悟也，噫！」（《小學集注》卷五〈廣

敬身〉。此我幼時所背誦者，故極易聯想到，可參看本書第六部分四封信）。

　　白先生的崇高人格，正顯示出真學人的氣派。錢鍾書先生的《管錐編》第五冊，全是學術界對其書的繩愆糾繆的意見，這是怎樣的一種坦蕩胸襟！只有以學術為天下公器的學者，才能做到這一點。我和錢鍾聯先生通信，第一封就指出：他的《夢苕庵詩存》中的《酷暑》和沈德潛詩鈔中同題之詩，詞語頗有雷同處。錢先生不但不以為忤，且亟欲援繫以為己助。這又是怎樣一種氣度？我覺得一切有志於學的人，在崇敬上述三位先生的學問成就時，更需要效法他們的高尚品格。

五、我自當仁不讓師

我真正從事科研，是 1979 年到江西師大中文系以後才開始的。

但第一篇論文《對〈李白與杜甫〉的幾點意見》（刊於《文史哲》1979 年第五期），卻是在新建縣鐵河中學任教時寫的。

文革後期，我偶然看到郭沫若的《李白與杜甫》一書。看完後，立即寫了一封信寄《文匯報》轉交郭氏。過了一段時間，該報把信退回給我，沒作任何表示。我只好束之高閣——放在一個篾簍子裏，裏面裝的盡是歷年的詩文草稿，丟在擱樓上。「四人幫」垮臺後，一天，我在《光明日報》上看到一條消息：山東大學校慶，蕭滌非教授在大會上作了批評《李白與杜甫》一書的發言。報上列舉的發言要點，我看了，大驚不止：這些看法不和我的完全一樣嗎？我立刻爬上擱樓，從小簍子裏翻出那封信，看了一遍，毫不遲疑地將信寄給了蕭先生。他很快覆我一信：

> 世南同志：
>
> 信收到，尊稿已轉《文史哲》編輯部，有何意見，可直接與該編輯部聯繫。拙文將於《文史哲》第三期發表，順告。即致
>
> 敬禮
>
> （我因出差，離校多日，遲復為歉）
>
> 蕭滌非
>
> 1979.7.8

很快，《文史哲》編輯部寄回了致郭氏的信，叫我改成論文形式，用稿紙抄出寄去。我照辦了，後來發表在該刊 1979 年第五期。發表後不久，評介此

文者有《光明日報》1980 年 5 月 9 日第 4 版《百家爭嗎》欄李啓華《也談對名家著作的討論》;《新華月報》轉載《陝西日報》的簡介;山東《大眾日報》1980 年 9 月 19 日《學術動態》欄重光《〈文史哲〉雜誌載文討論〈李白與杜甫〉》。《文匯報》1980 年 10 月《文薈》版摘要;廣西河池師專編《學術與爭嗎》雜誌 1980 年 12 月《關於〈文史哲〉〈李白與杜甫〉的爭鳴》;四川人民出版社《郭沫若研究論集》第二集王錦厚《略論對〈李白與杜甫〉的批評》;黃侯興《郭沫若文學研究管窺》（天津教育出版社 1987 年 11 月初版）。王錦厚特別指出，其它批評郭氏揚李抑杜的，都說郭爲了迎合毛澤東，只有劉世南不這樣看。

我不這樣看，一是由於耳目閉塞，僻處波陽湖邊的鐵河鄉下，信息不暢，根本不知有迎合一說;二是由於我看過郭氏早年寫的《請看今日之蔣介石》，以爲此人有骨氣，決不會逢迎權勢，所以也沒往這方面想。

奇怪的是，1995 年 7 月 1 日的《文論報》發表了一篇陳傳席的文章，既貶錢鍾書，又褒郭沫若。陳君認爲郭沫若迎合毛澤東是對的，因爲毛太賞識郭，盡禮賢下士之能事。陳君還說，換上他，也會那樣迎合偉大領袖的。我不知道這是挖苦還是眞話，反正我不以爲然，便寫了一文去批駁。結果編輯部退稿。我正惶惑，以爲中國又有新的道德準則了。幸而過了一段時間，《文學自由談》上，有人寫文專駁陳君的奇論。倒也沒見反批評。

現在（2002）已過二十七年（我最初函《文匯報》請轉郭沫若在 1965 年）了，塵埃落定，李、杜仍如郭氏從前所讚揚的雙星子座，萬古不磨。一時政治勢力的強制，並不能動搖歷史給杜甫這位偉大詩人所作的定論，倒是使郭氏這麼一個聰明人，直到現在還在受人指責，被嗤爲風派人物。

現將我的兩篇文章錄存於此。

對《李白與杜甫》的幾點意見

郭老在《李白與杜甫》一書中，從門閥觀念、功名欲望、地主生活、宗教信仰、嗜酒終身等等方面進行比較，認爲李白優於杜甫。我以爲這兩人都是封建社會的士大夫，在這些方面比，只有量的多少，沒有質的差異。既然本質相同，那麼，誰更喜歡喝酒，誰更迷信宗教，……都無關宏指，不需比較。我是這樣認識的：這兩人都是地主階級政權的擁護者，都是反對農民起義的。他們的兼善天下的思想，都是以儒家仁政思想爲核心的。因此，他們都是地主階級

的詩人。有人「撥高」杜甫，謚之曰「人民詩人」，實在是違反歷史唯物主義的。在勞動人民被剝奪文化權利的古代，能夠用筆寫詩流傳下來的，只有地主階級的人。人民詩人只能是民歌作者，在文學史上沒有留下過一個名字。

雖然是這樣，但是幾千年成文的文學史中，仍然可以從地主階級的作者和作品中，找出客觀上能反映現實，對社會發展有一定作用的詩人和詩篇來。根據這一標準（這是最重要的標準），我認為杜甫及其詩篇從質量上和數量上說，都是超過李白的。因此，揚李抑杜實在是不必要也不可能的。而《李白與杜甫》恰好在這點上給讀者一個印象：作者的個人好惡妨礙了他對唐代這兩個詩人的正確評價——對李白曲意維護，對杜甫深文周納。

我們可以集中到《杜甫的階級意識》這一章來談。杜甫之所以為杜甫，關鍵也就在這一章。

（1）「朱門酒肉臭，路有凍死骨」及其它

郭老認為「朱門酒肉臭」這兩句是脫胎於孟子的「庖有肥肉，廄有肥馬；民有饑色，野有餓莩」。但是，幾千年來，封建社會的讀書人，對孟子這幾句書，沒有哪個不是童而習之的，何以只有杜甫會從它脫胎？難道真是「杜詩韓文無一字無來歷」麼？我看問題不在於脫胎，而是由於杜甫確實閱歷有得。這正是他超越其它詩人（包括李白）的地方。而他所以能閱歷有得，又和他的同情人民分不開。如果他對人民沒有感情，那你再凍死道路，他還不是視而不見？反過來，這也說明他對朱門是有反感的，否則他對於「酒肉臭」的場面應該無動於衷，視為固然，（賈府吃螃蟹和茄鯗，劉老老駭歎不已，而釵黛之流不是習以為常麼？）更不會把它和「路有凍死骨」進行對比，使讀者領悟到：「路有凍死骨」，正是由於「朱門酒肉臭」的緣故。這兩句詩之所以具有驚心動魄的力量，就因為它從本質上深刻地揭露了整個封建社會的主要矛盾。同時，杜甫並不是偶然寫這兩句，他在《歲晏行》中寫過：「高馬達官厭酒肉，此輩杼軸茅茨空。」又在《驅豎子摘蒼耳》中寫過：「亂世誅求急，黎民糠粃窄。飽食復何心？荒哉膏粱客。富家廚肉臭，戰地骸骨白。」又在《遣遇》寫

過：「石間採蕨女，鬻市輸官曹。丈夫死百役，暮返空村號。聞見事略同，刻剝及錐刀。貴人豈不仁，視汝如莠蒿。索錢多門戶，喪亂紛嗷嗷。奈何點吏徒，漁奪成逋逃。」可見階級對立的概念在杜甫頭腦裏紮根是很深很深的。

話說回來，由於杜甫是一個地主階級的知識分子，所以，他再深刻地剖析到這種社會的主要矛盾，也決不是企圖喚醒人民去推翻這種封建社會，而是爲了警告統治階層要「仁民愛物」。說穿了，也就是要求他們減輕一些壓迫和剝削，以求緩和階級矛盾，讓封建統治者能夠長治久安。這種寫作動機，不獨杜甫爲然，中國文學史上所有名垂千古的大詩人，個個都是這樣。白居易、陸游以至於龔自珍，哪一個能例外？哪一個不是「站在地主階級的立場，統治階級的立場，而爲地主階級、統治階級服務的」？誰不是既同情人民的痛苦，又反對農民的起義呢？如果不從他們的作品的客觀效果，而硬要從他們的主觀動機去分析，那中國文學史上簡直沒有一個值得肯定的作家，李白就更不用説了。

郭老舉了《喜雨》中這兩句：「安得鞭雷公，滂沱洗吳越。」根據杜甫自注：「時聞浙右多盜賊」，指斥他要清洗或掃蕩吳越一帶的「盜賊」，從而肯定了他的地主階級立場。

杜甫的立場是地主階級的，但是，分析一個作家的思想，不能這麼簡單。同樣的比喻，他也運用在《洗兵馬》中，成爲「安得壯士挽天河，盡洗甲兵常不用？」是否可以理解爲，杜甫從改良主義角度出發，希望沒有戰爭，讓人民能過和平生活？正如他所呼籲的：「安得務農息戰鬥，普天無吏橫索錢？」（《晝夢》）「焉得鑄甲作農器，一寸荒田牛得耕？」（《蠶谷行》）他當然反對「盜賊」，但是，他也這麼說過：「不過行儉德，盜賊本王臣。」（《有感五首》之三）可見他並不認爲「盜賊」是天生的，倒是認識到「逼上梁山」這個真理，而把責任歸之於統治階層。後數百年的陸游仍然繼承著他的這一看法。陸遊說過：「吏或無佳政，盜賊起齊民。」（《兩麕》）又說：「彼盜皆吾民，初非若胡羌，……撫摩倘有道，四境皆農桑。」（《疾小愈，縱筆作短章》）嚴格說起來，陸游還只把逼民爲盜的責

任推到「吏」身上，不敢像杜甫那樣筆鋒直指著最高統治者。(「行儉德」只能指皇帝，錢謙益箋杜此詩即引郭子儀奏疏，謂天子躬儉節用，則寇盜自息) 至於郭責怪杜甫自己為什麼不像黃巢那樣造反，請問：這怎麼可能呢？我們這樣來要求杜甫以及白居易和陸游，……不是太不符合歷史唯物主義的原則麼？李自成是農民起義的光輝形象，但郭老在《甲申三百年祭》中不也指出了：大順朝要是創建成功的話，他也必然是漢高祖、明太祖之續。我看這樣評論歷史人物是十分平實的，為什麼對杜甫卻這樣過分要求呢？

郭老還引《變府書懷》這四句：「綠林寧小患？雲夢欲難追。即事需嘗膽，蒼生可察眉？」藉以證明杜甫的地主階級感情多麼森嚴而峻烈。

其實「綠林寧小患」是緊接上文說的。上文是：「使者分王命，群公各典司。(浦起龍《讀杜心解》注：『統指索餉之官』) 恐乖均賦斂，不似問瘡痍。萬里煩供給，孤城最怨思。(浦注：『指蜀變言』)」杜甫是看到當時回紇入寇、吐蕃內擾，索餉之官四出，不顧老百姓死活，反而把賦斂轉加到貧民身上，以致蜀變人民怨恨已極，有的就鋌而走險，逼上梁山。因而指出：綠林「寇盜」難道是小患嗎？等它擴大了勢力，威脅到統治地位，成為肘腋之患時，那就噬臍莫及了！面對著回紇、吐蕃的入侵，應該臥薪嘗膽，勵精圖治，否則單靠郜雍之流去防盜，能防得了嗎？

「嘗膽」，這個典故，從來用在洗雪國恥的意義上，郭老卻說成「對老百姓臥薪嘗膽地加以警惕」，我看沒有這個用法。「察眉」，郭老引了出處，問題是這個故事不是肯定郜雍察眉的。要是把出處引全，就可以知道《列子》作者正是反對察眉的，郜雍不是很快就被盜所殺嗎？這故事的本意這正是告誡為人上者不可如此防盜，而應清盜之源，也就是不要逼老百姓為盜嗎？這正和杜甫「不過行儉德，盜賊本王臣」的思想相符。

對杜甫的作品當然要批判接受，但我以為只能歷史唯物主義地考察它，一定要通觀全篇，實事求是。郭老舉的兩例並不能得出他那樣的結論。

（2）關於《三吏》和《三別》

郭老用白話譯了《新婚別》一通之後，特別指出杜甫「有時以地主生活的習慣來寫『貧家女』」，認為「真正的『貧家女』是不能脫離生產勞動的，何至於『父母養我時，日夜令我藏？』」從而得出結論：「這顯然是詩人的階級意識在說話。」

對這麼一篇作品，盡可以從主要之點去分析，就是批判，也應該抓要點，找這麼兩句話來證明杜甫的階級意識，未免小題大做吧？何況這兩句也並不像郭老所分析的，而應連接下二句來解。「父母養我時，日夜令我藏，生女有所歸，雞狗亦得將。」按封建禮教，女子沒有獨立人格：「在家從父，出嫁從夫，夫死從子。」所以，這裏是說這位新嫁娘在出嫁前，天天在父母身邊，一切依賴大人。按理，出嫁後，就是嫁雞也可以跟雞飛，嫁狗也可以跟狗跑，一切依賴丈夫。這四句正是反襯出新婚一夜即別離之慘絕人寰。然而儘管如此，這位新嫁娘卻能以國事為重而不顧個人幸福。像這樣塑造英雄人物，怎麼能說杜甫歪曲了人民形象呢？又怎麼扯得上勞動問題呢？貧家女要外出勞動，杜甫再怎麼過地主生活，他也是知道的。在《負薪行》中他不歌頌了夔州婦女的勤勞麼？

在對譯《新安吏》後，郭老說，「使人民受到這樣的災難到底是誰的責任？應該怎樣才能解救這種災難？」對這些，杜甫「諱莫如深，隱而不言，而只是怨天恨地。」郭老指出，「他的怨天恨地，是在為禍國殃民者推卸責任。」

杜甫對人民所受軍役的痛苦，不肯指出是誰的責任麼？不見得。對侵略戰爭，他是能勇敢指出的。《兵車行》：「邊庭流血成海水，武皇開邊意未已。」何曾「為禍國殃民者推卸責任」？至於《新安吏》，是「守王城」，是抵抗安慶緒、史思明的敵寇，正如《新婚別》中的新嫁娘一樣，都是以民族國家為重。這樣寫，正表現了我國人民的深明大義，怎麼談得上杜甫在玩弄欺騙手段呢？

怪得很，《石壕吏》中的「老翁」，一定要譯成「店老闆」，「老婦」便變成了「老闆娘」。難道一個村子裏就非有招商小店不可麼？沒有，過客就無處投宿麼？這樣一譯，讀起來真不是味道。原詩裏老翁老婦十分純樸的勞動人民形象，被譯成小資產階級人物了。

　　更可怪的是郭老竟責怪杜甫「完全作爲一個無言的旁觀者」，認爲「值得驚異」。意思是怪杜甫沒有挺身而出，仗義執言，不准「吏」把「老婦」帶走。請問，杜甫要是「完全作爲一個無言的旁觀者」，他又何必紙勞墨瘁，嘔心瀝血，寫出這麼一篇《石壕吏》呢？《石壕吏》正是煌煌大言，不僅在向當時的人控訴，也在向未來的人控訴這血淋淋的現實。何嘗「旁觀」？何須「驚異」？至於說什麼差吏「沒有驚動詩人」，「沒有奈何媳婦兒」，……這都是多餘的話，無非提醒讀者不要忘了杜甫是華州司功老爺。——這是深文周納！寫詩不是寫新聞報導，敘事詩是允許抓取典型的。

　　郭老譯完了這六首詩，然後加以總評，說《三吏》、《三別》塑造的是地主階級、統治階級所需要的「良民」（「綿羊」），六首詩的基本精神是不准造反。從而得出結論：把這樣的詩說成是「爲了人民」，人民是不能同意的。

　　好吧，我們就照郭老的意思來設想一下：《新婚別》那位新嫁娘拉住她的新郎反抗軍役，不讓他「守邊赴河陽」；《垂老別》那位老翁也不「投杖出門去」，聽任「烽火被岡巒，積血草木腥，流血川原丹」；《無家別》那個「賤子」也不去「習鼓鼙」；《新安吏》的「肥男」、「瘦男」也不去從軍；《石壕吏》的人民也不「赴河陽役」；潼關的士卒也不修關備胡，而是大家都上山去打游擊，組織人民政權，推翻李唐皇朝的統治，行嗎？歷史唯物主義允許我們這樣設想嗎？特別是在外患當頭、民族危機嚴重的情況下，人民應該這樣嗎？

　　說這六首詩具有一定的「人民性」，是指它們反映了當時人民的痛苦和希望，或表達了當時人民的力量和品質。這種反映，儘管作者本意是爲了「使下人（民）之病苦聞於上」，以求「禆補時缺」（白居易《與元九書》），但客觀效果卻使讀者認識到封建社會的黑暗和腐朽，對統治者充滿憤恨，對人民無比同情。這樣評價杜甫和他這一類的詩篇，怎麼算是「過分誇大」？

　　至於說杜甫有意識地有時罵罵「小吏」，而爲「大吏」大幫其忙，這也是對杜甫的歪曲。郭老舉《遣遇》的「奈何點吏徒，漁奪成逋逃」兩句，證明杜甫把人民「逋逃」的責任推在「吏徒」身上，而

爲「大吏」開脫。我很驚訝，郭老何以忘了上面的「貴人豈不仁，視汝若蒿蒿」？（我在上面已引了此詩有關的十二句，讀者可以參看）杜甫罵了「小吏」，更沒有放過「大吏」呀！他豈但罵「大吏」，在《赴奉先縣詠懷》裏他寫「彤庭所分帛，本自寒女出，鞭撻其夫家，聚斂貢城闕」，筆鋒還指向最高統治者。「不過行儉德，盜賊本王臣」，不更明顯地指出是皇帝逼民爲盜嗎？「唐堯眞自聖，野老復何知？」（《秦州雜詩》）這不說明杜甫後來對皇帝也不再存幻想了嗎？

（3）關於《茅屋爲秋風所破歌》

郭老認爲杜甫的「茅屋」，「比起瓦屋來還要講究」。似乎是說杜甫能住茅屋，勝過住高樓大廈，至少不應有貧困之感。這眞是奇談！杜甫的茅屋「講究」嗎？怎麼秋風一刮，就把它的三重茅都卷跑了呢？一下大雨，就弄得「床頭屋漏無干處」，「長夜沾濕」，躺在床上捱不到天明，這能說是「講究」嗎？

郭老又指責杜甫不該「罵貧窮的孩子們爲『盜賊』」，認爲這簡直「使人吃驚」。我看任何一個讀者從全詩去吟味，對這幾句絕對不會義憤填膺。如果杜甫眞是倚官仗勢，橫行鄉里，那南村群童敢欺他老無力，公然當面搶走他的茅草嗎？就算他們敢，杜甫不可以像南霸天、周剝皮那樣叫奴僕們去奪回來，並且把他們揍一頓嗎？何至於「唇焦口燥呼不得，歸來倚杖自歎息」呢？更何至於讓茅草被搶走，而自己甘願「長夜沾濕」不能成寐呢？詩中的「我」這一形象，會使讀者認爲他是惡霸官僚地主嗎？他罵南村群童爲「盜賊」，只是因爲自己屋破又遭連夜雨，所以嗔怪這班小傢夥太調皮了。但也並不想認眞計較，否則盡可以去找他們的父母理論，收回所有的茅草來。因此，從字裏行間，我們只感到詩人一種無可奈何的口吻，根本體會不出他是在惡狠狠地撒威風。至於說「貧窮人的孩子被罵爲『盜賊』，自己的孩子卻是『嬌兒』」，這是又一次企圖證明詩人赤裸裸地表示著他的階級立場和階級感情。其實「嬌兒」者，不過是說這孩子睡沒個睡相，把用了多年的布衾踏破了，這全怪自己平時嬌慣了他。這也是在嗔怪孩子，當然，也是一種無可奈何的口吻。從這裏哪能見得出杜甫的鮮明的階級感情呢？有句俗話：「嬌兒不

孝，嬌狗上竈」，可見「嬌」字並非美稱。我真不明白，郭老為什麼只抓住一兩個字就無限上綱，而不通觀全句或全詩？

是的，杜甫希望得到千萬間廣廈，庇護的是「寒士」而非勞動人民。這是由於他本身是「士」，正住在破茅屋裏遭到風吹雨打，所以他推己及人，很自然地聯想到「天下寒士」。只想到「寒士」而沒想到勞動人民，這確實表現了他的思想局限性。但要說杜甫只希望「士」能「風雨不動安如山」，人民疾苦卻無動於衷，這也不合事實。他不是一直「窮年憂黎元，歎息腸內熱」（《赴奉先縣詠懷》）麼？對「無食無兒一婦人」不是任她「堂前撲棗」（《又呈吳郎》）麼？他不是要求「萬役但平均」（《送陵州路使君赴任》）麼？至於說民胞物與、饑溺猶己只是士大夫們的主觀臆想，意思是說杜甫廣廈之願並不足貴，不值得稱道。那麼，像楊朱那樣一心為我，不肯拔一毛而利天下，倒是值得讚美嗎？民胞物與即使是空想，也是一種比較可貴的空想吧？由空想到科學，事物本來是這樣發展過來的啊！

（4）關於《遭田父泥飲，美嚴中丞》

詩裏的老農是不是一個富裕農民呢？反映他的物質生活的是「開大瓶」、「索果栗」、「問升斗」。酒是自釀的，果栗是自產的，似乎顯示不出如何富裕。反過來，他要依靠大男回來營農，才能「辛苦救衰朽」，可見是雇不起工的。這樣看來，算得上什麼「富裕農民」呢？郭老所以要特別提出這一點，不過是說杜甫即使和農民接近也只是接近「富裕農民」而已。

杜甫和這個老農，界限自然是有界限，一個是「拾遺」，一個「田翁」，怎麼會毫無界限呢？但要說「階級的界限，十分森嚴」，也不見得。杜甫如果放不下官架子，農民眼裏如果認為他「有威而可畏」，會「欲起時被肘」嗎？會「指揮過無禮」嗎？《唐書・文苑傳》說他「與田夫野老相狎蕩，無拘檢」，倒真是得其實。郭老又說「他是卻不過人情，才勉強受著招待」的。試問「自卯將及西」，從清早到月出，這麼長的時間，還算是「勉強受著招待」嗎？他自己都說「久客惜人情」，哪裏有一絲一毫的勉強呢？郭老又說杜甫嫌老農太不講禮貌，粗鄙，可是他不明明說「未覺村野醜」嗎？

不錯，他是要借老農的口來讚美嚴武，問題是這讚美對不對。老農讚美的只是嚴武把他的大兒子「放營農」，「辛苦救衰朽」。嚴武這件事對農民有好處，為什麼不可以讚美呢？讚美，正是為了希望他此後多做些這樣有益於民的事。從另一面說，正因為嚴武使「蜀方閭里以徵斂殆至匱竭」，所以杜甫才特意寫這麼一首詩，諷勸他不要「窮極奢靡」，加重差科，弄得農民「舉家走」。詩中從側面寫，這正是主文而譎諫。可以看出杜甫的苦心。這怎麼叫做「使用曲筆」呢？「『一言而賞至百萬』，杜甫的這首詩，不知道要得到多少報酬了？貳臣吳梅村都能不受吳三桂的厚賄而改動「衝冠一怒為紅顏」之句，杜甫就這樣當文丐嗎？他要真是那樣善於逢迎，那早已腰纏萬貫，面團團作富家翁，何至於貧困潦倒，以「席為門」（《敝廬遺興，奉寄嚴公》）？他要真是善於逢迎，怎麼會見武「時或不巾」，「褊躁傲誕」，以至幾乎被嚴武所殺？

在中國歷史上，真正稱道杜甫的是白居易，他根據的是「文章合為時而著，歌詩合為事而作」。他抑李，為的是「索其風雅比興，十無一焉」。他揚杜，為的是他寫了《三吏》等詩和「朱門酒肉臭，路有凍死骨」之句。王安石也是抑李的，原因是：「李白識見卑下，詩詞十句九句言婦人、酒耳」！陸游是揚杜的，認為「後世但作詩人看，使我撫几空嗟咨」。看不起杜甫的是楊大年，這位北宋臺閣體的大作家，罵杜甫是「村夫子」。明朝的楊慎、譚元春，也是以攻杜為快者。還有清朝的王士禎，這位有富貴氣的神韻派大詩人，他也不愛杜詩，時有微詞。看來中國詩史上的現實主義精神與反現實主義創作精神，在對杜甫的評價上表示得十分清楚。郭老的揚李抑杜，自然和楊大年等有本質的不同，他是為了批判近時的專家們對杜甫的美化與拔高。在這一點上，我是完全贊成的。但在具體的評論上，我卻覺得他矯枉過正以至失實了。這對今後的古典文學研究是不利的。因此，我提出自己的一些看法和大家商榷。

另外，有幾個小問題也順便提一下。

（1）關於「劃疊嶂」和「劃卻君山」

杜甫在《劍門》詩裏，反對軍閥利用四川天險割據一方，因而

「意欲鏟疊嶂」。郭老認爲這是更多地爲朝廷著想。試問，統一的中國不比軍閥割據更有利於人民，更有利於社會生產力的發展嗎？

至於李白的「剗卻君山好，平鋪江水流，巴陵無限酒，醉殺洞庭秋。」照郭老那樣解釋，令人有穿鑿附會之感。這首五絕，無論誰看，也不會想到這是李白在關心農業生產，希望更加擴大耕地面積。詩中用「秋」，只是因爲在秋天作，哪裏扯得上秋收。《田園言懷》一詩，更不足以證明李白重視農業。這詩是說賈誼謫居長沙，班超遠征西域，都不如巢父、許由的隱居。這是李白政治上失意後的牢騷話，也是一般封建社會知識分子失意時的思想感情，和眞正的農事毫無關係。郭老還解釋「巴陵無限酒」，二句爲「讓所有的巴陵人來醉」，彷彿巴陵的勞動人民不怕凍餓，只要有酒喝就行了。其實，「醉殺洞庭秋」，只有李白這類富貴閒人兼墨客，才有這種閒情逸致，左手持杯，右手持螯，盡情欣賞洞庭秋色，勞動人民是沒有這份清福的。總之，這四句詩只說明了這位「謫僊人」夜郎歸來，愁如天大，希望以酒消愁，因而唱出了這樣的狂想曲。

（2）關於「欲折月中桂」與「斫卻月中桂」

李白的「欲折月中桂，持爲寒者薪」，不能像郭老這樣解釋。折桂表示登科，「自唐以來用之」（《避暑錄話》）。《國策・楚策》又云：「楚國之食貴於玉，薪貴於桂，今臣食玉炊桂。」李白這兩句詩合用這兩個典故，還是表達寒士希望登科來謀求富貴的願望，哪裏是要爲窮苦的勞動者添柴燒。勞動人民愁的沒吃沒穿，要是有米，還會怕沒柴燒嗎？從古到今，也沒聽過哪個勞動人民受剝削以至於沒柴燒，相反，倒是稻子被地主收租收光了，爲了生活，打柴去賣，在買米吃。

杜甫的「斫卻月中桂，清光應更多」，的確談不上爲「爲人」，但他這種「個人的感情」卻反映了當時一般遭受戰禍的人的感情。寒食而不在家，自然下思鄉之淚。一邊望月下淚，一邊卻癡想：家中的妻子一定也在對月懷人，「清輝玉臂寒」，如果月色更皎潔些多好呀，於是產生了「斫卻月中桂」的奇想。「清光」不就是「清輝」嗎？

這樣一評比，我倒看不出「那對例證對於杜甫卻是十分不利的」。

（3）關於「太白世家」

從舊時的酒店在燈籠上或酒簾上寫出「太白世家」或「太白遺風」等字樣，就認爲這是對於李白的自發性的紀念，而且用以和杜甫對比，認爲這表現了人民的喜愛和士大夫不同。真是這樣嗎？舊社會的勞動人民即使愛喝幾盅，他們也想不到引李白爲同調，更不懂什麼叫「世家」「遺風」。所謂「世家」，所謂「遺風」，正是士大夫們題署的。譚延闓不就給一家酒館題過「推潭撲遠」這種極其典雅的成語麼？沒有人題「少陵遺風」，這正說明杜甫在後世士大夫們心目中不是「酒鬼」（或者「酒仙」）。

（4）補寫杜詩二句的問題

在《杜甫與蘇渙》一章中，郭老引了杜甫的《蘇大侍御訪江浦，賦八韻紀異，有序》全詩，說它題爲八韻，只有七韻，因而補寫兩句：「殷殷金石聲，滾滾雷霆思」。這是從原詩題序「憶其湧思雷出，書籠几杖之外，殷殷金石聲」化出的，內容上沒有問題，但從音韻上說，「思」這樣用絕對不行。「雷霆思」的「思」是名詞，和「金石聲」的「聲」相偶，應讀仄聲，北京音爲 si（去聲）。即以杜詩爲例，《枯楠》：「白鵠遂不來，天雞爲愁思」，押實韻；《題衡山縣文宣王廟新學堂呈陸宰》：「故國延歸望，衰顏減愁思」，亦押實韻。《蘇大侍御訪江浦……》一詩用四支韻，郭老補句卻用了四實韻，錯了。

1972.9.13　初稿

1979.8.10　重寫

輕薄爲文哂未休

——讀《近日不聞秋鶴淚，亂蟬無數噪斜陽——話說文壇名家與大家》

恕我孤陋寡聞，過去對陳傳席先生毫無瞭解，還是從這篇「話說」文章（見《文論報》1995 年 7 月 1 日），才知道他「是一位嚴肅的學者」。應該說，此文很多看法，確實表現了陳先生的嚴肅，但對錢鍾書的評論，卻顯得信口雌黃，毫不嚴肅。另外，在談郭沫若

個別問題時，有的說法，我亦未敢苟同。至於題目所引戴復古的兩句詩，誤「秋鶴唳」爲「秋鶴淚」，以致詩意欠通（淚如何能聞），那是記者根據談話錄音整理的，弄錯了，不能要陳先生負責。

「錢鍾書熱的興起，正是時代特徵的顯露，文壇上現在正是陰盛陽衰的時期，缺少陽剛大氣。」「小巧精緻必爲嚮往小康的時代標準。」「錢鍾書的學問可以用一句話概括：小巧精緻。」

立論是新穎的，但也是奇怪的。國內外學術界一直認爲錢鍾書的學問博大精深，陳先生卻稱之爲「小巧精緻」。據他說，《管錐編》、《談藝錄》、《舊文四篇》、《宋詩選》（世南按：應爲《宋詩選注》），他都讀過了，得到的印象是：「在讀一堆卡片」。從這句話，就可見陳先生沒有認眞讀，因而也就沒有讀懂錢書。所以，他的所謂「小巧精緻」，只是想當然耳。

所謂「一堆卡片」，就是說，錢氏全部學術著作，只是羅列了大量的古今中外的零星知識，而沒有加以組織，作出應有的結論。

事實是這樣的嗎？敏澤早就指出：「他（指錢氏）胸羅萬卷，但又絕不是兩腳書櫥之類的學者，堆垛故實以誇其富，羅列典籍以顯其博，但叩其所見，則除陳言外空無所有。錢氏完全與此不同，胸中自有爐錘，善於鎔鑄冶煉，鉤玄提要，觸類旁通，探微知著。……一再用大量的生動的事實（世南按：包含在陳先生所謂「一堆卡片」中），指出眞理和謬誤、禍與福、美與醜並非絕對對立，非此即彼的，……這樣就使他的著作眞正做到了融汪洋博贍之學與精審卓絕之識於一體」。

陳先生感到讀錢書如讀「一堆卡片」，又正是敏澤所說的，是由於「徵引繁富，論述深微，頗有不得要領之歎」的緣故。（以上見《管錐編》研究論文集序）

陳先生還提出了一個論點：「凡是學習內容太多，基礎鋪得太廣的人，成就都不會太高。」「據我知道，凡是精通十幾國、二十國語言的人，成就都不太高。」

鄭朝宗先生介紹過：「錢鍾書早在青年時期就已立下志願，要把文藝批評上陞到科學的地位。」「他深感古今中外這方面的名家都只

是憑主觀創立學說」，因而他「獨闢蹊徑，……把主要精力用在研讀具體作品，試圖從其中概括出攻不破、推不倒的藝術規律。」鄭氏特別指出，「但要給文藝訂立普遍規律」，西方學者雖早有此心，卻無此本領，「因爲他們對東方特別是中國文藝所知有限」，而「我國老一輩的碩學鴻儒對西方文藝也是十分陌生。」因而「最有資格從事文藝批評科學化工作的人，錢鍾書應該是其中之一。」錢氏奮鬥幾十年，「一片散沙似的偶然發生的文藝現象，經過（他）精心的探索，卻被歸納成爲一條條銅打鐵造的藝術規律了。」陳先生不瞭解這種情形，竟說什麼精通多種外文的人，成就不會太高，一個嚴肅的學者，是不應該這樣無知妄說的。

什麼「陰盛陽衰」！要說「陽剛正氣，磅礴大氣」，在錢氏的學術著作和其生平行誼中，倒是表現得很充分的。

鄭朝宗指出過：「他（錢氏）思想解放，不盲目崇拜任何權威。」如黑格爾誣衊我國語文不宜思辯，錢氏即舉出許多例子證明黑格爾是信口開河。對於我國過去著名的大師如顧炎武、戴震、章學誠、章炳麟，只要他們的言論違背事理，錢氏就一一給予矯正：對屈原和李白，也不參加他們的「大小佞臣」行列，而敢於把他們作品中的瑕疵坦白地指謫出來。（以上見《研究古代文藝批評方法論上的一種範例——讀〈管錐編〉與〈舊文四篇〉》）

在平生行誼方面，單舉兩件事：

（1）英國女王訪華，國宴陪客名單上點名請他，他竟稱病推辭。事後，外交部熟人私下詢及，他說：「不是一路人，沒有什麼可說的。」

（2）法國有人在巴黎《世界報》上爲文，極言中國有資格獲得諾貝爾文學獎殊榮的，非錢莫屬。錢氏即在《光明日報》上發表筆談式文章，力數「諾貝爾獎委」的歷次誤評、錯評與漏評，並且斷言：諾貝爾發明炸藥的危害性還不如諾貝爾文學獎的危害性大。（以上見張建術《魔鏡裏的錢鍾書》，刊於《傳記文學》1995 年第一期）

從學術到行誼，錢氏表現了一種什麼樣的骨氣？難道還不是「陽剛正氣，磅礴大氣」嗎？

　　然而正是在這「骨氣」問題上，陳先生卻別有會心。他在談郭沫若的部分，說到「現代很多人，尤其是大學生和港臺文化人」，「說郭沫若沒有骨氣，揣摩他人的意思在寫文章。」他承認，郭老「晚年確實根據毛澤東的意思寫文章」，「但從中正能看出他的爲人。」

　　看出郭老什麼樣的爲人呢？陳先生告訴我們：「毛澤東一直對郭沫若十分友好，甚至很尊重。當這位偉大的領袖被人捧爲神時，人們見之要三呼萬歲，而毛澤東卻和郭沫若稱兄道弟，甚至經常趨車去郭沫若家中拜訪。據有人回憶，毛澤東多次去郭家談詩論詞，每次皆盡興而歸。後來郭沫若後悔沒請毛澤東給他留下一幅字，不久，毛澤東又去郭家，便給郭沫若寫了一首自己的詩。毛澤東寫的三十七首詩詞中，就有兩首是『和郭沫若』的。一個國家元首，政黨主席，處於極其崇高地位的毛澤東如此厚待他，他能不爲之感動？他要報答知遇之恩，怎麼辦呢？『秀才人情紙半張』，於是他順著毛澤東的意思寫文，以證實毛的見解高明正確。」

　　看到這樣的敘述，我想一般讀者都會搖頭，認爲郭老這種思想和行事是不正確的。可陳先生相反，他提出了一種全新的看法：「郭沫若這樣做，也許對不起學術，卻對得起他自己的良心，他並非阿諛逢迎，而是報知遇之恩。」他還說，「對於郭沫若來說，學術是他的生命，但在學術和報恩二者面前，他選擇了『報恩』，『士爲知己者死，女爲悅己者容』。郭沫若其實是犧牲了自己。從中正可看出他人品中眞赤的部分。」

　　眞是奇妙的邏輯！「對不起學術」，卻「對得起自己的良心」。爲了「報恩」，可以犧牲學術。

　　孟子說過：「長君之惡其罪小，逢君之惡其罪大。」（《告子》下）逢君，就是迎合君主的錯誤。學術爲天下公器，它是眞理的具現。「吾愛吾師，吾尤愛眞理。」中外古今多少偉大的學者，爲了維護學術的尊嚴，寧可犧牲性命，也決不違背良心說假話。西方的哥白尼、伽利略，中國的桓譚，都是光輝的例子，因爲學術和良心從來就是一致的。如果郭沫若眞要報毛澤東的知遇之恩，他應該像魏徵對待唐太宗那樣，那才是「君子之愛人也以德」。

　　其實郭老在「迎合毛澤東之意」寫文章時，內心是很痛苦的，並不像陳先生所描述的那樣恬然，那樣心安理得。有一本陳明遠寫的書，記這青年人和郭老經常來往。在私底下談話時，郭老多次表示做違心事、說違心話的苦惱。郭老在這點上是可愛的，因爲他明白：理不得則心不安。所以，陳先生所描述的報恩觀，其實只是陳先生的內心自白。看，他不是說，「如果是我陳傳席，大概也會這樣做。」對此，我們只好借用漢文帝惋惜李廣那句話：「惜乎子不遇時！」

　　陳先生不是極爲時代的「陰盛陽衰」而苦惱，大力呼喚「陽剛大氣」麼？我以爲，首先還是辨別清楚「陰」「陽」的實際函義，再來呼喚吧。否則以「秋鶴唳」爲「亂蟬噪」，豈不令人啞然失笑？

1995.7.20

　　另外一篇引起社會更大反響的，是《關於宋詩的評價問題》。這篇文章是由毛澤東《給陳毅同志談詩的一封信》引起來的。此文發於《江西師範學院學報》1981 年第一期。發表之前，我寄給了南京大學的程千帆先生看。他回信說：

世南先生：

　　惠書及尊著詩文，並已拜讀。我因多病，已無精力細爲推敲，只能提出下列一點意見，請考慮。

（1）不必提及致陳信。

（2）將致陳信發表後學術界有關此問題文章都看一下，然後分別是非，加以討論。據我所知武大學報有蘇者聰文，上海學術月刊有楊廷福文，張志岳詩詞論析續編（黑龍江人民出版社近刊）有論宋詩文，陝西師大學報有霍松林文等。如此，可深入而不重複。

（3）寫成後，似可考慮寄給吉林社會科學戰線，聽說他們想組織一組研究宋代文學的文章。

（4）一切引文，最好詳細核對，逐一注明出處，書名，卷數，或頁數，不要用「XXX 語」之類，以表明確係原始材料，並非展轉引錄。

尊稿謹奉還，敬希原諒。石帚先生久歸道山。知注並聞。即頌

著安

程千帆頓首

12.8

但我並沒有全部照他的話去做，仍然一開頭就提出毛澤東那封信，然後分四方面去辯論。程先生的意見，反映了一般文化人的心態，即使到了 1980 年，離開「文革」的結束已有四年，仍然心有餘悸。

此文發表後，程先生還來過一封信：

世南先生：

十一月賜書及放歌數章收到已久。弟自去秋即患中氣不足，血壓波動，時感昏眩，故於殷勤下問缺然久未報。囑寄亡室遺詞，年老昏忘，亦不知已寄奉否？如尚未收到，乞示知，以便奉呈請教。

先生所論宋詩各點，極有理致，閱報，似已為文刊於某雜誌，甚盼見賜，以便誦習也。

微波辭是亡室少作。石帚先生已去世多年。頃承齒及，不勝愴惻。

尊詩蒼勁斬截，似翁石洲，可喜也。

不能多寫，乞諒。專頌

著安！

程千帆頓首

1.16

我把此文複印了一份寄給程先生。

此文發表後，人大複印資料複印了；《文史知識》（1983 年第 9 期）劉乃昌《關於宋詩評價問題的討論綜述》，杭州大學《語文導報》（1985 年第 12 期）尚清《宋詩研究的最新發展》，都對我文加以評介。可怪的是臺灣宋日希編《宋史研究論文與書籍目錄》（增訂本）P138 也把此文收進去了。《中華文藝年鑑》（1982）「值得注意的新說」欄特別指出：「作者明確地說毛澤東同志《給陳毅同志談詩的一封信》對宋詩的否定是不符合事實的，而那些在《信》影響下隨聲附和的，也是『一葉障目』。」

　　爲什麼我對毛澤東否定宋詩的看法敢於提出不同意見呢？這自然跟時代風氣有關。如果仍然是過去大搞個人崇拜的時代，或者以文字罪人的時代，我必定也是噤若寒蟬的。到了1980年，知識界思想更自由了，因而對毛的錯誤論點，大家不僅腹誹，也敢議論，也敢形諸文字來批評。我當時這樣想，這又不是持不同政見，而是學術爭鳴，完全可以平等發言。所以，看到《中國文藝年鑒》那樣說我，我倒不解：難道毛自己提出的百家爭鳴，不包括他在內嗎？

　　現在（2001年到2002年）寫此時，看到吳江的《文史雜論》，在P266和P53中，都提到恩格斯批評李卜克內西的話：「黨——需要社會主義科學，而這種科學沒有發展的自由是不能存在的。」第二年，他又寫信給倍倍爾，提議創辦一個「不隸屬於黨的領導人」的刊物，這個刊物可以在黨的綱領的範圍內以及不違反黨的道德的範圍內自由地討論問題，進行自由批評，等等。(馬克思恩格斯全集》第38卷p88，和p517～518）可見革命導師早就不主張「爲尊者諱」，更不主張「曾經聖人手，議論安敢到。」(《薦士》)

　　現將此文錄存如下：

關於宋詩的評價問題

　　毛澤東同志在《給陳毅同志談詩的一封信》中說：「宋人多數不懂詩是要用形象思維的，一反唐人規律，所以味同嚼蠟。」這個看法對不對，我以爲解決了下述四點就知道了。

　　（1）能不能按朝代來分唐、宋詩？是不是唐人都懂得形象思維，也就是說都掌握了詩歌創作的藝術規律，而宋人則相反（雖然比較委婉地說只是「多數」）？

　　（2）形象思維是否只包括「比興」而不包括「賦」？

　　（3）評斷詩歌的優劣，即是否「味同嚼蠟」，能不能只根據它能否用形象思維？

　　（4）宋詩是否「味同嚼蠟」？

　　本文擬就這四個問題提出自己的一些看法，而重點放在第四個問題上。

　　歷來議論唐、宋詩的人，大多數是按兩個朝代來區分兩種詩歌的特點。但也有些人指出，這兩種詩歌的特點應該按它們的體態、

性分來區別，約言之，即唐詩敷腴，宋詩瘦硬。因此，唐人中如杜甫、韓愈、白居易、孟郊的詩已開宋調，而宋人中如林逋、張耒、姜夔、潘檉、葉適、潘閬、魏野、九僧（宋初詩僧惠崇等）、四靈（徐璣、徐照、翁卷、趙師秀）、劉克莊、嚴羽等，是宋人之有唐音者。錢鍾書先生《談藝錄》開章明義就提出了這種看法，我是完全同意的。《信》是按朝代區分的。它之所以斷然肯定「宋人多數不懂形象思維」，大概是根據邵雍的《伊川擊壤集》、游九言的《默齋遺稿》、陳傅良的《止齋先生文集》、魏了翁的《鶴山先生大全集》以及《濂洛風雅》一類的詩歌。這些道學詩，確實是「語錄講義之押韻者」（劉克莊語），但它們在宋人詩歌中所佔的比重有多大呢？再說，衡量一種詩歌的成就，不能單看數量，主要應從質量看，那麼，真正能代表宋詩成就的，顯然不是這種道學詩。正如我們談到唐代詩歌的成就時，不會根據《寒山子詩集》和《豐干拾得詩》來斷定一樣。當然，由於道學的盛行，宋代即使是大作家也不免受到它的影響，黃庭堅、陸游、辛棄疾等的確寫過一些「語錄講義之押韻者」，但是誰會把這類詩篇作為這些詩人的代表作呢？

為了進一步弄清楚這個問題，我們應該明確「形象思維」的含義。在《信》看來，似乎形象思維只包括「比、興」，而「賦不在內」。「賦也可以用」，但必須「其中亦有比興」，否則就是「如散文那樣直說」，就不是形象思維了。我以為事實並不是這樣。《詩經》的《七月》，完全是「賦」，其中並無「比興」的，也都離不開「賦」。詩篇的底子就是「賦」，在「賦」這底子上，才或用「興」來開頭，以引起下文，或在篇中運用「比」的手法以加強形象的鮮明性、生動性，很少通篇用「比」來寫。（程千帆先生《韓愈以文為詩說》對這點講得很清楚，見《古代文學理論研究叢刊》第一期）可見古人把「賦、比興」看成做詩的方法，是非常正確的。從常理說，「賦」是「鋪陳其事」，怎麼不是形象思維呢？

另外，評斷詩歌的優劣，是否只看它用沒用形象思維呢？這也不能一概而論。形象思維究竟是手段，是一種藝術創作方法。方法不能保證作品的質量。判斷一首詩的優劣，主要看它的思想性是否強，藝術性是否高，兩者是否統一。世界上有思想反動而藝術性很

高的詩，難道我們能說這種因為用了形象思維，就不但不「味如嚼蠟」，而且「津津有味」嗎？

再讓我們來看看宋詩是否「味如「嚼蠟」吧。

歷史上尊唐薄宋的人，給宋詩列舉的罪狀，不外乎嚴羽的三條：「以文字為詩，以議論為詩，以才學為詩。」「以文字為詩」，就是《信》中說的「以文為詩」。《信》舉了韓愈為例，說明「以文為詩」是「完全不知詩」。其實，「以文為詩」，是根據詩歌中某一種體裁的需要而形成的，具體地說，就是五七言古風，尤其是七言長詩所需要而形成的。它並非創自韓愈，而是起於杜甫，後來白居易發展了這一傾向，韓愈則使這種特色更加突出。無論是杜甫、白居易還是韓愈，他們都是由於五、七言長詩的內容所包者廣，需要突破原先詩律的範圍，採取古文的手法，使這種恣肆的筆調更能充分地表現廣闊而複雜的內容。另外，正如葉燮在《原詩》中所說，韓愈要「以文為詩」，是因為開、寶之詩，……遞至大曆、貞元、元和之間，沿其影響字句者且百年，此百餘年之詩，……想其時陳言之為禍，必有出於目不忍見、耳不堪聞者，使天下人之心思智慧，日腐爛埋沒於陳言中」，所以，韓愈要力起而矯之。在這個問題上，我們有的同志一方面承認「其散文化傾向對於韓詩宏偉奇崛風格的形成是有幫助的」，一方面卻以《嗟哉董生行》為例，認為它「非文非詩，怪誕奇險」，是「形式主義的惡箭」。（見《宋代詩歌的藝術特點和教訓》，收入《文藝論叢》第五輯，下同）讓我們也以《嗟哉董生行》為例看看這個問題。韓愈在這首長詩裏歌頌了「隱居行義」的董召南。這人「刺史不能薦，天子不聞名聲，爵祿不及門，門外唯有吏，日來征租更索錢」，「朝出耕，夜歸讀古人書，盡日不得息，或山而樵，或水而漁」。他雖然貧困，卻孝養父母，家庭和睦。韓愈概歎說：「時之人，夫妻相虐，兄弟為仇，食君之祿，而令父母愁。」以此和董生對比，更顯出「董生無與儔」。這樣的思想內容，即使在今天，也有一定的認識意義，這種氣勢磅礡筆調也恰切地反映了內容，即使我們不能譽為「集中寡二少雙」（《唐宋詩醇》評語），又怎能誣之為「形式主義的惡箭」？當然，這首詩裏也有糟粕，如「人不識，唯有天公知，生祥下瑞無休期」，底下以「狗乳出求食，雞來哺其兒」

爲證，是天人感應的謬論。然而這在全詩中並不占主要地位，充其量不過表現出韓愈的時代局限性而已。把這樣的作品，稱爲「非文非詩，怪誕奇險」，作爲創作失敗的教訓，未免太不公平了。

順便說一句，詩歌的形式總是發展的，唐、宋詩人的五、七言絕句沒有「以文爲詩」的，後代卻還出現了。如龔自珍的《己亥雜詩》都是七絕，其中很多就是「以文爲詩」，如：「勇於自信故英絕，勝彼優孟俯仰爲」；「科以人重科益重，人以科傳人可知。本朝七十九科矣，搜集科名意在斯」；「網羅文獻吾倦矣，選色談空結習存。江淮狂生知我者，綠箋百字銘其言」；「公子有德宜置諸，人德公子毋忘諸」；「我茲怦然謀乃心，君已豐然脫諸口」；「乃敢齋祓告孔子」；「議則不敢腰膝在」；「天意若曰汝母北」；「多識前言畜其德」。眞是不勝枚舉。龔自珍這樣「以文爲詩」，不能就一首七絕來看，而要放在整個這一組詩裏來看，這樣就更顯得形式多樣，極變化之能事。應該說，這是對韓愈爲代表的詩人們這一手法的發展。當然，「以文爲詩」這種特點，在梅堯臣、蘇東坡、王安石、黃庭堅這些宋代名詩人的古風裏比較突出。一般說，他們對這種手法都是運用得比較成功的，並不違背形象思維的規律。有的同志舉梅堯臣五古《書竄》爲例，說它是宋人「以文爲詩」的失敗證據：「缺乏形象，缺乏詩味，與《北征》相比，就顯出藝術上的高下了。」如果我們看了梅堯臣的《書竄》全詩，又熟悉杜甫的《北征》，一定會和朱東潤先生一樣作出客觀的結論：「堯臣這一首詩，反映當時的政治情況，極爲具體，……倘使我們把論詩的尺度放寬，不單單要求流連光景，而且也要反映政治，批判現實，那麼這首詩的價值是不容否定的。」（《梅堯臣傳》）實際上，即使從藝術性上來說，這首詩也可以和《北征》比美。「曰『朝有巨奸，……臣身寧自恤』！」這四十四句，是唐介奏章的詩化，梅堯臣正是通過這種議論來塑造唐介形象。難道只有形象描寫外貌和抒發感情，才能塑造出形象來？這詩如果只有「介也容甚閒，猛士膽爲栗」以及「英州五千里，瘦馬行駪駪，毒蛇噴曉霧，晝與嵐氣沒。妻孥不同途，風浪過蛟窟，存亡未可知，而館愁傷骨。饑僕時後先，隨猿拾橡栗，越林多蔽天，黃甘雜丹橘。」而沒有那四十四句議論，還有多大意義？正因爲這

番議論最充分地反映了唐介的「忠義憤激，雖鼎鑊不避」的滿腔忠憤，加上後面被竄逐時的景物描寫，才使這首詩成爲比美《北征》的傑作。就在議論部分，也是運用形象思維方法，使詩句富有文采，從而迥異於唐介的奏章。如「銀璫插左貂，窮臘使馳駒。邦媛將侈誇，中金齎十鎰，爲言寄使君，奇紋織纖密。遂傾西蜀巧，日夜急鞭挾，紅經緯金縷，排科斗八七。比比雙蓮花，篝燈戴心出，幾日成幾端，持行如鬼疾。」這十四句是從唐介奏章：「（文彥博）知益州日，作間金奇錦，因中人入獻宮掖」這幾句化出，能說「奏章的分行押韻的複製品」嗎？

關於詩中用語助詞的問題，有的同志列舉了王安石的「男兒獨患無名耳，將相誰云有種哉！」和蘇軾、黃庭堅的類似句子；還說「有的宋詩，還用語助詞構成對聯，對之嗜痂若癖了。」又舉了黃庭堅的「日邊置論誠深矣，聖處時中乃得之」爲例，說是「詩歌語言中充滿了之、乎、者、也、哉、耳之類的語助詞，確實不足爲訓」。按照這種說法，這又是宋詩的獨有的缺點。但是清人溫序在《病餘掌記》卷一里說到「詩用語助字」時，卻先舉出杜甫的「古人稱逝矣，吾道卜終焉」和「去矣英雄事，荒哉割據心」兩聯，再舉黃庭堅的「且然聊爾耳，得也自知之」一聯，稱爲「皆佳句也」。這樣看來，似乎不好單獨歸罪於宋人。何況這樣渾脫自然地運用語助詞，能使詩句更加古樸別致，偶一爲之，又有何不可呢？

認爲「以文爲詩」是「完全不知詩」的人，腦子裏先有一個框框：詩，必定要像唐人。照這樣說，那明代的前後七子是最懂做詩了。魯迅先生說過：「我以爲一切好詩，到唐已被做完，此後倘非能翻出如來掌心之齊天大聖，大可不必動手。」（《魯迅書簡·給楊霽雲的信》）這話是明達的。他承認唐詩是高峰，但並不是不可逾越的頂峰，如來掌心是可以翻出的。他雖然沒有明白指出「齊天大聖」是誰，但從文學史看，很顯然，只有宋詩才配得上這個稱號。葉燮說得好：「譬之生木然，〈三百篇〉則其根，蘇李詩則其萌芽由蘖，建安詩則生長至於拱把，六朝詩則有枝葉，唐詩則枝葉垂陰，宋詩則能開花，而木之能事方畢。自宋以後之詩，不過花開而謝，花謝而復開。」宋詩開拓了詩的領域，具有新的境界。這正是宋詩之所

以為宋詩。如果它亦步亦趨，走唐人已走的路，那不過在明七子之前成為一批假古董而已。習慣勢力確實是可怕的，以李清照這樣的識解卓越，她的詞論卻那麼保守，堅持正統觀點，以為「花間」「尊前」才是詞之正聲，凡是不符合這個框框的，一概貶之為變調。但是，她的詞論並不能束縛住詞向多樣化的發展，辛棄疾沿著蘇軾開拓的道路，放開心手，使詞的創作更向豪放的方向發展，以致後來的劉熙載竟認為：「後世論詞者，轉以東坡為變調，不知晚唐、五代乃變調也，」（《藝概》卷四）這是對正統派詞論的一個有力的諷刺。「若無新變，不能代雄。」蕭子顯這兩句話實在是至理名言。宋詩之所以能和唐詩並峙，正因為它繼承了唐詩的優良傳統，而又有所發展、創造。嚴羽尊唐薄宋，徒然說明他的保守，無怪葉燮直斥他「何其謬戾而意且矛盾。」（《原詩·外篇·十二》）

宋詩的另一條罪狀，是「以議論為詩」。貶宋詩者認為這也是違反形象思維的。他們只承認詩歌的抒情功能，而不同意可以說理，彷彿說理只能是「文」的職能。這顯然也是和文學史上的事實不符的。我們先看葉燮這一段話：「從來論詩者，大約伸唐而絀宋。有謂『唐人以詩為詩，主性情，於《三百篇》為近；宋人以文為詩，主議論，於《三百篇》為遠。』是何言之謬也！唐人詩有議論者，杜甫是也。杜五言古議論尤多，長篇如《赴奉先縣詠懷》、《北征》及《八哀》等作，何首無議論？……且《三百篇》中，二《雅》為議論者，正自不少。彼先不知《三百篇》，安能知後人之詩也！……為此言者，不僅未見宋詩，並未見唐詩。」

說理詩，宋代有「不識廬山真面目，只緣身在此山中」，唐代也有「欲窮千里目，更上一層樓」。這樣形象地說理，大家沒有異議。而有的同志，為了證實「宋詩議論化是一時的風尚，為詩人們所偏愛」，便從呂本中《童蒙詩訓》中找出根據，說「黃庭堅的『桃李春風一杯酒，江湖夜雨十年燈』（《寄黃幾復》）不失為富有形象和情韻的名聯，但他自己卻以為『砌合』，反而喜愛議論化的《題竹石牧牛》：『石吾甚愛之，勿使牛礪角：牛礪角尚可，牛鬥殘我竹。』可以窺見議論詩在他們心目中的地位。」

　　黃庭堅這首《《題竹石牧牛》也是通過形象來說理的，還不是徑直議論，而有的同志已經覺得不順眼，認爲這是宋人的偏愛。但是這種「議論詩」是不是宋人首創呢？請看《詩人玉屑》卷八所引的范季隨的《室中語》：「一日，因坐客論魯直詩體致新巧，自作格轍，次客舉魯直題子瞻、伯時畫竹石牛圖詩云：『石吾甚愛之，勿使牛礪角；牛礪角尚可，牛鬥殘我竹。』如此體制甚新。公（按：指韓駒）徐曰：『獨漉水中泥，水濁不見月；不見月尚可，水深行人沒。』蓋是李白《獨漉篇》也。」原來黃庭堅是模仿李白的。吳景旭還給李白找出了原型，《歷代詩話》卷五十九說：「陵陽（按：即韓駒）謂其（按：指黃庭堅）襲太白《獨漉篇》法，然按宋元嘉中語云：『寧作五年徒，不逐王玄謨；玄謨猶尚可，宗越更殺我。』則太白之前，早有此等語句矣。」陳衍更從說理的角度進行評論，《石遺室詩話》卷十七說：「理之不足，名大家常有之。山谷題畫詩云：『石吾甚愛之，勿使牛礪角；牛礪角尚可，牛鬥殘我竹。』此用太白『獨漉水中泥，水濁不見月；不見月尚可，水深行人沒』調也。然不見月，雖以譬在上者被人蒙蔽，而就字面說，月之不見固無大礙，以較行人之沒於水，自覺其尚可；若其石既爲吾所甚愛，惟恐牛之礪角，損壞吾石矣，乃以較牛鬥之傷竹，而曰礪角尚可，何其厚於竹而薄於石耶？於理似說不去。」我們現在不必研究李、黃二詩的說理充足與否，反正可以肯定：兩詩都是「議論詩」。貶宋者必尊唐，某些人尤其欣賞李白，如果知道這一段因緣，恐怕不會拿黃庭堅這首詩來證明自己貶宋的論點。但事實很明白：黃庭堅這首詩和李白那首詩，都是「以議論爲詩」。李白作之於前，無人加以指責；黃庭堅繼之於後，便被人指爲「偏愛」。這樣評詩，恐怕有點偏心吧？李義山也是某些人所喜歡的，而他就有「歷覽前賢國與家，成由勤儉敗由奢」這樣的句子。他的《行次西郊作、一百韻》，夾敘夾議，直承杜甫的《北征》，可能由於他是唐人，似乎沒有誰舉以爲例，說明議論不可入詩。

　　其實那種不假形象，徑直以議論爲詩，也是古風的需要，一般律、絕是不多見的。像黃庭堅的《次韻楊明叔四首》「吉凶終我在，憂樂與生俱。決定不是物，方名大丈夫」之類概念化的近體詩，在他的詩集中爲數甚微。

　　議論爲詩，不自宋人始。《詩經》、《離騷》早已存在，漢魏以至隋唐，迄未中斷。我們不贊成趙壹那種「且各守爾分，勿復空馳驅。哀哉復哀哉，此是命也夫！」的乾巴巴的說教，但不反對甚至贊成《離騷》那樣在敘事、抒情中加上議論。宋人的古風往往夾敘夾議，即使議論成分占的比重較大，也是用議論來加強形象（如前舉梅堯臣的《書竄》），有什麼不可呢？

　　宋詩的第三大罪狀，是「以才學爲詩」。具體地說，就是大量用典和模擬前人或時人佳句，力求「無一字無來歷」。有的同志說：「用典必須活用創新，決不能堆砌排比，而這恰恰是宋詩的普遍情形。」他以宋初西崑體作家的幾首《淚》詩爲例，說「儼然是淚典的輯錄」。又以蘇軾《賀陳述古弟章生子》和《張子野年八十，尚聞買妾，述古令作詩》爲例，說都是「用典重疊，連篇累牘」。我同意這種指責，不過，我以爲始作俑者是李義山，賬要算到他頭上。請看他的《淚》詩：「永巷長年怨綺羅，離情終日思風波。湘江竹上痕無限，峴首碑前灑幾多。人去紫臺秋入塞，兵殘楚帳夜聞歌。朝來灞水橋邊問，未抵青袍送玉珂。」前六句分別用了六個淚典，各不相關，楊億之流以及蘇軾、陸游不過是仿作而已。有人認爲這是唐人的賦得體，用前六個淚典來烘託青袍送玉珂之悲。如果是這樣，那又何必責怪宋人的仿作呢？

　　「用典必須活用創新」，這句話倒是說中了宋詩的優點，雖然有的同志相反，認爲這是宋詩所缺乏的。我以爲宋詩，尤其是那些大家、名家的詩，在用典方面是力求活用創新的。錢鍾書先生曾舉宋人史堯弼《湖上》七絕爲例：「浪淘濤翻忽渺漫，須臾風定見平寬；此間有句無人得，赤手長蛇試捕看。」錢先生認爲第三句來自蘇軾《郭熙秋山平遠》的「此間有句無人識」，第四句來自孫樵《與王霖秀才書》的「讀之如赤手捕長蛇，不施控騎生馬，急不得暇，莫不捉搦。」而孫樵又來自韓愈《送無本師歸范陽》的「蛟龍弄角牙，造次欲手攬」和柳宗元《讀韓愈所著〈毛穎傳〉後題》的「索而讀之，若捕龍蛇，搏虎豹，急與之角，而力不得暇。」於是得出結論：「孫樵和史堯弼都在那裏舊貨翻新，把巧妙的裁改拆補來代替艱苦的創造，都沒有向『自然形態的東西』裏去發掘原料。」（宋詩選註・序）

史堯弼是宋人，孫樵是唐人，要說這叫做「舊貨翻新」，是「撇下了『唯一的源泉』，把『繼承和借鑒』去『替代自己的創造』」，那麼，唐、宋詩人都是一樣。其實何止唐、宋詩人，元、明、清詩人又何嘗不然。再追溯上去，連陶淵明的詩，看來十分自然，也用了很多典實和成語，並不全是「自己的創造」。反對用典的人，總喜歡引用沈約《宋書‧謝靈運傳論》所說的「子建『函京』之作，仲宣『灞岸』之篇，子荊『零雨』之章，正長『朔風』之句，並直舉胸情，非傍詩史」，和鍾嶸《詩品》所說的「至於吟詠情性，亦何貴用事！『思君如流水』，既是即目，『高臺多悲風』，亦惟所見，『清晨登隴首』，羌無故實，『明月照積雪』，詎出經史！縱觀古今勝語，多非補假，皆由直尋。」其實文人寫作和民歌的創作不同。民歌作者即景生情，唱出歌來，除了直接感受周圍的景物與人事外，不可能有所依傍，因為既無師承，也無切磋。文人則不然，在進行寫作之前，先要進行長時間的書本學習，然後進行寫作。除了命題習作，一般是有感而作詩。這感，自然是外界事物對詩人的影響，使之產生喜怒哀樂的感情。在有所感觸從而產生寫詩的欲望時，例如望月懷鄉時，不會像民歌作者那樣空諸依傍，矢口成章，而是腦海裏很自然地浮起自己熟記的前人某些切合此情此景的佳句，於是在進行思維時，自然而然會受到這些佳句的影響，寫出來的詩句往往反映出這種影響。甚至「詩家老手，體制縱橫，便直取古語，如孟德之『呦呦鹿鳴』，淵明之『犬吠深巷中』，老杜之『使君自有婦』，『而無車馬喧』。」（吳景旭《歷代詩話》卷五十九）久而久之，竟至形成一種習慣，一種不成文法：只有這樣的詩才稱得上「典雅」，才有書卷氣，才不俗。這所謂「俗」，最初是和一般民歌區別（當古代的民歌如《國風》、漢、魏、晉、南北朝樂府，以及《孔雀東南飛》、《木蘭辭》等已經成為文人的詩歌教材後，也變成後代詩人的典故倉庫裏的存貨，經常被引用了），後來發展到韓愈、李賀，到梅堯臣、黃庭堅等，其所謂「避熟避俗」的熟、俗，則是指一切文人詩中的濫調，如西方所謂第二個第三個把花比作美女的低能比喻，於是，黃庭堅的《酴醾》詩：「露濕何郎試湯餅，日烘荀令炷爐香」，以美男子來比花。但即使是喜歡用事的黃庭堅，某些寫景詩，未必全是模

仿、剽竊前人的，如《太湖僧寺》的「松竹不見天，蟠空作秋聲。谷鳥與溪瀨，合弦琵琶箏」；《觀音院》的「谷底一坪落，地形如盎盆」；《刀坑口》的「群山黛新染，蒙氣寒鬱鬱」；《宿寶石寺》的「鍾磬秋山靜，爐香沈水寒。晴風蕩濛雨，雲物尚盤桓」；《皖口道中》的「寒花委亂草，耐凍鳴風葉。江形篆平沙，分派回勁筆」；《貴池》的「橫雲初抹漆，爛漫南紀裏，不見九華峰，如與親友隔」；《別李端叔》：「我觀江南山，如目不受垢」；《曉放汴舟》的「又持三十口，去作江南夢。」這些寫景或抒情的詩句，都為清人延君壽所稱賞：「寫景能字字精到，不肯著一模稜語，此山谷獨得。」「（抒情）皆戛戛生新，不肯一語猶人，筆力精能，實出宋人諸家之上」。（《老生常談》）當然，這些詩句所用的詞彙中句式，可能都有來歷，但決不是生硬的模仿，而是根據自己對事物的現實感，通過形象思維創造出來的。正如黃庭堅自己所說：「詩文不可鑿空強作，待境而生，便自工耳。」（《王直方詩話》）最能說明這點的，是宋人葉夢得所記這段話：「外祖晁君誠善詩，……黃魯直常誦其『小雨愔愔人不寐，臥聽羸馬齕殘芻』，愛賞不已。他日得句云：『馬齕枯萁喧午夢，誤驚風雨浪翻江。』自以為工。以語舅氏無咎曰：『吾詩實發於乃翁前聯。』余始聞舅氏言此，不解『風雨翻江』之意，一日憩於逆旅，聞傍舍有澎湃鞺鞳之聲，如風浪之歷船者。起視之，乃馬食於槽，水與草齟齬於槽間而為此聲，方悟魯直之好奇，然此亦非可以意索，適相遇而得之也。」（《石林詩話卷上》）可見，黃庭堅能寫出那兩句詩，固然是由於晁君誠那兩句詩的啓發，而主要還是「（與境）相遇而得之」，「非可以意索」，決不至於像錢先生說的「雖然接觸到事物，心目間並沒有事物的印象，只浮動著『古人』的好詞佳句」。所以，現在回到史堯弼那首七絕上，「赤水長蛇」只是說自己要寫出別人還沒寫過的景色（即第一、二句），而這種景色變幻極速，因而在捕捉形象時，有「急不得暇」之感。如此而已。這樣古為今用，非常恰切地表達了自己要表達的意思，正是一種成功的用典，也可說運典入化，談不上「造成了對現實事物的盲點」。錢先生是否誤會了，以為「赤手長蛇」是對第一、二句景色變幻的形象描繪呢？

關於「無一字無來歷」，這本來是唐人劉禹錫的看法。他曾因六經無「糕」字，重九日題詩不敢用「糕」字。到了宋代，孫莘老便說杜詩韓文無一字無來歷，而黃庭堅不過「拈以示人」。可見這種寫作態度，唐宋人皆然。其所以如此，上文已分析過，就是由於文人們形成了一種觀念：詩文都要顯示出作者淵博的書本知識。其所以會這樣，就因為他們的詩文本來不是做給勞動人民看，而是做給統治者和一般士人看的。我們今天可以不同意甚至指責這種觀念，但從歷史唯物主義來考察，卻不能不承認這種觀念的產生是有它的必然性的。

任何一種藝術形式，它的末流總會孳生許多弊端。正如白居易在《與元九書》中所說：「唐興二百年，其間詩人不可勝數，……索其風雅比興，十無一焉。」中唐已如此，晚唐的詩，其風格形式更日益向華麗纖巧的形式主義發展。宋詩的發展情況也一樣。例如江西詩派的末流，把詩寫成「押韻的文件，學問的展覽，和典故成語的把戲」（錢先生語），或「每有所作，必使聲韻拗捩，詞語艱澀，曰：江西格也」（陳岩肖《庚溪詩話》卷下），而使讀者搖頭。但不能因此而否定宋詩的代表作家。正如元好問在《論詩絕句》中說的：「論詩寧下涪翁拜，未作江西社裏人。」

總之，無論宋詩或其它時代的詩，要評判其優劣，應看它內容有無人民性，應該允許百花齊放，使春蘭秋菊，各臻其勝。我們不能以春蘭為唯一標準而否定秋菊，同樣，也不能以唐詩為唯一標準而否定宋詩。一定要暸解宋詩是如何繼承唐詩而又發展了唐詩，獨具面目。對於宋代詩人在文字獄和黨爭的壓力下逃避現實而寫出某些談空說法的詩，我們應當批判，而不是根據它是否運用了形象思維。因此，《信》對宋詩的否定是不符合事實的，而那些在《信》的影響下隨聲附合的，也是「一葉障目」。

（原載於《江西師院學報》1982 第 1 期）

再一件事是，1987 年，我看了復旦大學章培恒的《關於魏晉南北朝文學的評價》一文，不同意他的觀點，便寫了一篇《究竟怎樣評價魏晉南北朝文學》，發在《復旦學報》1988 年第 1 期。人大複印於同年第 5 期。章氏寫了反

批評文章《再論魏晉南北朝文學評價問題——兼答劉世南君》，見《復旦學報》1988 年第 2 期。我又寫了《二論魏晉六朝文學評價問題》，發在《江西師大學報》1989 年第 1 期。人大複印於同年第 7 期。章氏不願再辯，這場討論便停止了。就我有限見聞，似乎沒有人再對這問題進行討論。

但不同意章氏新觀點的仍大有人在。尤其是他和駱玉明主編的《中國文學》史》1996 年出版後，由於強調「文學發展過程與人性發展過程同步」，引起了不少人的異議。如陳遼就寫了《「文學發展過程與人性發展過程同步」嗎？》（見《陳遼文存》第一冊）

現在，事過十二、三年，我仍堅持自己的觀點。問題只有兩個：一是超階級的人性問題，另一是宮體詩對唐人的格律詩的影響問題。

關於前一問題，陳遼指出，即使是魏晉南北朝時期，也並無「人本位」的思想，直到「五四」，在外來人性論的影響下，才強調以人性為本體，強調個性解放。此前則一直是重群體，輕個人；重大我，輕小我。所以，他的結論是：中國古代文學的發展過程，完全不像西方文學那樣重視寫以個性為本位的人性。他還指出，復旦《中國文學史》的編寫者，多數沒有接受章氏的觀點，因為從中國古代文學的實際出發，是不可能那樣寫的。另外，吳江在《陳寅恪與中國傳統史學的由舊入新——兼談陳寅恪的不宗奉馬列主義學說》一文中，特別讚美陳寅恪的卓絕處，就在於他認為史學與政治不可分。他認為魏晉玄學清談之風，早植根於東漢末年由摧殘名士的黨錮之禍引起的動蕩險惡的政局，然後由魏晉兩朝的政爭所催發。吳江指出：「討論魏晉清談之風之人、之書可謂多矣，但像陳寅恪這樣直接指出其政治背景的殊不多見。」吳江此文曾發於《文匯讀書周報》1999 年 2 月 13 日，後收入 2000 年 6 月出版的《文史雜談》一書中。

我過去和章培恒兩次討論中所持觀點，和陳遼、吳江兩位的完全相同，這是我很高興的。

關於後一問題，我認為臺靜農《論唐代士風與文學》（收在《龍坡論學集》中）一文，分析梁、陳宮體詩對唐代士風的惡劣影響，十分透徹。據他說，唐代文士不重操守，初因承六朝宮體詩風，也像六朝詩人那樣只圖享樂，每多無行，易向權勢低頭。而文士既以利祿為生活目的，勢必依附權貴，甘為羽翼，故唐代文士，往往皆有朋黨關係。作者引北宋范祖禹的話：「漢之黨尚風節，故政亂於上，而俗清於下，及其亡也，人猶畏義而有不為，唐之黨趨

勢利，勢窮利盡而止，故其衰季，士無操行。」（《唐鑑》卷十九）又引南宋末王應麟的話：「漢黨錮以節義，群而不黨之君子也。唐朋黨以權利，比而不周之小人也。（《困學紀聞》卷十四）而推原禍始，完全是六朝宮廷詩人——宮體詩造成的惡劣影響。這樣看來，我們大陸的文學史家、文論史家只著眼於宮體詩對初唐沈佺期、宋之問格律詩的形成有功，未免只見其小者。何況沈、宋律體的定型，主要由於宮廷應制詩的寫作。應制詩主要是君臣唱和，通過一定景物或事件來歌功頌德，這和宮體詩的吟詠豔情甚至色情是兩個不同的概念。我反對宮體，是反對它的內容。宮體詩人把美人看成玩物，這種心態決不反映普通的正常的人性。至於宮體的形式，我一直認為它也是永明格律論的產物。唐人格律詩的形成與成熟，自然離不開六朝詩人的影響，但是就是格律詩寫得少的李白，他也「一生低首謝宣城（謝朓）」，「清新」如庾信，「俊逸」似鮑照；而擅長律詩的杜甫，更是「頗學陰（鏗）何（遜）苦用心」的。他們何嘗受宮體的教益？就是沈、宋，前人也沒誰說過他們「裁成六律，彰施五色，使言之而中倫，歌之而成聲，緣情綺靡之功，至是乃備」（獨孤及《唐故左補闕安定皇甫公集序》），是由於宮體詩的哺育。可是，現在大陸很多人都肯定宮體詩對唐代格律詩形成的貢獻，遠不如在臺灣的臺靜農，他倒宏觀地抓住了事物的本質。而兩宋的范祖禹、王應麟所作的結論，也實在發人深省。我看，研究唐代士風所受宮廷詩人的影響，實在值得學術界特別下功夫。最近看到許福蘆為舒蕪記錄口述自傳，居然說，「只要去翻一翻當時的《人民日報》、《文藝報》就會清楚明白，那時往胡風腦袋上丟石子的人，豈止一個舒蕪？許多大名鼎鼎、備受尊敬的文壇大老，以至於有些後來的受害者，還不一樣地在那裏一本正經說昏話。是不得已而為之？是出於自保、迫於壓力？其實，多數都不是。最初的情況下，胡風的問題沒有定性，沒有誰強迫什麼，可許多人就是要積極表現，不是『求榮』，不是落井下石，還能怎麼解釋？……再不客氣說一句，假如時光倒轉，難保今日裏那些振振有辭的道德君子們不重蹈過去舒蕪們的覆轍，而且會表演得毫不遜色。」看到這些話，我很自然地想起唐初裴行儉評論四傑時說的一句話：「士先器識而後文藝。」又想起宋朝劉摯戒子弟：「士當以器識為先，一命為文人，無足觀矣。」今天的文風澆薄到什麼程度，難道還不值得深刻反思嗎？美女小說云云，不是宮體詩的遺風嗎？難道我們現在還要煽風揚波？

　　據支持章培恒新觀念的熟人私下對我說，他們那種提法，其實是為了

反對過去甚囂塵上的「文藝為政治服務」說。我以為，而且一直到現在還是這樣看：即使蘇、東巨變，我仍然堅持歷史唯物主義，把它作為治學的原則。我堅信：文學是人學，必須為人民，必須面對現實，必須考慮到社會效果。

附錄與章培恒商榷的兩文於下。

究竟應該怎樣評價魏晉南北朝文學——與章培恒同志商榷

章培恒同志在《關於魏晉南北朝文學的評價》一文中，反對建國以來用「現實主義」作為評價魏晉南北朝文學的標準，認為那是儒家文學觀，不是真正的馬克思主義觀點。他說，真正的馬克思主義觀點應該是：

首先，即使「作品沒有以真實的形式直接描繪社會的矛盾鬥爭，僅僅表現了人的某種感情或情緒（甚至採取了虛幻、荒誕的形式），但只要表現得深刻，而且這種感情或情緒在那個社會裏具有相當的普遍性或體現了社會的某種進展，仍應視為社會生活的正確、深刻的反映。」

其次，魏晉南北朝的文人「勇敢地衝破舊的束縛，力圖按照自己的認識、評價和感情來寫作」，「後來的文學開闢了新的道路」，「在文學史上仍應給予高的評價。」

第三，魏晉南北朝文學「創造出新的美」，「在審美意識上有較大的更新」，「仍應給以熱情的肯定。」

他確定了這三條標準以後，根據魏晉南北朝文學的實際，認為它有兩大特點，即對個性的尊重和對個人欲望的肯定。而這又形成最值得注目的一點，即自我意識的加強和對個人價值的新認識。

然後，他分析說，由於自我意識的加強，魏晉南北朝文學形成了新特色：

首先，是文學與哲理的結合；

其次，是關於美的創造；

第三，是在創作中強化作家的主觀能動作用。

問題的關鍵在哪裏呢？，我認為主要就是抽掉了人的政治性亦即階級性。

　　首先，所謂「人的某種感情或情緒」，指的是什麼「人」呢？既然是談魏晉南北朝文學，那麼，它所反映的「人」自然是文人。可那時的文人也還有士族與庶族之分，在朝在野之別，這兩種文人的感情或情緒是決不一樣的。他們寫出的作品可能都把自己的感情或情緒表現得很深刻，也可能「這種感情或情緒在那個社會裏具有相當的普遍性」，但怎麼能同時「體現了社會的某種進展」呢？失意文人的抗議或呻吟，如左思、鮑照反對門閥制度的詩篇，如果是「體現了社會的某種進展」，那麼，謝靈運高唱「市廛無夾室，世族有高閭」，從而強調「長夜恣酣飲，窮年弄音徽」（《君子有所思行》），就顯然是士族腐朽人生觀的反映，這必然體現了社會的某種保守或倒退。陶淵明的「人生歸有道，衣食固其端，孰是都不營，而以求自安」（庚戌歲九月中於西田穫早稻)）如果是一種進步的勞動觀點，比起孔子罵學稼學圃的樊遲爲小人，確實「體現了社會的某種進展」，那麼謝靈運的「既笑沮溺苦，又哂子雲閣，執戟亦以疲，耕稼豈云樂！」（《齋中讀書詩》）就反映了失意的士族文人的「達生」（其實是混世）觀點，顯然不能體現社會的進展。怎麼能說這兩者都是「對社會生活的正確、深刻的反映」呢？

　　其次，是所謂「勇敢地衝破舊的束縛」。什麼是「舊的束縛」呢？章文說，就是「爲習慣所崇奉的、走向衰亡的秩序」，也就是名教。章文舉了好多例子，如嵇康、陶潛，「尊重個性已被作爲一種重要的原則來強調」。謝靈運、謝惠連、何遜等「儘管還沒有達到如此的高度」，也「都在不同程度上顯示出對個性的尊重」。章文認爲，「提出這一要求，實從這時期的文學開始」。

　　我覺得章培恒同志這樣說，似乎只記得儒家文化，而忘掉了道家文化。試問，嵇康用「情有所不堪，眞不可強」來拒絕山濤的薦舉，和莊周拒絕楚威王使者迎聘時說的「寧遊戲污瀆之中自快，無爲有國者所羈，終身不仕以快吾志焉」（《史記》莊周傳、《莊子・秋水》意同）有何區別？嵇康所謂「人之相知，貴識其天性，因而濟之」，也來源於莊周學派一則寓言：「舜以天下讓善卷。善卷曰：『余立於宇宙之中，……逍遙於天地之間而心意自得，吾何以天下爲哉？悲夫！子之不知余也』。遂不受。」（《莊子・讓王》）嵇康自己明明

說過：「老子、莊周，吾之師也。」「又讀莊、老，重增其放，故使榮進之心日頹，任實之情轉篤。」所謂「任實」、就是「放任本性」。在《幽憤詩》裏也說：「託好莊、老，賤物貴身；志在守樸，養素全眞。」很明顯，嵇康這種思想是道家思想的承傳，而不是魏晉時代的新產品。陶淵明的「稟氣寡所諧」、「違己詎非迷」，「稟氣」是指個性，「違己」是指違背自己的天性。這種新自然說的要指在委運任化，仍然是道家的自然說演進而來（陳寅恪《陶淵明的思想與清談之關係》，見《金明館叢稿初編》）。

但是問題的關鍵是嵇、陶這種思想究竟是怎樣產生的。章文說，是儒家文化到東漢末期開始失去了統治地位，因而人的自我意識才加強了，才產生了嵇、陶這種尊重個性的思想。所以章文說，在嵇、陶以前的文學，許多都重在政教。言外之意，當然是說嵇、陶這種強調尊重個性的思想，和當時的現實政治無關。但事實怎麼樣呢？《晉書·嵇康傳》先點出他「與魏宗室婚，拜中散大夫」，然後寫他拒絕山濤的薦舉。山濤是司馬氏集團的人，企圖拉攏嵇康，嵇康卻斷然拒絕，宣稱「絕交」。這「絕交」實際是針對司馬氏政權的。所以「大將軍（指司馬昭）聞而怒焉」（《三國志·魏志·王衛二劉傳傳》斐注引《魏氏春秋》）。傳文最後寫司馬氏另一親信鍾會向司馬昭說：「嵇康，臥龍也，不可起（即不可能拉攏來爲司馬氏服務）。公無憂天下，顧以康爲慮耳」。並說「康欲助母丘儉」。這不是誣枉嵇康，《世語》說：「母丘儉反，康有力，且欲起兵應之」（同上書斐注引）。於是司馬昭殺害了嵇康。史實彰彰，可見嵇康強調個性，不過用以拒絕司馬氏政權的拉攏，怎麼能搬開這個「現實性」，搬開當時的「政治」呢？陶淵明的決心歸隱，也不是純粹由於「不慕榮利」，否則他又何必幾次出仕，其所以最後說出「富貴非吾願」，乃是因爲「世與我相遺」，富貴反蹈危機，不如貧賤之肆志。這仍然是莊、老思想，但也正是時代現實的產物。陳寅恪說：「故淵明之主張自然，無論其爲前人舊說或己身新解，俱與當日實際政治有關，不僅是抽象玄理無疑也。」（同前引文）魯迅也指出：「據我的意思，即使是從前的人，那詩文完全超出政治的所謂『田園詩人』、『山水詩人』，是沒有的。完全超出於人間世的，也是沒有的。」（《魏晉風度及文

章與藥及酒之關係》）章培恒同志是尊重這兩位前輩學者的，文中也引過他們的話，為什麼獨獨在這「現實主義」原則問題上和他們唱反調呢？當然，我不是說，他們的意見不可以反駁，問題是章文的說法是違背事實的。試想，陶淵明的時代是隱逸成風的，並不是他一人有此避世思想，如果不是政治極端黑暗，怎麼會產生這麼一股隱逸風呢？

至於謝靈運的「適己物可忽」，謝惠連的「且從性所玩」，何遜的「為宴得快性，安閒聊鼓腹」，「誓將收飲啄，得得任心神」，都是莊、老思想的反映，「鼓腹」、「飲啄」還是《莊子》的詞語。而他們所以會唱出這樣的高調，全是由於現實政治的刺激。

謝靈運的《遊赤石進帆海》，寫自己首夏時泛舟海上，雖然風平浪靜，可是心潮起伏，並未遺世。因為這樣浮於海，很像「仲連輕齊組」而去到海上，雖然愉快，可怕人家說他輕視朝廷，趕快表白，說自己是「子牟眷魏闕。」最後說：「請附任公言，終然謝天伐。」這是用《莊子·山木》一則寓言：孔子圍於陳蔡之間，大公任往弔之，曰：「直木先伐，甘井先竭。子其意者飾知以驚愚，修身以明污，昭昭乎如揭日月而行，故不免也。……孰能去功與名而還與眾人？……是故無責於人，人亦無責焉。」孔子曰：「善哉！」於是辭其交遊，去其弟子，逃於大澤。最後竟能做到「入獸不亂群，入鳥不亂行。」《山木》作者讚歎說：「鳥獸不惡，而況人乎？」通觀全詩，簡直可以聽到這位謝客為求擺脫政治迫害，寧願回到混沌世界的呼聲，何嘗僅僅「顯示出對個性的尊重」？

謝惠連的《秋懷》，現實政治意味更明顯。他說自己「少小嬰憂患」，以致秋夜不能成寐（「耿耿繁慮積，展轉長宵半」），慮的是「夷險難豫謀，倚伏昧前算」，就是說，吉凶難卜，禍福不明，也不知什麼時候會禍從天外來。既然如此，乾脆「且從性所玩」，飲酒賦詩，遊山玩水，並要求親友都來及時行樂。這既類似《詩·唐風·蟋蟀》的「今我不樂，日月其除」，《山有樞》的「且以喜樂，且以永日。宛其死矣，他人入室」；又反映了失意士族文人的震恐心情。

至於何遜的兩首詩，章文也指出了它們和出仕的關係。

　　總之，這些都是當時政治的產物，不是超現實、超政治的「自我意識的加強」，「對個人的價值的新的認識」。

　　章文還談到李白的「安能摧眉折腰事權貴，使我不得開心顏」，是魏晉南北朝文學裏尊重個性的傾向的合乎邏輯的發展。這也不見得合乎事實。李白深受道家思想影響，這是盡人皆知的。他這兩句詩所反映的思想感情，與其說是受到魏晉南北朝文學的影響，不如說是受到戰國時代王斶、魯仲連一類士人的影響。但這也談不上「對封建秩序的不可馴服的輕視」。王斶說的「士貴耳，王者不貴」（《戰國策·齊策四》），孟子說的「民為貴，社稷次之，君為輕」（《孟子·盡心下》）都不是對封建秩序的輕視，李白又何能例外？封建秩序的貴賤尊卑他輕視了嗎？

　　通過以上分析，可見所謂「尊重個性」是一種「頗有影響的傾向」，而這種傾向的形成，是「魏晉南北朝文學在文學史上的重大貢獻」，這個結論並不準確。

　　章培恒同志竭力要擺脫「現實主義」和「政、教」，結果背離了存在決定意識的原則，並不能解釋事實的真相，很難說這是作馬克思主義式的探求。

　　以上是談對個性的尊重。現在再看對個人欲望的肯定。

　　章文認為魏晉南北朝文學另一特點，「是在一定程度上對於違背『禮』──傳統道德觀念──的個人欲望的肯定」。作者同樣不提道家文化對這一時期文學的影響。

　　我們知道，漢以名教治天下，陽儒陰法，所謂「漢家自有制度，本以霸王道雜之。」而不「純任德教，用周政。」（《漢書·元帝紀》）魏則以名法為治，崇尚名家與法家。晉又回到儒學，表面說儒、道同，實則宣揚名教思想，以禮法為治。嵇康、阮籍為了反對司馬氏，便破壞名教，主張達生任性。這是用道家思想衝擊儒家思想。所以，嵇康「以六經為蕪穢，以仁義為臭腐」（《難張遼叔自然好學論》）；阮籍直斥「汝君子之禮法，誠天下殘賊、亂危、死亡之術耳！」（《大人先生傳》）阮籍公然宣稱：「禮豈為我設耶？」（《晉書》本傳）司馬氏親信何曾也指責阮籍：「卿縱情背禮，敗俗之人。」（《晉書·何

曾傳》）陶侃對於當時這股名士放達之風，曾這樣指責說：「老、莊浮華！非先王之法言，不可行也。君子當正其衣冠，攝其威儀，何有亂頭養望，自謂宏達耶？」（《晉書‧陶侃傳》）這就指出了這股風氣及其對立面的思想根源：一邊是「道」，一邊是「儒」。莊、老是最蔑棄儒家的禮法的，尤其是莊周及其後學。魏晉南北朝文人的違背禮法，沒有一個比得上他們，為什麼不提出他們對個人欲望的肯定呢？

章文為了證明魏晉南北朝文學「在欲望與道德的關係上的新的態度」，舉了王渾婦鍾氏的例子，以為當時的人，包括《世說新語》作者，「都承認了欲望對於人的不可抗拒的讚揚」，「有不少是跟玄言無關的」。作者之意是否認道家思想的影響。其實，不從社會現實去研究，那是永遠說不清的。

如所週知，嵇康從《莊子‧養生主》受到啟發而作《養生論》，向秀則作《難養生說》，向秀則主張縱慾自肆。這正適應士族的需要，於是放蕩恣情成為社會風氣。《抱朴子‧疾謬》指出：「不聞清談論道之言，專以醜辭嘲弄為先。以如此者為高遠，以不爾者為呆野。」「嘲戲之談，或上及祖考，或下逮婦女。」「而今俗婦女（指士族的）……尋道褻謔。」「然而俗習行慣，皆曰：此乃京城上國公子王孫貴人所共為也。」在《刺驕》篇裏，葛洪又指出：「若夫貴門子孫，及在仕之士，不惜典刑，而皆科頭袒體，踞見賓客。既辱天官，又移染庸民，……於是俗人莫不表此而就彼矣。」這就是說，京洛的公子王孫都染上清談之風，以放縱背禮相高。不但士大夫，連閨門之內也口說玄遠。豈但王渾婦鍾氏會說：「若使新婦得配參軍，生兒故可不啻如此」；謝道蘊也會在叔父謝安面前表示對丈夫的極端不滿：「不意天琅之中，乃有王郎！」以不得配阿大、中郎或封、胡、遏、末為大恨。（《世說新語‧賢媛》）

當時的士族為什麼要這樣？不少學者已經指出：這純粹由於當時的民族矛盾、階級矛盾和統治階級內部矛盾交錯糾結，使士族的人產生世紀末的彷徨痛苦，於是以此求得精神上的安慰。正如干寶《晉紀‧總論》所說：「學者以莊、老為宗而黜六經，……行身者以放濁為通而狹節信。」可見這種違背禮法的風氣完全和

玄學有關，也完全是社會的產物。至於說「成爲後代進一步肯定欲望的文學的先聲」，這當然不錯。但這並不妨礙我們從「現實主義」角度去評析這段文學史。就是唐、明的主情說不也是當時現實的產物嗎？

第三，是「創造出新的美」，「審美意識上有較大的更新」。文章以蕭綱《詠內人畫眠》爲例，說它「眞切地寫出一個青年女性的睡態的美」，「比較眞切地傳達了一種美的印象，因而是一種進步」。作者覺得很奇怪：李商隱的「小憐玉體橫陳夜」，「是相當露骨的描寫」，何以現代研究者都不斥爲黃色，而獨苛責蕭綱此詩的「色情成分」？作者表示：所謂色情成分，「實在很難感覺到」。

「小憐玉體橫陳夜」見於李商隱的《北齊‧二首》的第一首。全詩如下：「一笑相傾國便亡，何勞荊棘始堪傷？小憐玉體橫陳夜，已報周師入晉陽。」

這是一首詠詩史，題旨在一、二句：君王只要耽溺女色，他的國家便一定會滅亡，不必亡國以後才令人興荊棘銅駝之感。三、四句作爲論據，證明題旨。小憐是北齊後主馮淑妃之名。「後主惑之，坐則同席，出則並馬，願得生死一處。」（《北史‧馮淑妃傳》）正如馮浩所說：「北齊以晉陽爲根本地，晉陽破則齊亡矣。詩言淑妃進御之夕，齊之亡徵已定，不必事至始知也。」（《玉谿生詩集箋注》卷三）「玉體橫陳」語出宋玉《諷賦》及《楞嚴經》，前人也不否認它是「極褻昵語」，但評論說：「故用極褻昵語，末句接下乃有力。」（《李義山詩集》朱鶴齡評語，《玉谿生詩集箋注》錢評同）可見李商隱寫這一句，目的正是極力反襯這一眞理：最荒淫的生活必然導致最痛苦的亡國之禍。「褻昵語」不是目的，而是手段。

再來看蕭綱那首《詠內人畫眠》：「北窗聊就枕，南簷日未斜。攀鈎落綺障，插捩舉琵琶。夢笑開嬌靨，眠鬟壓落花。簟文生玉腕，香汗浸紅紗。夫婿恒相伴，莫誤是倡家。」

「玉體橫陳」確實「褻昵」，但形象並不鮮明生動，用章文的話來說，「不可能給讀者以親切感，從而也就不可能造成美的印象」。《詠

內人晝眠》恰好是對「玉體橫陳」四字的具體化。你看它寫得多麼「真切」，真是活色生香，香豔已極。但正如聞一多所痛斥的「人人眼角裡是淫蕩」，「根本沒有羞恥了！」這種「逐步的鮮明化」只是「一種文字的裎裸狂」。（《宮體詩的自贖》）然而章培恒同志卻說：「至於所謂色情的成分，實在很難感覺到。」連蕭綱自己在描繪了一番「內人晝眠」的形象以後，都連忙聲明：「莫誤是倡家」。可見在當時人人眼中，這位「青年女性」的一切，和「倡家」完全一樣，所不同者，只是她有「夫婿恒相陪」而已。「倡家」文學而沒有色情成分，這倒真是奇談。

蕭綱為寫「橫陳」而寫「橫陳」，所以格外真切，十分香豔；李商隱為寫「女色禍水」（這當然是荒謬的歷史觀）而寫「橫陳」，所以不「真切」，不可能造成美的印象。章文責怪「現代研究者」寬於李商隱而「苛責」蕭綱，只能使我們歎息：偏見比無知使人離真理更遠。

「致力於美的創造，這比起以前的文學之強調功利性，實是一種進步。」而這種進步的內涵就是「由於自我意識加強，文學的社會使命感減弱了。文學的創作首先不是為了滿足社會的需要——政治、教化的需要，而是為了滿足自己，滿足心理上的快感。」這是章文對六朝唯美文學的高度讚揚，也是結合當代新觀念——自我表現——所作的結論。研究古代文學史是為了今天和明天。難怪這幾年來詩歌、小說的創作總是強調文學主體性，反對現實主義，把馬克思主義的文藝觀點一概諡之為庸俗社會學。文學創作既然不是為了滿足社會的需要，那「為社會主義服務」，「為人民服務」自然也就是不必要的了。

除以上三點外，我還要談談「文學和哲理的結合」這個問題。

章文認為，以個人為本位，就會產生悲觀的哲學思想。例如阮籍在其《詠懷詩》之六十四中，「只是為自己的生命即將結束而悲哀。」

但是，為什麼阮籍會以個人為本位從而產生這種悲觀思想呢？作者卻避而不談。因為一談就不免沾上「某些社會現象」，而成為「饑者歌其食。勞者歌其事」了。

但是，「曲直何所爲」，「高行傷微身」兩句，能引出「除了自己以外，一切都是沒有意義的，而自己又是轉瞬就要消滅的，於是不得不感到徹底的虛無」這麼一種理解嗎？

對《詠懷詩》，顏延年早已指出：「阮籍在晉代常慮禍患，故發此詠耳。」李善也指出「嗣宗身仕亂朝，常恐罹謗遇禍，因茲發詠，故每有憂生之嗟。」又說他作《詠懷詩》「志在譏刺。」（俱見《文選》卷二十三《詠懷詩》）魯迅也指出過：阮籍沉湎於酒，原因「不獨在於他的思想，大半倒在環境。」這實在是說，阮籍以酒自晦的思想，是由於「屬魏晉之交，天下多故，名士少有全者」這麼一種環境。所以他又說：司馬氏不殺阮籍，「是因爲阮籍的飲酒，與時局的關係少些的緣故。」天天沉醉，逃避現實，不致危害司馬氏的統治，自然不至遭嫉。然而這種行爲不正是現實的產物嗎？魯迅還說，阮籍的「詩文雖然也慷慨激昂，但許多意思都是隱而不顯的。」可見《詠懷詩》並不是一般的嗟歎人生短暫。如果只是這麼一個主題，他盡可以像《古詩十九首》唱出「人生不滿百，長懷千歲憂。晝短苦夜長，何不秉燭遊？」也可以唱出「浩浩陰陽移，年命如朝露。人生忽如寄，壽無金石固。」何至於「百代之下，難以情測？」另外，如果只是個人生命「感到徹底虛無」，連「追求神仙」也覺得「只是一種虛幻的安慰」，那十九首裏也說過「服食求神仙，多爲藥所誤；不如飲美酒，被服紈與素」；「爲樂當及時，何能待來茲？……僊人王子喬，難可與等期。」怎麼能說「在我國文學史上，這種傾向就是從魏晉南北朝文學開始的」？

總之，不管是顏延年、李善、還是魯迅，都是從現實政治角度去評析《詠懷詩》的。具體到《一日復一朝》這一首，臨殤哀楚，思我故人，何嘗是只考慮自己的生命？願耕東皋，誰與守眞？更是感歎不能沮、溺耦耕，正反映出對宦海風波的憂懼。由於「高行」會傷害本身的安全，於是要求自己與時委蛇，和光同塵，如龍蛇之藏身。阮籍處在魏晉之交，對司馬氏正是抱著這種委曲求全的態度，才沒有像嵇康那樣招致殺身之禍。結合前一首《一日復一夕》就更看得清楚。其詩云：「一日復一夕，一夕復一朝，顏色改平常，精神自損消。胸中

懷湯火，變化故相招。萬事無窮極，知謀苦不饒。但恐須臾間，魂氣隨風飄。終身履薄冰，誰知我心焦！」前四句和後一首的相同，可見是同時所作，而後面就說得格外明顯了：胸中所以如懷湯火，是因爲不測之禍隨時飛來，而這種意外災難根本不是自己的智謀所能應付的，眞怕突然之間就被抓去砍了腦袋！就這麼一輩子戰戰兢兢過日子，有誰知道我內心的焦灼？——試問，這是「除了自己以外，一切都是沒有意義的。而自己又是轉瞬就要消滅的（指正常的個人生命短促），於是不得不感到徹底的虛無」嗎？至於說「曲直何所爲？龍蛇爲我鄰」是「屬於解脫的部分」，「由於這類解脫其實只能從哲學中獲得的，文學與哲學也就很自然地結合起來了」。而這種哲學則是悲觀的哲學，而且只是「在正始時期開始了這樣的結合」。事實是否這樣呢？對這兩句，曾國藩這樣解釋：「《揚雄傳》云：『君子得時則大行，不得則龍蛇。』龍蛇者，一曲一直，一伸一屈。如危行，伸也；言孫（同遜），屈也。此詩畏高行之見傷，必言孫以自屈，龍蛇之道也。」（《求闕齋讀書錄》卷六）黃節（晦聞）除引用曾說外，另注：「《周易》曰『尺蠖之屈，以求信（同伸）也；龍蛇之蟄，以存身也。』曲直，猶屈申也。……蔣師爚曰：此言酸辛之懷，有蟄以存身而已，亦不能俯仰而從人也。」（《阮步兵詠懷詩注》）我認爲這些舊注是符合阮籍詩原意的。果爾，則這種處世哲學來源於儒「邦無道，危行言孫」，（見《論語・憲問》）而儒家思想，據章文說，是「絕不悲觀的」的，因爲「在儒家思想指導或控制下的文學，同樣不會染上悲觀色彩」，章文引以爲例，豈不自相矛盾？

章文還舉了謝靈運的《石壁精舍還湖中》，說明「順應個人的意願就是至理，而個體的短促的生命則應從自然界獲得最終的寄託。」正因爲作者儘量避免從政治現實的角度去進行分析，完全抽掉了作者的政治性和階級性，所以得出這麼個結論來。我還是贊成魯迅的意見：倘要論文，最好還是顧及全篇，並且顧及作者的全人，以及他所處的社會狀態，這才較爲確鑿。「（《題未定草》之七）據我看，謝靈運並不是只爲個體的短促的生命獲得最終的寄託，才大寫其山水詩的。白居易說得好：「吾聞達士道，窮通順冥數。通乃朝廷來，

窮則江湖去。謝公才廓落，與世不相通。壯士鬱不用，須有所洩處，
洩爲山水詩，逸韻諧奇趣。大必籠天海，細不遺草樹。豈惟玩景物，
亦欲攄心素。往往即事中，未能忘興論。因知康樂作，不獨在章句。」
（《白氏長慶集》卷七《讀謝靈運詩》）可見謝靈運並非恬淡虛靜的
哲人，他既不應澹，更不輕物。他所以要在山水詩裏寫些「玄理」，
自命清高，正如王通所斥責的「謝靈運，小人哉！其文傲。」（《文
中子・事君篇》）傲什麼？傲劉宋的皇帝及其重臣。據《宋書・本傳》：
「靈運爲性褊激，多愆禮度。朝廷唯以文義處之，不以應實相許。
自謂才能宜參權要，既不見知，常懷憤憤。……出守既不得志，遂
肆意遊遨。……所至輒爲詩詠，以至其意焉。」所謂致意，就是傲
然表示：你們不讓我掌權，我才不在乎呢！你們手上的功名利祿，
不過是鴟所銜的腐鼠，我這鵷鶵根本不屑一顧。——這就是謝靈運
寫山水詩的實質。所以顧炎武根本不承認他是隱逸之人，說他「宋
氏革命，不能與徐廣、陶潛爲林泉之侶」；還寫道：「古來以文辭欺
人者，莫若謝靈運。」（《日知錄》卷十九《文辭欺人》）這樣的人，
這樣的詩，章文的結論不太遠於事實麼？這不但因爲作者是「就詩
論詩」（如魯迅所批評的），更主要的是他建立了一個新觀念，硬說
當時的文人都是以個人爲本位，自我意識的加強使他們都要求個體
自己的價值，因而從哲學中求解脫。這麼一來，就把謝靈運及其山
水詩弄得面目全非了。

更令人驚異的是章文對陶淵明哲理詩的分析。作者說：「陶淵明
同樣（世南按：即同作者心目中的阮籍、謝靈運一樣）深感生命短
促的悲哀」，證據是《形贈影》中的「適見在世中，奄去靡歸期。奚
覺無一人，親識豈相思？但餘平生物，舉目增淒洏。」

我不相信作者竟會粗心到這種地步！

首先，《形影神》的序一開頭就說：「貴賤賢愚，莫不營營以惜
生，斯甚惑焉。」可見陶淵明自己是不「惜生」，亦即不「深感生命
的短促的悲哀」的。

其次，章文所引《形影神》中的這六句，是舊自然說者的人生
觀，爲陶淵明所批判，怎能說成他自己的思想？

　　最後，陶淵明的人生觀是《神釋》詩所表達的。他以「三皇大聖人，今復在何處？彭祖愛永年，欲留不得住。老少同一死，賢愚無複數。日醉或能忘，將非促齡具？」批評舊自然說者服藥求長生和以酒澆愁的做法；又以「立善常所欣欣，誰當爲汝譽」批評主張名教者；然後亮出自己的觀點：「甚念傷吾生，正宜委運去。縱浪大化中，不喜亦不懼。應盡便須盡，無復獨多慮。」這還不清楚嗎？陶源明自己明明說，他對個人的生死是「不喜亦不懼」的，即既不喜生，亦不懼死。而章文硬說他是「甚念傷吾生」，即「深感生命短促的悲哀」，這不太滑稽嗎？

　　章文最後對「自我意識」、「個性」、「個人欲望」作的補充說明，也使我感到奇怪。馬克思和恩克斯當然重視「每個人的自由發展」，但那是指在新社會裏，即不再存在著階級和階級對立的共產主義社會裏，《神聖家族》所說的「使人在其中能認識和領會眞正合乎個性的東西，使他能認識到自己是人，……」都是指的新社會，這和魏晉南北朝的士族、庶族文人有何關係？這些文人在那個社會裏怎樣「認識和領會眞正合乎個性的東西」？那時候有超階級的個性嗎？遊山玩水合乎個性，謝靈運當然是這樣看，廣大的「奴僮」，「義故門生」和被驚擾的「百姓」呢？這些被「驅課公役，無復期度」，「鑿山濬湖，功役無已」的奴隸和準奴隸，「能認識自己是人」，是和謝靈運一樣的人嗎？他們能要求謝靈運「使個別人的私人利益符合於全人類的利益」嗎？如果這些問題只能得到否定的答案，那馬、恩對個性、自我意識和個人欲望的態度怎麼能成爲章文論述這些問題的出發點呢？據說「文學的靈魂是人道主義精神，而不是什麼現實主義精神」，所以不應談階級關係，只能談個性，自我意識和個人欲望。但在謝靈運和他所驅課的人面前而談人道主義精神，我總百思不解，不知怎樣去領悟這種「文學的靈魂」。

　　章文所以出現這一連串的錯誤，是作者硬要「使文學脫離簡單的『饑者歌其食，勞者歌其事』或就事論事地反映某些社會現象的傳統，引導讀者在更高一個層次上進行思考」的結果。主張這種新觀念的人總是鄙薄「現實主義」，把生活與文學的對應及其因果律稱爲庸俗社會化，公然宣稱：文學的審美的本性不是爲了提供人們解

決現實社會問題的意識和方案，不是爲了激發人們的世俗激情，而是提供一種超越世俗功利原則的更高的精神境界，促使人們在理性的層次上領略人生的眞諦和世界的意義，激發人們對自身完善的追求。藝術功能的本質就是讓人們擺脫現實關係和現實意識的束縛，進入藝術的境界而獲得一種心理的補償和情感的解放。章文正是按照這種新觀念來評析魏晉南北朝文學的，企圖甩掉「現實主義」，引導讀者登到理性層次上進行思考。這也正是作者誤入歧途的主要原因。

（復旦學報〔社會科學版〕1988 年第 1 期）

論魏晉六朝文學評價問題——答章培恒君

章培恒君在《復旦學報》（1988 年第 2 期）發表的《再論魏晉六朝文學評價問題——兼答劉世南君》一文，首先根據我的「⋯⋯抽掉了人的政治性亦即階級性」這半句話，說我把二者等同，重複了杜林的謬論。其實我的「商榷」一文 96 頁第二段第二行有如下一句：「完全抽掉了作者與作品的政治性和積極性」，明明在二者之間用了連接詞「和」，何嘗説「人的政治性亦即階級性」？章君是誤解了我那句話。我説「我認爲主要就是抽掉了人的政治性亦即階級性」，説完全，應該是「我認爲主要就是抽掉了人的政治性，亦即抽掉了人的階級性。」我爲什麼這樣説？因爲章君「評價」一文一開頭就表示不同意如下觀點：「文學必須『富有現實性』。而所謂現實性，顯然又是指反映民生疾苦，揭露政治黑暗之類。」而我以爲在階級社會裏，現實性主要表現爲政治性，而政治是階級鬥爭，所以，我又進一層提出階級性。我們「第一分歧」實質如此。

「第二分歧」：怎樣看待文學與政治的關係。

章君引述恩格斯如下一段話：「在我們不得不生活於其中的，以階級對立和階級統治爲基礎的社會裏，同他人交往時表現純粹人類感情的可能性，今天已經被破壞得差不多了。我們沒有理由去把這種感情尊崇爲宗教，從而更多地破壞這種可能性。」從而論定「少

數場合」存在著超階級的純粹人類感情，並推論出「即使在階級社會裏，文學也並不都具有政治性優秀的作品也並不都是政治狀態（政治現實）的反映。」

我以爲恩格斯這段話不能像章君這樣理解。恩格斯這段話主要是批評費爾巴哈的唯心主義。因爲費爾巴哈出版了《基督教的本質》，「主要靠『愛』來實現人類的解放，而不主張用經濟上改革生產的辦法來實現無產階級的解放」，所以恩格斯批評他。章君所引這段話，實在是說，在階級社會裏，企圖用宗教形式來推行超階級的「愛」，只會更加破壞它。

我並不認爲在階級社會裏，只有階級性，沒有人性。男女之愛，親子之宜，手足之情，並不都只是階級感情，它們可以是階級性之外的人性，亦即階級感情之外的純粹人類感情。但在階級社會裏，它們又必然受到階級性的影響和制約，因而都不可能是超階級的。其所以如此，就是因爲男女之愛，親子之宜，手足之情，都是生物性的，當然和階級性無關。但作爲人，不可能只是生物性的，而必然是社會性的，因而人的生物性又必然受到社會性的制約。文學作品當然是表現人的社會性的，這就跟階級性，跟政治性密不可分了。章君竭力要證明優秀的文學作品並不都是政治狀態（政治現實）的反映，我看實在太困難了。因爲他在「評價」文中所舉嵇、阮、陶、謝等，經過我在「商榷」文中論證，他們的作品（無論優秀與否）都是政治現實的產物，都是彼時政治狀態（政治現實）或直接或間接或正面或反面或明顯或隱晦的反映。

再談第三個問題：文學的社會使命感。

對這問題的闡述，最充分地反映了章君對歷史唯物主義的無視。他認爲，「在封建社會裏」，「文學的社會使命感其實不過是要使文學服從封建統治階級的利益，爲封建制度服務」，因而是要不得的。他還這樣指責：「當時封建社會中的文學家從文學的社會使命感出發而爲人民說話的時候，他們實際上依然是在維護封建秩序，與封建統治階級的利益相一致」。這樣看問題，眞是「左」得出奇。試問：

（1）照此推論，漫長的中國封建社會中，杜甫，白居易直到龔自珍、黃遵憲，他們的詩作都是應該否定的了，因爲他們確實「是在維護封建秩序」，只想改良，而不想推翻它。但是，能要求封建社會中的文學家創作反封建的民主革命文學作品嗎？而如果不能，就要求他們減弱以至取消文學的社會使命感，不去「反映民生疾苦揭露政治的黑暗」嗎？

（2）章君對這一問題的理解，是否太簡單，太片面了？你看，他竟這樣說:「文學的社會使命感也就必然使文學只能表現作『一定的狹隘人群的附屬物』的人的思想感情，而不能表現與此相矛盾的，在現實生活中的個人的眞實思想感情」。杜甫，他確實是「一定的狹隘人群的附屬物」，他自我表白:「葵藿向太陽，物性固難奪」。然而，他就「而不能表現與此相矛盾的，在現實生活中的個人的眞實思想感情」。「朱門酒肉臭，路有凍死骨」，難道不曾表現出與「朱門」（封建統治階級）相矛盾的感情？難道這種感情不是產生於彼時「現實生活中的」？難道這種感情不「眞實」？

又如屈原，他當然更是「一定的狹隘人群的附屬物」，一篇《惜誦》證明他對楚王室是如何的忠誠。但是，他的《離騷》不同樣表現出與「暗君」、「黨人」相矛盾的感情？而這種感情不同樣是當時「現實生活中的個人的眞實思想感情」？

杜甫和屈原的作品，會由於「文學的社會使命感」而「失掉了激情，從而也就失掉了生命力」嗎？究竟是他們的作品傳誦千古，激勵人心，還是風雲月露之什宮體詩更爲膾炙人口，使人奮發呢？

回過頭來看，被章君譽爲「自我意識加強」的嵇、阮、陶、謝等，他們就不是「一定的狹隘人群的附屬物」嗎？他們不「維護封建秩序，與封建統治階級的利益相一致」嗎？嵇、阮對於魏晉的嬗代，陶、謝對於東晉與劉宋的嬗代，能置身事外，無動於衷嗎？我所以在「商榷」一文中論證他們的作品都是現實政治的產物，用意就在說明他們並非無視民生疾苦、政治黑暗，而是採取另外一種方式（間接的，隱晦的，反面的）來反映，來揭露的。我不認爲他們沒有「文學的社會使命感」。魯迅早已指出嵇康的「非周孔而薄湯

武」，就是反對晉以禪讓之名行篡奪之實以及所謂以名教治天下。那麼嵇康不正通過他的詩文服從曹魏的封建統治階級的利益，為曹魏的封建制度服務麼？陶淵明寫《挑花源記》及詩，不正是從反面諷刺現實政治的黑暗，歎息民生的疾苦麼？

（3）妙就妙在章君居然就引屈原與杜甫為例，來說明「自我意識加強」的問題。他說，《離騷》和《赴奉先詠懷》「絕不是純粹的所謂文學的社會使命感的產物」，而是「洋溢著激情」的。這種激情就是「基於自我意識——有時甚至是相當強的自我意識」的。

請問，章君不是說魏晉六朝文學「最值得注意的一點，是自我意識加強」，而「在這以前的文學，許多都重在政教」，「提出（尊重個性）這一要求，實從這時期的文學開始」麼？怎麼現在屈原也是「尊重個性」，「自我意識加強」了？另外，「魏晉南北朝文學裏的自我意識的加強所導致的文學的歷史（南按：不知何以又變「社會」為「歷史」？）使命感的減弱，在我國文學史上也正是一種進步的現象」，那後此的杜甫、白居易等那樣加強文學的社會使命感，豈不成為文學史上的倒退現象？這些問題如何解釋？我看章君無法自圓其說。

再說，「純粹從所謂文學的社會使命感出發的作品，例如元結的某些詩，絕不是文學史上的上乘之作」，其原因就是沒有「基於自我意識的激情」麼？我看不見得，至少《舂陵行》和《賊退示官吏》就表現了作者的激情。「供給豈不憂，徵斂又可悲」，「聽彼道路言，怨傷誰復知」？這種憂悲怨傷的感情，有元結本身的，也有道州人民的。特別是「朝餐是草根，暮食乃樹皮，出言氣欲絕，意速行步遲」這四句，描寫饑民說話氣力都沒有，路也走不動，多麼深刻。不是對生活真有體驗，不是具有極深厚的同情心，不是充滿「自我意識的激情」，是寫不出來的。為了「靜以安人」，他願「獲罪戾」而「蒙責」，這種自我犧牲、為民請命的精神，能說不是「基於自我意識的激情」嗎？《賊退示官吏》痛斥「今彼徵斂者，迫之如火煎」，「使臣將王命，豈不如賊焉」？這又是什麼樣的激情？正因為元結如此「憂黎庶」，兩詩又是「微婉頓挫之詩」，內容充滿生命力，藝術充滿魅力，杜甫才深深感動，讚美為「兩章對秋月，一字偕華星」，而且寫出《同元君

舂陵行》，表示支持和響應。即使晚唐有唯美傾嚮的李商隱，也稱頌「次山之作，以自然爲祖，以元氣爲根」。北宋婉約派詞人秦觀，也讚美元結的詩是「字偕華星章對月，漏泄元氣煩揮毫」。能說這樣的詩平庸嗎？元結的詩，只用五古一體，語言質樸，近似散文。這也是一種風格，以後由韓愈到宋人，發展成以文爲詩的一種藝術特色，何可厚非？當然，由於他強調詩美刺說，反對「拘限聲病，喜尚形似」之作，從而否定聲律詞藻，以致有一部分詩，形象不夠鮮明，有的甚至近於枯燥的說教。但這種藝術上的失敗，和文學的社會使命感並無必然關係。強調文學的社會使命感的杜甫，他那些「詩史」之作，把規諷與緣情二者合而爲一，「他雖然多用賦的手法，敘述時事，間發議論，但是這一切都是在感情激發的情況下進行的，寫生民疾苦與發議論，都和濃烈深厚的感情抒發自然地融爲一體。」（羅宗強《隋唐五代思想史》134～135 頁）杜甫的成功正說明章君這種理論的破產。章君還說白居易的《秦中吟》顯然不如《琵琶行》，原因也是由於前者是「純粹從所謂文學的社會使命感出發」。對這問題，蘇者聰君說得很好：白居易的新樂府中不乏名篇佳作，如《新豐折臂翁》、《賣炭翁》等。這說明藝術的成敗不決定於作家是否把文藝看作工具，而在於他是否認識到並掌握了文藝的美學特徵，使之更好地達到服務的目的。有人以《長恨歌》、《琵琶行》爲例，說不爲政治服務的作品才優秀，「其實，這些作品又何嘗不寄寓作者諷喻之情？他自己說：『一篇長恨有風情』，這風人之情，不就是美刺之情麽？不正是譏唐明皇迷色誤國而不悟麽？而《琵琶行》中『同是天涯淪落人』的喟歎，恰又是借題發揮，抒發他被貶江州的憤慨，只不過在遭受政治打擊後，變得收斂含蓄些罷了。」（《白居易的新樂府不能一概否定》，人大複印資料 J：1987 年第 2 期）

研究古典文學，本是爲了我們的今天和明天，而中國的古典文學長河中，最值得我們繼承的就是關心國計民生的「現實主義精神」。如果根本否定它，認爲那些作家儘管批判現實，終極目的卻是爲封建制度服務，因而該全部掃除，值得繼承的只是「魏晉南北朝文學裏的自我意識的加強所導致的文學的歷史使命感的減弱」的作品，那麽我們繼承的當然只能是遠離現實、謳歌自己的作品。

　　而章君卻由此提出了一條規律：「對封建社會的文學家來說，正因爲文學的社會使命感——實際是要使文學爲封建制度服務——減弱了，他才有可能（不是必然）去觸及和反映封建制度的利益所不容觸及、反映的社會現實，作品也才更具有眞實性。」對這一規律我眞是百思莫解。魏晉六朝哪位作家的哪篇作品，比杜甫、白居易等人的更觸及和反映了封建制度的利益所不容觸及、反映的社會現實，因而更具有眞實性呢？章君能舉例以明之嗎？不錯，你說這只是「可能」，而非「必然」，但如毫無事實根據，你又何從看出這種「可能」？

　　現在談第四個問題：是否只在魏晉六朝文學中才存在自我意識的加強？

　　首先，章君因爲魯迅說過「文學的自覺時代」，便想到「自我意識的加強」，從而把兩者混爲一談。其實魯迅說得很清楚，「文學的自覺」即近代的「爲藝術而藝術」，是和「爲人生而藝術」即「重在政教」相對立的。不能說主張「爲藝術而藝術」的才有「自我意識的加強」，而主張「爲人生而藝術」即「重在政教」的就沒有自我意識，盡是群體意識。這一點，章君自己就說過，屈原的《離騷》，杜甫的《赴奉先詠懷》都充滿著自我意識的激情。我也論證了元結某些「重在政教」的詩同樣洋溢著激情。（激情自然是自我意識所產生的，他不理「諸使徵求符牒」，寧願貶削，這和屈原「獨清」、「獨醒」不同樣是「尊重個性」，肯定個人欲望？）因此，不能說，只在魏晉六朝文學中才出現了「自我意識的加強」。我在「商榷」一文中，也論證了從莊周到古詩十九首的作者都存在著「自我意識」，不是魏晉六朝才有。

　　其次，談談章君所舉兩個例證。

　　一個是嵇康的「強調個性」。章君說，「嵇康平時本就『強調個性』，認爲他「性有所不堪，眞不可強」，是天性就不願做官，而不是以此爲藉口去拒絕司馬氏政權的拉攏。我只問，他要眞是天性「不堪」官職，何以要「與魏宗室婚，拜中散大夫」？

　　另一個是陶淵明。章君說我在「商榷」文中「絲毫都未證明陶

淵明的「違己詎非迷」的思想是當時政治的產物」。據他看，陶的歸隱，「從主觀上來說則是由於其尊重個性的思想」。可以看出，章君把「違己詎非迷」的「己」字，完全理解為個性，而這「個性」又是先天生成的「清高性格」。其實這種理解是不正確的。這個「己」字指自己的心願，「違己」即「違背自己心願」。（逯欽立校注《陶淵明集》第92頁）陶本有經世志，因劉宋代晉，政治更黑暗，出仕不能達到濟世目的，反要折腰事上，殊違初願，所以說「違己詎非迷」。更使我驚詫的是章君對魯迅這句話的解釋。魯迅說：「詩文完全超於政治的所謂『田園詩人』是沒有的。」章君竟說：「如果有人主張陶淵明詩文的絕大部分是『超於政治』的，也並沒有與魯迅先生這個論斷相牴觸（因為那並不是『完全超於政治』）。」魯迅所謂「完全」云云，是說任何詩文總是或多或少與政治有關的，他是就程度而言。章君卻變為就範圍而言，似乎魯迅是說，詩文百分之百超政治的人是沒有的，可以是百分之百作品與政治有關，其餘百分之九十九的作品都是超政治的。魯迅是這個意思嗎？

再談莊子與嵇康的區別。章君說，嵇康拒聘是「強調個性」，莊子拒聘則是「為了保存自己生命」，因為「莊子還沒有認識到尊重個性的重要性」，「尊重個性並不是老莊思想所原有的東西，而正是魏晉時代的新產品」。另外，「從他們（指老莊）的思想中」也「很難引出對於個人欲望的肯定。」

莊子主張人應獲得天性上的最大自由，如「澤雉」的「不蘄畜乎樊中」。他拒聘時說：「我寧遊戲污瀆之中自快」，「終身不仕以快吾志焉。」這「自快」「快吾志」，不都是自我意識？不都是對個人欲望的肯定？莊子此事又見於《秋水》，則以神龜為喻，認為與其「死為留骨而貴」，不如「生而曳尾於塗中」，用意仍在說明富貴反蹈危機，不如貧賤之肆志。完全強調個性自由，怎麼談得上只是怕死呢？莊子是「齊生死」的，「不知說（悅）生，不知惡死」，章君卻說他拒聘是怕死而非尊重個性，還不如唐代的成玄英，成玄英在「吾將曳尾於塗中」句下疏云：「莊子保高尚之遐志，貴山海之逸心。」「遐志」「逸心」，不是個性，「保」、「貴」，不是尊重，這種「吾寧曳尾於涂中」的行為，不是對個人欲望的肯定？

另外，章君承認屈原已有「相當強的自我意識」，卻把和屈原同時的南方哲人莊子說成連尊重個性的認識都沒有，說尊重個性是魏晉時代的新產品，何其自相矛盾乃爾！

章君對「吾喪我」的理解也是錯誤的。莊子看透了人間世的是非之事，認為它是萬罪之原，人要「逍遙遊」，只有擺脫人事的是非觀，做到「有人之形，無人之情」，亦即以人的自然性來取代其社會性，所以，南郭子綦說的「吾喪我」，是說自己雖然「有人之形」，卻已「無人之情」了，怎麼可以像章君那樣理解為沒有人性呢？要知道，莊子這樣強調「無人之情」，就是為了做到「是非不得於身」，從而「不以好惡內傷其身」。儘管這是一種主觀空想，但他這樣堅決不以己徇人，其尊重個性，肯定人的欲望是極其明顯的，對嵇康等人的影響也是直接的。正是莊子的自然天道觀與人生觀喚醒了人性自然的覺醒，人才對自己生命的意義、人生的價值，有了新的發現、思考和追求。嵇康等正因此才以老、莊為師。

最後，談談所謂「幾項批判」。

（1）章君認為，魏晉六朝文學「致力於美的創造，這比起以前的文學之強調功利性，實是一種進步。」據說這一觀點和魯迅說的「『為藝術而藝術』在發生時，是對於一種社會的成規的革命」完全一樣。

我以為在西方，「為藝術而藝術」與唯美主義，當十九世紀末葉資本主義開始沒落時，作為一種資產階級文藝思潮，它的產生，是為了反對當時功利主義的社會哲學，以及工業時代的醜惡和市儈作風，當然是一種進步。在中國，「五四」時期也出現了這一現象，則是以此作為思想武器，向主張「文以載道」的封建文學進攻，帶有摧毀舊傳統的反抗性，因而具有一定的積極意義的作品，也大都帶有強烈的反帝反封建色彩，這自然也是一種進步。而魏晉六朝的唯美文學，卻不可與上述二者相提並論。對此，宋效永君分析得很精確：「吟詠性情」成了齊梁文學的創作主張和批評標準，但它拋棄了《詩大序》「國史明乎得失之迹，傷人倫之廢，哀刑政之苛」的條件，於是由蕭綱開始的「吟詠性情」的消極面，與宮廷貴族的享樂觀念

相結合，把前此蕭統繼承的文學的政教——諷諫傳統也拋棄了。蕭綱爲了反對裴子野，便大力號召人們寫宮體文學、「放蕩」文章。這種享樂主義文學到陳代發展到極端，走上了絕路。正如別林斯基指出的：「取消藝術爲社會服務的權利，這是貶低藝術，而不是提高它，因爲這意味著剝奪它最活躍的力量，亦即思想，使成爲消閒享樂的東西，成爲無所事事的懶人的玩物。」（《一八四七年俄國文學一瞥》）因而宋文得出如下三個結論：第一，文學脫離不了本身應起的社會作用。封建社會文學脫離了儒家政教方面的要求，必然走上邪路。第二，文學是藝術家從審美理想的觀點去反映現實，他所反映的應該是人對現實的審美關係，所表現的應該是作家個人思想感情與社會現實審美屬性的統一。因此，拋開社會現實，退入作家内心自審經驗，單純表現一己情感的觀點都是錯誤的，勢必導致文學的絕路。第三，作家要創作出價值較高的作品，必須有高尚人格、崇高的精神境界。（《略論齊梁文學之風的形成》，見《江淮論壇》1987 年第 4 期）我以爲這三個結論完全可以作爲評價魏晉六朝文學的準則。其中第三個結論，對我們評價以蕭綱爲代表的宮體詩作者及其作品，有足夠的啓發。

現在，我們正好談談蕭綱的《詠内人晝眠》。章君要我「具體說明一下這位青年女性哪些地方像倡家爲什麼像倡家」。這首詩，關鍵是「夢笑開嬌靨，眠鬟壓落花。簟文生玉腕，香汗浸紅紗。」這是蕭綱眼中所見的「内人晝眠」。因爲章君在「評價」文中說很難感覺到它的色情成分，所以我在「商榷」文中借用原詩「倡家」二字說明它是寫色情，是色情文學。什麼叫色情？它和愛情不同。愛情雖然由愛慕對方的外貌入手，卻不停留在外貌上，而是深入内心，即相互的思想感情上。如寶釵，人皆謂其外貌美於黛玉，寶玉也曾愛慕其美貌，但後來卻和她「生分」了，而執著地愛戀黛玉，死生以之，原因就是黛玉是他的知己，有一致的思想感情。所以，愛情愛的是「神」，色情則不然，愛的只是「形」——外貌之美，如薛蟠之於香菱，賈璉之於多姑娘。所以，古典詩詞中眞正優秀的作品，必定是寫愛情的，決不是寫色情的。即使有外貌描寫，如杜甫的「香霧雲鬟濕，清輝玉臂寒」，詩人的視覺焦點並不集在「雲鬟」和「玉

臂」，而是通過這兩句寫妻子望月懷遠、耿耿不眠的情景。而《內人畫眠》呢，作者只注視著嬌靨的夢中微笑，鬢花的被壓落，玉腕因睡久而印上了簟紋，被香汗浸透了的紅紗小衣。這四句當然寫出了作者對這個「內人」（宮女）的愛，但這愛是色情的，因為它完全附麗於美豔的外貌和嬌媚的體態上。從這四句，不，從全詩，決看不出真正的愛情（如貫、林的思想的一致，如杜甫與其妻的相依為命的深情）。

（2）對《形影神》的理解

章君說我對《形影神》詩的序一開頭就沒有讀懂，理由是「陶淵明如果不『惜生』，那又何必反對『甚念傷吾生』呢？」下面還重複這一說法：「陶淵明反對『甚念傷吾生』絕不意味著他從來沒有『深感生命短促的悲哀』；由於深感此種悲哀而尋求解脫，從而覺悟到不應『甚念傷吾生』，不是完全合乎邏輯的嗎？」

是的，我和章君的論爭實質就在這裏。章君認為陶淵明也「惜生」，以「形」之言為證。我則認為「形」這些「惜生」是陶淵明所批判的，不能據此以證陶亦「惜生」。這本是《形影神》詩的實際情況，無須再辯。現在章君仍說自己沒引錯，說陶正因為曾經「甚念傷吾生」，所以才求解脫。對此，我談三點：

第一，請問章君，你何以知道陶淵明過去曾經「甚念傷吾生」（過分惜生，反致傷，如「服藥求神仙，多為藥所誤」），因而翻然醒悟？難道某事被我反對，它就一定原先是我主張的？譬如說，我反對偷竊，難道就因為我過去是小偷？莊子視人間富貴為腐鼠，難道他過去就曾熱中於功名利祿？如若不一定這樣，那陶不可以由於旁觀有悟而反對「甚念傷吾生」嗎？

第二，章君本談文學與哲理的結合，因而引《形影神》詩為證，論析時自應就詩論詩。在此詩中，陶以「神釋」批判形、影的「惜生」，主張「不喜亦不懼」，末句特別強調「無復獨慮」。「多慮」即「甚念」，陶的贊成與反對不是明明白白的嗎？

第三，「不喜亦不懼」，是說「惜生」者喜生懼死，為了「惜生」，或求長生不死，或求聲名不朽。陶一概反對，認為應該委運任化，

做到「樂生」，所謂「聊乘化以歸盡，樂夫天命復奚疑。」（《歸去來分辭》）陶是「樂生派」，他這種哲理植根於「樂生」觀，並非由於「深感生命短促的悲哀」而寫的。

　　逐條駁正了章君的論點以後，我想引用如下一段話以結束：「有的創作方面，遠離今天時代，冷淡生活現實，厭倦政治、改革；有的在評論方面，津津樂道某些作品的什麼『禪理』，什麼『空靈』，什麼『超脫』，什麼『永久的人性』……凡此種種，都是在強調著文藝的審美特性，追求『永恒』的審美價值和藝術欣賞價值的偏執下發生的；表現了他們的為藝術而藝術的傾向，也表現了他們文藝與政治無關，把文藝的審美特性看作文藝的全部本質的認識上的偏頗」。（唐鴻棣《值得警惕的思想傾斜——評一種文學觀念》，見《西北大學學報》1988 年第 1 期）它講的是當代文學的創作與評論中的一種「思想傾斜」，我以為也適合我們對古典文學的評論。

　　　　　　　　　（江西師大學報（社科版）1989 年第 1 期）

六、怎樣培養中國古典文學的研究人材

　　請先看四封信。按時間順序，第一封是寫給《中國典籍與文化》雜誌的楊忠先生的。

　　楊忠先生：

　　　　寫完《談〈小倉山房文集〉正續編的標點問題》後，我在貴刊和《中華讀書報》、《文匯讀書周報》三者之間，究竟投寄哪家，猶豫了好幾天。原因是，貴刊是江蘇古籍出版社出版的，而《袁枚全集》也是該社出版的，是否在發表方面會有障礙？但考慮到《袁枚全集》是全國高校古籍整理研究項目，批評文章寄給貴刊最合式，所以還是毅然寄出了。我已 77 歲，沒有條件用電腦，全靠手寫，很不容易。因此，如果不用，務請寄回，已附退稿郵資。

　　　　我還要向先生建議：古籍整理研究是項極其艱難的工作，最足以見學力。而現在高校中遇到標點古籍的事，大家都以為輕而易舉，隨便誰都動手。結果搞出像《明詩話彙編》那樣的書，標點得一塌糊塗，慘不忍睹。這樣勞民傷財又糟蹋古籍，貽誤讀者的事，何苦做呢？

　　　　王英志先生曾致函東北師大《古籍整理研究學刊》編輯部，說《清人絕句五十家掇英》是 1982 年的少作，「連中級職稱都沒有」，似乎雖錯尚情有可原。其實一書既出，就成天下公器，必須注意社會效果，必須對千千萬萬的讀者負責，決不可掉以輕心。王先生說 1992 年才評到編審（等於教授），而《袁枚全集》出版於 1993 年，

已非少作。而如拙文中所列舉的種種錯誤，足見職稱雖已爲編審，
而學力仍未見長進，遠不足以做好標點古籍的工作。我寫此文，而
且力求公之於世，決非與王先生個人過不去，而是希望引起學術界
注意，不要輕視標點古籍這項工作。江西師大中文系有個怪現象：
古籍的標點或注釋，和其它學術論文與專著比起來，獎金方面差距
頗大。決策人不瞭解，「儉腹高談」的人，論著可以倚馬千言，其實
大多「著書而不立說」，要他動手標點古籍，馬腳便露出來了。這種
事還少麼？

　　專此，並頌

編安

　　　　　　　　　　　　　　　　　　　　　　　劉世南上

　　　　　　　　　　　　　　　　　　　　2000.10.19 晨 4 時

　　第二封信是寫給東北師大《古籍整理與研究學刊》副主編侯占虎先生的。
因爲楊忠先生 2001 年把拙稿轉給了《學刊》，該刊函告我排在次年發表。但
2002 年元月侯先生來信：

　　劉世南先生：

　　　您好！

　　《談〈小倉山房文集〉正續編的標點問題》一文，早經楊忠先
生轉來。本刊本想採用，後經再次研究，考慮與同仁關係問題還是
放棄爲宜。實在抱歉。劉先生以後有別的文章，請再寄來。

　　　致

禮

　　　　　　　　　　　　　　　　　　　　　　　侯占虎頓首

　　　　　　　　　　　　　　　　　　　　　　　2002.1.18

我的回信是：

　　侯占虎先生：

　　　元月 18 日函，我於 22 日收到。我們雖未曾謀面，而十多年來，
承蒙多次刊用拙文，具見識鑒之精，不勝感荷！我今年已入 79 歲虛
齡，差幸頑軀尚健。去年 6 月間，得浙大朱則傑教授一函，轉來複

印件一份，乃徐州師大教授張仲謀博士所作《二十世紀清詩研究的歷史回顧》，對拙著《清詩流派史》（臺北文津出版公司 1995 年出版）評價甚高，譽爲九種「經典性成果」之一，與汪闢疆、錢仲聯、錢鍾書等先生之有關清詩論著並列。我感慨之餘，6 月 23 日枕上口占七律一首：「頹齡可製亦何求？剩付骨灰逐水流。刊謬難窮時有作，賞音既獲願終酬。人心縱比山川險，老我已無進退憂。差幸窮途多剪茇，書成或不化浮漚。」第三句「刊謬」，指唐人顏師古《匡謬正俗》一書，宋人避太祖諱，改匡爲刊，見《四庫全書提要》。此句表示，我已年老，不再撰寫專著了，但平時閱覽所及，發現謬誤頗多。學術爲天下公器，爲後學計，殊不能已於言，因而不時要寫出一些刊謬的文章。我這樣做，決無惡意，更非人身攻擊。只要看《巢經巢詩鈔箋注》摘瑕一文在貴刊發表，就可知我的用心。《箋注》作者白敦仁教授是屈守元教授特地介紹給我的。我們通了幾十次信，對他的博雅我是極爲尊仰的。但考慮到其書既出，讀者如不知其誤，豈不受害？於是我不但寫了摘瑕之文，而且在貴刊發表後，立即寄一本給白老。他看了，不但不以爲忤，而且以後書信往來更爲頻繁，稱我爲「諍友」、「益友」。古之所謂益者三友，「直」居其首。我不但願爲白老益友，更願爲天下後世讀者的益友。北大季鎮淮教授著書有誤，我爲文糾正，在我校學報發表後，立即複印一份寄北大有關校長。無他，不過使轉告北大出版社慎重將事耳。君子之愛人以德不當如是耶？美籍華裔史學家楊聯陞教授，生前寫過很多糾謬文字，海外學人稱爲 watching dog，視爲畏友。（見王元化《九十年代反思錄》P36）去年除了評王英志先生書一文外，我還寫了評《明詩話彙編》一長文。因南開大學羅宗強教授亦參加此工作且亦出現錯誤，故我即寄此文給他，並請他代寄讀者面廣的刊物發表。他回信說明己所點者致誤之由：一爲責編亂改，一爲手民誤植。並告我已將我長文寄《書品》沈錫麟先生。但直到隔年的今天仍未刊出。函詢則一個勁抱歉，說是稿太擠，容後安排。今得先生函，估計沈先生也有難言之隱：那些被我批評的一定不少是他的知交，使他爲難。對您和沈先生，我完全能理解。不過我近年擔任《豫章叢書》點校工作的首席學術顧問（實際就是最後定稿以便付印），深知江西各高

校文科教師研讀未斷句的線裝書的能力，更感到對全國一盤棋標點古籍工作有大聲疾呼的必要。《中國青年報》2002 年 1 月 21 日一文，評論北大王銘銘教授剽竊事。我看了，既覺得北大校方這樣處理十分難得，又對一些北大研究生爲王銘銘報不平深爲憂慮：現在中青年學人怎麼這樣浮躁，這樣急功近利？做學問的目的是什麼？弄虛作假如果都可以不受譴責，那是學術道德的徹底墮落，太可悲了！現在這社會，要文憑不要水平，要學歷不要能力。如果中國還有救，那這種現狀一定得改變。侯先生，我們的文學因緣結了十幾年了，順便告訴您：我平時愛看的刊物是《隨筆》、《文學自由談》、《博覽群書》、《戰略與管理》、《學術界》等。作者則愛李慎之、王元化、李銳、嚴秀、藍英年、何滿子、秦暉、劉軍寧、胡鞍鋼等。這樣自我介紹，爲的是朋友應相見以誠。古人云：「知古而不知今，謂之陸沉。」我不是陸沉者，我的知古正是爲了知今。

　　敬頌

新年如意！

劉世南

2002.1.22 中午

第三封信是寫給國家新聞出版總署楊牧之副署長的：

　　楊副署長：

　　　　您很重視古籍整理研究工作，但現在這工作碰上了危機。幾乎一般大學都有古籍所，而標點、注釋古籍的合格人手卻很難找到。2000 年我寫了兩篇文章，一篇談《明詩話彙編》的標點錯誤，另一篇談《小倉山房文集》正續編的標點錯誤。前者寄給了南開大學羅宗強教授，因爲他也參加了編寫，也出現了幾處錯誤。我信上說，請他看後，代送讀者面廣的刊物發表。他回信說明自己那幾篇出錯，是由於責編亂改、手民誤植。並說《宋詩話彙編》也是這樣標點得一塌糊塗。最後他說已將我文寄給《書品》的沈錫麟先生了。一直拖到現在 2002 年了，仍未刊出。中間來過信，說是來稿太擠，容後安排。但怎麼會拖到兩年還安排不下呢？後者我寄給了《中國典籍與文化》的楊忠先生。他拖了好久，轉給了東北師大的《古籍整理

與研究學刊》。該刊 2001 年來信說，安排在 2002 年發表。然而今年
1 月 18 日，該刊侯占虎先生忽來一信，說又不能發表。現附上致楊
忠函、王英志致侯占虎函以及侯致我函，請您看看。由此我倒悟出
《書品》一拖兩年，一定也是「考慮與同仁關係問題」。楊署長呀！
請看看我評王英志一文吧。清人說：「明人好刻書而書亡」。現在這
樣標點古籍，才真是以其昏昏，使人昭昭，誤導後學啊！還請您找
出王英志那本《掇英》的書，和我在侯占虎《學刊》上的有關文章，
看看王先生的注釋荒謬到什麼程度。特別是《明詩話彙編》的標點，
那是多少博導、教授、副教授、博士、碩士打的呀？看到那麼多錯
誤，誰要是還認為這樣整理古籍完全可以，那他簡直是毫無責任感！
請您讓沈錫麟先生把我那篇文章送您一看，也請您看後再找北京的
專家通人看看，議一議，這樣標點古籍，對不對得起當前的青年和
後世的子孫？但是，話說回來，我們不能只怪這些標點者，他們讀
了幾本古書？有幾個能順暢地閱讀未曾斷句的線裝書？前些年，復
旦朱東潤先生對我說過：他們系裏很多中青年教授只是捧著一部中
國文學史和他主編的作品選去教課。聽說復旦現在強調讀經史子集
了（一位在復旦讀博士的女教師告訴我）。這是對的。教古典文學的
怎能不讀四部之書呢？與寫這信的同時，我寫了一信給教育部陳至
立部長，談現在的大學中文系，無論本科或碩士、博士研究生，都
培養不出合格的整理研究古籍的人材。建議採取另外一種方法。我
已 79 歲了，江西省高校正在校點《豫章叢書》，聘我為首席學術顧
問，其實就是把關，審定了的稿才能付印。參加這工作的都是全省
高校文科的教師。我審稿的感受是，這樣審稿，還不如我自己標點
乾脆！這當然是無可奈何的話。我在幾次大會上都大聲疾呼：你們
要搞好古書的標點，請你們熟悉經、史、子、集，至少至少得通讀
過最主要的部分。舉個例子您看：一次，一位文科副教授問我「闇
湯」怎麼解。我要他拿原書來，一看，原來是四庫全書《弇州四部
稿》一文中的「闇沕」。這位副教授竟把「沕（wù）」看成簡化字「湯
（tāng）」。他竟不想想，四庫館的謄錄員，寫的都是繁體字，怎麼
會把「湯」簡化為「湯」呢？就這麼一種水平！克羅齊說得好：「你
要理解但丁，就要達到但丁的水平。」中國古代文人都是飽讀詩書

的，你連看都沒看過他們熟讀的書，就想去標點、注釋他們的詩文，行嗎？

致

敬禮

劉世南

2002.1.24 上午

建議辦一個刊物，專門發表古籍標點、注釋的匡謬文章。這可以使點校注釋者不敢掉以輕心，也可以有益於一般讀者及點校者。可惜糾正《明詩話彙編》標點錯誤的那篇文章淹沒在沈錫麟先生的抽屜裏（或字紙簍裏）。我不但指出了種種錯誤，而且說明了正確的點斷法，以及有關的出處。例如中華書局版的《水東日記》（明人葉盛所著），把「蘇文生，食茱萸」的「蘇文生」誤加人名號。《明詩話彙編》某先生承其誤，也以為「蘇文生」是一個人。我除了糾正外，還指出此語出於陸游《老學庵筆記》某卷某條。

第四封信是寫給教育部陳至立部長：

陳部長：剛給新聞出版總署副署長楊牧之同志（他負責全國古籍整理工作）寫了一封信，告訴他現在各高校都有古籍所，但從我所見的《明詩話彙編》、《小倉山房文集》的標點來看，錯誤不但多，而且很嚴重，硬傷累累。原因是這些標點者都沒有讀過經史子集中最主要的書。中國古代文人，都是飽讀詩書的，你沒讀過他們熟讀的書，特別是最重要的經、史、子，怎麼能標點好他們的詩文呢？克羅齊說：「你要理解但丁，就要達到但丁的水平。」現在這些標點者，正如朱東潤先生前些年對我說的，只是依靠一部中國文學史，和他主編的作品選，去上講臺的。以這樣的水平，決不可能標點好古籍。我附上幾份資料給您看，您可以找專家、通人看看，便知吾言不謬。現在，從報上看到，有些地方的中小學生都在讀經，這我完全反對。我今年79歲，自小隨先父學習古書，背誦了十二年的線裝書。以後在中學、大學任教，每天手不釋卷，對四部之書略窺涯涘。作為一個古典文學研究者，我當然該博覽群書。但這究竟是極少數人的事，廣大中小學生讀這些，沒有必要。我贊同中山大學哲

學系袁偉時教授在《中國現代思潮散論》一書所反覆說明的，中國當務之急是現代化，傳統文化並不能使中國富強。廣大青少年應該多讀新書。他們長大後有興趣，或工作有需要，再接受一些傳統文化。這類爲人民所吸收的，是專家整理過的古籍即傳統文化中的精華。但是，從培養一支整理研究傳統文化的人材來說，現在大學中文系是培養不出來的。馮天瑜在《月華集》有個構想：「可在少數重點學校（最好從高小開始）開設少量班級，除普通課程外，增設古典課，使學生對文化元典熟讀成誦，再輔之以現代知識和科學思維訓練，從中或許可以湧現出傑出文史學者。」我贊成這意見，認爲大有可行。另外，我提個建議：全國各高校中文系的古典文學教師（尤其是年青的，不管是得了碩士、博士學位的都一樣），都必須能背誦《論語》、《孟子》、《書經》、《詩經》、《左傳》、《禮記》、《老子》、《莊子》、《荀子》。以上是背誦的。其它經、子要全部閱讀，並做讀書筆記，由教研室主任、系主任檢查。另外，前四史、《文選》、《文心雕龍》都要做讀書筆記，保證閱讀質量。有了這樣的功底，他們就有興趣去讀未曾斷句的線裝書了。這樣長期堅持下去，不但教學水平可以提高，而且標點、注釋古籍的工作也可以做了。龔自珍有詩云：「儉腹高談我用憂，肯肩樸學勝封侯。」現在一般大學教師爲了評職稱，天天著書，卻又不能刻苦打根柢，自然只能浮光掠影，東拼西湊，名曰著作，實是泡沫。

劉世南
2002.1.24

以上這四封信，一封寫於 2000 年十月，三封寫於 2002 年一月。事隔了八個月後，《中國青年報》（2002 年 9 月 7 日）第三版刊出一篇報導，題爲《古籍整理已呈盛世危局》。看了後，有三點引起我的注意：

（A）官方也承認現在是古籍整理出現「危局」的時候，這與我給楊副署長的信中說的「危機」不約而同，可見舉國上下都認識到問題的嚴重性。遺憾的是最後並沒有提出切實可行的解決問題的辦法，「危局」仍然是「危局」。

（B）我本來以爲只是江西師大中文系不夠重視古籍點注工作，現在看了這份報導，才知道南開大學根本不把點校古典文獻算做學術成果。我校我系竟還略勝一籌，嗚呼！

（C）解放前的北大文科能評上教授的有三種人，我看，要擱在現在，第一種「述而不作」的，講的課再「才氣縱橫」，再「深受學生喜愛」，也是白搭，根本不可能評上教授。第二種「著書立說，學術成果出眾」的，也未必能拼得過現在的「著書而不立說」，東拼西湊，只以數量取勝的。第三種，今天已經明擺著，校、系各級領導有多少眞知道「古典文獻整理最見功力」？總之，現在據說某些總務處長、人事處長也能評上教授，儘管他們從來沒上過一節課，沒有眞正的論文和專著。難怪北大的季羨林不讓別人叫他「季教授」呢！

話說回來，看了以上四封信，大概就知道我對培養古典文學研究人材的主要意見了。現在，再具體地分成七個步驟加以說明。

（1）精讀打好根柢的書

一個研究中國古典文學的人，「十三經」必須全部閱讀，眞正讀懂。這懂，是指在現有各種注解的基礎上弄明白書義。不能以王國維「於《書》所不能解者殆十之五，於《詩》亦十之一二」（《觀堂集林》卷第二〈與友人論《詩》、《書》中成語書〉）來自我解嘲。不但通讀，還要熟讀其中的《論》、《孟》、《易》、《書》、《詩》、《禮記》與《左傳》。因爲自兩漢以迄明、清，中國的文人，無不從小就熟讀這些經典，你要研究他們所作詩、文，怎能不瞭解他們讀過的主要書籍？

清代乾隆年間的戴震，把「十三經」的注、疏都熟讀成誦（段玉裁《戴東原先生年譜》）。他是經學家，所以下這麼大的苦功。我們讀十三經，是從研究古典文學出發，當然不必像他那樣。但他那種刻苦精神是值得我們學習的。

清末民初的李詳（審言），他把線裝書《文選》拆散，按順序貼一頁在桌面上，反覆誦讀，直到這一頁摸爛了，再換下一頁。他就是這樣成爲《文選》專家的。

北齊的刑邵說：「讀書百遍，其義自見」。打根柢的書確應熟讀。

有人會說：你這是老八股！

那好，請看今年（2002）第 2 期《讀書》雜誌上的《關於學術定量化的的討論》，黃平就談到，賀麟曾帶一個研究生，讀黑格爾的《小邏輯》，當時沒有中譯本，那學生說讀不懂，賀說讀不懂再讀。再讀還是不懂，賀仍說再讀。如此來回不知讀了多少遍，後來成了研究黑格爾的高手！要成爲一個古

典文學研究人材，對打根柢的書決不能怕下苦功。黃侃（季剛）這位國學大師，據其弟子程千帆介紹，他也只有八部書最精熟（《說文》、《爾雅》、《廣韻》、《詩經》、《周禮》、《漢書》、《文選》、《文心雕龍》。見《文史哲》1981 年第三期《詹詹錄》）。我曾在書旁空白處寫：「黃君用清儒之法治學，故其次第如此。今日治文學者，《詩》、《左》、《史》、《漢》、《選》、《龍》爲根柢，再博涉歷代詩文，斯可矣。而新文學及外國文學尙須旁求」。

　　《紅樓夢》是大家熟悉的，但它所深含的傳統文化內涵，一般讀者未必能理解。第六十一回，柳家的說賈母的榮牌，開列天下所有的榮肴，每天輪流著吃，到月底再結帳。我們知道，賈府上下吃的都是分（fèn）榮，只有賈母例外。原來《周禮・春官・膳夫》云：「歲終則會（kuài），唯王及后、世子之膳不會」。賈母的特權來源於此。宋代姦臣蔡京日以《易經》豐、亨、豫、大之說引誘徽宗窮奢極欲，以致亡國。曹雪芹這樣寫，正表現一種隱痛。所以，對經、史的學習可以增進我們對文學名著的深刻理解。

　　鄧廣銘是宋史專家，但標點古書也會偶然出錯（不像手民誤植，責編更不敢亂改）。《鄧廣銘治史叢稿》P202，標點《二程遺書》卷四一《李寺丞志》，其銘詞標點如下：

> 二氣交運兮五行順施，剛柔雜糅兮美惡不齊。稟生之類兮偏駁
> 其宜，有鍾粹美兮會元之期。聖雖可學兮所貴者資，便儇皎厲兮去
> 道遠而展矣。仲通兮賦材特奇，進復甚勇兮其造可知。德何完兮命
> 虧，秀而不實聖所悲，孰能使我無愧辭，後欲考者觀銘詩。

此銘詞用騷體，有韻，本不難點，何以會點成「……遠而展矣」？這是由於不知「遠而」出自《論語・子罕》引佚詩：「豈不爾思？室是遠而。」而「展矣」則出自《詩・邶・雄雉》：「展矣君子，實勞我心。」不管是鄧先生還是責編，其所以出錯，全由經書不熟。

　　所以，我特別強調，古典文學研究者，必須熟悉經書。

（2）博覽群書

　　儘管你研究的是中國古典文學，但中外古今的文、史、哲，以至政治、經濟，都應有所涉獵。以我寫《清詩流派史》爲例，我論斷顧炎武所說的「亡國」與「亡天下」，並非他獨創，而是當時一種社會意識。我的根據就是《南社叢選・文選》卷三的李才所作《明處士玉泫盧先生墓表》。又如我寫「神韻詩派」，說康熙時文網漸密，社會上形成「喜讀閒書，畏聞莊論」的風氣，卻

是從李漁的《閒情偶寄·凡例》中發現的。還有王士禎（漁洋山人）的談藝四言：典、遠、諧、則，我認爲它們是針對公安、七子、竟陵，甚或清初宗宋派的。我引以爲據的是《賴古堂名賢尺牘新鈔》卷四張九徵的《與王阮亭》。《南社叢選》、《閒情偶寄》、《名賢尺牘》這類書都是平時隨便翻的，卻可遇到合用的材料。

近來，蔣寅、李澤厚都認爲有了電腦，不必再像錢鍾書那樣博聞強識了。這裏我說一件眞實的事情：我在 1996 年第 3 期《古籍整理與研究學刊》上，發表了一篇《讀書志疑——兼與黃維樑先生商榷》，談到《六一詩話》所引「縣古槐根出，官清馬骨高」不知究爲何人詩句。《佩文韻府》下平聲四豪的「高」部，有「骨高」一詞，下注：「杜甫詩：縣古槐根出，官清馬骨高。」但我反覆查閱各種杜甫詩集，都渺不可得。又查《杜詩引得》的「縣」、「官」、「馬」、「骨」、「高」，都沒有這兩句。那麼，《佩文韻府》編者何所據而云然？浙江杭州師院汪少華教授是有心人，見我文後，搜索了六年，終於通過電腦，把所有引用這兩句的都找出來，其中有四庫全書的《陝西通志》卷九十八（556～702）一條：「杜子美駐車同官有縣古槐根出官清馬骨高之句留置壁間同官志」（原文無標點符號）汪君一時失察，以爲「同官」是同僚（《左傳》文七年：「同官爲寮。寮同僚。），於是斷定這兩句是杜甫一位同僚寫的，已失主名，只能稱無名氏，從而斷定《佩文韻府》把著作權歸於杜甫是錯了。他把意見函告我，我立即回信，感謝他爲我釋多年之疑。但告訴他：同官，舊縣名，即今陝西同川市。並標點原文如下：「杜子美駐車同官，有『縣古槐根出，官清馬骨高』之句留置壁間。《同官志》」。於是汪君很高興地確定了杜甫對這兩句的著作權，並來信說，可見電腦究竟不能代替博聞強識。

從事研究工作者一定要博覽群書。仍以侯外廬爲例。《中國早期啓蒙思想史》論述汪中部分，P477 引《述學》內篇一《女子許嫁而壻死，從死及守志議》：「以中所見，錢塘袁庶吉士之妹，幼許嫁於高秀水，鄭贊善之婢幼許嫁於郭。」侯氏以「秀水」爲高之名，純屬臆測。袁庶吉士指袁枚，錢塘人，乾隆四年成進士，改翰林院庶吉士。妹指其三妹袁機，字素文。袁枚有《女弟素文傳》，只寫她的夫婿是「高氏子」，不提他的名與字，以示鄙棄，猶如昔人之稱「夫己氏」（見《左傳》文十四年）。所以，「秀水」二字應屬於下文「鄭贊善」。鄭贊善指鄭虎文，浙江秀水人，乾隆七年進士，改翰林院庶吉士，散館授編修，遷贊善。——像這幾句淺顯的古文都會點錯，可見侯氏文史功

底不夠。以這樣的文史水平，即使電腦列出了全部資料，他也不能正確理解和運用。

因此，不管電腦如何發達，它也只能起工具書的作用，僅供查考，決不能代替博聞強識。倒是博聞強識基礎上利用電腦，那才如虎添翼，事半功倍。

知識面的廣與狹，還牽涉到知識程度的深與淺。

這裏談談學問深淺問題。

（A）上文提到程千帆介紹其師黃侃最精熟八部書：《說文》、《爾雅》、《廣韻》、《詩經》、《周禮》、《漢書》、《文選》、《文心雕龍》。一般人看了，不過知道有這回事而已，知其然而不知其所以然。而有國學修養的學人則知道，顧炎武《文集》卷四《答李子德書》：「讀九經自考文始，考文自知音始。」其後張之洞《書目答問》總結清儒治學途徑，說：「由小學入經者，具經學可信。由經學入史學者，其史學可信。……以經學、史學兼詞章者，其詞章有用。」明乎此，然後知黃侃前三部為小學，四、五為經學，六為史學，七、八為詞章（即古典文學。）其次第井然，毫不凌躐。

（B）「諸葛亮在荊州，以建安初，與潁水石廣元、徐元直、汝南孟公威等俱遊學，三人務於精熟，而亮獨觀其大略。」（《三國志·蜀志·諸葛亮傳》裴松之注引《魏略》）另外，陶淵明《五柳先生傳》：「好讀書，不求甚解」。（《晉書·隱逸·陶潛傳》）後人對兩位先賢每多誤會，讀書粗疏者甚且援以自解。其實，諸葛亮生於東漢末，兩漢經學博士及其門徒，解說經義，日益煩瑣。正如《漢書·藝文志·六藝敘》所說：「博學者又不思多聞缺疑之義，而務碎義逃難，便辭巧說，破壞形體，說五字之義，至於二、三萬言」。（《漢書·儒林傳》：「張山拊事小夏侯建，為博士，論石渠，授信都秦恭延君，恭增師法至百萬言。」

桓譚《新論》：「秦延君但說『粵若稽古』，即三萬言。」《文心雕龍·論說》總結說：「若秦延君之注《堯典》，十餘萬字；朱普之解《尚書》，三十萬言。所以通人惡煩，羞學章句。」故自西漢末之揚雄，至東漢之班固、桓譚、王充、荀淑、盧植、梁鴻，皆不為章句。（見詹鍈《文心雕龍·論說篇》）諸葛亮不過是其中之一而已。陶淵明生於東晉末、劉宋初，他的「不求甚解」，不過是不搞兩漢經師的煩瑣哲學而已。

（C）我早年看過一部清代印的《古文觀止》，有一老儒在王勃《滕王閣序》「落霞與孤鶩齊飛，秋水共長天一色」兩句上加上眉批道：「『落霞孤鶩齊

飛，秋水長天一色』足矣，何必『與』、『共』？」一看就知此老儒是三家村裏的塾師，除高頭講章外，沒看過幾本書。他不知道王勃這兩句是套用庾信《華林園馬射賦》的「落花與芝蓋齊飛，楊柳共春旗一色。」宋代王觀國《學林》卷七《滕王閣序》云：「歐陽文忠公《集古錄》跋德州長壽寺舍利碑曰：『余屢歎文章至陳、隋不勝其弊，而唐家致治之盛，不能遽革其弊。及讀斯碑，有云：「浮雲共嶺松張蓋，明月與巖桂分叢。」乃知王勃云：「落霞與孤鶩齊飛，秋水共長天一色」。當時士無賢愚，以爲警絕，豈非其餘習乎？』觀國按：庾子山《馬射賦》曰『落花與芝蓋齊飛，楊柳共春旗一色』，王勃正仿此聯，非摹長壽碑句也。長壽寺碑亦仿《馬射賦》而句格又弱者也。」《野客叢書》卷十三《王勃等語》云：「王勃云：『落霞與孤鶩齊飛，秋水共長天一色』。當時以爲工。僕觀駱賓王集亦曰：『斷雲將野鶴俱飛，竹響共雨聲相亂。』曰：『金颷將玉露俱請，柳黛與荷綃漸歇。』曰：『緇衣將素履同歸，廊廟與江湖齊致。』此類不一，則知當時文人皆爲此等語。且勃此語不獨見於《滕王閣序》，如《山亭記》亦曰：『長江與斜漢爭流，白雲將紅塵並落。』歐公《集古錄》載德州長壽寺碑，與《西清詩話》如此等語不一。僕因觀《文選》及晉、宋間集，如劉孝標、王仲寶、陸士衡、任彥昇、沈休文、江文通之流，往往有此語，信知唐人句格皆有自也。李商隱曰：『青天與白水環流，紅日共長安俱遠。』陳子昂曰：『殘霞將落日交暉，遠樹與孤煙共色。』曰：『新交與舊識俱歡，林壑共煙霞對賞。』」周壽昌《思益堂日箚》卷五《落霞孤鶩》條：「王子安『落霞、孤鶩』句，不獨藍本開府『落花、芝蓋』也。《宋書‧謝靈運傳》：『文德與武功並震，霜威共素風俱舉』；《良吏傳》：『冰心與貪流爭激，霜情與晚節並茂』；《隱逸傳》：『榮華與飢寒俱落，巖澤與琴書共遠。』蓋當時習調，不足爲異，但視其工警否耳。」我還可以補充一例，《文心雕龍‧麗辭》：「麗句與深采並流，偶意共逸韻俱發。」通過上述諸例，可破老儒「何必『與』，『共』」之謬說。這主要是他不懂駢文的句格，雖說對偶，但要避免板重，故偶中有奇。形式既有變化，章節亦遂紆宛。此理不但體現在駢文句格，即古文亦然。歐陽修《晝錦堂記》「仕宦而至將相，富貴而歸故鄉」兩句，如照原稿省去「而」字，就喪失了歐公紆徐爲妍的風格了。

（3）確定主題，力求搜齊資料

在精讀和博覽的過程中，自然會萌生心得、體會，這就可以明確科研主題，圍繞這主題來搜集材料。凡有關作者、作品和古今中外的評論，必須力

求把這些資料搜羅齊備，以免撞車。例如德國哲學家康德，他曾寫《論對活力的正確評價》，企圖解決測量動能的爭論，卻不知道，六年前，達蘭貝已經解決了這個問題。（〔蘇〕阿爾森‧古留加《康德傳》P16）

但是，也有暗合前人的，這就是劉勰在《文心雕龍‧序志》所說：「及其品列成文，有同乎舊談者，非雷同也，勢自不可異也；有異乎前論者，非苟異也，理自不可同也。」這是暗合，並非剽竊。我曾寫《論選舉》一文，引《三國志‧魏志‧董昭傳》：昭於明帝太和六年上疏陳末流之弊。我據此說明曹操求材三令並未變易東漢之俗。但對這一論證還不十分自信。後來偶然翻閱呂思勉的《燕石札記》（收入「民國叢書」第三編）P133：「董昭太和之疏，乃東京末世之俗，不徒非魏武所造，並非文帝所為也。」為之大喜。因為和這位史學家的暗合，使我產生「莫逆於心，相視而笑」之感。

顧炎武對暗合前人的態度更值得注意。他在《日知錄》目錄前說：「愚自少讀書，有所得輒記之。……或古人先我而有者，則遂削之。」這是由於此書為子部雜考之屬，著書目的在於「明道救世」，自然不可剽襲陳言，每一條都必須是自己的創見。

（4）觀點要由資料中提煉出來

沒有觀點，只是羅列一大堆資料，那不算學術著作。學術界出現過一種歪風，叫做「著書而不立說。」前引的《讀書》（2002 年第 2 期）上《關於學術定量化的討論》一文，黃平舉過一個例子：有一個朋友在國外學習，為確定選題，和導師反覆商量。導師總不斷要求他讀書，而不替他定題目，要培養他自己發現問題的能力。以後用了三年多時間才定下選題。這朋友終於成材。

黃平還談到當年馮友蘭、金岳霖兩先生經常告誡：年輕人讀書期間要多讀、多聽、多想，少寫、少發表（甚至不發表）。我以為這非常正確。只有這樣，才能有自己的新見解。「磨刀不誤砍柴功，」否則「欲速則不達」，反而吃了大虧了。

（5）著作必古所未有，後不可無

顧炎武《日知錄》卷十九《著書之難》：「其必古人之所未及就、後世之所不可無而後為之，庶乎其傳也與！」我這小標題就取他這意思。

這句話看起來簡單，做起來卻非常艱難。首先，你怎麼知道「古所未有」？那非博覽群書不可。不知道其它高校如何，我所在的江西師大卻有一個奇怪的現象，即校圖書館的樣本書庫中的讀者，只有一部分文科的研究生，中青年教師不大來。樣庫不但經常進新書，而且「四庫全書」、「四庫全書存目叢書」、「續修四庫全書」全部排列架上，任你研讀。奇怪的是，在編教師每學期都有科研任務，每學期也有科研成果（或論文，或專著）。我真不解，他們是怎樣搞科研的呢？靠借，能借幾本（時間現限一個月，可以續借）？靠買，又能買多少？哪個做學問的人不是長年累月坐圖書館的？我寫這事，決無菲薄同事之意。估計這種情況也非我校獨有。我只是希望高校教師不要成為教書匠，而要成為前進不已的學人。

「後不可無」，為什麼？似乎是很少人考慮這個問題，顧炎武倒是舉例說明了這個問題，他說：司馬光的《資治通鑒》，馬端臨的《文獻通考》就是「後世不可無之書。」

我以十五年的歲月撰寫《清詩流派史》，目的有兩個：一是探索清代士大夫民主意識的覺醒歷程，二是填補清詩史的空白，也就是「前所未有，後不可無。」第一個前面已經談過，這裏只談第二個。

清詩作為一個歷史上的文學現象，是應該加以總結的，但是汪闢疆、錢仲聯、錢鍾書這些前輩學人，他們雖然完全有條件做好這一總結性工作，卻由於各種原因「未及就」。我常常為此扼腕歎息：以他們的學問、識力，清人詩文集及其它有關資料又掌握得很豐富，如果由他們編寫一部高質量的清詩史，那對中國以至世界的文化寶庫該是多麼巨大的貢獻啊！現在這個缺憾由我們這一輩人來彌補，真是差距太大了！我一直感到做這件事，是「克於先大夫無能為役。」（《左傳》成公二年，晉軍帥郤克語。翻成白話是：我郤克比起城濮之戰時的先軫、狐偃、欒枝等先大夫來，簡直連做他們的僕役都不夠格）這裏提出一件事，就可以看出我力求縮短差距的思想。《清詩流派史》是 1995 年在臺北文津出版的，鑒於大陸不少學人希望看這本書，我決定在大陸出簡體字版。原書限於資料（我找不到沈增植的詩文集，鄭孝胥的也不全），同光體部分沒有寫這兩人。現在將重版，我就邀請蘇州大學涂小馬博士來補寫。涂博士和我素未謀面，但他讀過我的書，在他的論文中曾加評論，所以一經邀約，欣然同意。我為什麼請他呢？就因為他是錢仲聯先生的高足，我和他合作，正是企望分享教澤，從而沾溉後學。

（6）要學會寫古文、駢文、舊詩和詞

在我印象裏，長我一兩輩的學者，不但博極群書，而且都能寫作古文、駢文、舊詩和詞。就我所曾披覽的，如劉師培、吳梅、黃節、王國維、黃侃、汪東、汪闢疆、胡小石、陳寅恪、吳宓、游國恩、蕭滌非、朱自清、聞一多、王統照、程千帆、沈祖棻、繆鉞、王仲犖、錢仲聯、錢鍾書、龐石帚、屈守元、白敦仁、徐震堮。隨便翻翻他們的詩文，尤其是詩，哪一篇不是清韻出塵，置之古人集中而無愧？大概比我小一二十歲的人，就只會「研究」，不會「創作」了。錢仲聯、程千帆在改革開放後，都曾在談治學的文章中說過：研究古典文學的，不會創作，其分析評論古人作品和理論，往往隔靴搔癢，不能鞭闢入裏，所作只是一些模糊影響之談。前些時候，偶然看到日本漢學家清水茂的《清詩研究在日本》一文（收在《漢學研究的回顧與前瞻——文學語言卷》，中華書局 1995 年版），P281：「吉川老師說：『王漁洋詩，有古典性而新鮮。』古典性，比較容易曉得。不過『新鮮』性，時代愈下愈微妙。這個微妙，非自己作詩不瞭解。」他又說：「江戶時代末年到明治、大正時代，日本漢詩人很喜歡讀清詩，因為他們自己作詩，所以把它做模範。」「而現在日本作漢詩的人越來越少，」所以，「日本的漢詩研究者對於清詩的微妙、細膩的新鮮性，好像不大瞭解。」我以為這話是非常精彩、十分深刻的，很值得研究古典文學者認真思考，改變現狀。

為什麼長我一兩輩的學人都會作古文舊詩，而比我小一二十歲的就不會呢？原因是前者都從小讀古書，受過作古文舊詩的嚴格訓練。這段讀寫時間一般在十年以上。到我這一輩，這樣受國學訓練的就少了。我的小學、中學同學中，絕大部分都沒有讀過古書，更不用說練習寫作文言文。

所以，敏澤為《清詩流派史》作序，特別提到我「舊詩寫作有較高造詣」。我以為，幾十年的舊詩寫作對我分析評斷清詩各派的特色，是有不可估量的作用的。

（7）不受名利誘惑

清代乾隆年間，出現了一位傑出的學者汪中，他是揚州學派的代表人物之一。但正如黃侃在《弔汪容甫文》中所說：其「奇才博學」，「罕見其儔」。而一生「遭遇屯邅」，「獨罹阨困」，使後人為之「憤懣難平」。

我是 1989 年 3 月 1 日六十七歲時退休的。眼看高校教師對高級職稱的追求，愈來愈急促，形形色色的現象，很多超出常人想像之外，便越來越想起

《舊唐書・楊綰傳》所條奏的貢舉之弊：「祖習既深，奔競爲務。矜能者曾無愧色，勇進者但欲凌人，以毀譽爲常談，以向背爲己任。投刺干謁，驅馳於要津；露才揚己，喧騰於當代。古之賢良方正，豈有如此者乎？朝之公卿，以此待士；家之長老，以此垂訓。欲其返淳樸，懷禮讓，守忠信，識廉隅，何可得也？」這一段話使我感歎，看來今天這種種不正之風，也是我國一種文化傳統的承傳啊！最有意思的是有些教授，研究的是陶淵明和《儒林外史》，而本人思想意趣恰恰相反，這不是《聊齋》所嘲諷的打馬奔赴京城應不求聞達科嗎？眞不知這些人講課時怎樣批判利祿薰心的齷齪行爲。

正是有感而發，我寫了一篇《哀汪生文》：

嗟夫容甫，騁辭飛辯，掉磬當時。同爰旌目之無依，至託於狐父之盜。而於禰生，尤慕其得死友於章陵，獲賞音於黃祖。乃曰：「苟吾生得一遇，報以死而何辭！」其言可悲，然所見何不達也。

夫甄裘之主，威福自專，喜怒從心。持功名爲釣弋，以籠絡天下之士。然趨而附之者，亦雞鳴狗盜之雄耳，人材云乎哉！容甫不是之鄙，反自恨不遇，志亦小矣。

容甫幼懼窮罰，長亦無歡，以是恒不自得。然生際太平，衡門可闊，交流宿學，講習多欣，又何慊焉？使其生於今日，則文革十年，識字多憂，讀書爲罪，十丐同列，泥塗自污，又將何以自處耶？四凶既殛，當宁（zhù）右文，於是鴻都塡咽，舉國奔波。北門學士，獻賦自雄；南郭先生，濫竽不恥。士但求名，才非徵實。士之自污，於今爲烈。甌北詩云：「一骨才投犬共爭。」職稱之評，殆類於是，有心人孰能恝然置之？鳴呼！其名能副實者有幾人與！他科姑無論，古典文學教授云云，未辨群經，何言二酉。末學膚受，實繁有徒。爲躋高第，爭獻浮文。草木蟲魚，競編事類。多文爲富，亥豕堪虞。徒以資循馬齒，寧知陋比兔園。其未得之也，患得患失，形於顏色。偵知評委之名後，遠則投柬，近且摳衣，以乞憐於暮夜。此前史之所羞，而今人恬不爲怪。其奔競名場也，僚友間視若仇讎。相奪之烈，互訐之屬，雖在旁視，猶爲股栗。形奇狀怪，蓋禹鼎未由摹。鳴呼！正高副高，無非繮鎖，謝客所謂溟漲，故應掉以虛舟。而乃誇毗盈庭，迷不知返。滔滔者天下皆是，以此自溺。容甫面此，又將如何？

夫趨附功名之俗儒固無論已，而容甫自審亦迥非其倫。然博極
群書而不聞道，繫心於遇合，以不遇爲恨，則容甫之於俗儒，亦五
十步與百步比耳！蓋求合於人，必先求知於人。而知人則哲，帝猶
難之，矧求之於尸玩者乎？故人不知而不慍，乃可以爲君子。容甫
其猶有蓬之心也夫！以其不遇，終損天年，吾不暇責彼尸玩者，而
惟容甫之是哀也，作《哀汪生文》。

這篇文章是 1993 年 4 月 2 日寫的，距今（2002）整整九年了。奔競之風，愈
演愈烈。最近《南風窗》雜誌（2002 年 4 月 1 日出版，總第 211 期）趙德志
的《學術也能「買斷」》一文，更使我驚心動魄。現摘抄如下：「某些科研和
教學單位向學術刊物購買版面，爲某單位或某人製造虛假學術成果。某些人
憑此成了教授、學科帶頭人，升了官，而雜誌則得到了錢，但科學眞實和學
術尊嚴則完全地被踐踏了。」「某科研處長與某刊物簽訂合作協議，付該刊十
萬元，成了他們的合辦單位，同時該項刊每年給我院 70 個版面（合 1430 元
一個版面！），供我院學術帶頭人發表文章，院級領導的文章優先發表，無須
審稿。」

過去報刊上說：司法的腐敗是根本的腐敗。現在又聽到人們說：學術的
腐敗是最後的腐敗。那最後的腐敗的最後又是什麼呢？玩弄辯證法的一定會
受到辯證法的懲罰！

2002 年 4 月 19 日的《科技日報》載：中國社科院研究員、博導胡孚琛教
授說：當前學術界存在著「逆向淘汰」現象，即將優秀的拔尖人才淘汰掉，
一些有獨立見解的精英人才被扼殺，反而使那些善於阿諛逢迎的庸人成爲「適
者」生存下去。現在評委對學術成果的評價，不僅同這些學術成果的本身價
值不一致，而且與社會同行公認的評價也不一致。因爲在許多情況下，大多
數評委並非同行的權威，而是由行政安排的外行或是鄰近專業的來評定的。
這樣，那些一人擅長的絕學或是個人的發明創造，反而被不精此學的專家壓
制住，得不到社會承認。

這就是賈誼在弔屈原賦中所說的「幹棄周鼎兮寶康瓠。」學術「買斷」，
「逆向淘汰」，其結果是學術垃圾充斥。這其實是以學術徇利祿的必然後果。
然而眞正的學術生命也就快被斷送了。

我前引唐代楊綰條奏貢舉之弊，實則以學術徇利祿是西漢開其端的。《漢
書·儒林傳·贊》：「自武帝立『五經』博士，開弟子員，設科射策，勸以官

祿，訖於元始，百有餘年，傳業者漸盛，支葉蕃滋，一經說至百餘萬言，大師眾至千餘人，蓋祿利之路然也。」

王充《論衡‧正說篇》云：「儒者說『五經』，多失其實。前儒不見本末，空生虛說；後儒信前師之言，隨舊述故，滑習辭語。苟名一師之學，趨為師教授，及時早仕。汲汲競進，不暇留精用心，考覈根核。故虛說傳而不絕，實事沒而不見，『五經』並失其實。」

在「及時早仕」這一動力的驅使下，這些「儒者」一味「汲汲競進」，那有心思研究，自然文化泡沫泛濫，終致「『五經』並失其實」。如果沒有不徇利祿的鄭玄諸人存在，盡讓那些「前儒」、「後儒」胡弄下去，儒家學術非滅亡不可。後漢的桓榮，是研究《尚書》的專家，曾經皇帝欽定為「大師」。他把自己所得「特殊津貼」向廣大門徒炫耀：「今日所蒙，稽古之力也，可不勉哉！」但他的《尚書》經學著作在哪裏呢？他在學術史上留下什麼業績呢？

南宋學者劉炎曾說：「文壞於場屋之習，行蠹於科目之路。」（《邇言》，收在「四庫全書」）場屋、科目，都是指科舉考試，亦即利祿之路。而徇利祿之路，只會敗壞知識分子的品格，妨礙學術領域的建設。

必須堅決拒絕一切非份的名利的誘惑，像薩特拒絕接受諾貝爾獎，像陳寅恪堅持「獨立之人格，自由之思想」，否則決做不到范文瀾說的「板凳甘坐十年冷，文章不使一句空」。而我前面列舉的六點，都是不可能做到的。

只有「澹泊以明志」，才能「寧靜以致遠」。浮躁，急功近利，必然會孳生剽竊、勦襲的惡果。

七、不能再輕視基礎培養了！
——談當代人文社會科學學術研究的一個關鍵問題

　　譚其驤先生是中國歷史地理學的權威。據說文革前（1961～1962）中華書局上海編輯所曾邀請他作學術講演，他對當時輕視基礎培養的學術風氣，「表示憤憤不然」。「他說現在的大學生看不懂古書，讀文言文斷不了句，這怎麼可以！因此他主張出版社出古書，多出沒有標點的影印本，即使排印也不要加標點，讓學生自己去斷句去標點，使他們得到鍛鍊的機會。」（錢伯城《問思集》第 292 頁）

　　譚先生這種「鍛鍊」方法，是治標而非治本，即使出版社眞照他說的去做，也達不到「基礎培養」的目的。只要看一看近年來整理古籍的現狀，就可證明。僅以我所見《明詩話全編》和《袁枚文集》的標點，就可以看出譚先生的方法是不能奏效的。因爲這些標點者，絕大多數正是選取沒有標點的古書加以標點的，結果錯誤百出。而少數照抄別人標點的（如《明詩話全編》選葉盛《水東日記》一節，此書有中華書局標點本），也以訛傳訛，跟著錯（中華標點「蘇文生，吃菜羹」爲「蘇文生吃菜羹」，不知此語出自陸游《老學庵筆記》卷八：「蘇文熟，吃羊肉；蘇文生，吃菜羹」。蘇，蘇軾）。這些標點古書的人，由於沒有紮實的國學基礎，所以再怎麼多次去標點古書，也仍然不可能提高。

　　但是，譚先生的「憤憤不然」，卻可以看出有識之士早已對這種狀況抱有深憂。奇怪的是，從 1962 年到現在（2003），四十年過去了，仍然沒有看見學術

界討論和解決這一關鍵問題。我常奇怪，從電視上，可以看到體育界培養運動員、京劇界培養演員、琴師，都是從基本功抓起，苦學苦練，所謂「臺上一分鐘，臺下十年功」，怎麼人文社會科學界卻對這種長期輕視基礎培養漠然置之？

自 1979 年以來，一直到現在，我寫過幾十篇這方面的文字，希望引起學術界的注意，似乎應者寥寥。大概是教育體制關係，無可如何。

現在，我想再一次通過一個實例，來說明這個問題的嚴重性，然後提出我的解決方案，供大家參考、研究。

實例是某君近 50 萬字的專著《近代的初曙——18 世紀中國觀念變遷與社會發展》。

由於作者對國學的經典著作不熟悉，以致引用古籍時，標點符號錯了很多，而引用後偶一發揮，便成為郢書燕說。加上古書接觸很少，更不明古文章法，所以斷句多誤。

現分為三項，舉例說明。

（甲）經典不明致誤的

P26「有顧氏之書，然後三代之文可讀，《雅》、《頌》之音各得其所語聲形者，自漢晉以來未之有也。」

按：應為「《雅》、《頌》之音，各得其所。」此用《論語・子罕》：「《雅》、《頌》各得其所。」

P46「蓋自列史、藝文、經籍志及七略七錄、崇文總目諸書以來，」

按：列史指二十四史（從《史記》至《明史》），「藝文、經籍志」應標成《藝文》《經籍志》，是屬於二十四史的，不能與「列史」並列。「七略七錄」應標點為《七略》、《七錄》，「崇文總目」應標為《崇文總目》。

P108「孔子曰：『為此詩者，其知道乎！』『故有物必有則，民之秉彝也，故好是懿德。』」

按：此見《孟子・告子上》第六章，全是孔子的話，不能分為兩部分。

P112「孟子闢楊、墨，曰『率禽獸食人，人將相食』，語告子曰『率天下之人而禍仁義』，兩稱『聖人復起不易』，吾言皆承。『生於其心，害於事，害於政』。」

按：應作「……兩稱『聖人復起，不易吾言』，皆承『生於其心，害於事，害於政』」。此見《孟子・滕文公上》第九章。有關原文如下：「楊、墨之道不息，孔子之道不著，是邪說誣民，充塞仁義也。仁義充塞，則率獸食人，人

將相食。……作於其心，害於其事；作於其事，害於其政。聖人復起，不易吾言矣。」另外《孟子・公孫丑上》第二章有云：「生於其心，害於其政；發於其政，害於其事。聖人復起，必從吾言矣。」作者未讀《孟子》，故點錯。

P146「然後主亡國之君，矯揉造作，何足爲典？要今人每入花叢，……」

按：《易・繫辭下》：「不可爲典要。」典要：準則。作者未讀《易》，故點錯。

P155「取性情者，發乎情，止乎禮，義而澤之以風騷，漢魏唐宋大家俾情文相生，」

按：應爲「取性情者，發乎情，此乎禮義，而澤之以《風》、《騷》、漢、魏、唐、宋大家，俾情文相生。」作者未看《詩・周南・關雎》毛傳：「故變風發乎情，止乎禮義。」故點錯。下文點錯，則因文義不明。

P164「傳曰：好仁不好學，其蔽也。愚若二女者可謂愚矣。」

按：「傳」指《論語》，應標爲《傳》。《論語・陽貨》：「好仁不好學，其蔽也愚。」作者既未讀《論語》，又昧於古文句法，以致亂點。

P167「針對孔子『父在觀其行，父沒觀其志，三年無改於父之道可謂孝矣。』的著名論斷，」

按：《論語・學而》第十一章：「父在觀其志，父沒觀其行，」不知作者何所據而如此顛倒？

P301「……驗於感通之際曰惻隱，羞惡辭讓是非不可褻，曰尊；」

按：應點爲「驗於感通之際曰惻隱、羞惡、辭讓、是非，不可褻曰尊，」作者所以點錯，是因爲不知《孟子・公孫丑上》第六章有「惻隱之心」、「羞惡之心」、「辭讓之心」、「是非之心」。

P381「以慎重乎譏（稽）察非常之意」。括號內「稽」字爲作者所加，蓋疑原作者沈德潛用「譏」字有誤。

按：《孟子・公孫丑上》：「關譏而不徵，」「譏」即稽查、察問，沈氏並非誤寫。

P369「置四海之窮困不言，」

按：顧炎武原文爲「困窮」，因「四海困窮」出自《論語・堯曰》第一章：「四海困窮，天祿永終。」作者不知出處，習見現代漢語「窮困」，以致顛倒。

P454 作者謂孟子與齊宣王對話中，提出了君失職當去位的思想，而引證的是：「（孟子）曰：『四境之內不治，則如之何？』王顧左右而言他。」這裏

何曾說到君失職當去位？其實應引用《孟子・萬章下》第九章：「（齊宣）王曰：『請問貴戚之卿。』（孟子）曰：『君有大過則諫，反覆之而不聽，則易位。』」漢・趙岐注：「君不聽，則欲易君之位，更立親戚之賢者。」

P478「天下之大，萬民之眾，欲使無一不得其所在，任相而已矣。」

按：後二句應作「欲使無一不得其所，在任相而已矣。」此自偽古文尚書《說命》「一夫不獲」化出，伊尹正是相湯的。

同頁，「三者備而後可以格君之非，心可以知人，可以任人。」

按：應為「……格君之非心，」此出《孟子・離婁上》「惟大人為能格君心之非。」「非心」即《大戴禮記・保傅第四十八》所謂「非僻之心」（「是以非僻之心無自入也」）。故偽古文《尚書・冏命》云：「格其非心，俾克紹前烈。」

P521「荊公不揣其本弊，然以賒貸取贏，」

按：袁枚原文為「荊公不揣其本，弊弊然以賒貸取贏」，「弊弊然」見《莊子・逍遙遊》：「孰弊弊焉以天下為事！」弊弊，辛苦疲憊貌。作者既不知出處，抄後又漏字，如此亂點，可歎！

P562「《仲虺》之誥廢，」

按：本為《仲虺之誥》，可見作者未讀《尚書》。

P563「鬼知戀公，上亦百福之主」，

按：應作「鬼知戀公上，亦百幅之主也。」此出《南史》卷五十八《裴之橫傳》：「之橫字如嶽，少好賓遊，重氣俠，不事產業。（其兄）之高以其縱誕，乃為狹被蔬食以激厲之。之橫歎曰：『大丈夫富貴，必作百幅被。』遂與僮屬數百人於芍陂大營田墅，遂致殷積。……還除吳興太守，乃作百幅被以成其志。」龔自珍《農宗》一文，是按宗法制，分大宗、小宗、群宗、閒民四等，前三等各以差授田，閒民則為佃。佃同姓不足，取諸異姓。陳奐（碩甫）批龔此文，有云：回部、蒙古世酋無析產之俗，令群支仰賴以活。而「仰賴以活」，正如《農宗》所說：「佃非仰食吾宗也，以為天下出谷。」裴之橫的故事，正是《農宗》的一個例證。作者不明「百幅」出處，抄成「百福」，又未讀懂《農宗》，遂致點錯。

（乙）不明古義致誤的

P154（袁枚等人）僅僅局限於對男性情慾的滿足，而對女性的「無曠」、「無怨」不予重視。

按：《孟子・梁惠王下》：「當是時也，內無怨女，外無曠夫。」達到婚齡而無偶之女子叫「怨女」，同樣的男子叫「曠夫」，因此女性不能稱「無曠」。

P165～P167 汪中《與劍潭書》有云：「凡州縣察其寡婦之無依者（必良家謹願者），……」作者不識「願」字，以爲是簡化的「願」字，於是把「謹願」理解爲「自願」。你看他發揮說：「這裏有三點值得特別注意：一是入苦貞堂者，需寡婦本人自願，即『必良家謹願者』，這意味著苦貞堂不具有社會強迫性質，也就是說汪中不贊成強制寡婦守節。」後面還說：「有意思的是，汪中這裏沒有說明進入苦貞堂的寡婦，是否具有退出的自由。」

這完全歪曲了汪中的原意，也是無端拔高了汪中的思想。其實「謹願」一詞見劉向《說苑・雜言》：「謹願敦厚可事主。」「願」則《書・皋陶謨》：「願而恭」。疏：「願者，謹良善之名。」《左傳》襄三十一年：「願，吾愛之，不吾叛也。」杜注：「願，謹善也。」汪中那信是說，能進苦貞堂的寡婦，必須是好人家出身而本人又謹慎善良的。作者不識繁體字的「願」，隨意發揮，成爲郢書燕說。

P222「故《中庸》『首揭以示人自道也者，不可須臾離也』。」

按：作者如此引文，如此斷句，讀者必定不知所云。試看陳廷敬《午亭文編》卷二十四《雜著・困學緒言若干則》，第 128 條：「『天命之謂性，率性之謂道，修道之謂教。』……此三句，子思一生大本領，聖學大源頭，故首揭以示人。自『道也者，不可須臾離也』，至『君子慎其獨也』，是指點人下手做工夫處。」原文如此，怎能像作者這樣引書，有前無後，殘缺不全？

更令人不解的是，作者緊接上述殘缺引文後，說：「在心性論上，陳廷敬首推率性，表明他在治學上更加注重先儒經典的本意，而不是簡單追隨後人的學術闡發，這一嚴謹態度，即使不是體現，至少也預示著清代學術變遷的新方向。」

事實並非如此。陳廷敬在上文「是指點人下手做工夫處」一句後，緊接著說：「既有此段工夫，所以養成『喜怒哀樂未發』之『中』，『發而中節』之『和』。『和也者，天下之大道，』便是『率性之謂道』。『致中和，天地位焉，萬物育焉』，便是『修道之謂教。』」

陳廷敬全文「性」、「道」、「教」三者並重，何以作者說他「首重率性」？

陳廷敬對《中庸》這段話的說明，和《禮記注疏》的《中庸》篇（漢・鄭玄注，唐・孔穎達疏）以及南宋朱熹的《中庸章句集注》大體相同，不知

作者從何處看出陳廷敬在治學上是「更加注重先儒（世南按：指子思）經典的本意，而不是簡單追隨後人（世南按：指鄭玄、孔穎達、朱熹等及其它一切解說《中庸》的學者）的學術闡發？即以《困學緒言》而論，第八條：「善乎二程子之遺書也，吾誦之得吾心焉，由是以求孔子之道不遠矣。」另外，第七十七條、八十四條、八十九條、一百二十三條、一百三十條，都是引程、朱之言，其它提到處屈指難窮，陳廷敬何嘗不追隨後人的學術闡發？

我很懷疑，作者既未全看也未看懂陳氏的原文，無憑無據，獨創新說，根本不能讓引文來證成自己的說法，所謂「預示著清代學術變遷的新方向，」這一結論，簡直不知從何得出？

P274「袁枚針對當時士林隊伍追求考據時尚，爲學不求甚解的不良風氣說：……」

按：「爲學不求甚解」一語，出自陶淵明《五柳先生傳》的「好讀書，不求甚解。」所謂「甚解」，正是考據學、訓詁學的煩瑣特色，如秦近君之解《尙書·堯典》「粤若」二字三萬言（桓譚《新論·正經》）。作者完全說反了！另外，袁枚厭惡考據訓詁之學的「求甚解」，才強調文學藝術（如詩、文、繪畫、書法等）的創作與研究。這種深入鑽研技藝，並非學術上的「甚解」，作者也誤會了。

P375 作者認爲，王鳴盛、錢大昕、趙翼等精研諸史，「絕非單純爲當權者作應聲蟲，爲統治者出謀劃策，而是出於對國家民族、對億兆蒼生的深切關愛，他們力圖通過自己的學術探索，發現一條建立治平社會的理想道路。」

按：對王鳴盛的《十七史商榷》，錢大昕的《廿二史考異》，趙翼的《廿二史札記》，就我所見，諸家評論，大抵如下：

梁啓超：「錢、王皆爲狹義的考證，趙則敎吾儕以搜求抽象的史料之法。」（《中國歷史研究法》）第二章）又說：「（三書）皆考證史迹，訂訛正謬，惟趙能觀盛衰治亂之原。」（《清代學術槪論》第14）

白壽彝總主編《中國通史》⑱P824 大意同梁說（1996 年 12 月第一版）。

倉修良、魏得良《中國古代史學史簡編》P597 評王書，引其自序：「改訛文，補脫文，去衍文，又舉其中典制事蹟，詮解蒙滯，審核舛駁。」並指出：其史事評論，全從維護封建統治立場出發。P601 評錢書著重於文字校勘、典制考釋、名物訓詁。P605 評趙書的史評，或多爲前人已論述者，或散佈「天命」史觀與「因果報應」。《和議》條誣衊胡銓、韓世忠、岳飛抗金是「爭取大名」，而秦檜是「欲了國家事」者，「和議」是「圖全之善策」。

柴德賡《史學叢考》P255《王西莊與錢竹汀》，說二人「以考經的方法來考史」。又指出：正當杭世駿言清廷用人歧視漢人偏袒滿人而幾乎被乾隆帝所殺時，錢大昕研究元史，論述其中央官制（《答袁簡齋第三書》），以爲當然，完全爲清帝用人政策辯解。又指出王、錢都罵王安石。又說王的史學爲清廷服務，例如《蛾術編》「劉整不當在《宋史》」條。又指出《養新錄》八《宋季恥論和》條，謂「從前之主和，以時勢論之，未爲失算。」從而指出：錢氏這類史家，只要能維護封建的三綱五常不變，即使異族統治也不在乎。又說，王鳴盛認爲「求古即所以求是，捨古無是。」

朱傑勤《中國古代史學史》引清人沈垚《落帆樓文遺稿·答許海樵書》：「錢氏有史學而無史才，故以之釋史則得，以之著史則瑣屑破碎，不合史法。」又引王氏《商榷》自序：「初未嘗自出新意，卓然自著一書也。」

其它如李宗侗《中國史學史》P165～166；宋衍申主編《中國史學史綱要》P270～279；呂濤、潘國基、奚椿年《史籍淺說》P178～187；杜維運《清代史學與史家》；白壽彝主編《中國史學史教本》P318論錢氏部分；彭明、程嘯主編《近代中國的思想歷程》第一章。上述諸書，對王鳴盛、錢大昕、趙翼的成就，其評價也和作者完全不同。

當然，學術貴在創新，作者如能舉出實例，而又言之成理，自然能獲得學術界的認同。可惜的是，我細讀了全書，也無法得出作者的結論。所謂「治平社會的理想道路」究竟是什麼？照歷史邏輯推論，應該是資產階級民主制度。然而王、錢、趙的史學著作中，什麼地方說了有關的話？作者能指出來嗎？否則單是推出結論，而無任何根據，那是無法令人信服的。

（丙）不明文意而誤的

P25（顧炎武）「孤僻負氣，譏呵古今，人必刺切，徑情傷物」。

按：應爲「孤僻負氣，譏呵古今人必刺切，徑情傷物」。刺，指責。切，嚴厲。此言顧氏批評古人或同時人，總是嚴厲地指責。

P164「劉台拱曰：歸太僕曰：『女子未有以身許人之道也。』女未嫁而爲其夫死，且不改適，是六禮不備，壻不親迎，比之於奔，其言婉而篤矣。」

按：歸太僕即歸有光，《震川集》卷三《貞女論》說：「……夫女子未有以身許人之道也。……女未嫁而爲其夫死，且不改適，是六禮不具，壻不親迎，無父母之命而奔者也。」作者既不查對歸氏原文，又不明「比之於奔，其言婉而篤矣」才是劉台拱引述並判斷的話，遽爾亂點。

P165「凡其兄弟親戚之男子來省者，待於其所，以其名族，召之則出見之，……婦有姑，若子女三人者，……」

按：應爲「以其名族召之，則出見之，」言某寡婦入苦貞堂後，其娘家兄弟或親戚中的男子來看望她的，先待在傳達室，由傳達根據他（他們）報出的此寡婦之名，以及屬於哪一族哪一房，找到她；再告訴她什麼人來看望她，然後她才出來接見。

下句應作「婦有姑若子女三人者」。若，及也。

P172「自六經四史而外，……則《三百篇》及《楚辭》等皆無不然。《河梁》、《桐樹》之於朋友，《秦嘉》、《荀粲》之於夫婦，」

按：《北江詩話》「六經四始」，高君誤爲「四史」；是《楚騷》，非《楚辭》；是「友朋」，非「朋友」。秦嘉，東漢桓帝時人，有《贈婦詩》、《留郡贈婦詩三首》、《答婦詩》。荀粲，三國魏人。《世說新語‧惑溺》「荀奉倩與婦至篤」注引《（荀）粲別傳》：婦病亡，痛不已，歲餘亦亡，年才二十九。作者竟以人名爲篇名。

P225「明末至今日，學者頗厭功令，所載爲習聞」，

按：「功令」後的逗號應刪，是「學者頗厭功令所載爲習聞」。功令是封建王朝有關科舉考試的法令，一般士子何敢厭惡？他們只是厭惡元、明以來規定的八股文一定要遵照程、朱一派對「四書五經」的注釋來寫作，反來覆去，總是一些陳詞濫調。

P234「（韋昭以迄王應麟輩），並於經學無所預降，此而元明則響絕矣」。

按：應爲「……並於經學無所預，降此而元、明則響絕矣。」

P236「國朝經學盛興，檢討首出於東林、蕺山空文講學之餘，以經學自任，」

按：「首出」後應加逗號。東林諸人（如顧憲成、高攀龍等）和劉宗周（蕺山）都是明末講理學的，而毛奇齡則是清初最早（首出）講經學的。

P249「（毛奇齡）認爲《四書》『無一不錯』，『聚九洲四海之生鐵，鑄不成此錯矣。』」

按：毛氏「無一不錯」云云，是指朱熹的《四書章句集注》，作者徑指爲《四書》，未免粗心。且「四書」非一書，不得用書名號。

P289「典章制度，漢唐諸儒有所傳述考據，固不可廢，而經術之精微，必得宋儒參考而闡發之。」

　　按：應作「……有所傳述，考據固不可廢，」清高宗是說考據固不可廢，義理亦須闡發。

　　P297「雖其說較偏信，從者少，」

　　按：是「雖其說較偏，信從者少，」謂李紱偏於陸、王，不尊程、朱。

　　P300「釋氏知性中有義知，而不知性中有仁禮，故言戒言慧，義知在言寂言空，仁禮亡。惟聖門言性不可易。以對待言曰仁義禮知，兼對待流行言於信數致意焉。」

　　按：仁、義、禮、知（智）、信，古稱「五言」，《尚書‧益稷》：「以出納五言，汝聽。」《傳》：「又以出納仁義禮智信五德之言，施於民以成化。」又稱「五常」，見《漢書‧禮樂志》劉向議、《白虎通‧情性》。戒、慧、寂、空皆佛家語。防非止惡曰戒，破惑證眞曰慧。證語達到最高境界（涅槃）曰寂，超越色相現實境界曰空。故此段引文應點爲：「釋氏知性中有義、知（智），而不知性中有仁、禮，故言戒言慧，義、知（智）在；言寂言空，仁、禮亡。惟聖門言性不可易。以對待言，曰仁、義、禮、知（智）；兼對待流行言，於信數致意焉。」

　　P358「幅（賦）無心得之語，人尚空衍之文。」

　　按：此陳宏謀論「制義」（八股文），與賦無關。幅，指八股文的篇幅。此言八股文代聖賢立言，全篇無作者本人心得之語。作者疑「幅」爲「賦」之訛，誤矣。

　　P375「是非謬則褒貶謬，褒貶謬則從違乖處，無善其身出，無資其用。」

　　按：應作「是非謬則褒貶謬，褒貶謬則從違乖，處無善其身，出無資其用。」

　　P382「其闢二氏，絀星命，譏讖緯，咸守正。則論《易》則宗輔嗣伊川，……」

　　按：應爲「……咸守正則。論《易》則宗輔嗣、伊川」，正則，正道。輔嗣，王弼；伊川，程頤。

　　P385「賓客門下士往來者於闇。人悉不關白，徑入此軒。」

　　按：應爲「賓客、門下士往來者，於闇人悉不關白，徑入此軒。」

　　P388「楊朱之書，惟貴放逸，當時亦莫之宗躋之。於墨，誠非其倫。」

　　按：應爲「……當時亦莫之宗，躋之於墨，」

　　P399「天積氣，氣打地，地似球，懸人如蟻。麗凸者山，凹者海，」

按：應爲「……地似球懸，人如蟻麗。」麗，附著。《易‧離》：「日月麗乎天，百穀草木麗乎土。」

P399「上下四旁皆生齒，居如蟻之遊。」

按：應爲「上下四旁皆生齒居，如蟻之遊。」

P435「遂致敗名，獲罪慚愧，豈有大於此者。」

按：應爲「遂致敗名獲罪，慚愧豈有大於此者？」

P465「公止騎從，於二里外徒步造門，親操几席，杖履而入，北面拜爲弟子。」

按：應爲「公止騎從於二里外，徒步造門，親操几、席、杖、履而入，北面拜爲弟子。」

P500「時時循覽。自省比去官，」

按：應作「時時循覽自省。比去官，」省，反省。比，等到。去，離開（去官，卸職）。

P512「晚號更生行一。」

按：應爲「晚號更生，行一。」行（háng），排行。行一，兄弟排行中第一個。

P513「不幸而有公過則去之，亦惟慮不速，」

按：是「不幸而有公過，則去之亦惟慮不速，」

P558「既不知學，則益不知古，聖賢之志節而冥冥以行，」

按：應爲「既不知學，則益不知古聖賢之志節，而冥冥以行。」

P559「孝悌慈惠，以自將希賢希聖不躐等以進，」

按：是「孝悌慈惠以自將，希賢希聖，不躐等以進。」

P560「大凡處事可執一而論，」

按：錢泳原文是「不可」，高君竟漏抄。

P561「莊存與強調爲學要『有所補益時務，以負麻隆之期』。」

按：龔自珍原文爲「終不能有所補益時務，以負麻隆之期。」麻，同休，美也。隆，盛也。麻隆，猶言天下太平。莊存與治學，本來期望學以致用，能輔佐皇帝治理天下，獲致太平。可是「終不能有所補益時務，」這就違背了原來治平的期望了。高君引用時，刪去「終不能」三字，文義不通了。

P562「言猶屙癢，關後世」，

按：應爲「言尤屙癢關後世」。

P572「其邃初乎降是安天下而已。」

按：應作「其邃初乎！降是，安天下而已。」

綜合上述（甲）、（乙）、（丙）三項，可知從事中國人文科學的研究，首先必須把國學（經、史、子、集）的基礎打得結結實實。而且要多讀古書，透徹理解其字、詞、句的意義和用法。我很欣賞《近代的初曙》P352 所引鄂爾泰《徵滇士入書院教》。該書指出：「十三經與三史（《史記》、《漢書》、《後漢書》）既讀，此外如《家語》、《國語》、《國策》、《離騷》、《文選》、老、莊、荀、列、管、韓，以及漢、唐、宋、元人之文集，與《三國志》、《晉書》以下諸史，參讀參看，擇其尤精粹者讀之，其餘則分日記覽。」作者在引用該文後，說：「這段文字可以說是一篇非常優秀的國學入門教程，它提供的閱讀內容、學習方法，……對今天的文史哲專業學生，甚至對國學研究人員也具有重要的參考價值。」可見作者也是深明此理的。

我不贊成小學生讀「四書五經」，因為他們長大後並不都從事文、史、哲研究。但大學文科生，尤其是從事人文社會科學研究而又涉及國學的，卻必須補上基礎培養這一課。該背誦的一定要背誦。二三十歲的人，英文可以背，為什麼古書不能背？熟能生巧，背熟了的書，不但引用起來得心應手，而且會引發你許多意外的聯想。我們今天強調打好基礎，就是因為我們研究的對象──古代學者及其著作，都是從其前的經典中哺育出來的，你不熟悉他們熟悉的聖經賢傳，怎麼能深入地正確地研究他們的著作？

我寫此文，正所謂「心所謂危，不敢不告。」現在一般中青年學人，心態非常浮燥，總巴不得早日著書立說，成名成家。其實不揣其本，而齊其末，結果必定事與願違，著書而不能立說，徒成文化泡沫與垃圾，以訛傳訛，貽誤後學。

外　編

甲、書　評

　　《在學術殿堂外》（以下簡稱《外》）是 2003 年 4 月在中國文史出版社自費出版的，印數只一千冊，市場上並未銷售，基本上是我贈閱。出我意外的是反響居然很強烈，幾個月內，就拜讀到三篇書評。爲了保存這些珍貴資料，讓它們給這時代的學術風氣作個印證，我按順序照錄如下，並附記個人一些讀後感，企圖與作者、讀者互相交流。

學術怎樣成爲公器

饒龍隼

　　學術乃天下公器，這早已是學人的共識。大凡願以學術託命的人，沒有不認同它的。但面對學術誘利之風愈演愈烈，這個共識就遭受了嚴峻挑戰。我們注意到，當今不少的學人放言託命之辭，心存名利之想，其所謂「公器」云云，實爲遁詞遊談，不可按諸實際。這就激化了學術之公與學人之私的對立。

　　其實，學術之公與學人之私的對立，自古以來就有，從未須臾消失。孔子所言「謀道」之於「謀食」（《論語・衛靈公》），孟子所申義利之辯（《孟子・梁惠王上》）……其對立之狀，在聖賢那裏早已昭然若揭。問題不在於這種對立是否存在，而在於學人如何看待它。

　　竊以爲，學術之公是歷史形成的，它是學術載體（如民族、種族、國家等）在一定時期內所確認的關於學術的公理；而學人之私是個體的行爲，它是學術實體（如個人、學派、群體等）在一定時空中所施行的關於學術之作爲。兩者之間的對立關係，可能是良性的，也可能是惡性的。當一定實體的學術作爲能夠遵循學術公理時，學術之公與學人之私的對立就是良性的，比如孔子因魯史而作《春秋》，稱知我罪我以之；當一定實體的學術作爲不能遵循學術公理時，學術之公與學人之私的對立就是惡性的，比如明代中晚期學者空談性命、傳食諸侯。由此可知，學術的公私之辯，在於對學術公理的認同與否。認同之，所爲學術便是公器；違逆之，所爲學術便成私具。

　　或公或私，古往今來，均有其人。古人若何，文獻可徵，固無庸論及；今人若何，按諸實蹟，亦不難辯識。欲求認同學術之公者，就我陋見所知，近於豫章故郡劉世南先生得之。憑什麼得之，由世南先生一生的學術踐行而得也。我生也晚，非與之同輩並行，何以知其一生？讀其近著《在學術殿堂外》而知也。《在學術殿堂外》（中國文史出版社 2003 年版）是一本小小的書。說它小，是因爲僅 10 餘萬字，非皇皇巨著也；但就其內容而言，實不可以小視之。它是世南先生一生的學術總結，從七個專題敘說自己的學術行誼，略爲「勿以學術殉利祿」、「治學重在打基礎」、「刊謬難窮時有作」、「平生風義兼師友」、「我自當仁不讓師」、「怎樣培養中國古典文學的研究人材」、「不能再輕視基礎培養了！」這七個專題涵蓋了先生的學術成長、學術研究、學術成果、學術思想、學術評議、學術交遊、人材培養諸方面，而貫穿其中的主要精神，就是強調學術爲天下公器。

　　世南先生申言這個主旨，不作浮泛的理論說教，而是平實的身體力行；因而他談自己的學術歷程，談自己的學術思想，談對己對人的學術評價，談學術弊端與學術期待，均有眞情實感，顯得深切平近。他追述自己的學術人生，講到童蒙時期的好奇多問（《在學術殿堂外》P11，以下引用該書，只標頁碼），講到少年時代的苦讀成誦（P15），講到青壯歲月的求索無悶（P3～4），講到晚景時光的優遊涵泳（P4～6）。一個人的生平，可以敘說的事情很多。人多選擇特立獨行之事，而世南先生所寫都是平實的事。諸如父親讓他三歲開始認字角，認了兩千字後才教以國文，之後再讓背誦古書，詳解文義，熟讀成誦（P11）；再如他將「十三經」中沒有背誦過的圈讀一遍，每天 4 頁，結果讀《易》花 35 天，讀《儀禮》花 74 天，讀《周禮》花 50 天，讀《禮記》

花 107 天，讀《公羊》花 47 天，讀《孝經》花 28 分鐘，讀《爾雅》花 24 天
（P15）；又如在一所大學生活了 20 多年，他不牽念種種遭遇，而惟獨流連善
本書庫，那讀書不倦的身影成為一道風景（P5）……從其所敘可知，世南先
生過著典型的書齋生活，沒有大的波瀾，更沒有些許傳奇。但正是這些平常
瑣事，真實地展現了先生的志趣、良知和責任。他立志「不事王侯，高尚其
事」（P59），他說對不起學術就對不起自己的良心（P107），他痛恨當前學術
界的「逆向淘汰」現象（P172），他一再呼籲不要以學術殉利祿（P1～9）。這
些平淡的話語，發自學術公心，頗有諷味，是世南先生學術人生的喻世真言。

　　他講述自己的學術思想，也多是淺易切實之談。他強調治學重在打基礎，
援引前人惠士奇、王鳴盛和黃侃的話，主張下氣力讀通幾部書（P15），並談
到自己的研習經驗，將「四書」、《詩》、《書》、《左傳》、《老子》、《莊子》內
篇熟讀成誦，而終身受益不盡。這就是所謂「專精」。由此延伸，他還追求「在
專精的基礎上力求廣博」，認為「博務必圍繞精這一中心，否則就泛濫無歸了」
（P15），其所謂「博」，落實到世南先生的學術認知與實踐上，又表現為「通」。
他以錢鍾書《管錐編》第三冊第 862 頁所論古今中外政客雇用特務為例，來
說明「通」所蘊蓄的學術魅力（P58）。他說自己的古典文學研究「是通史式
的，並不限於某一段」（P12），指導研究生是先秦至南北朝文學，與學者們討
論的是魏晉六朝及唐宋文學，自己研究的則是清詩。專精也好，博通也好，
在世南先生看來，總還是落實到讀書打基礎上。因而他呼籲年輕學者要培植
學術根柢，精讀打基礎的書（P160）。他說：「自兩漢以迄明、清，中國的文
人，無不從小就熟讀這些經典（按：指「十三經」、《史記》、《漢書》、《文選》、
《文心雕龍》等），你要研究他們所作詩文，怎能不瞭解他們讀過的主要書籍。」
（P160）這樣的話，表明世南先生對古典文學研究對象有深刻知解，是極為
中肯到位的。他還特別指出，即使在信息化時代，電腦普及於學術研究，也
仍然不能輕視讀書。他批評某些學者「有了電腦，就不必再像錢鍾書那樣博
聞強識」的觀點，斷言「電腦決不能代替博聞強識。倒是博聞強識基礎上利
用電腦，那才如虎添翼，事半功倍」（P55、P162～164）。尋味世南先生的話，
他並非否認電腦技術給學術研究帶來的便利，而是要矯正時人的輕躁之想，
告誡學人：不可因便捷的研究手段而忽視讀書打基礎的重要性。作為現代學
人，我們都真切地感受到，信息技術對傳統學術的革新是巨大的，數字資源
共享、信息資料檢索、網上學術交流，等等，無不創設了學術研究的新空間。

但我們注意到，信息技術對學術研究的負面影響也是明顯的。它給學術成果帶來高產，卻同時製造了文化垃圾，阻礙了學術事業的健康發展；它讓學術考述或更精密，卻可能只是數據的堆砌，而缺乏經世精神和人文關懷；它使文獻資料充分利用，卻反致民族文化虛無，無助於拓人胸襟和廣人見識。由此可知，信息技術對於學術研究是有利又有害的。趨利避害，乃人之通性；而避害之法，正可用多讀書打基礎來救之。蓋多讀書，乃能戒除輕佻浮躁；而打基礎，則可培植文化情結。此乃學術公理，古今一貫，不可放失。由此可知，作爲老一輩學者，世南先生那古樸蒼勁的思慮已探觸到現代，成爲當代學者思想的補養。

他評議自己與他人的學術研究，也公心具在，絕無阿私。《清詩流派史》是世南先生惟一的學術專著。他自述該書的學術創見 48 條，以爲都是「自我肺腑出，未嘗隻字纂」（P13～14）。爲什麼要這樣自我評述呢？這是因爲該書乃世南先生一生心力所萃，是「知識面廣，同時鑽得較深」的產物，其學術光彩不可掩，應該得到學術界的重視。但是該書係臺灣文津出版社出版，在大陸流佈不廣。自 1995 年出版後，直至 1999 年，才得到一位青年學者的積極評價。其評議見於一篇回顧 20 世紀清詩研究史的綜述中，且發表在一家普通的師專學報上（P1）。這就形成了學術品質優異而社會反響落寞之反差。世南先生難忍一部優秀著作被沉埋，才不顧自炫之嫌，而直言該著作的品質與創見。此等胸襟是多麼公誠坦蕩。也只有具備此等胸襟的人，才可以爲學術進諍言。若說從《清詩流派史》的自我評述中，還不足以看出世南先生的公心，那還有一個反例可資證明。他追述 1948 年，曾以一些文字學札記函呈楊樹達先生，後者告以尚未入門（P41～42）。假如世南先生自評《清詩流派史》出於私心，是偏私自炫；那他就不必追憶這件舊事；即使追憶了，也應偏私護短。但世南先生並未迴護自己，而仍然是坦蕩地稱說之。也正是由於胸懷坦蕩，他治學立論，與人或同或異，全以公心運之，而不問名分高低；所以他會對平生仰慕的錢鍾書先生提出不同的學術意見（P61），所以他會對學術晚輩如宋效永君的正確觀點表示贊同（P148）。也正是秉持這樣的公心，世南先生才參與商討學術權威、學術名家乃至政治領袖提出的學術問題。蓋學術問題本沒有你我之分，貴賤之別，惟公心是鑒，惟公理是依。大凡做評議，於人容易持平，於己難免偏私。而世南先生不論於己於人，均能以公心出之，這多難能可貴。晚年，世南先生寫了幾十篇糾謬的短文，指正某些學者因缺

乏學術根柢所犯的錯誤（P175～186）。他還慷慨致書教育部和新聞出版署的有關領導，為學術人材的培養建言獻策（P152～159）。世南先生這樣做，仍是出於學術公心，而非貶人自快，亦非賈直邀名。他對學術人材其實充滿了厚愛，並寄予著期待。此番心事，有詩為證：「頹齡可製亦何求？剩付骨灰逐水流。刊謬難窮時有作，賞音既獲願終酬。人心縱比山川險，老我已無進退憂。差幸窮途多剪拂，書成或不化浮漚。」（P3）

綜觀上述，世南先生以其一生學術證明，學術是應該循公理的，學者能以公心運公理，所為學術乃成公器。這就是《在學術殿堂外》給我們的啟示。在學術誘利之風熾烈的今天，這個啟示是多麼珍貴啊。

（《江西師範大學學報（哲學社會科學版）》2004 年第一期）

拙著《在學術殿堂外》的內容，如果要高度概括，實在只有三句話，九個字：去名利，打根柢，反量化。只有根除虛名浮利的思想，才會靜下心來，不憚煩地打根柢，從而博覽群書，也才會跳出量化的圈套，刻苦研究，創造出真正的學術成果來。用饒龍隼先生的話，這就是使學術成為公器。

我和饒先生是惺惺相惜的，因為我們有一個共同點，就是都懂得，要做學問，必須踏踏實實，來不得半點虛假。他的勤奮和博學，常使我見賢思齊，更加不敢懈怠。他比我小 42 歲，但是，從他身上，我看到了學術的希望。正因為他瞭解我，所以看了《外》後，他主動邀請我去杭州講學，並主動寫出這篇書評。

我對這篇書評談三點意見：

（1）關於「典型的書齋生活」：是的，我長年累月待在樣本書庫中，這有兩個原因：一是我原來的藏書，包括先父所遺和我幾十年內所購，約合銀元四、五千元，文革中全部被毀，因此，「文革」後，我再不買書了；二是《四庫全書》、《存目叢書》、《續修四庫全書》，以及不斷購進的新書，也不是我私人財力所能購置的。因此，我必須把樣庫當作自己的書房。但是，饒先生並不瞭解我的生平，我並不是一個書齋型的學者。這裏，只鈔錄 2001 年 1 月 13 日枕上口占的《讀胡光輝〈讀陳寅恪想錢鍾書〉書後，二首》。其一：「平生不識胡光輝，裁制大師論入微。走狗青藤吾豈敢，泰山北斗自巍巍。」其二：「才士紛紛利祿趨，嬴秦治術託黃虞。光明俊偉錢夫子，記誦書成恨有餘。」其二最後兩句，含意是很沉痛的，說的是錢先生，其實包含的是一代又一代

的學人的遺憾。生活在嚴酷的政治環境裏的文化人，他們的學術研究是必須遠離現實的。

（2）關於信息技術對學術研究的利弊：我只引錢先生一段話：「大學問家的學問，跟他整個的性情陶融爲一片，不僅有豐富的數量，還添上個別的性質；每一個瑣細的事實，都在他的心血裏沉浸滋養，長了神經和脈絡，是你所學不會、學不到的。時髦的學者不需要心，只需要幾隻抽屜，幾百張白卡片，分門別類，做成有引必得的『引得』，用不著頭腦去強記。但得抽屜充實，何礙心腹空虛。最初把抽屜來代替頭腦，久而久之，習而俱化，頭腦也有點木木然接近抽屜的質料了。」我希望所有的學人都好好地體會一下這段話的深意。

（3）關於《清詩流派史》的創見 48 條：這點，饒先生有點誤會。我列舉 48 條，並非自炫，而是針對時下剽竊風氣來的。《史》1995 年在臺北文津出版後，我贈此書於南開大學的羅宗強先生和盧盛江先生，就附了這 48 條的複印件給他們。這是我做學問的原則：若無創見，決不下筆爲文。所以，知友叫我爲其著作寫序，我也必先請他寫出該著作哪些是自己的見解。

〔與青年朋友談讀書〕（十）海納百川 有容乃大

王琦珍

上面九篇短文，基本上都是就本專科生的讀書方法而談的一些看法。這篇小稿子，我想和研究生談談做學問中如何讀書的問題。寫完上一篇短文時，正好劉世南先生的新著《在學術殿堂外》出版，先生惠贈了一冊給我。先生談的是他的治學經歷，並名之爲《在學術殿堂外》，看上去，似乎是無關學術宏旨；其實，書中所述，無一不是先生一生中治學的甘苦與心得。讀過之後，我得到的第一個印象就是，時下書店中之多少煌煌巨著，遠比不上這本 17 萬字的「小書」厚實。這種厚實，來源於先生極其豐厚的學養，來源於他虛懷若谷、海納百川的氣度和一絲不苟的治學精神。我建議我們的研究生，尤其是從事古代文學和古代文論研究的研究生，不妨認眞讀一讀這本書，甚至不妨置之案頭，時時翻閱，常讀常新。從中去體會什麼叫「做學問」，怎樣去「做學問」。在上一篇短文中，我曾談到過由此及彼、竭澤而漁的方法，可以幫助讀者把學問作深、作大，劉先生的書中就有一個很典型的例子。全文轉錄如下：

　　讀《小學集注》時，讀到「武王伐紂，伯夷、叔齊扣馬而諫。……義不食周粟，采薇而食之，遂餓而死。」我又問父親：「首陽山也是周朝的土地，薇也是周朝的，不食周粟，怎麼食周薇呢？」父親愕然，無以回答。後來，我進吉安市石陽小學讀高小，在圖書館看到魯迅的《故事新編》，其中有一篇《采薇》，說小丙君和他的婢女指責伯夷、叔齊：「『普天之下，莫非王土』，你們在吃的薇，難道不是我們聖上的嗎？」我吃了一驚：原來古人早就有這看法！長大已後，看《南史》的《明僧紹傳》：「齊建元元年冬，徵為正員郎，稱疾不就。其後，帝（齊高帝蕭道成）與崔祖叔書，令僧紹與（其弟）慶符俱歸。帝又曰：『不食周粟而食周薇，古猶發議，在今寧得息談耶？聊以為笑。』」才知道魯迅所寫實有根據。但「古猶發議」究何所指呢？後來讀《昭明文選》劉孝標的《辯命論》：「夷、齊斃淑媛之言。」李善注：「《古史考》曰：伯夷、叔齊者，孤竹君之二子也。隱於首陽山，采薇而食之。野有婦人謂之曰：『子義不食周粟，此亦周之草木也。』於是餓死。」這才知「古猶發議」即指此，而且魯迅就是根據《古史考》這類古小說來寫的。

劉先生舉出此例，意在說明治學應重視打基礎，即便是幼兒教育，也應注意智力開發。但若縱觀他對這一掌故的理解過程，他用的其實就是刨根究底、時時用心，然後竭澤而漁的讀書方法。

　　在這本書中，先生披露了許多鮮為人知的他和呂叔湘、錢鍾書、屈守元、龐石帚、朱東潤等著名學者相互切磋學問的信函與佚事，記述了他多年以來為糾正古典文學研究中的謬誤所作的工作，坦誠地陳述了他對如何培養古代文學研究人材的意見與建議，而這些都是以他深厚的國學功底為基礎的。這裏不妨舉一個例子來看看。美籍華人學者余英時《陳寅恪晚年詩文釋證》一書，曾引陳氏《贈吳雨僧》之四中的詩句：「弦箭文章那日休？蓬萊清淺水西流」，及陳氏作於 1930 年的《閱報戲作二絕》中的「弦箭文章苦未休，權門奔走喘吳牛」，又引汪中《經舊苑弔馬守貞文序》：「一從操翰，數更府主。俯仰異趣，哀樂由人。如黃祖之腹中，在本初之弦上。」余先生坦承不明「本初弦上」的出處，但又強作解釋，說是「袁紹的弦箭是有名的。」劉先生指出：「『本初弦上』出處在《文選》。《文選》卷四四陳孔璋（即陳琳）《為袁紹檄豫州》一文下，李善在「陳孔璋」下引《魏志》曰：『琳避難冀州，袁本初

使典文章。作此檄以告劉備，言曹公失德，不堪依附，宜歸本初也。後紹敗，琳歸曹公。曹公曰：卿初爲本初移書，但可罪狀孤而已，惡惡止其身，何乃上及父祖耶？琳謝罪曰：矢在弦上，不可不發。曹公愛其才而不責之。』」據此，劉先生進而指出：汪中之文也罷，陳寅恪的詩也罷，其真實意思都是說，他們寫的這些文章，都不是自己的真心話，只是被迫爲人作嫁罷了。這一解釋的準確，來源於對典故出處的確切瞭解；而出處的明瞭，又得力於學養的豐厚；學養的豐厚則來源於多讀書和善於讀書。這樣的例子在劉先生這本書中可謂俯拾即是，往往因某一書中的一個錯誤，他便可以從自己的記憶中，接二連三、牽四掛五地說出許多有關的材料來，沒有海納百川、廣採博收的讀書經歷，是絕對達不到這樣一種境界的。

有位在學術上頗有造詣的中年博導曾對我說：「我們這代人做學問，就怕老一代學者來挑毛病。如果他們來挑毛病，你就沒有退路了。」我想，這是深有體會的話。作爲學者，要想不「怕」，那就得要有充足的底氣。要想有充足的底氣，就得多讀書，就得下苦功夫去打下紮實的基礎。「海納百川，有容乃大」，我們應該記得前人的這一教誨。

王琦珍教授是我益友之一，他最大的特點是虛懷若谷，不恥下問，而我也極喜和他一道「疑義相與析」，因爲這樣做，我們就可以去翻書找答案，彼此都得到提高。他這篇書評專爲研究生而寫，這使我想起盧盛江博導。盧先生在南開大學任教，看了《外》後，他給我來了一信。我認爲這信值得讀者們思考，所以照錄如下：

劉先生：

您好！惠頒大著《在學術殿堂外》已拜讀，非常感謝。讀後對先生尤增欽敬之情。先生一生獻身學術，孜孜不倦，足爲後生楷模。感慨亦多。先生所言均切中時弊，很多情況讓人汗顏，也讓人擔憂。國學上肯下功夫的人是越來越少，急功近利、沽名釣譽者比比皆是。學術腐敗似已成風氣，嚴謹細緻者反被人嘲笑，淺薄浮誇者趾高氣揚。這種種感受不必細說。

我想把先生的書更多地介紹給我的研究生，讓他們好好讀。現在的研究生能沉下心來讀書的真的不多。在我職責之外的我管不了，在我職責之內的，我還是想管一管。別人的怎麼樣我不管，我自己的研究生，至少讓他過得去。但要做到這一點也很難。各種原

因，主要是爲稻梁謀，很多研究生畢業後不一定搞本專業，讀研究生只是一個跳板。人生選擇，職業選擇，我們不能干預，但讀書幾年，至少畢業論文要寫得像樣子，我想我只能做到這一步。而這一步有時也很難做到，有時眞是心力交瘁。

很多方面我自己也當引以爲戒。我自己讀的書就很少，淺薄得很。看了先生的著作，首先是我自己汗顏。我現在所能做到的，只是就自己的研究課題，一切從第一手材料出發，盡可能掌握全部資料；把握整個學術研究的狀況，提出自己的新觀點新材料。寫的書也是兩種。一種安身立命之作，這種書是盡自己全力去做。另一種，則是爲教學、爲社會，進行文化教育、文化普及性的書。這類書，不可能每個字都屬自己的，需要吸收前人的成果。一個人不可能在學術的所有問題上提出的看法都完全是自己的。畢竟前代學術有很深的積纍。但即使這類書，我也儘量寫出學術性，寫出自己特點。但時時感到讀書甚少。讀了先生的著作，今後更當以先生爲楷模，多讀書，加強國學根柢。

先生已是八十高齡，去年看望先生時，先生身體依然康強，因此感到非常欣慰。願先生多注意身體，衷心祝願先生健康長壽。

盧盛江謹上
2003 年 9 月 26 日

王、盧兩位教授對我的過分揄揚，這是莊子《人間世》所說：「夫兩喜必多溢美之言」，在施者是一片眞心，我這受者卻還略有自知之明，曉得自己究竟有幾斤幾兩。近幾年總後悔，活了七八十歲，回首平生，許多該讀的書，如二十五史、正、續《資治通鑒》、漢譯名著，都沒有從頭到尾讀一遍，而很多不必看的雜誌、小說，卻耗去了我不少時間。

兩位教授都談到科研方法，這對青年學人是有啓發性的。盧教授談到前代學術積纍問題，我記得曹聚仁在他那本文化史裏說過，吸收前人研究成果是「知」，我們在這基礎上推陳（知）出新（識），就是自己的創見（識）了。我是喜歡這幾句話的，平生也是這樣做的。

王教授談到由此及彼、竭澤而漁的方法，古人都是這樣做的，錢先生的《管錐編》也是這個類型。我早年所受影響最深的，是《漢學師承記》閻若

璩尋找「使功不如使過」的原始出處。我有幾個筆記本，按英文26個字母順序編排，記下讀書時值得記下的詞語。前人的學術筆記都是這樣的產物。顧炎武的《日知錄》、錢大昕的《十駕齋養新錄》、俞正燮的《癸巳類稿》、《癸巳存稿》是較出名的。

余英時「本初弦上」一事，不過千慮一失，無損高明。駱玉明選編的《近二十年文化熱點人物述評》，錢鍾書部分有余氏一文，談到錢先生認爲陳寅恪考證楊玉環是否「處子入宮」太瑣碎，余氏不同意，認爲陳氏的考證是爲了證實朱熹所說「唐源流出於夷狄，故閨門失禮之事不以爲異」。這可以看出余先生的識解之高。

治學重在打基礎——讀《在學術殿堂外》

張國功

「治學重在打基礎」，這句平常之語，是劉世南新著《在學術殿堂外》（中國文史出版社出版）一書所收文章之一的篇名。另外的六篇爲：《勿以學術殉利祿》、《刊謬難窮時有作》、《平生風義兼師友》、《我自當仁不讓師》、《怎樣培養中國古典文學的研究人才》、《不能再輕視基礎培養了！——談當代人文社會科學學術研究的一個關鍵問題》。書中所述，按郭丹在序言中所說，主要是三部分：一是根據劉世南自己幾十年的治學體會談如何打好基礎、培養古典文學研究人才；二是多年學術研究、古籍整理匡謬正俗的文章；三是師友交往錄，亦可見出作者的學術功力與襟懷。薄薄一冊述學之作，深蘊作者一生讀書治學的深切體會。貫穿於其中的一個主要思想，即讀書要打好基礎。這一「老生常談」在今天讀來，尤爲發人深思。

作者只讀完高一，即因家貧而輟學，但自幼在父親的指導下，讀過十二年古書。像那個時代的多數讀書人一樣，劉世南啓蒙從傳統的「小學」入手，即朱熹編、陳選注的《小學集注》。以下是「四書」、《詩經》、《書經》、《左傳》、《綱鑑總論》等，全部背誦。由此打下了紮實的基本功。而後終身對學問念茲在茲，無一日嬉戲廢書。即使長期在底層從事中學語文教學的非常歲月，依然是無視窗外風雨，手不釋卷，仿照古例，剛日讀子書，柔日讀英文，博覽群書。成爲大學教師後，連除夕下午還在圖書館看書。劉世南之古典文學研究近於通史式，而對清詩尤有專攻。「心勞十四載，書成瘁筆硯」，終成《清

詩流派史》（有臺灣文津與大陸人民文學出版社版）一書，爲學界眾所推重。

「我自當仁不讓師」，作爲視學術爲天下公器而不能已於言的純正學人，劉世南於匡謬正俗文字，可謂終身踐行，樂此不疲，如其詩所言是「刊謬難窮時有作」。七八十年代，劉世南即著文對郭沫若《李白與杜甫》一書進行批評；對毛澤東《給陳毅同志談詩的一封信》中「宋人多不懂詩是要用形象思維的」一說提出異議。這種不趨流俗而敢於質疑的做法，在學界引發強烈反響。至於文字指瑕，從書中所舉例看，涉及的對象中，知名學者及著述，即有朱星《金瓶梅的作者究竟是誰》、吳世昌《詞林新話》、周振甫《嚴復詩文選》、王水照《蘇軾詩集》、鄧廣銘《鄧廣銘治史叢稿》、葛兆光《從宋詩到白話詩》、廖仲安《沈德潛詩述評》、黃維樑《中國詩學縱橫談》、余英時《陳寅恪晚年詩文釋證》、趙儷生《學海暮騁》、章培恒與駱玉明《中國文學史》、季鎮淮《來之文錄續編》、侯外廬《中國早期啓蒙思想史》、湯志鈞《近代經學與政治》等。這些摘謬文章，固然體現出作者「當仁不讓於師」的學術勇氣，更反映出作者學殖之深厚。劉世南的切身體會是，包括注釋在內的治學，不是僅僅依靠工具書就能做好的，關鍵在於讀書；電腦也不能代替博聞強識，倒是在博聞強識的基礎上利用電腦，才可以事半功倍。一言以蔽之，治學必須根柢深厚紮實。

研究古典文學，尤其是校注古籍的，一定要對經史子集有個全面瞭解，就是直接閱讀原著。二是對主要經書，如「四書」、《書》、《詩》、《左傳》等必須熟讀成誦。庖丁解牛，「以神遇而不以目視」，達到了「道」的境界。在劉世南看來，治學所以重背誦，道理與此相同。這種熟能生巧的讀書方法，聽來無非是一己之經驗與無法之「笨辦法」，但細細深思，卻可以說是讀書之不二良方。學界一度有鼓吹小學生讀四書五經之風，劉世南對此明確表示反對；但他認爲，「大學文科生，尤其是從事人文社會科學研究而又涉及國學的，卻必須補上基礎培養這一課」。當前復旦大學等高校中文系提出精讀元典，可謂切中時弊，與其所論相合。對當下古籍整理硬傷累累、出現「危局」的情形，劉世南憂心如焚，屢次著文呼籲。究其原因，他認爲即是基本功不夠之故。在學風浮躁的今天，劉世南之言初聽或有「老八股」之迂，但在他則是「心所謂危，不敢不告」。

強調讀書治學的基本功，並不意味著劉世南的迂執守舊。讓人驚訝的是，他以「小學」爲根柢，且年過八十，但並不囿限株守於古典一門。從其自述

中，可以看出其對各種新觀念新方法的涉獵與吸收。其閱讀之範圍，令今天的年青學人也當歎服。2002年新出有宋雲彬日記《紅塵冷眼》，劉世南即注意到宋指侯外廬「文章全部不通，真所謂不知所云。然亦浪得大名，儼然學者」的評價，並將它引入其指瑕文章中。「學之興衰，關乎師友。」劉世南治學的另一經驗，即是轉益多師，多向大師請教問學。他蟄居僻地，但通過廣泛交遊，與馬一浮、楊樹達、王泗原、馬敘倫、龐石帚、錢鍾書、呂叔湘、朱東潤、屈守元、白敦仁等大師，或書信來往，或當面請益。「平生風義兼師友」，此種樂趣，可謂難以形諸筆墨，從中可以看到一幅共同切磋交流的治學圖景。

（《文匯讀書周報》2004年7月2日第9版）

張國功先生和我素昧生平，他看了拙著《殿堂外》後，託我校文學院陳懷琦博士相告：他寫了一篇書評，已寄出，希望我能贈他一本《外》。當時人民文學出版社出的《清詩流派史》樣書剛寄來，我就託陳博士代贈《外》和《史》各一本。以後相互間只通過一次電話。直到我寫這段文字時，我們仍然沒見過面，純粹的神交，但是讀了他發表在《博覽群書》（2004年第4期）那篇《同人群體・歷史溫情・常識理性》後，我深以得他品題為榮，因為他是一個很有思想的人，在很多重大問題上，我們的認識是一致的。

在那次通電話時，我特別向他打聽資中筠先生，因為她也是一位有思想的學者。我手邊保留著一份2004年3月12日一張《文匯讀書周報》，第5版有一篇《大學文科向何處去》，是她在清華人文社會科學學院建院十週年慶祝會上的演講。就在大會上，她面對面反對某些人以清華出高官為榮的發言。她說，「高等學府把辦學目標定位在出高官，恐怕是本末倒置。」她質問：「名牌大學之為『名牌』是靠出高官巨富呢，還是靠學術水平？」她指出，「文科，真正的目標應該是出『大儒』。」資先生這樣的見解，這樣的勇氣，使我看到了中國的希望。我向張國功先生打聽她，就是想送她一本《史》、一本《外》，以表達我的敬意。

張國功先生的書評，突出我的治學思想：重在打基礎。這裏我要摘引一段經濟學家楊小凱的話：「現在國內大多數人沒讀夠文獻，只是從很少幾個雜誌上引用文章，不要說拿諾貝爾獎，就是拿到國際上交稿子，人家都會很看不起，中國現在99%的經濟學文章拿到外國來發表，都會因為對文獻不熟被殺掉。當然有些東西國內看不到，但也有的是根本不去讀。中國人總是別人

的東西還沒看完，自己就要創新。」（《南方周末》2004 年 2 月 12 日觀點版《國內經濟學者要重視經濟學文獻》）這講的是經濟學的西方文獻，但道理是相通的。人文社會科學研究人員必須熟練掌握元典和有關文獻，無論是中國的還是西方的。（附帶說一句：希望讀者能讀讀《南方周末》2004 年 7 月 15 日 A5 版《逝者楊小凱》這篇文章。我是滿懷悲憤地讀完它的。）

　　有關《外》的書評，迄今爲止，就是上述三篇。以下寫去年（2003）十月、十一月浙、閩講學事。浙大、杭州師院和福建師大、集美大學邀我講學，全是因爲看了《外》。說句大白話，時下風氣，被邀請去講學的，有兩種人。一種是大名鼎鼎的學者，能被請到，足使講學單位蓬蓽生輝的；另一種是對該單位攻博能起作用的。這種現象正是市場經濟在學術界的反映。而我，論職稱，不過是一個早已退休的副教授；論名望，地地道道的名不見經傳。照說，尚有自知之明的我，哪能不度德不量力，玷污「講學」之名？但是，我完全心安理得，因爲浙江杭州師院的饒龍隼博士說得好：「我們就是要逆潮流而動，爲學術界留下一點點乾淨土！」好，我平生就最不肯隨波逐流，那咱們眞是一拍即合了。所以，不管在哪個高校，面對著眾多的博導、博士後、博士、碩士（只有集美是本科生），我都是侃侃而談。

　　我是 2003 年 10 月 12 日晚車赴杭，次晨 5 點 48 分抵達。住在杭州師院教育交流中心。休息了一天。第二天（10 月 14 日）上午，浙大人文學院教授朱則傑博士代表浙大人文學院來迎。他是《清詩史》的作者，又是《全清詩》編纂會的負責人，承他邀我擔任顧問，我們私交極爲融洽。我們坐車到了該院，朱教授說這就是原來的杭州大學。他帶我上到 5 樓一小會議室，廖可斌副院長歡然相迎（該院院長是武俠小說大名家金庸先生，實際負責的是廖院長）。落座之後，我一看，聽眾已坐得滿滿的。廖院長相告：來聽的是本院的碩士生、博士生、博士後以及博導（該院教授都是博導），還有幾位古籍所、古文獻所（未聽清）的所長。介紹後，請我稍候，因爲有一位林家驪博導正在趕著來。不久，林先生來了，非常熱情，連連握手，遞過名片來，就坐在我左邊。廖院長坐在我右邊，先簡單致辭，然後請我開講。

　　我在正題之前，先談「朋」、「友」二字，問大家：「有朋自遠方來」、「無友不如己者」，「朋」、「友」二字能否互換？分析後，我再指出，「朋」即「鵬」，亦即「鳳」，《論語》、《莊子》楚狂接輿之歌，皆稱孔子爲「鳳」，何故？我邊

講邊觀察聽眾神情，發現大家似有聞所未聞之慨，越聽越興趣盎然。於是我才講到正題。

我主要講四點：

（1）《外》之所由作，是因為看了某先生的《近代的初曙——18世紀中國觀念變遷與社會發展》。因而我認為人文社會科學工作者必須重視「基礎培養」，除非他的論著內容不涉及國學，而這是不可能的。

（2）傳統學術重視讀書門徑，現代學術則重視研究方法。我欲合二為一，而更重視前者，因「巧婦難為無米之炊」也。前些年，有些青年學人提出，老輩出學問，中青年出新觀念和新方法。這是「離堅白」，內容和形式豈能割裂？這是典型的浮躁心態。至於如何打根柢，我在寫給教育部長的信中言之甚詳。

（3）孔明戒子書：「才須學也，學須靜也。非學無以廣才，非靜無以成學。」靜，不僅指環境幽靜，更重要的是內心澹泊寧靜，即不受名利干擾（讀蕭相愷、盧盛江、董健的信）。

（4）關於「著書而不立說」。著書必有政治大方向：是贊成民主與科學，還是主張專制主義？由此可見其學術有無現代精神（此李慎之語）。著書原則是「前所未有，後不可無」（顧炎武語）。

我講了兩個半小時。講完後，有兩位博士生提問，一為《史記‧倉公傳》一處標點問題，一為學術良心問題，我解答後，都很滿意。然後由廖院長作總結。

廖總結時，對我所講，大力肯定，並非空泛套話，而是分為幾點，具體說明。我真佩服他的綜合能力，對我所講的，和《殿堂外》結合起來，指出我做學問的特點是：古今中外，無所不包，而又緊緊圍繞一個中心，即政治大方向——對民主意識的追求。我發現他理解得很深刻。

散會後，廖院長陪我去午宴，路上告訴我，他讀碩士是師從馬積高先生，博士師從徐朔方先生。剛從哈佛訪學回來。他說，哈佛有一位研究明清戲劇的美國漢學家，七十多歲，非常用功，學識淵博。他說，「我們知道的資料，他都知道；我們不知道的，他也知道。」他舉了一個例：元代一個二三流劇作家，其生卒年與生平，中國研究者從未考證過。那位漢學家經過了大量資料的檢索排比，終於弄清楚了。因而他感歎說，「劉先生，海外的學者才能做到您的要求，我們由於種種考核制度的束縛，哪有時間靜下心來讀書啊！」

　　特別有意思的是，午宴中途，他忽然說：「劉先生，江西有您這樣根柢紮實的學者，但也有另一位，我就不提名字了，他在外面名聲很大，著作也多，可是由於根柢差，老是硬傷累累，這是怎麼一回事呀？」我楞了一下，忙說：「我們不以一眚掩大德。據我所知，那位先生正直、勤奮，很愛護自己的研究生。要說出差錯，名滿天下的某先生，把『神堯』說成『唐堯』，『以一旅取天下』，全是想當然，如果看過新、舊《唐書》和《資治通鑒》，就知道『神堯』是唐高祖李淵的諡號。他從太原起兵，最後逼隋恭帝遜位，這才叫『以一旅取天下』。至於唐堯，《史記・五帝本紀》說得很清楚：帝嚳生摯及放勳，帝嚳崩，摯立，不善，弟放勳立，是為帝堯。唐堯並非以武力奪取帝位的，怎能說他『以一旅取天下？』可見名校名師也會出錯啊！」廖立刻接著說：「這就是您剛才講學時說的，和您同一個年齡檔次的，很多人也沒讀過多少古書呀！」底下他就敘述某先生的生平，以作證明。看見他這麼熟悉地如數家珍，我簡直聽呆了。

　　第二天（10 月 15 日）上午，在杭師院人文學院講。參加者為古典文學教研室教師及研究生。教師幾乎全是博士。講後，只有一位教授問：「君子和而不同」和「道不同不相為謀」的「同」是否同一意義？我以《左》昭二十年晏子與齊景公論和同之異說明「君子和而不同，小人同而不和」；又以「同門曰朋，同志曰友」（鄭玄注）說明「道不同不相為謀。」那位教授頻頻點頭。

　　第五天離杭返昌，饒龍隼教授對我說：「這次您來得好，真是天時、地利、人和您都佔上了。天時：秋天，滿城桂花香。地利：雷峰塔重建；西湖水下隧道剛剛啟用。人和：兩處師生對您的講學都反響強烈，備受歡迎。」

　　10 月 15 日，饒教授為了讓我多結識一些浙江學人，特地邀我參加一次晚宴，介紹我和浙大的束景南教授認識。據介紹，束先生是浙江的學術權威，有《朱子大傳》等專著，得了國家一等獎。見面後，發現他善於談笑，對人親切，毫不做作。他先說早就知道我，因為他帶過一個碩士生，曹東，是江西師大中文系畢業的，常和他談到我。又自我介紹說，1978 年前，在建陽一個民辦中學任教八年。78 年恢復考研，乃入復旦師從朱東潤先生，後又從蔣天樞、章培恒兩先生遊。我有一事蓄疑已久，因向束先生說，「我對朱子不曾研究，只背誦過他編的《小學》。戴震在《孟子字義疏證》中攻擊程、朱『存天理、滅人欲』之說，但朱子說，人欲之恰到好處底，便是天理。可見他並沒把二者分為兩截。我理解他的意思是，譬如食、色，這是本性，也是人欲，一般正常人自食其力，豐衣足食，這是人欲合乎天理的。如若不勞而獲，而

且錦衣玉食，揮霍無度，這就是放縱人欲而傷害天理了。色可類推。如果我的理解不錯，那戴震豈不冤屈了朱子？戴震是眞有學問的，他爲什麼閉著眼說瞎話？我曾懷疑，是否他反對雍正『以理殺人』，而又不敢直說，所以抓朱子做替罪羊？」束先生哈哈一笑，沒有表態。我把這一疑案記在這裏，和前編「胡爲下巴」一樣，希望能得素心人「疑義相與析」。

11 月 11 日晚車由南昌赴福州，下午 6：28 開，12 日晨 6：40 抵達，郭丹弟偕其博士生孫紀文君來接。住福建師大招待所 5 樓 506 室。下午 2：30，孫紀文、林小雲兩位博士生來寓所，引導我到文科樓七樓一個小會議室。因爲沒有黑板，無法板書，又移到外語聽力教室。陳慶元院長主持。介紹時，特別說福建師大和江蘇、浙江、安徽，甚至廣西等省某些高校都經常交流，邀請各地學者來講學；而福建和江西是鄰省，反而沒有江西學者來講學，希望今天劉先生的講學，打開我們兩省學者交流的大門。接著請我開講。

我講到 4：55 停止。發現聽眾反應很好。我談到先秦儒學有民本思想，儒學之壞由漢朝董仲舒和宋朝程朱，其所以然，即因分封制的社會，各國統治者都爲了自強而爭取民心。最明顯的例子是齊國的陳氏。《左》昭三年，晏嬰與叔向言：「公棄其民，而歸於陳氏。」「其愛之如父母，而歸之如流水。欲無獲民，將焉辟（避）之？」昭二十六年，晏子又告齊侯：「公厚斂焉，陳氏厚施焉，民歸之矣。」清人高士奇說，「凡三家專魯，六卿分晉，其術大抵皆然。」（《左傳紀事本末・陳氏傾齊》）而中央集權的大一統王朝，董、程、朱強調德治，其實是愚民。漢武帝「內多欲而外施仁義」窮兵黷武，殘民以逞。宋朝是「恩逮於百官者惟恐其不足，財取於萬民者不留其有餘。」（《廿二史箚記》卷二五《宋制祿之厚》）趙翼感歎：「統觀南宋之取民，蓋不減於唐之旬輸月送，民之生於是時者，不知何以爲生也。」（同卷《南宋取民無藝》）可見儒學民本思想在極權政治下是名存實亡的，更不必說民主思想，那更不能產生。聽眾頻頻點頭，報以熱烈掌聲。

講後，留下時間提問。問者很多，不像浙大、杭師院比較拘謹。而且問題很有水平，如「子學的源頭」，如「元典無關現代化，何必學？」如「『遇豫之解』，『之』字何解？」陳院長總結時，概括我的所講是「精深」，並說我的治學是通史式的，非局局於一隅。

第二天（11 月 13 日）郭丹弟陪我用早點後，到我臥室，說，昨天聽了我的講話後，一位研究生跟他說，要下決心讀十三經和廿五史。

　　11 月 14 日上午，與丹弟同坐大巴往集美，抵達時 12 點。住 701 室。集美大學中文系只有本科生。下午，丹弟講學，我在臥室休息。晚宴後，田、孫兩位教授引導我到一個大禮堂。這裏的本科生眞熱情，講學效果之好，純出意外。主持者沈先生，還有孫、羅兩教授，都極稱「精深」，聽眾更熱烈鼓掌多次。我猜測，一是我從文獻學、人類文化學角度，解釋古書，聽眾可能聞所未聞，因而驚喜；另一是聽說我已年過八十，而頭腦這樣清晰，神態這樣從容，覺得不可思議。講後，提問者特別多，紙條不斷地遞上來。當然，問題水平較低。有趣的是一個人問我對余秋雨的看法，我說，你們看了我的《在學術殿堂外》，就能找到答案。他們又一次熱烈鼓掌。

　　十月、十一月浙、閩之行，回南昌市家中後，一個黎明時分，我在枕上口占了七律一首，作爲這次講學之旅的總結。

　　　2003 年十月十一月，予應邀講學於浙大、杭州師院、福建師大、
　集美大學，由廈門歸，感賦

　　　閩浙長車並夜馳，江南煙水最相宜。
　　　乘黃貧道憐神駿，（1）沈碧雙湖映舊祠。
　　　講席儒林愧鐘扣，疑年海國喜肩隨。
　　　英雄聽侶知多少，獨立層樓有所思。

　　（1）予每開講，必先舉支道林論馬語：「貧道愛其神駿。」以喻聽眾之皆千里馬也。
　　（2）閩浙朋從每招遊名湖梵宇。
　　（3）每講罷，聽眾輒提問，備見青年學人之學博而識深。
　　（4）浙大人文學院廖可斌院長適自哈佛歸，告我以西方一漢學家治學極深微，聞之感歎。
　　（5）《續高僧傳》：「席中聽侶，僉號英雄。」
　　（6）立集美賓館樓頭，遙望海天。

　　以上介紹了三篇關於《殿堂外》的書評，以及由於《殿堂外》而被邀去浙閩講學的情形。下面還要介紹幾位讀者的來信，他們都是看了《殿堂外》給我來信的。一位是鄭光榮先生。他是江西師大黨委書記，後來調任江西省文化廳廳長，前幾年退休的。他讀了《殿堂外》，給我來了一封信，照錄如下：

　　世南先生：

　　　讀了您的大作和幾封函件（世南按：董健、吳江的來信），更加

深了對您的瞭解和敬意。您一生致力於國學研究，學富功深，思想敏銳；善於獨立思考，不畏權威，匡謬正俗。故此，您的文章和人品，得到錢鍾書、呂叔湘等國學大師的讚賞和推薦，可敬可佩！但願我們的學生能夠學習先生的治學態度和求是精神，去掉商品經濟大潮中形成的急功近利的浮躁心態。

　　先生在書中多處對我的工作予以肯定，謹致謝忱。但過獎之處，恕不敢當。我只是做了一件黨委書記應該做的事。道理很簡單，不管哪行，要求創新謀發展，都得靠人才。「名師出高徒」，高校的競爭，說到底，是人才競爭。先生是難得的人才，我焉能拒之門外？是您支持了師大，為師大爭得榮譽，我不過是為你們創造工作條件而已。而這方面，由於當時認識上的局限（剛剛撥亂反正）和物質上的匱乏，與我應該做的還相距甚遠。現在思之，已無法彌補，只留下遺憾了。

　　師大正在發展，我認為，單追求規模是不夠的，應當以質量取勝。而提高教學質量之關鍵在教師。在師資建設中，要強化人才觀念，並採取有力措施培養人才，吸引人才。如果文學院多出幾個余心樂、劉世南，申博工作不就順利得多了嗎？

　　先生年逾八旬，仍耳聰目明，思維清晰，筆耕不輟，活躍講壇，我們都為你高興。然畢竟年事已高，體能衰退（快慢而已），切望注意勞逸結合，改善飯食，適當鍛鍊，不可硬拼。「期頤百年從容度，信步斜陽感盛年。」衷心地祝您健康長壽，筆健文豐，為國學研究、培育新人繼續攻關，作出貢獻！

　　即頌

大安！

鄭光榮
2003.10.30

我的回信如下：

　　尊敬的鄭書記：

　　得到了您這封熱情洋溢的信，我既感意外，又更加深了對您的尊敬與感激。我自知甚明，和真正的學者比起來，我只是一個小學

生而已。由於錢鍾書、呂叔湘、朱東潤諸位先生對我的鼓勵和期望，我曾加倍努力，以求不負所期；而現在看到您和吳江、王春瑜、董健、廖可斌諸公的獎飾，卻更使我惶恐萬分，因爲你們實在言過其實了。我不過幼年多讀了幾本古書，而現在老成凋謝，中青年學人從小受新教育，沒念過古書，就顯得我有國學根柢了。其實莫說和陳寅恪、錢鍾書等人比，差距不知幾千萬里，就是現今一些名氣不大學問卻深的，如浙大的沈文倬等，我也遠不如他們功底紮實。這次到杭州，本來想去拜訪他，但他已九十二歲，抱病杜門，不能見客，我深以爲憾。在你們讚譽聲中，我只考慮如何補課，把很多該看還沒看的，抓緊時間看。

　　王國維、錢穆，眞是怪人，學問那樣好，政治思想卻那樣胡塗。我看錢的《國史大綱》，很爲其博學而震驚，也爲其胡塗而困惑。龔自珍已深切地抨擊專制，譚嗣同更標舉了「民主」，王國維、錢穆怎麼反而倒退了？這就是我所以崇拜顧準、李愼之等人的原因。本來我以爲您看了我和董健等人的通信，有些地方您會不以爲然。沒想到您的思想竟是這樣通達，相當出我意外。由此我想到，黨內眞正思想僵化的並不多，大多數還是與時俱進的。這也就是中共希望之所在。（下略）

　　祝

大安

　　　　　　　　　　　　　　　　　　　　　　　　劉世南

　　　　　　　　　　　　　　　　　　　　　　　　2003.10.30

　　另一封是周鑾書先生讀了《殿堂外》寫給我的。他是史學家，曾擔任江西省省委宣傳部副部長。信如下：

劉老師：

　　新年好！

　　元月十九日下午，胡迎建同志送來劉老師去年 10 月 23 日署名的大作《在學術殿堂外》，不勝欣喜。在春節期間，除應酬外，認眞拜讀了劉老師這部十七萬字的記述性又是專題性的重要著述，不僅是劉老師一生治學爲人的總結，也是給後人一份珍貴的禮物。

在抗日戰爭勝利之後的幾年，我曾在陽明中學讀書，記憶中劉老師曾代泗原老師來我們班上課，好像只上了一次課，但這個記憶一直很深。那時劉老師風華正茂，衣著樸素，親切和藹，受到同學歡迎。我那時是班上年齡最小的，對於講課內容吸收最差。後來老師走了，我讀到高二就離開了陽明，以同等學力進了解放初的南昌大學歷史專業。今天拜讀劉老師的書，感到特別高興和親切。

通過這部書，我才知道劉老師古文根柢的深厚。基本功如此紮實，又博覽群書，貫通古今中外，特別精通馬列，以歷史唯物主義為指導思想，批評糾正所謂權威們的種種錯誤，所向披靡，入骨三分。劉老師堅持事實，堅持原則、堅持真理、堅持科學的精神，特別感人，特別可貴。以八十高齡，仍然孜孜不倦，精神振奮，與我想像不到的各處名家大老進行堅毅不懈的論爭，將他們駁得體無完膚；對當前的文壇逆流，各種浮躁、浮淺、浮誇的醜惡現象，進行了痛心疾首的揭露和批判。既破又立，對如何打基礎，做好基本功，甚至如何寫論文、抵制名利之類，都做了語重心長的講解與勸導。從中學老師，做到大學老師，進一步做到專家教授們的老師，實在令人感動和感佩。我讀劉老師的書，每讀一段，每讀幾頁，就像當年中學時聽了王泗原老師、大學時聽了谷霽光老師的教導一樣。我多年來沒有聽到這樣的教導，沒有見到這樣的文字，我想這本書不是「在學術殿堂外」，而是在學術殿堂內大聲疾呼，讓迷途者知返，讓浮躁者虛心，讓狂妄者冷靜的金玉良言和降火清心的補藥。

我在師大校園內只見過劉老師一面，寒暄過後，沒有來看望和求教。當時文革剛結束，歷史系重辦，百廢待興，如牛負重。八三年初，又要我去宣傳部打雜，學問二字，付之東流。谷先生不滿，我也不滿。苟延至九八年底退下來，以為可以重操舊業，亡羊補牢。誰知九九年初即發現患肺癌。夏間開刀，割去右下肺一葉。至今四年半，大半時間用來對付病魔，一切以救命要緊，讀書寫字只好放在其次再其次的位置了。因為乏善可陳，所以也就更沒有什麼可向劉老師報告了。患病期間，歷史系畢業的幾位師弟和幾位學友，幫我整理過去在師院及在部裏寫的幾篇文稿，印成三冊。過些天託迎建同志或令甥女周洪賢侄呈上，請劉老師空閒時審閱，多予指正。

　　我的幾位朋友和師弟的孩子，在中學和大學語文都欠佳，作文過不了關；我家的孩子也同樣如此；他們帶的研究生也遇到相同的問題。他們希望能解決這一難題，問我怎麼辦。我也沒有好辦法。從我病稍好起，選了三百篇詩文，作了簡單的注釋和說明，供他們打基礎。但隔行如隔山，我的古文基礎差，估計錯誤百出。姚公（世南按：指姚公騫先生，曾任江西省社科院院長）在世時曾說，我們做注釋，如少女穿袒胸露背的服裝和穿超短裙，什麼缺點毛病都暴露無遺。本想請劉老師審閱，覺得太費神。退而求其次，我想只請劉老師看看所選目錄和我寫的自序及附錄。希望劉老師對所選目錄斧正，該增什麼，該減什麼，都提意見。對自序和附錄，更望多多批評指教。第一次寫信給劉老師，就對不起得很，提出這些煩神的要求。從《在學術殿堂外》見到劉老師以天下為己任的博大胸懷和崇高理念，我才敢於這樣大膽的伸手。謝謝您了。

　　這封信寫得太長，因右肕刀傷，字迹潦草，請諒。謹祝

新春大吉！

您的學生

周鑾書上

二〇〇四年元月卅一日（初十）

鑾書兄太客氣了，我們其實頂多算師友之間，他卻口口聲聲「劉老師」，一個「您」字也不用，其肫摯之情真令人感動。當初他託胡迎建弟來索取《殿堂外》時，我還自嘲：「周密《浩然齋雅談》記韓維基語：『凡親戚故舊之為時官者，皆當以時官待之，不當以親戚故舊待之』；西人亦謂：『朋友得勢位，則吾失朋友』（A friend in power is a friend lose）」（《管錐編》P995）所以扉頁上我稱他「鑾書先生」。今得此信，真自責其褊衷，才知道並非所有的人都「一闊臉就變」。曾國藩曾將所收應酬信訂成一冊，題名《米湯大全》。鑾書兄如此謙抑，自是君子之風。因為我固一貫自重，效梁鴻之不因人熱；而鑾書兄更無求於一介寒儒如我者，則其肫摯若此，自是真情使然。定公詩云：「里門風俗尚敦龐，年少爭為齒德降。」我比鑾書兄癡長十歲，《禮記‧曲禮》云：「十年以長，則兄事之。」故我覆函及贈書均稱「仁棣」、「賢弟」。非曰妄自尊大，所以成君子之盛德耳。但「精通馬列」云云，純為不虞之譽，萬不敢當。關於這點，我在《民主的追求》中另有說明，此姑不贅。

關於他任職江西省委宣傳部一事，今年（2004）3月間，我和老友胡塵白去看望吳老（名允中，曾任江西省委組織部長，塵白做過他的秘書，我則大弟長女嫁給他的季子，有親戚關係），他倒是講了一段話：「周鑾書可惜了，要他做什麼官嘛，又不給他實權，當宣傳部副部長，讓×××當部長，×又沒文化，什麼都不懂，這個東北漢子！谷霽光的兵制史，周是唯一傳人，要是不做官，在學術上該可以做出多大貢獻呀！真可惜了！」感謝鑾書兄不棄，把他的史學著作《兵略 兵制 兵爭》、《天光雲影（江西卷）》、《天光雲影（史學卷）》共三種見贈。這是專門之學，夠我踏實研習。

鑾書兄信中稱我「從中學老師，做到大學老師，進一步做到專家教授們的老師」，對此我須說明。所謂「專家教授們的老師」，大概是指我「匡謬」這一部分。鑾書兄太阿私所好了！我不過和並世諸賢商榷疑義，藉以強調治學重在打根柢而已。匡謬乃學術界常事，《管錐編》第五冊匡謬諸公誰敢說是錢鍾書先生的教師呢？我所以全錄鑾書兄此信，一則為了顯示他性情敦篤，謙抑為懷，古道可風。再則深有取於此信的三句話：「讓迷途者知返，讓浮躁者虛心，讓狂妄者冷靜。」我寫《殿堂外》及續編，目的其實就在這裏。南京大學董健先生近作《春末隨筆》（《鍾山》2004年第4期），引用羅家倫談「榮譽」之文。羅文區分了三個概念：榮譽（honour）、名譽（reputation）、虛榮（vanity）。迷途者、浮躁者、狂妄者其實是一種人，他們愛虛榮，不求實學，不做實事。這種人最容易被權勢者收買。

寫了鑾書兄關於《殿堂外》的信以後，這裏，我要介紹一位新知：安徽省社科院文學所的劉夢芙先生。今年（2004）7月28日寫了一封「萬言書」寄給我。現照錄如下：

世南先生著席：

　　昨日重讀大著《在學術殿堂外》，作若干條札記。茲不避譾陋，依書中順序貢一得之愚，以供參酌，並盼指教。

　　1. 40頁，馬一浮信。41頁言馬先生「勸以學佛，予敬謝不敏。」拙見以為，馬叟非勸先生皈依佛教，而是請先生讀釋門禪宗之書，與莊子參政。「若擬以今之社會主義，無乃蔽於人而不知天，恐非莊子之旨。」揆信中之意，乃婉言尊著詳於人事而略於天道，以莊子哲學思想與當時社會現實牽合，有失其本旨。因此勸先生擴大知識面，釋道合參，方可悟其精微。錢仲聯先生注沈乙庵詩，專購全部

《大藏經》，「一編在手，重要的大小乘經論、佛藏目錄、禪宗語錄、高僧傳記以及《一切經音義》等，幾乎翻遍，雖不敢說通達佛法精蘊，佛學知識卻已通盤掌握。」（《錢仲聯學述》，第 65 頁）錢公還涉獵道藏、史學、古天文、地理、醫學、樂律、書畫、金石等多方面知識，注乙庵詩中典故，「十得八九」。（夢苕翁佛道兩藏學問，似超過錢默存先生）然錢翁仍是學者，非佛門弟子也。而先生彼時「方泥首卡爾、伊里奇之學」，因而不納馬翁之言，擯棄釋典。竊以爲過尊一家之說，有所得亦有所蔽也。

先生崇拜思想家而兼學者的人。實則馬一浮、陳寅恪、錢鍾書諸先生，雖以學問家稱，思想亦極深邃。以穿越時空之眼光觀之，馬、陳、錢之著作，決不遜於魯迅。魯迅思想乃「片面之深刻」，其著作從總體而言，乏博大昌明之氣象。晚年趨向左傾，與個性偏頗之基因有關。「要作爲一個文學家，單有一腹牢騷、一腔怨氣是不夠的，他必須要有一套積極的思想，對人對事都要有一套積極的看法，縱然不必即構成什麼體系，至少也要有一個正面的主張，魯迅不足以語此。……我們的國家民族，政治文化，真是百孔千瘡，怎麼辦呢？慢慢的尋求一點一滴的改良，不失爲一個辦法。魯迅如果不贊成這個辦法，也可以，如果以爲這辦法是消極的妥協的，也可以，但是你總得提出一個辦法，不能單是謾罵。謾罵腐敗的對象，謾罵別人的改良的主張，謾罵一切，而自己不提出正面的主張。而魯迅的最嚴重的短處，即在於是。」「所謂諷刺的文學，也要具備一些條件。第一，用意要深刻，文筆要老辣，在這一點上，魯迅是好的。第二，宅心要忠厚，作者雖然盡可憤世嫉俗，但是在心坎裏還是一股愛，而不是恨，目的不是在逞一時之快，不在『滅此朝食』似的要打倒別人。在這一點上我很懷疑魯迅是否有此胸襟。第三，諷刺的對象最好是一般的現象，或共同的缺點，至少不是個人的攻訐，這樣才能維持一種客觀的態度，而不流爲潑婦罵街。魯迅的雜感裏，個人攻訐的成分太多，將來時移勢轉，人被潮流淘盡，這些雜感還有多少價值，頗是問題。」（梁實秋：《關於魯迅》）梁氏被魯迅罵爲「喪家的資本家的乏走狗」，已是人身攻擊，而以上所引爲魯迅死後梁氏的評論，我看頗有道理。馬、陳、錢對世間惡俗風氣與偏學，

也頗有義正詞嚴之諷刺批評，但非魯迅式的。因此我與先生不同，
推崇馬、陳、錢，而不喜魯迅，當然這並非不承認魯迅有偉大之處。

答：關於馬一浮先生勸讀佛經，以便釋道合參，從而悟《莊子》之精微。這
一點，我完全接受夢芙先生的指教。雖已八十望二，尚欲以餘力一覽《大藏
經》（我們文學院藏有此書）。回顧平生，之所以不願聽從馬先生的教導，是
因為：一，受王充「疾虛妄」的影響；二，看了范文瀾《中國通史簡編》唐
代部分，深感宗教確是雅片煙，所以提不起興趣去看。最明顯的一個例子：
是今年（2004）八月昆明之行。5 日遊松贊林寺，那古建築的雄偉氣派，那金
碧輝煌的殿堂，只使我感歎：這簡直是把勞動者血汗創造的財富擲於虛牝！
晚上睡後，口占一絕：「莊嚴瓔珞繞香煙，摩頂一經斂萬錢。禍福自求何有佛，
牖民誰復著先鞭？」可見我對佛教（其實包括一切宗教）的態度。但是，夢
芙先生說得對，看佛經與信佛教是兩回事，我這幾年治學興趣日益傾向於思
想史和文化史，這更需要認真研究佛、道兩藏。

關於「泥首卡爾、伊里奇之書」即信仰馬列主義的問題，我認為這有大
環境，也有小環境。先說小環境：我從小讀了十二年的儒家經典，長大後，
眼看內憂外患，國家危亡，非儒家學說所可挽救。這時大環境是：進步的知
識分子，無不思想左傾，想望蘇聯與延安。這麼一來，我自然也就投身革命
了。事實證明，半封建半殖民地的舊中國，是中共領導人民摧毀了。現在事
過半個世紀，不妨回首看一看，1949 年以前，還有什麼政治力量能把舊中國
變為新中國呢？至於建國以後種種，那都不是我們當年所能預見的。正如米
蘭·昆德拉在《玩笑》（小說）中說的：人們陷入了歷史為他們設計的玩笑的
圈套：受到烏托邦的迷惑，他們拼命擠進天堂的大門，但是大門在身後砰然
關上時，他們卻發現自己是在地獄裏。

關於崇拜魯迅問題，我到現在仍然未改初衷。梁實秋的評論，早已有不
少文章加以反駁，此處不必辭費。最近看了一本很大很厚的書《世紀末的魯
迅論爭》，很希望夢芙先生也能看看。我只想說一句，建國以後種種，也是魯
迅無法預見的。他被神化，更不是他的責任。我認為，中國人永遠要學習魯
迅的精神，對反民主的封建專制勢力進行韌性的戰鬥。而且由於魯迅對國民
性的透徹解剖，我認識到提高人民的文化素質和民主素質刻不容緩，否則以
阿 Q 式的國民，如何能成為民主權利運用自如的公民？

關於馬一浮、陳寅恪、錢鍾書三先生的思想：馬先生主張新儒學，我在

《殿堂外》已表態，我和李慎之先生一樣，不贊成。寅恪先生自稱「思想囿於咸豐同治之世，議論近乎湘鄉南皮之間」，其實是希望走郭嵩燾的「歷驗世務，欲借鏡西國以變神州舊法」的改良道路。默存先生從未表白過自己的政治傾向，但可以斷定，他決不會主張走法蘭西革命之路，而是希望實行英美式的民主政治。我在建國前自然反對這條道路，自改革開放以來，耳目所接，新知日多，思想確已有所變化，對李澤厚、劉再復的「告別革命」，也認爲值得深思。但是，我迄今爲止，堅持一個看法：現代化就是民主化。中國要與時俱進，要與世界接軌，當然要現代化。而現代化的核心，或前提，是民主化。沒有眞正的（不是口頭或書面的）民主與法治，那所謂「市場經濟」只會成爲裙帶資本即權貴資本主宰的市場，其結果是兩極日益分化，吏治日益腐敗。

　　2.44頁，歎王泗原先生之逝，「讀書種子，又弱一個」。幸錢鍾書先生「文革」未死，「總算給我們中國留下一顆讀書的種子。」我總覺得，「讀書種子」一詞，適用於勤奮讀書之青少年。王、錢讀書著述，已成大家，如種子之發芽開花，成碩果累累之參天大樹，用此詞欠妥——蓋多見於老輩對後輩之評也。若作「前輩典型，又弱一個」，則詞意恰當矣。拙見不免吹毛求疵，或於「種子」一義理解過狹，然觀古人行文，措辭極講究分寸，故於此置疑也。

答：此夢芙先生偶而失察。《明史·方孝孺傳》「先是成祖發北平，姚廣孝以孝孺爲論，曰：『城下讀書種子絕矣！』」時方氏爲侍講學士，有《侯成集》、《希古堂稿》，學者稱「正學先生」，非青少年。劉師培爲籌安會發起人之一，袁世凱垮臺後，劉被政府通緝。章太炎聲救，亦謂殺劉則天下「讀書種子」絕。劉亦早已著作累累，大名鼎鼎（不然，楊度也不會拉他做發起人）。傅斯年告訴毛子水：「在柏林有二位中國留學生，是我國最有希望的讀書種子：一是陳寅恪，一是俞大維。」（毛子水《記陳寅恪先生》）傅與陳、俞爲同輩人，其言亦非老輩之評論後輩。蓋「讀書種子」一語始見於羅大經《鶴林玉露》引周必大語：「漢二獻（世南按：指西漢武帝時的河間獻王劉德，與東漢光武帝之子沛獻王劉輔）皆好書，而其傳過皆最遠，士大夫家，其可使讀書種子衰息乎？」可知「讀書種子」是讚美既有家學淵源本身又卓有成就的大學者。

　　3.52頁，引錢鍾書先生覆函言《王士禎的創作與詩論》中對他

提出的問題「所答非所問」。又參60頁錢先生函，尊文云：「我的文藝思想還沒有從極左思潮的陰影下解脫。」錢先生《談藝錄》罕言政治，專論詩藝，意在確立詩歌藝術之獨立性，甚不滿寒柳堂「以詩證史」之說（中國社科院錢學專家李洪巖有長文，比較陳、錢兩家學問及詩學觀）。然錢公又非不關懷現實者，《管錐編》中借古諷今，揭示專制之毒者甚多（尊著58頁舉其「鑄鼎象物」之一例），《槐聚詩存》亦多有憂生傷世之作。我極讚賞56～57頁所引耿雲志對王國維的推崇和對章太炎的批評：「以學術為政治工具，……開半個多世紀學術為政治服務的謬例。」蓋現代知識人士既需關心國計民生，更須超越政治，方能有真正獨立之人格。而先生與章培恒論辯，強調「現實主義」，似猶未脫政治功利之文藝觀，此處容後再論。

答：我一直認為，不僅「文學是人學」，人世間一切學術（尤其是人文與社會科學）都是人學，都是為人類社會服務的，所以，我強調「現實主義」，強調學術為現實服務（這絕不等於為某一政權的現行政策服務）。我不相信世上真有超現實的學術工作者，除非他是「不食人間煙火」的人。陳、錢二先生的著作，已如夢芙先生所言，並未超越政治。即以王國維而論，他的著作，無論是文學的、古文字學的、美學的、哲學的、史學的，其所以被我們推崇，不就因為它們對人類文化有用嗎？至於他本身，正如陳寅恪所說，他的自沉昆明湖，是殉傳統文化的衰亡，更可見他超越不了現實。

夢芙先生指出，學人應既關心國計民生，又超越政治，如此方能有獨立之人格。我認為，人格是否能獨立，就看其人是否一切以真理為言、行與思想的準繩。果爾，則自然能富貴不淫，貧賤不移，威武不屈。陳寅恪說王國維有「獨立之人格」，並不因為他超越政治（王自殺前一直是廢帝南書房行走，死後尚被額外（因他官卑本不夠賜諡）賜諡為「忠愨」），而是說他的著作不受現實政治的干擾，純粹是客觀的科學的研究。陳寅恪自己的人格獨立，也表現在他從不曲學以阿世，一切唯真理是從。默存先生的獨立人格，也表現在他不說違心的話，不做違心的事（儘管這非常難，如《宋詩選注》港版自序所說明的）。這裏我還要提到顧準，他是一個中共老黨員，但他的傳世之作卻證明他是為人間竊取天火的普羅密修士，為了人民，為了真理，他「雖九死其猶未悔」。這種獨立人格是十分輝煌的！然而之所以輝煌，恰恰因為他不僅沒超越政治，而且密切聯繫政治。說直白些，夢芙先生主張超越政治，不要

爲現實政治服務，實質是因爲它不是人民所需要的理想的政治。如果處身在合乎理想的政治環境裏，人民將歌頌它，而決不是超越它。所以，可以得出這麼一個結論：一個學者的獨立人格，正表現在他批判不合理的現實政治，而追求理想的政治（民主制度），並爲其實現而奮鬥終身。

　　4. 屈守元先生詩功力甚深，研究近百年詩，不可遺此一家，未知其詩集印行否？72 頁七絕五首，第一首極佳。作於 1944 年，而「來朝更有千山雪」，抗戰勝利後三年內戰，1949 年後運動迭起乃至十年浩劫，詩人之敏感，眞成讖語矣！

答：屈先生的詩集《堅多節齋韻文存稿》，電子科技大學出版社出版，時爲 1998 年，只印一千冊。新華書店經銷。夢芙先生詩學詩功，並臻深邃境界，故於屈先生詩，能具眞賞。

　　5. 73 頁，屈先生鄙夷《紅樓夢》中詩，先師孔凡章先生（中央文史館員）持論一致。八十年代，中山大學陳永正先生在《羊城晚報》發表文章《紅樓夢裏劣詩多》，捅了紅學家的馬蜂窩，紛紛討伐，形成筆戰。先師與陳先生爲友，遂請鐵道出版社編審馬里千先生聲援（馬亦先師多年好友，學貫中西，詩、詞、書法皆名手，與錢鍾書多次通函論學）。馬撰一文，筆鋒老辣，詳加論證，力斥《紅樓夢》詩之劣，於是群喙頓息矣。紅學數十年來成紅得發紫之顯學，紅學家多不知詩（馮其庸肄業於無錫國專，居然作一二絕句平仄錯亂），近年論著紛出，考證索隱，走火入魔，悉爲偏學。我曾作一文：《漫談紅樓夢與紅學》，載 2002 年《博覽群書》第一期，同期有徐晉如文。

答：《紅樓夢》的詩究竟是優是劣，我沒有研究，希望能找到陳永正、馬里千兩先生的文章閱讀一下，提高認識。我相信，以他們的詩學詩功，必能扶剔入微。不過我從小說角度而言，寧願相信已有的一種說法，即曹雪芹是根據人物的年齡、性格、命運等等來擬作的，而不是像魏子安寫《花月痕》，僅僅爲了賣弄自己的詩才。當然，曹雪芹如果在詩詞創作才能方面達到了李後主、納蘭性德的檔次，那他最喜愛的林黛玉應該能作出更高明的詩、詞。

　　關於紅學，我完全同意夢芙先生的意見。紅學應該研究《紅樓夢》的藝術魅力，它的魅力的成因究竟在哪裏？要說生活，巴金也是封建世家的少爺，爲什麼《家》又不曾構成《紅樓夢》那樣的藝術魅力？張愛玲是張佩綸的曾

孫女（抑孫女）有貴族生活的經歷，她的小說又力仿《紅樓夢》，按說應該寫得好，但是，比起《紅樓夢》來，我只有「婢學夫人」的感覺。倒是臺灣高陽，出身杭州許家，他的小說創作才氣實在超過上述李、張兩先生。我認為，紅學應研究中國現當代學《紅樓夢》寫大家庭題材以及世情小說的，他們的成敗原因是什麼。而這些年來，紅學家紛紛去考證曹雪芹的家世，這對我們研究《紅樓夢》有什麼用處？

　　6. 74頁，屈先生函中言「我生性古怪，偏不理睬這類『學者』。」人云文人相輕，多「輕」同輩人（於前輩尊重，於晚輩愛惜，同輩則忌之），此又得一例。二錢之總體成就實高於屈先生，然學問雖大，不保無疏誤，屈先生完全可以糾其缺失，有益於後學，原屬正常。而故作清高，「偏不理睬」，未免胸襟狹隘。向「木居士」「祈福」者固多，其中亦不乏虛心向學、下苦功研究者。大連市圖書館范旭侖（60年代生人），「二十幾年來我斷斷續續檢閱了《管錐篇》所考論的十部經典和徵引的十幾經、幾十史、幾百子、幾百集，大概有中文引文的九分，驗其是非。」作《管錐篇考異》十餘萬言，指出《管錐篇》引文訛奪及誤點之誤在千數百處以上（文載《錢鍾書研究集刊》第三輯）。「錢著引文儘管訛奪滿紙，每個字都有可能錯，卻頗達情志，如雞雛之形半為棘圍所蔽，而啁哳之聲可聞，亦酷似《封神演義》中截教門下妖怪充斥，而通天教主尚不失為聖人也。」讀之失笑。錢先生在世時，《管錐編》再版，《識語》云：「范旭侖君尤刻意耙梳，是正一百餘處，洵拙著之大幸已！」（1982年）足見錢先生之雅量，然不知去世後，范君竟糾錯如許之多。因讀屈先生函，聯想及此，引述不辭累贅矣。

答：屈先生何以如此對待兩位錢先生，我迄今仍不解。三位先生於我都有知遇之恩，我永遠尊敬他們。向「木居士」「祈福」，指依草附木、追逐光影之徒。若范先生之為《管錐編考異》，此錢君之功臣。

　　7. 80頁，屈先生文，言顧亭林「天下興亡，匹夫有責。」其實亭林旨在護持民族文化，明夷夏之防，乃士人之責，與杜陵、文山之忠君不同，屈文未作分析。

答：屈先生此處論杜甫與顧亭林的思想一致，其前提為「以天下為己任」，故不必進一步分析護持文化與忠君的區別。兩者其實並無區別，杜、文的忠君，

也包含護持文化的意義。杜反對安、史之亂，文反對元蒙入侵，其終極關懷就是孔子讚美管仲的：「管仲相桓公，霸諸侯，一匡天下，民至於今受其賜。微管仲，吾其披髮左衽矣！」管仲尊王攘夷，孔子稱之。杜、文與顧，都是儒學忠實信徒，思想本質都是一樣的。孔子讚美「湯武革命」，但更嘉許管仲的攘夷，因爲前者是「易姓改號」，而後者是「仁義充塞，而至於率獸食人，人將相食」(《日知錄》卷十三《正始》)。可見顧的「護持文化」與杜、文的忠君思想是一個錢幣的兩面。

8. 81 頁，屈先生文，言《孟子》義利之辨。

《中州學刊》今年第三期載劉中建文：《對中國傳統公私關係文化的反思》，言中國封建傳統文化「崇公抑私」，其目的是實現「大公無私」之理想政治境界，但這一境界又不得依賴君主專制這一「大私」的方式來實現，結果天下之「大公」適成君主的「大私」。「私」(民衆之私利)之不存，「公」則不立。極左時期亦倡導「大公無私」，走向新的「存天理，滅人欲」，實行「社會主義公有制」，割「資本主義尾巴」，實爲封建統治之繼續。因此，新憲法修正案規定「公民合法私有財產不受侵犯」，體現我國在處理公私關係問題上的重大理論突破。「義與利」，亦「公與私」，今日若只言「無私奉獻」，不維護、不爭取個人之正當利益，則經濟不能發展，國家不能富強，社會不能進步。古代臣民捨生取義，爲國盡忠，致成帝王一人享天下之大私，民衆依然不堪困苦。今日宣傳「集體主義」，養肥了官僚特權階層。知識分子與民衆若無經濟地位，必不能眞正自立。不擇手段爭利固不可(「君子愛財，取之有道」)，棄利更不合現代觀念矣。如何做到公私兼顧，義利平衡，濟貧而抑富，儘量減少剝削，乃當前社會之一大問題。憲政民主，爲期尚遙也。

答：《後漢書‧第五倫傳》稱「其無私若此」。然下文云：「或問倫曰：『公有私乎？』對曰：『昔人有與吾千里馬者，吾雖不受，每三公有所選舉，心不能忘，而亦終不用也。吾兄子常(嘗)病，一夜十往，退而安寢；吾子有疾，雖不省視，而竟夕不眠。若是者，豈可謂無私乎？』」袁枚《公生明論》：「聖人不自諱其私，又惴惴焉若懼人之忘其私而爲之代遂其私，嗚呼！何其公也。」龔自珍《論私》云：「今日大公無私，則人耶，則禽耶？」

9.「私」的概念是每個人與生俱來的，所以老子說，「吾之大患，在吾有身；及吾無身，吾又何患？」我一向持這麼一個論點：人性惡。因為人生而自私，自私而無限制，必然損人利己，損公肥私，這就是惡了。由於進化，人類經過無數的教訓，產生了理性，知道必須互助互利，公私兼顧。至於在特殊條件下，為了民族利益，必須犧牲小我以保全大我，這是「變」不是「常」。

所以，我同意夢芙先生對義利問題的分析。

特權階層，固已非「士」矣。

答：基本上同意這種分析，因為范進、孔乙己這些文學典型確實證明「寒士」不是「地主階級」。但六朝時所謂「寒門」、「寒人」，即指庶族地主，所以「寒士」不一定全是范進、孔乙己。至於郭老，和高爾基晚年一樣，真是知識分子的悲劇。

10. 駁陳傳席之貶錢褒郭，讀之極痛快。此人奴性，無可救藥。

答：我迄今不知陳為何人，總疑其文是正話反說，實以譏刺毛與郭，否則哪有如此公然冒天下之大不韙的？近看邵燕祥一文《關於晚年郭沫若》（《文匯讀書周報》2004 年 8 月 20 日第 8 版），才知郭寫《李白與杜甫》的真意，並非「緊跟」與「逢迎聖意」，乃以李白自比，希望過「腳踏實地的生活」，「向『爾虞我詐、勾心鬥角的整個市儈社會』訣別」；對杜甫的「致君堯舜上」則「痛感其虛妄」。然而事與願違，他還是「成為了一個一輩子言行不一的人。」——這樣看來，郭老還是良知未泯，值得我們同情的。而這麼一來，陳某的謬託知己、甘為弄臣，就更可鄙莫甚了。

11. 評郭著《李白與杜甫》。93 頁：「賈府吃螃蟹和茄蘦劉姥姥駭歎不已，而釵黛之流不是習以為常麼？」舉例似未當。釵黛為少女，不出深閨，於民間疾苦無切身體驗，於富貴生活自然「習以為常」。家父詩：「惆悵青衫誤，蹉跎皓首歸。年荒雞犬瘦，世亂虎狼肥。孤鶩驚秋色，殘蟬咽夕暉。忍看小兒女，飲泣臥牛衣。」第二聯概括「文革」現實，筆力不減老杜。

答：黛玉孤標傲世，但和寶玉談論探春管家時，曾說：「要這樣（指探春的興利除弊）才好。咱們也太費了。我雖不管事，心裏每常閒了，替他們一算，出的多，進的少，如今若不省儉，必致後手不接。」（第六十二回）可見她並非不瞭解世事艱難。至於寶釵，更是世事洞明，人情練達，是治家的一把好

手。她們對富貴生活習以為常，主要是受儒學的影響：「素富貴行乎富貴，素貧賤行乎貧賤。」她們並不認為自己不該安富尊榮，也不認為「貧婆子」劉姥姥們該和自己一樣生活。劉姥姥說她們「生來是享福的」，窮人「生來是受苦的命」。（第三十九回）她們其實也是這樣看問題的。所以，和杜甫比起來，她們是不會理解「朱門酒肉臭」和「路有凍死骨」的因果關係。夢芙先生的尊人所作五律，我讀之大驚。如此筆力，置之少陵集中，可亂楮葉，乃知夢芙先生之擅吟事，正如少陵之有杜審言，「詩是吾家事」也。

劉世南先生訪談錄

　　劉世南先生，古典文學研究者，1923 年 10 月出生於江西省吉安市。任教於江西師範大學文學院中文系，1989 年 4 月退休，但仍從事科研。代表作有《清詩流派史》（有 1995 年臺北文津出的繁體豎排本，和 2004 年大陸人民文學出版社出的簡體橫排本）、《在學術殿堂外》、《清文選》（劉松來教授合作。）等。今已八十二歲，目前仍擔任江西省《豫章叢書》整理編委會的首席學術顧問，江西師大大文科實驗班中國文學領銜導師，井岡山師院中文系兼職教授。

　　郭丹（以下簡稱郭）：劉先生，您的《在學術殿堂外》一書出版後，在學術界產生了相當大的反響，已經有了好幾篇書評發表。讀劉先生的《在學術殿堂外》，的確感到先生對學術有一種不計功利的獻身精神。請問您是基於怎樣的考慮，寫這樣一本看似與學術無關其實完全是討論進行學術研究最根本的一些問題的書？

　　劉世南（以下簡稱劉）：《在學術殿堂外》（以下簡稱《外》）的出版，有一段隱情，世人並不知道。杭州師院人文學院汪少華教授函告我：山東大學徐傳武教授正在編一套「中華學人叢書」，自費出版，自行銷售，問我願否參加。我同意了，把書稿寄去。徐先生原定價一萬元，讀書稿後，來信表示十分感動，知道並無公款資助，退休工資又不高，決定只收八千元，印數一千，反饋我 960 冊。我請徐先生把書分寄三處：杭師院汪少華教授處，福建師大郭丹教授處，各 300 冊；江西師大劉松來教授處 360 冊。這批書，部分是贈送朋友，根本無法銷售，所以市面上買不到。最早是去年南京大學董健先生來函說，他接到此書，剛讀一半，京寧學風檢查團來了。吃飯時，他推薦此書，諸公很感興趣，立即借走。董叫自己的研究生去買一本，走遍書店也買不到，只好再來索贈。今年 9 月 21 日晚，郭丹君來電話說，《文學遺產》主編陶文鵬先生在北京，聽

說有這本書，也買不到。尤其是今年 7 月 2 日張國功先生在《文匯讀書周報》發表書評（《治學重在打基礎——讀《在學術殿堂外》》）後，外省、本省，或電話，或信函，都說急欲一讀，可不但書店買不到，向出版發行的中國文史出版社郵購，答覆是他們不知道，只好向作者求助了。這是一方面。

另一方面，此書去年出版後，杭州師院饒龍隼教授看了，立即邀我去該校講學，由於他的介紹，浙大廖可斌院長也邀我講，福建師大、集美大學也發出邀請。今年 10 月，江西省古典文學也請我去講，井岡山師院也頻頻邀請。

另外，中國社科院史研所的王春瑜先生、中央黨校的吳江先生、南開大學的盧盛江教授，江蘇省文研所前所長蕭相凱先生，史學家周鑾書先生的三句話更概括出了此書的作用：「讓迷途者知返，讓浮躁者虛心，讓狂妄者冷靜。」難得的是，周先生不僅是知名的歷史學家，還曾任江西省委宣傳部副部長，可他並不用體制內話語來評斷此書，我感到非常快慰。

有人問，書名為什麼叫《在學術殿堂外》，我有兩層含意：其一，孔子曾說子路：「由也陞堂矣，未入於室也。」和錢鍾書等學人比，我未曾陞堂，只能站在堂外；其二，和製造文化垃圾者以及嘴尖皮厚腹中空的名流比，我羞與為伍。他們在殿堂內，我自甘站到殿堂外。

現在我回答您的提問。我為什麼要寫這本書，就因為看到這些年來，「上以利祿勸學術」，使得學人急功近利，學風日益浮躁，從而文化泡沫和垃圾層出不窮，長此下去，簡直要斷送學術研究的前途。所以，我要大聲疾呼：「勿以學術徇利祿！」

郭：大家都認為，目前學術界存在著浮躁心理、影響著學術研究的正常進行和健康發展。

劉：學術研究是一種嚴肅的工作，它有一個偉大的目標。以人文科學而論，從事研究的人，必須認識到，自己是在繼續祖國傳統文化的基礎上，大力加以宏揚，不斷創新，從而與世界文化接軌。這是總目標。具體地說，就是研究者必須有一個政治大方向：是主張民主與科學，還是吹捧專制主義？由此可以看出你的研究成果有無現代精神。

我平生最喜歡諸葛亮《戒子書》中這幾句話：「夫才須學也，學須靜也。非學無以廣才，非靜無以成學。」靜，不僅指讀書環境幽靜，更主要的是內心的寧靜，即不受名利干擾。一切學術腐敗行為都源自其人的心態浮躁，急功近利。他的從事科研，只為一己名利。我並不矯情，唱「忘懷得失」的高

調，但我從來切記孟子這句話：「聲聞過情，君子恥之。」有其實然後有其名，這種名使人心安理得。名並非壞事，否則孔子爲什麼說「君子疾沒世而名不稱焉？」例如現在陶文鵬先生建議，請你給我寫訪談錄，讓世人知道有我這麼一個學人，我爲什麼欣然同意呢？因爲我認爲這是對我歷來從事科研的想法與做法的肯定。你們宣傳我，是希望挽回學術頹風，讓學術研究能夠正常進行和健康發展。這正是我的願望，我當然欣然配合。至於個人出名，那有什麼，一個學人能否留名後世，全看他的著作。陶淵明和杜甫，生前並不很出名。陶被鍾嶸《詩品》置之中品，杜甫則被「群兒謗傷。」他們出大名，是在北宋以後。我已八十進二，來日無幾，浮名於我何有哉？我平日的座右銘是：High thinking, plain life.。我告訴您：我寫《清詩流派史》，是爲了探索清代士大夫的民主意識的成因；而寫《殿堂外》，則是反映現代和當代知識分子對民主的追求。這就是我的科研的政治大方向，這兩本書體現了現代精神。

　　郭：劉先生非常強調治學重在打基礎，您在年輕時讀過大量古代典籍，甚至能背誦《左傳》這種大部頭古書，這在當代學子看來，似乎不可思議。你覺得在古代文學研究中下這樣的苦功夫，現在還有必要嗎？如何打好治學基礎呢？

　　劉：我休息時，喜歡看中央 11 臺的戲曲片，也愛看運動員比賽的節目，興趣不在看表演，而是看他們在教練指導下勤學苦練。「臺上一分鐘，臺下十年功」，劉翔他們奪得奧運金牌，都是從汗水血水中泡出來的。我不懂搞人文科學，尤其搞古典文學、文獻學的，怎麼可以不讀元典？我在《外》中歷舉了一些知名學者的千慮一失，絕非抑人揚己，而是用以說明，他們所以出錯，全因根柢尚欠深厚。至於第七章以一位青年學人爲例，則在說明凡從事人文科學研究的，你既要引經據典，就必須正確理解並熟悉元典。《南方周末》（2004.2.12）觀點版《國內經濟學者要重視經濟學文獻》一文，引了楊小凱先生的話：「現在國內大多數人沒讀夠文獻，只是從很少幾個雜誌上引用文章，不要說拿諾貝爾獎，就是拿到國際上交稿子，人家都會很看不起。中國現在 99% 的經濟學文章拿到外國來發表，都會因爲對文獻不熟被殺掉。當然有些東西國內看不到，但也有的是根本不去讀。中國人總是別人的東西還沒看完，自己就要創新。」他說的是經濟學，可古典文學、文獻學不更是這樣嗎？

　　我在《外》中，對打好根柢這點，特別強調，因爲我一生治學的深刻體

會就是這個。熟能生巧。我們不總說要「推陳出新」嗎？你不繼承傳統文化中的元典，就談不上批判地接受，更談不上在它的基礎上去發展，去創新。這個道理是前人從事研究工作的經驗總結。我從三歲認定、五歲讀書，直到現在，仍然日坐書城。我嚴格要求自己：一定要「日知其所無」。我發現，熟，才能貫通。古人讀書，講究「通」。稱頌某人「淹貫」、「該通」。「淹」、「該」指讀書廣博，「貫」、「通」則指讀通了。汪中曾大言：當時揚州只有三個半通人。什麼叫「通」？書讀得多，不算通。要像汪中的《釋三九》，王氏父（念孫）子（引之）的《讀書雜志》、《經義述聞》，那才叫「通」。試以蕭艾《王湘綺評傳》為例，第 30 頁起敘述縱橫家在歷史上的作用，列舉《韓非子》、《戰國策》、《孟子》、《荀子》、《呂氏春秋》、新出土的《孫子兵法》和《戰國縱橫家書》、《史記》、《漢書》、《後漢書》中有關資料，歸納出一個結論，使我們對縱橫家有一個全新的正確的認識。這就叫「通」。讀書不通的是只見樹，不見林。你不讀書，研究什麼？不博覽，所得結論一定片面。

如何打好基礎，我在《外》中講得很詳細。大抵經部要能熟讀《詩》、《書》、《左傳》全部，《易》、《禮記》的部分，其餘細看。子部熟讀《老》、《莊》（內篇）、《荀子》的部分，其餘細看。史部熟看前四史的紀、傳（包括世家）。集部主要是《昭明文選》的詩、文，《文心雕龍》要熟。有了這些做底子，你再一面明瞭讀書門徑（看《四庫全書總目提要》、《書目答問》等），一面學習、運用各種研究方法，特別吸收西方的新觀念、新方法，我寫《史》就是這樣做的。

再強調一句，根柢一定要打紮實，只有這樣，才不會出大錯。什麼叫大錯。有一位先生在論析歐陽修的《讀李文》時，對「又怪神堯以一旅取天下」的「神堯」，解為唐堯，即堯舜之堯。不知「神堯」是唐高祖李淵的諡號，新舊《唐書》、《資治通鑑》都記得很明顯。另外，《史記·五帝本紀》寫得很清楚：帝嚳生摯及放，帝嚳崩，摯立，不善，弟放立，是為帝堯。他並非以武力奪取帝位的，怎麼會「以一旅取天下？」堯舜禪讓，湯武征誅，舊社會發了蒙的兒童也知道。我們研究古典文學，不應該出這種大錯。

我強調讀元典，這是對人文科學研究者而言，元典對我們來說，是思想史、文化史的資料。可現在蔣慶等先生大倡讀經之風，競號召全國兒童都來讀四書五經。陳四益先生問得好：讀經能讀出現代化嗎？中國人讀了幾千年的經，怎麼沒讀出民主與科學？問得好！我說蔣先生之流這時候跳出來發出

這種呼聲，簡直非愚則誣，說得不客氣，簡直是開倒車，要把中國人拉回「五四」以前去。這是會斷送中華民族前途的！

郭：您在《在學術殿堂外》一書中談到您與錢鍾書、呂叔湘、朱東潤、程千帆等學者的交往，您認爲在這些前輩學者中，他們在學術上最可寶貴的東西是什麼？

劉：錢、呂、朱、程四先生，還有龐石帚、屈守元、白敦仁、王泗源諸先生，他們最大的特點是：根柢非常深厚，學問非常淵博，識解非常卓越，著述非常謹愼，待人非常誠懇，對待批評非常虛心，對待名利很恬淡。我從他們那裏受到的正面影響是無法估量的。他們的好學深思，他們的與人爲善，他們的正直耿介，都是我亦步亦趨的。每天，從早晨 4 點鐘起床後，我就坐在燈下讀書，從來不敢懈怠，他們的崇高身影就站在我面前，注視著我，眼光裏充滿著期待的神情。給我印象格外深的是錢先生的《管錐編》第五冊，盡是讀者對該書的糾謬文字，這正體現孔子的精神，「丘也幸，苟有過，人必知之。」另外，白先生的虛懷若谷，也是絕無僅有的。

談到這裏，我想起一件事。有一位先生對我不滿，因爲我對他們出版了的著作發表了匡謬文字。他對人說，劉某看到我的錯誤，應該面告，不應公開。我認爲這看法不對。你的著作發表了，出版了，已成天下公器，有錯誤當然公開糾正，讓你的讀者及時瞭解，不被誤導。成都大學白敦仁教授是我最尊重的前輩，他送給我一部《巢經巢詩鈔箋注》，這是他精心注釋的。我看了後，寫了一篇訂誤文章，發在《古籍整理研究學刊》上，並給白老寄去一本。他回了一封長信（見《外》85～89 頁），不但不以爲忤，而且極表感謝。這才是對讀者負責。

郭：先生的《清詩流派史》出版後，得到了很高的評價，被稱爲二十世紀清詩研究的「經典性成果」之一。您搜集了大量的清詩資料，用十四年時間寫成這部著作。請問，這部著作的創新點有哪些？

劉：「經典性成果」是張仲謀、葛雲波兩先生的謬獎，我從不相信。經典不經典，必須讓時間檢驗。對一部剛問世的著作，遽許之爲「經典」，這只能是一種好心的鼓勵，決非科學的結論。我對此書的期望是，五十年內，能讓清詩研究者聊備參考，過此以往，化爲浮漚，於願已足。談到此書的創新點，我在《外》中已列出 48 條。我這樣羅列，正是爲了接受讀者的檢驗，也是爲了警醒剽竊他人成果者。

現再列舉如下：

（1）河朔詩派詩人的民族氣節與理學的關係；

（2）顧炎武「亡國」、「亡天下」論與明末社會思潮；

（3）杜甫、顧炎武多作格律詩（尤其多作五律與五排）和兩人個性的關係；

（4）錢謙益迎降動機的分析，引《元經》與顧炎武用意相同，以方苞對比錢謙益；

（5）錢謙益學李商隱的「隱迷連比」，學元好問的頓挫鈎鎖、纏綿惻愴；

（6）馮舒、馮班詩論體現詩歌發展規律；

（7）引全祖望論吳偉業詆洪承疇之言，證明《圓圓曲》不能實錄；

（8）吳偉業即陳圓圓；

（9）吳偉業與錢謙益詩論漸趨一致；

（10）不避俗是梅村體的長處；

（11）梅村體兩傳人；

（12）第 137 頁第三段；

（13）論《潏稽辭》；

（14）陳維崧詩的陽剛之美；

（15）朱彝尊不能自成一家的原因（我與梅曾亮不謀而合）；

（16）王士禎不取杜甫，因杜詩「變」而非「正」；

（17）王士禎談藝四言的針對性；

（18）漁洋詩不是形式主義的；

（19）論妙悟；

（20）漁洋詩的藝術特色；

（21）清初唐宋詩之爭包含殺機；

（22）查慎行以《易》學家為詩人；

（23）王士禎與趙執信爭論的實質；

（24）「思路鑱刻」即寫情入微；

（25）趙執信不滿宋詩的真意；

（26）厲鶚矯朱彝尊、王士禎兩家之失；

（27）樊榭詩的非政教、超功利；

（28）沈德潛同明七子之「調」而變「格」之內涵（據《文鏡秘府》）；

（29）由選詩順序看沈德潛的文藝思想；

（30）駁今人的《詩話概說》；

（31）肌理說的甚深用心；

（32）袁枚以通俗小說爲詩；

（33）性靈詩是眞清詩；

（34）劉大魁罵皇帝；

（35）黃仲則把貧賤生涯作審美對象；

（36）洪亮吉《……代柬》一詩的分析；

（37）龔自珍與潘德輿、魯一同之異；

（38）龔自珍爲詩，「其道常主於逆」；

（39）龔自珍是「近代的」；

（40）同光體的藝術魅力；

（41）鄭珍的白描與奇奧；

（42）陳三立是「最後一位詩人」；

（43）陳三立的鍊字；

（44）對王闓運「摹擬」的論析；

（45）樊增祥、易順鼎的「實處」；

（46）樊氏灞橋詩的論析；

（47）「綱倫」、「法會」二句的民主意識；

（48）論舊風格含新意境。

郭：您認爲目前清詩研究的狀況如何？還有哪些工作可做的？

劉：關於清詩研究問題，我曾寫信給張仲謀教授，其中有云：「……此次在杭，交結了不少新友，也會晤了朱則傑教授。返昌後，浮想聯翩，又拿出您的《綜述》來看，目的是思考清詩研究今後究竟如何進行。您所舉出的今後研究的課題，我概括爲：「（1）清詩內涵的近代性；（2）作品研究；（3）詩歌特色；（4）清詩的邏輯發展；（5）學風與詩風的關係；（6）士人心態與詩學變遷；（7）地域文化與詩歌流派；（8）大家名家詩研究。」並告以：「我在考慮如何用新觀念、新方法來研究清詩，像當年鄭振鐸、聞一多用人類文化學研究古典文學一樣。……我想把西方所有新方法都拿來試一試，像葉嘉瑩那樣。」又說：「我這人雖已八十，但心如嬰兒，從不設防，如蘇東坡，看天下無一不是好人。……我最大的希望是您和張兵、朱則傑等先生以及國內外

一切清詩研究者，都能成為益友，信息互通有無，觀點互相切磋。『工成在子何殊我？』（放翁句）』『君有奇才我不貧（板橋句）』人人以學術為天下公器，這種學術園地裏的耕耘者該多幸福呀！這不是我們大家的共同理想嗎？」同時致函朱則傑教授：「……適作一紙致張仲謀先生，現複印一份呈覽。吾所欲言，畢具於此。為張君言，亦為君言，學人不當如是乎？……」

今年由劉夢芙先生介紹，寄了一本《外》給北京的蔣寅先生。他來信說：「……寅近年稍涉獵清代詩學，白手摸索，莫窺門徑，撰小稿一二，不值大方一笑。謹呈《王漁洋事蹟徵略》，請先生撥冗斧正。」我回信說：「……周一良先生《畢竟是書生》中述洪業、鄧之誠與胡適之相輕。僕常病之，故《在學術殿堂外》之作，非敢責人以自高，欲以淑世之浮躁心態耳。今為續編，內有談清詩研究部分，列舉僕與朱則傑、張仲謀兩先生之函，力求清詩研究者相親而非相輕。異日續編出版，先生披閱，必能喻此意也。」

《清文選》是我和劉松來教授共同選編的，前言也是我們共同討論的。據我們看，清文確有它的特點。《清史稿·文苑傳論》說，「清代學術，超漢越宋，論者至欲特立『清學』之名。而文、學並重，亦足於漢、唐、宋、明以外，別樹一宗。」所謂「文、學並重」，正如清詩的特點是學人之詩與詩人之詩的統一，清人的文，也是文與學的統一。但不同時代、不同作者，又有倚輕倚重的不同，如樸學家、理學家之文偏於學，較質樸；文人之文偏於文，較綺麗。總之，其特點有四：（1）文化積澱深厚，學術化傾向明顯；（2）風格多樣，而流派單一；（3）有些文章理性有餘，靈性不足；（4）注重經世致用，輕視審美情趣。這四點的形成，和清代學風密切相關。清初學風強調博學多識，經世致用，這是對明人空疏不學、遊談無根這一頹風的反撥。後因文網日密，轉為脫離現實的考據訓詁。自道咸後，國門被迫打開，歐風東漸，逐漸輸入了較封建社會更先進的世界觀、價值觀，和自成體系的哲理、政教，尤其是新的美學方法論。這些都必然深刻影響到文人的創見。從形式看，清文的雅與俗是非常明顯的，桐城派的姚鼐提出其古文創作原則：考證、義理、詞章三者統一。我們認為這就是集大成：考證，是對漢學的繼承；義理，是對宋學的繼承；詞章，是對文選派和唐宋派古文的繼承。清文就在這基礎上，根據社會的現實需要，和朝代的審美要求，大力發展，形成自己的特色。

郭：先生有很紮實的古文獻功底，從八十年代開始，就指導過多屆先秦

到南北朝文學的研究生，而您的主要學術成果似又在清代文學。從先秦到清代，跨度很大，您認為這對您的論學有什麼好處？

劉：在《外》第二章《治學重在打基礎》中，我曾談到這個問題。我不是科班出身，沒有念過大學，正式學歷只是高一肄業，因而一輩子什麼書都看。過去長期教高中語文，新文藝和外國文學，從作品到文論，也接觸很多。青年時代，哲學、政治學、經濟學的書也涉獵不少。史籍那就看得更多了。這些，構成了我較廣闊的知識面。當然，知識領域，有主有從，我雖然興趣廣泛，但重點仍然放在古典文學方面。不過對古典文學，我是通史式的，並不限於某一段。所以，我帶研究生，指導的是先秦到南北朝文學，寫過《屈原三論》（收在中國屈原學會編的《楚辭研究》一書中），寫過和章培恒先生商榷的如何評價魏晉六朝文學的文章，也寫過批評郭沫若《李白與杜甫》的文章，反駁毛澤東「宋人不懂形象思維」的文章，而我的科研主攻方向卻是清詩。如果《清詩流派史》真如論者所說寫得比較深厚，那就因為我的知識面較廣，並且鑽得較深吧。從此書可以看出，傳統的經史子集，現當代文學，西方文論，或多或少都融化在我的一些觀點中。古人說得好：「其用物也宏矣，其取精也多矣。」（《左》昭七年）對中國古典文學的發展流變，必須全局在胸，才能站得高，望得遠。研究清詩，不能就清詩研究清詩，要把它放在中國古典詩歌的長河中，理清它的來源去脈，才能明白它何以會形成這種種特色。數典忘祖，不知木有本，水有源，那你的科研成果怎能深厚呢？

郭：先生的舊詩也寫得很好，呂叔湘先生稱您「古風當行出色」，朱東潤先生稱您「深入宋人堂奧，錘字鍊句，迥不猶人。」請問，如何學習寫詩、詞，詞章之學與學術研究有矛盾嗎？

劉：詞章之學和學術研究不但沒有矛盾，而且相輔相成，相得益彰。從近代的李詳、林紓、王國維、章炳麟、黃侃，到現代的胡適、魯迅、朱自清、俞平伯、聞一多，誰不是學者而兼詩人？所以，錢仲聯、程千帆兩先生談治學，都強調古典文學研究者應該會創作，這樣，分析古人作品時，才不會隔靴搔癢，拾人牙慧。我在《外》第六章《怎樣培養中國古典文學的研究人材》中。提出了七點措施，其第六點就是「要學會寫古文、駢文、舊詩和詞」。其中談到，幾十年的舊詩寫作，對我分析評斷清詩各派的特色，有不可估量的作用。

至於如何學習寫作詩詞，說來好笑，我父親只教我讀古書，寫古文，從

不教我讀詩詞，更不教我寫。這麼一來，我只有自己摸索。家裏有《昭明文選》和《古唐詩合解》，我就不斷地讀，慢慢地自己也學著塗抹幾句。我懂平仄根本不是從音學原理學到的，而是古人的近體詩讀多了，漸漸辨清哪個字是平聲，哪個字是仄聲，哪個字可平可仄。四聲本是口耳之學，我卻目治而得。這也有個好處，就是讀得多，詞彙、句式、典故，越來越熟悉了，越來越會運用了。

最近，周劭馨、汪木蘭兩位學弟堅決要為我出版詩集。我一向重視自己的學術研究，而輕視自己的詩古文，所以不同意。但他們的盛意難卻，最後只好妥協，自己選了若干，請杜華平學弟審訂。書名《大螺居詩鈔》，只 124 首，因為舊作都在文革中被毀了，這些都是改革開放新時期寫的。

乙、科研量化問題

2003 年 11 月 17 日，我從廈門回到南昌市家中。打開信箱，浙大朱則傑教授給我來了一封信，其中有一段說，我在浙大講學「以後沒幾天，聽說林（家驪）先生有一位博士生瘋掉了，可能是博士階段硬要在某級刊物發表多少文章壓力太大，不堪重負，以致如此。想來當今讀研究生也真不容易。此等不合理規定，亦賴先生在《學術殿堂外》續編予以指出才好，庶幾可以改變它。」

我看了這段話，簡直錯愕莫名，氣憤不已。眼前不斷浮現出當時浙大人文學院會議室裏濟濟一堂的聽眾形象。我不知瘋者是誰，但可以肯定的他一定當時在座，因為他的博導林家驪教授就坐在我左邊，而且送了我一張名片。我記得，講學結束後，廖可斌副院長還請朱則傑教授帶了兩位博士生、兩位碩士生，陪我去參觀原杭州大學的校園。當時這四位年輕人非常熱情地和我交談，彼此交換通訊地址、電話號碼。他們還寫了各自的籍貫、學歷給我，希望和我保持聯繫。有一位說，「我早就讀過您的文章，充滿激情，一直以為您很年輕，想不到是八十歲的先生呀！」我不知現在瘋了的是誰，是這四個中的一個，還是他們以外的。但是，可以肯定，有一個博士是瘋掉了！我立刻寫了一篇短文，題為《救救青年，救救學術！》寄給南京大學的董健先生，他給介紹刊出於《開卷》（2003 年第 4 卷）。我在該短文後還有一段附言：「寫完上文，看到《書屋》（二〇〇二年十一月）何中華先生的《學術的尷尬》一文，對學術成果量化做法的來歷及弊端，論述得十分全面、深刻。希望更多的人起來大聲疾呼，改變這種不合理的措施。」

　　我在浙閩四校講學時，談到「勿以學術殉利祿」（這也是拙著《在學術殿堂外》第一章的標題），明確表示反對把學術成果與職稱、工資、住房等掛鉤。我念江蘇省社科院文研所原所長蕭相愷弟寫給我的信（他曾是我的學生，讀了《在學術殿堂外》給我的來信）：「學術體制催生學術腐敗、學術浮躁。各種考核逼得人『短、頻、快』地製造學術垃圾：研究生參加答辯前，得在核心期刊發兩篇論文；每個研究人員每年得在核心期刊發若干篇論文，否則考核下來便是不及格。一切都量化。爲了應付，他們還能怎麼辦？哪還有時間讀書。有些研究人員說，按照這種考核方法，錢鍾書先生也可能連續幾年不及格。而連續三年不合格就得解聘。不很有點『逼良爲娼』的味道？」聽者無不唏噓感歎。

　　前引資中筠先生在清華的演講，有一段話十分耐人深思。她說，「王國維的《人間詞話》、陳寅恪的《柳如是別傳》、錢鍾書的《管錐編》，既不能產生經濟效益，也不能對領導人決策提供參考，如果現在申請課題，大半得不到批准。何況這些都是畢生積纍的成果，不可能限期完成，限期『結項』。還有許多大師並不著作等身。以現在量化標準，他們有些人可能評不上高級職稱。當然，更重要的是誰來評他們？現在文科已經沒有了學術權威，就只好用行政手段，由行政官員訂規矩。對他們而言，可以摸得著，只有表面的、形式的、可以量化的東西。」這段話非常精彩，從本質上指出了科研成果量化的根源：學術成果的評定，必須由學術權威來作出，而不是行政官員（儘管現在的高校領導沒有一個不是教授，但是名實是否相符，大家都是心照不宣的）。

　　《社會科學報》（2003 年 12 月 4 日第 5 版）的《從體制中突圍——現行學術體制改革座談紀要》，是廈門大學中文系五位教授的發言。他們的意見與資中筠的不謀而合，可見這確是天下之公言。廈大教授們深刻而尖銳地指出，現在學術腐敗的根源就在於現行學術體制。在這種體制下，「只見行政，不見學術」。評定職稱、課題、獎項、重點學科基地、學位點、211 工程，等等，這些本來是學術界尊敬的事，政府只應做服務工作，現在確都變成政府行爲。這種行政體制產生一種學術官僚，他們壟斷學術資源，甚至決定他人命運。如此能不能評上獎，能不能當教授、博導。這是學術界的特權階層，也就是學閥、學霸。

　　廈大教授這些話，使我想起去年（2003）在浙、閩講學時聽到的一些議論。據說國內人文社科學界有幾位學者，彼此抱得很緊，成爲鐵哥們。他們

對不順眼的，盡力排擠，而對瞧得起的，大力相助，很有些江湖義氣的味道。據說某某不得出頭，就是受了那幾位儒林好漢的壓制。我當時聽了，心想，這不是學霸、學閥的行為嗎？現在看了廈大教授們的發言，覺得這正是學術行政化管理體制必然產生的怪胎。

廈大教授們接著指出，政府干預學術，必然違反學術規律，什麼東西都計量化、數字化，完全以數字代替實際能力。而一些「甘坐冷板凳，一劍磨十年」的真正學者，確被那些「數字化生存」的投機取巧者所壓倒。數字化管理的結果，是為學術界打造了一大批「真正的假學者」。職稱、職務是真的，貨色卻是假的，根本就不具備教授、博導的能力和水平。他們最後談到，行政部門審批制度使學術界人忙於各種「公關」，也形成了各種小圈子，不正之風高漲。

這段話又使我想起一件怪事。據說某高校又一位博導，他對招收的博士生，並不指導他們讀書研究，而是支使他們為他的專著或論文分頭找材料，幫他打工，卻又不付報酬。所以那些弟子恨之入骨。他更巧妙的是，他的博士生畢業論文答辯時，從不請高校的同行，而是請某些出版社的正副編審來主持。這樣做，答辯固然容易過關，自己和學生的論著也容易出版。真是一舉兩得，皆大歡喜。但據說，潔身自好的學生，以及真心治學的學生，聽了這種傳說後，竟不屑去他門下報考。

廈大教授們最後提出了改革措施，就是政學分離，學術體制與行政體制脫鉤，改變學術行政化和學者官僚化的現狀。

這段談話，我最欣賞的是如下幾句：「就人文科學，古往今來又哪一個真正的學術成就是獲得政府獎的？」這話含意深長：任何政府都不會獎勵真正的人文科學研究成果，因為這種成果和官方利益相反。

座談最後談到：「可以走出體制，到廣闊的社會中去，研究、解決社會文化問題，吃體制外的飯。」座談見報是 2003 年 12 月 4 日，今年（2004）7 月 28 日《中國青年報》B1《冰點周刊》記者馮玥《讓歷史露出真相》一文，介紹當代歷史學者沈志華，「作為一個獨立學者，……在體制之外，學術運作本身的渠道反而更為通暢和自由。」「沒有單位，沒有上級主管部門，沒有每年要發幾篇論文的考核標準，……他參加國際學術會議時的身份，是『獨立學者』。」沈志華很自豪地說，「我想做什麼題目自己決定，用不著審批。」

　　沈志華這樣的自由人眞讓人羨慕，可是一般學人沒法學習他。他是先下海經商發了大財，才洗手轉行來搞學術研究的。所以，我曾對郭丹和劉松來說，你們只有退休後才能眞正做學問。這不是最大的悲劇麼？學術行政管理化的結果，是學術腐敗，是學術垃圾和泡沫，納稅人的錢應該這樣揮霍浪費嗎？

丙、清詩研究

　　我的《清詩流派史》最初是在臺北文津出版社有限公司出版的。因爲人所週知的原因，在大陸很難買到，所以學術界知道這書的人不多。但已有張兵、陳永正、胡迎建、熊盛元、張仲謀等先生寫了書評或收入綜述。在大陸人民文學出版社以簡化字橫排出版後，更承王琦珍、葛雲波兩位先生發表書評，廣爲推薦。

　　現選錄熊、王、葛三篇書評，另加記姚公騫先生的七古一首。

《清詩流派史》述評

熊盛元

　　《清詩流派史》（臺灣文津出版社 1995 年 1 月 1 日出版）是劉世南先生歷時十五載方告完成的一部力作。全書將清詩分爲前中晚三期，前期共九章，對河朔、嶺南、虞山、婁東、秀水、神韻、宗宋、飴山等八個詩派的流變及代表詩人作了細密而中肯的品評，並專闢一章，論述了不立宗派，而對有清一代產生深遠影響的遺民詩人顧炎武。中期共七章，包括浙派、格調、肌理、性靈、桐城、高密、常州等詩派。晚期共五章，光用一章的篇幅，介紹了「但開風氣不爲師」〔註1〕的龔自珍，然後分別對宋詩運動與同光體、漢魏派、中晚唐派、詩界革命作出詳審而全面的闡述。在論述的過程中，作者不僅分析了某一流派的淵源、特點及其影響，而且還總結了有清一代詩歌發展的規律。昔章學誠論古今著作，謂「天下有比次之書，有獨斷之學，有考索之功，三者各有所主而不能相通」，〔註2〕而《清詩流派史》則熔比次、考索與獨斷於一爐。章學誠又說：「所以通古今之變，而成一家之言者，必有詳人之所略，

〔註1〕龔自珍《己亥雜詩》（「河汾房杜有人疑」）
〔註2〕章學誠《文史通義・答客問》

異人之所同，重人之所輕，而忽人之所謹，繩墨之所不可得而拘，類例之所不可得而泥，而後微茫杪忽之際，有以獨斷於一心。」〔註3〕倘以此語移謂世南先生，我以爲是很適合的。

先說「詳人之所略」。比如對乾隆年間的高密詩派，一般人極少論列。汪辟疆先生雖曾注意及此，但只是對高密三李「以寒瘦清眞，一洗百年以來藻繪甜熟之習」〔註4〕的廓清之功，以及這一詩派「垂二百年猶未絕」〔註5〕的深遠影響作了簡略的介紹。世南先生則詳細論述了高密詩派興起的原因及其詩論，並且著重對李憲暠、李憲喬兄弟的作品作了精闢的分析，認爲他們的詩歌「和虞山、漁洋、歸愚、隨園都是完全不同」，「不僅字句洗煉，意象渾成，而且情含景中，意在言外」。尤其難能可貴的是，作者將前人有關論高密派的零星材料加以「比次」與「考索」，作出了恰如其分的「獨斷」之評價：「這派詩人本有用世之心，但大都處於士這一底層，因而雖生於所謂乾隆盛世，他們個人卻充滿一種蕭索冷落的情懷。這些人又都很狷介，……在對社會現實失望以後，便自然挑選清苦的賈島，雅正的張籍，用這兩家詩作爲自己的『安身立命處』。……所以他們都鄙視袁枚的『逾閒蕩檢』和把詩歌用爲羔雁，寫成縉紳譜；也不贊成肌理派的一味鑽書卷，搬故實；更不滿意神韻派末流的矯飾、膚廓。」像這種「詳人之所略」的情況，書中比比皆是，這裏就不一一舉例了。

其次說「異人之所同」。一般人論及以王闓運爲代表的漢魏詩派，或斥其「墨守古法，不隨時代風氣轉移，雖明之前後七子無以過之也。」〔註6〕或謂其「宗法八代，下及盛唐，與晚清『同光體』一派分道揚鑣」〔註7〕或以爲「其言詩取潘、陸、謝、鮑爲準，則歷詆韓、蘇以降，以蘄復古」〔註8〕……雖持論的角度不同，但都一致認爲此派偏於保守。世南先生卻別具慧眼，認爲王闓運之所以反對曾國藩的「詩派法江西」，是因爲曾國藩以純儒自命，提倡「王道」，而王闓運則主張「霸術」，希望成爲「帝王師」。其所以宗法漢魏以至初唐，「是因爲漢家陽儒陰法，本以霸道行之；而魏武好刑名，六朝也是敝屣儒家學說的；初唐從李世民到武則天也都是強調法治的。這是他和明七子在政

〔註3〕章學誠《文史通義・答客問》
〔註4〕《汪辟疆文集・話高密詩派》
〔註5〕《汪辟疆文集・話高密詩派》
〔註6〕陳衍《石遺室詩話》
〔註7〕錢仲聯《夢茗庵論集・論近代詩四十家》
〔註8〕李慈銘《譚荔軒四照堂詩集序》

治哲學上的本質區別。他特別反對宋詩，就和宋代理學流行有極大關係。在他的思想上，晚清陷於空前的外患內憂之中，極像兩宋的積貧積弱，除了在政治上軍事上力圖自強，他還企圖在文學上追蹤漢魏，以求振大漢之天聲，因而鄙棄感情內斂而無雄飛壯志的宋詩。」這種「獨斷」之論，既具哲人的睿思，又有史家的卓識，乍看似覺狂言怪語，細想則完全合情合理。方東樹云：「著書立論，必出於不得已而有言，而後其言當，其言信，其言有用。故君子之言，達事理而止，不爲敷衍流宕，放言高論，取快一時。……若此者，有益於天下，有益於將來，多一篇，多一篇之益矣。」〔註9〕誠哉此言！

　　再說「重人之所輕」。時賢之學術著作，大都重宏觀，輕微觀；重概括的論述，輕具體的分析。而世南先生卻能二者兼顧。比如在論述同光體代表詩人陳三立之詩的「意境美」時，特地引了他的一首七律《眞長、曉暾見過》：

　　黃雞啄影女牆隈，醞釀晴秋繡石苔。

　　二客偶然看竹到，一亭無恙據梧縵。

　　玄言擺落人間世，往事淒迷溪上杯。

　　各有風懷寫孤憤，江山綿麗起騷才。

作者對此詩逐句分析道：

　　　　首句純爲寫景。……作爲一個意象，顯然是要寫晴秋的一角僻地。秋和僻地是冷色調，晴和雞啄是暖色調。兩種色調的融合，表現爲冷中有暖。這是寫雞呢，還是自我寫照？……顯然，啄影城隈的黃雞是詩人的「面具」，隱藏著他的一種情趣——冷寂中蠕動著對生活的追求。次句「醞釀晴秋繡石苔」也一樣，上句「啄影」的「影」，已逗出此句的「晴」，而這個「晴秋」是經過由涼變暖的漸變過程的。陰涼，所以石上才長苔癬；晴明，則陽光下苔色蒼翠如繡。這句暖色調更深。然而這兩句所寫的都是自家小園的幽靜宜人，於是引出第三句「二客偶然看竹到」，不僅點題，而且寫出了兩位客人的魏晉風度。看竹，用王子猷看竹不問主人的典故，特加「偶然」，更其但憑興之所至，初無成心。這就和第四句的自寫相對。自己雖然退隱，卻一直縈懷國事，而這同惠施「欲辯非己所明而明之，故知（智）盡慮窮，形勞神倦……據桐而暝」一樣。第五句因而明寫主賓雙方同坐茅亭，相對談玄，這是用王濛謂何充語：「望卿擺拔常務，應對

〔註9〕方東樹《儀衛軒文外集‧書林揚觶》

玄言。」第六句「往事淒迷溪上杯」與「一亭無恙」呼應，見得二客對此小園已是舊遊。這淒迷的往事包括主賓雙方在內，說明欲忘世而未能，故末聯乾脆說明，各有孤憤，以詩出之，抒其風人之懷抱。而其所以如此，是祖國大好河山激發的。

如此賞奇析疑，已令人驚歎其文心之細，識解之精，更使人稱絕的是，作者在此基礎上，指出其意境之美，乃是其「剛健人格的反映」，並進而探究出其高古渾厚的氣格所以形成的原因，是運用了史家常用的「奇正相生」之法；此詩首聯第一句寫空間，第二句寫時間，都是小範圍的。頷聯第三句寫實，第四句自寫，都是淺層次的（表面忘世）。頸聯第五句承上，實從反面說（仍欲忘世）；第六句從正面說（不能忘世），從而把前五句的忘世態度一掃而空。於是尾聯第七句賓主合寫，較之頷聯爲深層次的（皆極關注國家命運）；第八句又寫空間與時間以回應首聯，但卻是大範圍的（主賓目光皆從晴秋小園移位注於綿麗江山與繼起騷才）。這種剝繭抽絲的細密分析，較之時賢的泛泛之論，真不可同日而語。想散原老人九泉有知，亦必掀髯而讚歎。

最後說「忽人之所謹」。一般論清詩的專著，大都津津樂道活躍在清末民初的南社，而世南先生此書卻在論畢以黃遵憲爲代表的詩界革命派之後便煞尾了。這並非作者疏忽，而是因爲南社中很大一部分詩人仍籠罩在同光體的範圍之內，而以柳亞子爲代表的南社領袖，雖然想突破舊體詩傳統內容與形式的束縛，但直至民國六年（1917）還是倡言「文學革命，所革當在理想，不在形式。形式宜舊，理想宜新，兩言盡之矣，」〔註10〕仍然只是詩界革命派所謂「以舊風格含新意境」的翻版。在作者看來，「中國古典詩歌是不會消亡的，當代作者及後代繼起者日多，但談到舊體詩革新問題，恐怕只能達到黃遵憲詩這一步爲止。」〔註11〕這是因爲「古典詩歌（包括古體和近體）屬於文言語言系統，你要寫作古典詩歌，當然必須採用文言詞語，而中國士人的傳統文化心態，是主張詩歌語言典雅的，這就必然要向群經諸子以及史籍去選擇合用的詞彙。至於外來詞語，只要能表現新意境，自然也應該吸收。這就和中古以來士人吸收佛經的詞語與典故一樣，完全可以同化它們。」可見，《清詩流派史》以詩界革命派爲殿，而對成立於宣統元年的南社，卻不置一辭，是有其深意的。這種安排，不僅對兩千

〔註10〕柳亞子《致楊銓函》
〔註11〕梁啓超《飲冰室詩話》

多年來中國古典詩歌的發展趨勢作出了概括，而且也對舊體詩當今如何改革乃至將來如何演變指明了道路。雖說這只是「一家之言」，但由於作者能「通古今之變」；因此其結論是令人信服的。

　　總之，世南先生的這部《清詩流派史》確確實實可以說是於「微茫杪忽之際，有以獨斷於一心」。一冊在手，清朝兩百六十多年詩歌的流變軌跡了然於胸。從縱的方面，可以看出每一流派對以往各派之間的相互影響與融合。據我所知，如此全面而精闢地從流派角度對清詩進行論述的學術著作，近百年來，這還是第一部。

　　前輩學人陳衍、錢基博、汪辟疆、錢仲聯、錢鍾書等，雖然對清詩有深湛而獨到的研究，但都沒有撰寫連貫的專著；近來一些中青年學者雖有不少專論，但終覺觀點新穎而學養不足，既不能像汪中所說的那樣，「於空曲交會之際，以求其不可知之事」；更不能像黃庭堅所說的那樣，「如禹之治水，知天下之脈絡」。就這一意義上說，《清詩流派史》可稱得上填補了清詩研究方面的空白。元遺山詩云：「論詩若準平吳例，合著黃金鑄子昂」〔註12〕殆世南先生之謂乎！

　　當然，《清詩流派史》也不無可議之處。首先從清詩三個時期的篇幅來看，前期最多，中期次之，後期最少。其實，晚清詩歌的成就，不僅可以和清初後先比美，而且在思想性、藝術性的創新方面，似乎還在清初之上。作者將不立宗派的龔自珍單闢一章進行論述，這自然是對的。但對於道光年間頗負盛名的張際亮、湯鵬以至道、咸年間的傑出詩人姚燮、貝青喬、魯一同等卻未論及，則略嫌疏漏，似應用一章的篇幅加以介紹，並重點對姚燮之詩作出評述。蓋姚燮於經史、地理、釋道、戲曲、小說無不探究，其詩融杜甫、白居易、李賀、李商隱於一體，多紀事感時之作，有「詩史」之稱。他對後世的影響，雖不及龔自珍，但是譚獻、沈曾植，以至馬一浮等均受其沾溉。又如清季的中晚唐詩派，作者只以樊增祥、易順鼎繫之，而對專學李商隱的李希聖、曾廣鈞、張鴻、曹元忠、汪榮寶等西崑派詩人卻不曾論及。正由於對晚清之詩論述相對簡略，因而造成篇幅上的前後不均衡，遂不免使人有虎頭蛇尾之憾。其次，從作者對西方美學理論與典故的借鑒方面來看似乎也未能做到水乳交融。比如在闡述浙派詩人厲鶚詩的「孤淡」風格時，引俄國什克

〔註12〕元好問《論詩三十首》之八

洛夫斯基關於「陌生化」的理論；論常州派詩人黃仲則的情詩，以拜倫懷念其情人瑪麗來比附等等；都稍嫌牽強。借用錢鍾書先生的話來說，乃「眼中之金屑」，而非「水中之鹽味」〔註13〕。不過，這些所謂不足，只是筆者一孔之見，不敢自是，姑且提出，以就正於大方之家。

此書在臺灣出版，印數不多，內地讀者大都無緣一睹。夫學術乃天下之公器，亟望大陸有見識的出版社能予出版，以廣其傳，則士林幸甚。

《晉陽學刊》1998 年第 3 期

盛元先生這篇書評是我最喜歡的。因為它不僅對拙著的論析十分精闢，而且體現了他的學術水平之高。所以我得到他的的贈刊後，在同年 6 月 12 日寫了一首七古回贈他。詩如下：

盛元先生作《清詩流派史》書評，刊於《晉陽學刊》1998 年第 3 期，承賜一冊，讀之欣慨交集，以先生知我深也。

熊君為學如挽強，勝人匪但以詞章，四部所涉浩汪洋，論我詩史入微茫。標舉四目網在綱，清言霏雪婉清揚，取義《春秋》欲雁行，獨斷一心故堂堂。譽我我不自葸傷，相視而笑若琴張。吾書所志在子長，暢言吾假吳吳江（吳兆騫）：民權乃可致一匡，此義我託譚瀏陽；韌性戰鬥僕不僵，惟釋函可鐵骨香，非此何以滌舊邦？君數姚（燮）貝（青喬）魯（一同）張（際亮）湯（鵬），流派所無難闢疆。又言李（希聖）曾（廣鈞）西昆皆拚場，何乃樊易獨稱中晚唐？

此誠疏略未應忘。嗟哉熊君知我詳，著書我非謀稻粱，一家言在示周行。此心靈史得君悅懌解，次比考索吾非鼠搬姜。

我的同事、益友王琦珍教授，在人民文學出版社出了我的《清詩流派史》後，他很高興地寫了一篇書評：

一部體大思精的斷代詩歌史——讀劉世南先生《清詩流派史》

王琦珍

2004 年 2 月 13 日《文匯讀書周報》報導了劉世南先生的《清詩流派史》已由人民文學出版社再版的消息。這實在是一件值得慶幸的事。劉先生此書

〔註13〕參看錢鍾書《談藝錄》論王靜安條

在 1995 年曾由臺灣文津出版社出版，但印數僅一千冊，內地極爲罕見。在書的末尾，劉先生曾附有一首長詩以記其事，詩中不無憂慮地寫道：「不知問世後，幾人容清玩？得無溫公書，無人讀能遍？」但出版後，卻好評如潮，現在又由內地出版社重印。這其中最主要的原因，我想，還是這部著作本身所體現的學術水平與價値。

劉先生將這部著作署名爲「流派史」，它其實是一部體例新穎、體大思精的斷代詩歌史。全書將清代詩歌劃分爲前、中、晚三個不同的發展階段，然後依次分析了每一個階段中各個詩歌流派及流派中代表性作家的詩論主張與創作成就。前期包括有河朔詩派、嶺南詩派、虞山詩派、婁東詩派、秀水詩派、神韻詩派、宗宋詩派、飴山詩派；中期包括格調詩派、性靈詩派、肌理詩派、浙派、桐城詩派、高密詩派、常州詩派；晚期則包括宋詩派與同光體、漢魏派、中晚唐詩派、詩界革命派等。此外，對不入流派的顧炎武和龔自珍，也分別予以評析。就每一個單章來說，是對某一個流派作完整而系統的論述；連貫全書來看，其實又是一部完整的清代詩歌史。書中以翔實的材料，嚴密的論證，充分說明：（1）每一流派對以往各流派的理論和創作成果，均有所吸取和揚棄。無所取，則詩史失去了連續性；無所棄，則此一詩派便失去了它的質的規定性；（2）在各個流派的形成與發展過程中，即便是對前代某一理論絕對宗仰，也必然地滲入了後者新的時代審美因素以及作家個人的審美情趣；（3）清代各詩派生滅盛衰的原因，主要是由於補偏救弊──每一流派都是爲了對此前諸流派補偏救弊而生而盛，又由於本身的僵化而爲後出流派所補救而衰而滅；（4）同一流派的作者群也在不斷分化，或堅持，或變異，最後有的蛻變而成另一流派。正由於作者特別致力於探究並揭示這些規律，所以《清詩流派史》就不只是單一地臚列作者對個流派的研究與論述，而是完整清晰地描繪出了整個清詩發展的動態流程，顯得視角新穎，體大思精。正如白敦仁先生在致劉先生的信中所說：「是書如大禹治水，分疆畫野，流派分明」，「若網在綱，二百年詩歌發展痕跡，覺眉目清楚，了然於心。」（劉世南《在學術殿堂外》）只就這一點而論，這部著作的學術價値也是顯而易見的。

然而，《清詩流派史》又不像一般的文學史編寫一樣，僅僅是單一地從文學本身的發展脈絡著眼來描敘清詩的演變，而是致力於發掘出其中更爲深層的內涵。2001 年 6 月，朱則傑先生將張仲謀博士《二十世紀清詩研究的歷史回顧》一文的複印件寄給劉先生，文中給了《清詩流派史》以極高

的評價，將其與汪國垣《汪辟疆文集》、錢仲聯《清詩紀事》、錢鍾書《談藝錄》等並稱爲清詩研究的九種「經典性成果」。「賞音既獲願終酬」，劉先生十分高興，於 6 月 11 日和 23 日先後寫了兩首七律。其中一首說：「附驥汪錢誰則可？策勳翰墨我非倫。欲從心路窺民主，好與堯封企日新。健者當爲詩外事，高歌還望眼中人。亭林能狷羽琤俠，紹述只慚筆不神。」後來，在《學術殿堂外》一書中，劉先生解釋道：「開頭的兩句並非謙虛，我確實自知學識距離王闓疆、錢默存、錢萼孫三位前輩太遠。三、四句說明我寫《清詩流派史》的目的。我不是『爲學問而學問』，寫這本書，重點在（1）通過吳兆騫說明專制高壓會使人『失其天性』（p137），（2）通過譚嗣同說明民主意識的產生及其巨大意義（p579）……（3）通過釋函可說明人性戰鬥的重要。以上三點，我特別拈出，以爲讀吾書者告。杜甫《題李尊師松樹障子歌》：『更覺良工心獨苦。』蘇軾解說：『凡人用意深處，人罕能論，此所以爲獨苦。』我非良工，但此微意，願與讀者共論共勉。」劉先生早在青年時代，就積極投身革命，爲建立自由民主的新中國勤勉工作。記得他曾在一次學術講座上說過，他對清詩產生濃厚興趣，就是從那時候開始的。所以我想，儘管他的《清詩流派史》動筆於 1979 年，前後花了 15年時間才完成。但其實，這是他一生辛勤探究的成績，這中間包含著他追求民主的漫長的心路歷程。清代文學作爲中國封建社會末世的文學，其發展又恰恰是與仁人志士衝決封建網籮的鬥爭相關聯的。劉先生把握住這一點來透視清詩中所蘊含的深刻的時代內容及思想光芒，這無疑是把握住了清詩中最有價值的部分，而這恰恰是爲許多研究者所忽略了的。這種探求與闡發，使書中許多章節顯得特別精彩，特別富有啓發意義。如先生自己所特別列舉的其所評價吳兆騫《答徐健庵司寇書》的話：

> 從這裏，我們可以得到一個新的啓發：憤怒固然出詩人，但這
> 首先得有可允許你憤怒的環境。如果處身於極端專制的高壓之下，
> 你連憤怒也不可能，哪裏還會有眞正的創作。秦朝沒有文學（除了
> 李斯的歌功頌德之作），不僅是客觀條件不允許作家說眞話，某些作
> 家甚至主觀上也喪失了創作的靈感。吳兆騫這則詩論就說出了作家
> 主觀條件的問題，所以，它是深刻的，是前無古人的，他的靈魂深
> 處的躁動和苦悶，實在是類似於司馬遷。但司馬遷能利用私家修史
> 的地下活動，創造出偉大的「謗書」──《史記》，吳兆騫遭難後的

二十三年，卻始終生活在專制魔掌之下，連內心世界也毫無自由。
他只能在「失其天性」的情況下，被扭曲地寫出自己的某些痛苦。
這就是紀昀等人所謂「自知罪重譴輕，心甘竄謫，但有悲苦之音，
而絕無怨懟君上之意。」

這節議論，眞所謂一瀉千里，酣暢淋漓。既是在評析吳兆騫的詩論，又是在
陳述一種深切的人生感受，體現著作者自己獨立之人格和獨立之思想，而兩
者又結合得極爲完美。像這樣的章節在書中還有許多，如關於龔自珍詩歌的
悲劇意識的論述，如關於詩界革命的歷史意義的辨析，都是這方面極爲典型
的例子。這種結合不僅使書中對具體研究對象的論述顯得尤爲深刻，也使全
書對整個清詩的是非得失和價值取向把握得更爲準確，闡述得更爲清晰。先
生歷來反對「著書而不立說」，鄙薄那些爲評職稱、評博導碩導而抄襲拼湊卻
沒有自己的思想與見解的「學術論文」、「學術專著」，諄諄告誡後學「勿以學
術殉利祿」，《清詩流派史》的撰寫，在這方面，爲我們提供了一個極好的示
範。

　　這種精神也使《清詩流派史》的精審之見層見迭出。劉先生曾自豪地說
過，他寫《清詩流派史》是「自我肺腑出，未嘗隻字篡」。在《學術殿堂外》
一書中，他曾臚列了其中的 48 點創見。其實，書中所反映的先生獨到見解，
遠不止這些。在《清詩流派史》文津版的「後記」中，劉先生曾說到過他所
嚴格遵循的幾條原則：「(1) 前人說得對的，我把它深化。因爲他們的評論，
往往是感悟式的，只指出其然，我則力求說明其所以然。(2) 前人說錯了的，
我通過充分說理，加以糾正。(3) 前人沒說到的，我提出自己的看法。」這
些原則，粗看起來似乎都很平常，其實眞正要做起來卻很不容易，這要求研
究者不僅要有敏銳的思想，還更要有紮實的功底和嚴謹科學的治學精神，這
樣才能準確地批判正誤，發掘新意。如關於吳偉業後期詩論向錢謙益詩論的
轉化的見解；如關於顧炎武、杜甫多作格律詩與二人個性有密切關係的論述；
如關於清初唐宋詩之爭包含殺機的問題以及清中葉肌理派是否意在反性靈派
的問題的辯解；如對學界依據梁啓超所論而判定夏曾佑、譚嗣同「新詩」實
驗是失敗了這一問題的質疑，都是這方面的例子。正是書中這俯拾即是的創
見，使這部斷代詩歌史顯示出了巨大的學術價值。王國維《人間詞話》在論
及詩人的獨特感悟能力時曾說過：「詩人對宇宙人生既入乎其內，又出乎其
外。入乎其內，故能寫之；出乎其外，故能觀之。入乎其內，故有生氣；出

乎其外，故有高致。」其實，對從事學術研究的學者來說也一樣。學術研究對社會有價值，有貢獻，關鍵就在於這些研究，能在對研究對象作全面瞭解和深入關照的基礎上，提出合乎研究對象實際的，同時又是科學的有創造性的見解或結論。這種學術著作的價值，自然是那些徇於利祿的「學術著作」所不可相比的。《文匯讀書周報》「書訊」的介紹中說《清詩流派史》的重版「一定會澤被士林，對古典文學的研究有極大的推動作用」。我想，這正是這部斷代詩史所提供給我們的最主要的借鑑意義之所在。

琦珍先生這篇書評最可貴之處，是首次抉發了我的良苦用心——對民主的追求。

其次，是強調著書必須立說，爲了說明這點，他列舉了拙著中的一些獨到見解。

其實，我寫《清詩流派史》，是用這一成果來驗證我的著作原則。我的著作原則是兩條：（1）不徇利祿；（2）打好根柢。而這兩點又是相輔相成、辯證統一的。只有不徇利祿，才能沉下心來，好學深思；只有根柢紮實，並且日知所無，才能在著書時，勝義紛披，水到渠成。我寫《在學術殿堂外》一書，就是總結我平生治學與著書的心得體會，意在勸告當代學人，務必屏除浮躁心態，寧靜致遠。所謂對古典文學的研究有推動作用，意即在此。

葛雲波先生是人民文學出版社的編輯，也是拙著《清詩流派史》大陸版的責編。我們雖有通信多次，但仍未謀面。他對我的瞭解，主要是通過《清詩流派史》和在《學術殿堂外》兩書。他很熱情，主動寫了書評，先發表在《海南日報》（2004 年 4 月 18 日第六版）上，後稍作修改，發表在《光明日報》（2004 年 7 月 15 日 C1 版）上。

現照錄《光明日報》如下：

清詩研究的「經典性成果」

葛雲波

「十年磨一劍。」劉世南先生的一把「利劍」——《清詩流派史》是磨了十五年（1979～1994）的，而且已經「試」過了十多年（敏澤先生讀其初稿並作序是在 1992 年）。1995 年，這本力作在臺灣文津出版社以繁體豎排印行，公開向學術界「試劍」，很快受到不少學者的盛讚。如白毅仁先生評「是

書如大禹治水，分疆畫野，流派分明」，「若網在綱，二百年詩歌發展痕跡，便覺眉目清楚，了然於心」。屈守元先生評此書「既紮實又流暢，材料豐富，復有斷制，誠佳作也。」張仲謀先生認爲這本書與嚴迪昌先生的《清詩史》同是清詩研究的「經典性成果」。

可惜該書在臺僅印行千冊，而且書價昂貴（折合人民幣約一百元），內地不易購買，影響了該書的廣泛流傳。近十年來，清詩研究的熱潮不斷升溫，各種論著和論文相繼問世。然而，能像《清詩流派史》這樣厚重的論著尚屬少見。在內地大力推薦該書是必要而又迫切的。值得欣慰的是，2004 年人民文學出版社以簡體橫排出版了該書，這對內地古典文學研究將有極大的推動作用。

該書對清代二十二個詩歌流派及其中作家的思想和藝術一一進行了精到的分析，由此讀者可以對清詩發展變化有個全面細緻的把握。該書除了對常爲人知的神韻詩派、格調詩派、性靈詩派、肌理詩派、嶺南詩派、虞山詩派、飴山詩派、桐城詩派、高密詩派、常州詩派、漢魏詩派、中晚唐詩派等過去少有人知或不曾有人過問的流派進行了細緻的探討。這些部分是該書明顯的開拓性貢獻。

作者沒有像過去的一些文學史一樣塊塊結構地介紹作家生平、思想、作品特點而羅列成史，而是注意「時代要求、文學風尙及詩人主體的審美追求」三者緊密聯繫，力求追索詩歌發展的內部規律和遞變，並不時表達自己的獨到見解。這些都是作者著意追求的結果。他說：「我一向要求自己厚積薄發，著書必須有自己的見解。」並簡略列舉「《清詩流派史》的創見」四十條，以爲「自我肺腑出，未嘗隻字篡」（《在學術殿堂外》13～14 頁）。其言其行都顯示出作者獨立的學術人格。這種獨立精神不僅表現在其開拓性研究（像敏澤序及作者所舉例子）上，還表現在作者不妄隨人言，亦不爲大家所籠罩上。作者往往敢於直言一己之見，作鞭闢入裏的論析。如作者和錢鍾書先生曾經書信往來，錢先生對作者多有稱譽；然本書亦有不滿其說而徑直論辯的地方。比如，錢先生認爲朱彝尊「於宋詩始終排擠，至老宗旨不變」，而作者認爲朱氏早年所作《贈張山人》等詩確實完全不用宋人字、詞、語，但是五十六歲之後，則受到王禹偁、梅堯臣、王十朋、黃庭堅、陸游、范成大、楊萬里等的影響，蘇軾對其影響最大。作者各舉一例爲證，還說「用蘇詩則自《曝書亭詩集》卷十一至二十二共有四十處之多」。由此作者認同洪亮吉、翁方綱等

認為朱氏學宋的觀點，而作者擺脫了古人直下斷語而分析不透的缺點，將朱氏晚學宋人之事給坐實了（詳見該書 167 頁）。又如，關於詩界革命派與宋詩派的關係，曾有兩種觀點：李漁叔等人認為詩界革命派是為反對宋詩派而出現的，而錢仲聯先生等認為兩派並非對立的詩派。作者則駁斥了第一種觀點，又認真分析了兩派在政治立場和藝術趣味上的同和異，從而說「完全否認這兩派的分歧與差異，也是非歷史主義的」。

　　作者視野寬闊，用功復勤，表達出獨出心裁的學術觀點，撰成大著，自然稱得上學問家。但作者不專「為學問而學問」，撰成此書尚有其良苦用心，作者在其《在學術殿堂外》一書中，曾舉《清詩流派史》的重點：一、通過吳兆騫說明專制高壓會使人「失其天性」；二、通過譚嗣同說明民主意識的產生及其巨大意義；三、通過釋函可說明韌性戰鬥的重要。作者在其中推崇的精神在今天看來是多麼的重要。王曉明在《思想與文學之間》中所表達的知識分子的憂慮，正在於這些精神在今天的缺失。在《清詩流派史》出版的同時，人民文學出版社推出了南京大學現代文學研究中心主編的「雞鳴叢書」（王曉明《思想與文學之間》即為其中一種），意義是深遠的。劉世南先生引杜甫《題李尊師松樹障子歌》「更覺良工心獨苦」並蘇軾的解釋「凡人用意深處，人罕能喻，此所以為獨苦」。劉先生這種焦慮與「雞鳴叢書」的作者們是不謀而合的。因為有深切的人文主義的關懷，作者在行文中便不免充滿或喜或憂的感情脈動。試看第二章第四節中有云：「函可遭到清代第一次文字獄的迫害，滿腔義憤，噴薄而出，化為詩篇，是控訴，也是抗爭，因而字字是血，句句是淚。讀它們，你會感到阮大鋮《詠懷堂集》的藝術固然只能引起噁心，就是那班寄情風月、託興江山的閒適之作也是渺小的。」「讀著這樣的血淚文字，我們會想起文天祥、史可法，他們真是民族的脊樑和靈魂！」作者將釋函可單列一節與其它大詩人並列，不僅是將他推上詩史，更是要將他推上民族的精神史。

　　　　　　　　　（《光明日報》2004 年 7 月 15 日「書評周刊」C1 版）

　　雲波先生這篇書評，我非常欣賞！他真是拙著的最難得的責編，他真正瞭解我。

　　他以我和錢鍾書先生「和而不同」的一例，既稱讚我具有獨立的學術人格，又證明了我著述原則之一：前人只指出其然，我則力求說明其所以然。

　　特別可貴的是，他和琦珍先生不謀而合，也指出了我的良苦用心——對民主的追求。並且標舉「雞鳴叢書」尤其是王曉明先生的《思想與文學之間》，讓我意識到吾道不孤，同調正多。

　　書評的結尾部分，如天風海濤，發大漢之天聲，我們似乎都振袂而起，褰裳以渡，既登彼岸千年來釋函可等成千上萬的仁人志士，閃爍在刀光劍影下的不屈的靈魂。

　　姚公騫先生，曾任江西省社科院院長，晚年又曾任江西詩詞學會的會長。我和他很熟，但並未把文津版《清詩流派史》送給他。他從熊盛元先生處得見此書，十分欣賞。我曾有一首七古記此事：

記姚公騫先生語（1997 年 8 月 9 日作）

　　熊（盛元）胡（迎建）二子走相告：姚公亟稱三書妙。《唐詩百話》圓以神，《澄心論萃》博而奧。又得《清詩流派史》，甄綜前修多獨到。今年得此殊不惡，更喜眼前有同調。我聞此語殊適適，微之敢附三俊號？五月詩會榴花紅，與公接席相視笑。自言說項不容口，唯恐使人不知好。又言一讀惟恐盡，尚恨未能罄懷抱。世無臨安陳道人，胸中所藏難盡貌。嗟哉姚公至鑒精，使我長憶晁以道。

關於清詩研究問題，我曾寫信給張仲謀博士，照錄如下：

仲謀先生：

　　9 月 15 日函及賜書早已收到，因 10 月 12 日夜車赴杭州講學，18 日才返南昌，致未及時作答，乞諒。

　　此次在杭，交結了不少新友，也會晤了朱則傑教授。返昌後，浮想聯翩，又拿出您的《綜述》來看，目的是思考清詩研究今後究竟如何進行。您所舉出的，我概括為：（一）清詩內涵的近代性；（二）作品研究；（三）詩歌特色；（四）清詩的邏輯發展；（五）學風與詩風的關係；（六）士人心態與詩學變遷；（七）地域文化與詩歌流派；（八）大家、名家之詩的研究。——除了這些，還有哪些？您現在和今後做些什麼？有些什麼具體計劃？張兵先生他們在做些什麼？有規劃嗎？

　　我在考慮如何用新的觀念、新的方法來分析清詩，像鄭振鐸、聞一多用人類文化學研究古典文學一樣。在這方面希望您多介紹一

些書籍給我，最好是像葉嘉瑩那樣具體運用的。我想把所有西方新方法都拿來試一試。

看了《學術殿堂外》，您會理解我對您的一片深情，眞是「文字緣同骨肉深」（龔自珍句）。我這人雖已八十，但心如嬰兒，從不設防，如蘇東坡，看天下皆是好人。尤其對您這樣的知己，更是願成石交、死友（見《後漢書·范式傳》）。我最大的希望是您和張兵、朱則傑等先生以及國內外一切研究清詩者，都能成爲益友，信息互通有無，觀點相互切磋，「功成在子何殊我」（放翁句），「君有奇才我不貧」（板橋句），人人以學術爲天下公器，這種學術園地的耕耘者是多麼幸福呀！這不是我們大家的共同理想嗎？

聽說尊師嚴先生就是喜歡用新觀念、新方法的，這條路子完全對，現在大家也認識到，老是用傳統那一套，的確會感到日暮途窮。

您似乎很苦悶，行政事務，干擾治學，這是可以理解的。很多中青年學人都有這種苦悶，我也束手無策，愛莫能助。在浙大等處講學，大家也深有同感。您認識南京大學的董健先生嗎？此人敝屣南大副校長而不爲，最近兩次來信，眞是快人快語。其《跬步齋讀思錄》極有見識，其中《失魂的大學》，尤其石破天驚，望能覓來一讀。

好，先談這些，下月中旬，我要到福建師範大學文學院去講學，約有三、四日勾留。

即頌

教祺！

劉世南

2003.10.22 上午

同時致函朱則傑博士：

則傑先生：

此次在杭，得與同遊鹽官。旣覲觀堂故居，又觀錢江大濤，已慰平生：何況又能共足下一日盤旋，罄所欲言，斯文骨肉，正喻此也。適作一紙致張仲謀先生，現複印一份呈覽。吾所欲言，畢具於

此，爲張君言，亦爲公言，學人不當如是乎？我公襟懷坦蕩，君子人也，願相訂爲石交，決不相負。

《殿堂外》爲我生平治學小結，言必徵實，決不大言欺人。自杭歸來，凡所見聞，根觸多端，加以吳江、董健諸人之交往，頓萌寫《殿堂外》續編之意。

足下現作清詩研究之資料性工作，隻眼獨具，極爲欽遲。拙著《流派史》視《談藝錄》不知差幾千百里，足下能爲錢公益友，寧惜玉斧不一斲吾朽木乎？甚望直言無隱，於吾書秕稗一一揚棄，則拜賜多矣！

杭州福地，有羽琌故鄉，足下徜徉其間不嘗神僊人，昏眊如我，唯有健羨耳！

即頌

秋祺！

劉世南上
2003.10.22 於樣本書庫

由於安徽省社科院文研所劉夢芙先生的介紹，我寄了一本《在學術殿堂外》給蔣寅先生。他來了一信：

劉先生道席：

久仰博學，無由識荊，頃承賜大著，至爲感謝。大著歷述治學甘苦，拜讀之下，感佩良多，又多述先師千帆先生教言，讀之尤爲親切。寅近年稍涉獵清代詩學，白手摸索，莫窺門徑，撰小稿一二，不值大方一笑。謹承《王漁洋事蹟徵略》一種，請先生撥冗斧正。該書排印錯誤極多。寅難辭其責。聞社方有重印之意，將來再寄增訂之本，謹此候上，不勝區區之至。

後學蔣寅再拜
甲申六月

我的回信如下：

蔣寅先生：

歸自昆明，即奉大禮，敬悉一是。夢芙先生盛譽雅度，盥誦手

簡，益仰謙德。大著容細讀。現方撰《殿堂外》續編，南昌又炎燠
蒸人，擬俟秋涼後，再窺積學也。周一良先生《畢竟是書生》中述
洪業、鄧之誠與胡適之相輕，僕常病之，故以淑世之浮躁心態耳。
今爲續編，內有談清詩研究部分，列舉僕與朱則傑、張仲謀兩先生
之函，力求清詩研究者相親而非相輕。異日續編出版後，先生能喻
此意也。

　　……

　　祝

時祺

世南頓首

2004.8.10

再版後記

　　業師劉世南先生的《在學術殿堂外》2003 年在中國文史出版社出版後，得到許多學者的高度讚賞。無論是老一輩的學者，還是中青年學人，以至青年研究生，凡是讀過此書的人，都爲其嚴謹的治學態度、獻身學術的執著精神、坦蕩的學術胸懷和殷殷的學術期望所感動。只惜此書當時印數不多（一千冊），且時隔十幾年，如今一些同行索要此書，已經沒有存書。2015 年 10月，經臺灣花木蘭文化出版社同意，劉先生此書得以在該社以繁體字再版。在此謹表謝意。

　　先生今年已經九十三歲高齡，身體雖還硬朗，然猶恐先生過於勞累，全書清樣的校對工作由我承擔。校對全書，再次拜讀，又是一次學習的過程。捧讀全書，仍產生深深的感喟。感喟之一，是劉先生多年前大聲疾呼做學問要打好扎實的根底、不徇利祿、摒除浮躁心態。在這次的增訂部分，先生再次強調「只有不殉利祿，才能沈下心來，好學深思；只有根底扎實，並且日知所無，才能在著書時，勝義紛披，水到渠成」。可是，學術界至今並沒有什麼大的改變。行政化的管理體制、量化的測評標準、功利性的學術研究，逼著學者去「一年磨十劍」。不端的學術行爲，也沒有得到根除，甚至有愈演愈烈之勢。如此，學術研究如何能出精品，出傳世之作？扎扎實實地讀完該讀的書，特別是閱讀元典，打下扎實的基礎，細讀和背誦經典，我們讀先生的《在學術殿堂外》，就可以發現先生所徵引的典籍之多，涉及面之廣。再者，像先生那樣以十五年甚至更長的時間去打造一部著作，雖不說完全沒有，但卻是鳳毛麟角了。似乎不能責怪年輕的學人，不是他們不願意按照劉先生所說的去做，而是管理體制和各種測評的要求，逼著

他們去走急功近利的路子。然而，這是比學人的懶惰更令人擔憂的。先生在本書的增訂本中再次表示了這樣的焦慮。感喟之二，是劉先生的「刊謬難窮時有作」，表現出深厚的學術擔當和文化擔當精神。學術乃天下之公器。先生的指謬，完全是出以學術的公心，希望不要誤導讀者，學人不要再犯同樣的錯誤。當然，批評指謬總是要從具體的例子出發的，而不是泛泛而談。他發現一些老一輩學者的錯誤，哪怕是智者千慮未免一失，也正是要說明從事學術研究，打好扎實基礎的重要性。而那些跟風的學術著作，是為先生所不齒。所以他的確不是跟哪個人過不去，而是希望通過這樣的指謬刊誤，「讓迷途者知返，讓浮躁者虛心，讓狂妄者冷靜」，純淨學術空氣，「挽回學術頹風，讓學術研究能夠正常進行和健康發展」。所以，先生的焦慮，先生的擔當精神，都深刻地體現了先生的人文主義情懷。感喟之三，是劉先生擔心不良學術風氣的蔓延不可遏止，擔心這樣的學術風氣毀壞了年輕一代的學人。那才是更可怕的！如果說劉先生所發現的老一輩學者的錯誤，儘管也暴露出個別人的基礎不那麼牢靠，那麼，年輕學者出現的錯誤，就是能否繼承學術傳統的問題了。先生所焦慮的，是前輩的優良學術傳統是否會在新一代的研究者手裏喪失，斷送了學術研究的前途。現今的文史學術界，難以再出現像王國維、陳寅恪、錢鍾書這樣的大師，跟多年以來的學術風氣是有密切關係的。正如著名的「錢學森之問」一樣，其中的原因，也是盡人皆知的。然而，劉先生仍然要大聲疾呼，可見一位老學者的拳拳之心。特別難能可貴的是，劉先生並非一位老學究，為學術而學術，他有著強烈的人文情懷，即他的研究學術，並不離開當代意識。正如他研究清詩的「經典性著作」《清詩流派史》那樣，是要「探索清代士大夫的民主意識的成因」。這就體現了劉先生深摯的人文主義情懷。重讀劉先生的《在學術殿堂外》，我進一步感受到劉先生胸懷的博大。

讀《在學術殿堂外》，你可以感受到劉先生學識的淵博，這是一輩子讀書的積累。劉先生一輩子與書為友，手不釋卷，從不滿足於已有的知識。我在本書開頭的學習心得中曾提到，有好幾年，劉先生是除夕下午四點鐘在圖書館給我寫信的。這裏我想再說一件事，2015 年春節（乙未年正月初一）上午九點二十分，我給劉先生打電話拜年，劉老師回答說他已在省圖書館看書了！老人家這樣的孜孜不倦，真令我們後輩汗顏。然而，知識就是在這樣的勤奮與積累中昇華，蔚為大家！

前面說過，校稿的過程，就是再次學習的過程，也是再次聆聽先生教誨的過程，又得收穫，謹此記下，但恐不能得先生治學精髓之萬一耳。

祝願先生健康長壽，學術之樹長青！

受業弟子 郭丹 謹記

2016 年 1 月 15 日